Une famille à nous

Le droit de l'aimer

KAT CANTRELL

Une famille à nous

Traduction française de
JULIETTE BOUCHERY

PASSIONS

HARLEQUIN

Collection : PASSIONS

Titre original :
THE MARRIAGE CONTRACT

Ce roman a déjà été publié en 2018

HARPERCOLLINS FRANCE
83-85, boulevard Vincent-Auriol, 75646 PARIS CEDEX 13
Service Lectrices — Tél. : 01 45 82 47 47 - www.harlequin.fr
ISBN 978-2-2804-8514-2 — ISSN 1950-2761

Composé et édité par HarperCollins France.
Imprimé en mai 2023 par CPI Black Print (Barcelone)
en utilisant 100% d'électricité renouvelable.
Dépôt légal : juin 2023.

FSC www.fsc.org
MIXTE
Papier issu de sources responsables
FSC® C159065

Pour limiter l'empreinte environnementale de ses livres, HarperCollins France s'engage à n'utiliser que du papier fabriqué à partir de bois provenant de forêts gérées durablement et de manière responsable.

- 1 -

Desmond Pierce n'avait jamais cru aux miracles. Il sut pourtant qu'il assistait à un miracle authentique quand il vit son fils pour la première fois.

La porte de la petite pièce où on l'avait fait attendre s'ouvrit, il entendit une plainte grêle. Galvanisé, il sauta sur ses pieds et une infirmière entra, un être minuscule dans les bras. Au premier regard, il eut comme un choc. Cet enfant, il le *reconnaissait.*

Son fils ! Muet de saisissement, il tendit les mains pour toucher l'avenir. Une sensation inconnue le prenait à la gorge, une joie, une… validation. *Stupéfiant,* pensa-t-il en ravalant une envie irrationnelle de pleurer. L'argent faisait donc réellement le bonheur ?

Le petit visage rouge du bébé se crispa, la bouche s'ouvrit, il en sortit un cri. Débordé, Desmond faillit reculer. Toujours cette fichue empathie qui rendait ses rapports aux autres si difficiles — en ce moment, elle lui faisait éprouver la détresse de son fils avec une violence inouïe. Cela l'envahissait par les pores de la peau, brûlait dans ses muscles… Il se retint d'arracher le petit des bras de l'infirmière.

Tous les parents éprouvaient-ils ce mélange d'émerveillement, de vénération et de terreur ? La vie leur offrait-elle un bonheur spécial, ensuite, pour compenser ? Dans son cas, ce serait approprié : il allait devoir forger un lien spécial avec son garçon, pour compenser le fait que le petit n'aurait pas de mère.

— Il a du coffre, constata l'infirmière avec un sourire complice.

— Il ne va pas bien, gronda-t-il. Faites quelque chose. Trouvez un moyen de le soulager ou je vais regretter la donation que j'ai faite à cet établissement.

Tout de suite, il s'en voulut de n'avoir pas pris le temps de trouver une formule plus acceptable. Communiquer, il ne savait pas faire ! Il s'était pourtant juré de ne pas se montrer désagréable, mais cette femme ne semblait pas voir que son fils souffrait, qu'il hurlait. Il se contrôla et demanda plus posément :

— Pourquoi mon fils pleure-t-il ?

Voilà, c'était mieux ; cela ressemblait davantage à l'attitude qu'il s'exerçait à adopter devant son miroir. En même temps, il se sentait talonné par l'urgence : la situation lui échappait, son fils était en danger. Retranché derrière ses bras croisés, il contemplait cet enfant auquel il n'avait pas cru tout à fait avant cet instant. Il ne s'était pas autorisé à croire que cette grossesse se terminerait autrement que celle de Lacey. Maintenant qu'il voyait son garçon, il se sentait littéralement prêt à tout pour le protéger.

— Il a faim, répondit l'infirmière, impressionnée par son regard flamboyant. Vous voulez le nourrir ?

Oui ! Oui, il le voulait mais il ne pouvait pas le dire, à cause de l'émotion qui le prenait de nouveau à la gorge. Il dut se contenter d'un coup sec du menton.

L'infirmière l'entraîna dans une autre pièce, qu'il trouva parfaitement sinistre avec son papier mural décoré de nounours, son rocking-chair au centre de la pièce, son meuble avec un petit évier encastré couvert de rangées de biberons. Il regardait son fils qu'il n'avait pas encore serré dans ses bras, en se demandant s'il saurait accomplir les bons gestes.

Bien sûr que oui ! Il avait effectué des recherches poussées sur les soins des nourrissons, le comportement infantile, les différentes philosophies d'éducation des enfants, il avait écumé les tuyaux du Net pour les nouveaux parents. Il était titulaire de deux doctorats de Harvard, il se sentait capable de glisser une tétine dans la bouche de son enfant. Il s'assit, et l'infirmière déposa le nouveau-né dans ses bras avec un sourire plein de gentillesse.

— Vous y êtes, papa. C'est important de le tenir fermement, qu'il sente votre présence.

Dès que Desmond se pencha sur le petit visage rose et plissé, le reste du monde cessa d'exister. Son fils était léger comme une plume ! Émerveillé, il le prit sur son cœur pour la première fois. Ces yeux indéterminés mais déjà sombres, ces cheveux bruns qui se hérissaient sous le bord du petit bonnet tricoté. Connor Clark Pierce… Son enfant ! Il remuerait ciel et terre pour tout offrir à ce petit homme : des tuteurs, des voyages aux pyramides de Gizeh ou au Machu Picchu. Si jamais il lui venait l'envie d'inventer des choses comme son père, il aurait un laboratoire aussi complet que le sien. Ce bébé ne manquerait jamais de rien. Pas même d'une mère !

L'infirmière tira fermement le petit bonnet sur les oreilles du bébé qui sursauta et se mit à pleurer éperdument. Toujours aussi sereine, elle laissa à Desmond affolé le soin de le bercer et se tourna vers le petit comptoir.

— Je vous prépare un biberon, annonça-t-elle en élevant un peu la voix.

Elle mesurait la poudre sans hâte particulière. Les cris du bébé se faisaient de plus en plus poignants. Lui, qui avait toujours ressenti la souffrance des autres de façon aiguë (c'était l'une des raisons qui le poussaient à éviter ses semblables), eut l'impression qu'il allait devenir fou si on ne venait pas tout de suite en aide à son fils.

Enfin, l'infirmière se retourna en lui tendant un biberon. Il posa la tétine sur la lèvre inférieure du bébé — il avait étudié ce geste dans des vidéos —, l'inclina… Connor refusa de la prendre. Crispé, cambré dans son refus, il hurlait. Desmond, qui ne se serait pas décrit comme un homme patient, essaya encore et encore… Quatorze fois. Puis il paniqua.

— Pourquoi est-ce qu'il refuse ? cria-t-il à l'infirmière.

— Je ne sais pas.

En bonne professionnelle, elle masquait son inquiétude, mais Desmond la percevait quand même.

— Quand on retire un nouveau-né à sa mère, il peut arriver qu'il ait des difficultés à prendre le biberon. Ne vous faites aucun souci, nous allons essayer avec un compte-gouttes.

Il approuva sèchement de la tête, les dents serrées. En se penchant sur le bébé, l'infirmière envahissait son espace, mais il la laissa faire. Le problème était trop grave pour qu'il puisse se permettre de lui demander de reculer.

Le compte-gouttes fonctionna pendant quelques minutes, puis Connor vomit tout ce qu'il venait d'avaler. L'infirmière fronça de nouveau les sourcils. Une nouvelle vague de terreur crépita dans la poitrine de Desmond. Ils firent d'autres tentatives. Trente minutes plus tard, ils étaient à bout tous les trois. L'infirmière finit par annoncer :

— On dirait qu'il fait une allergie au lait maternisé.

— Mais qu'est-ce que ça veut dire ! s'exclama Desmond. Il va mourir de faim ?

Il allait craquer. Lui qui avait cru penser à tout, se préparer à toute éventualité ! Fébrile, il gratta son début de barbe. Il aurait dû se raser, pensa-t-il confusément. Il n'y songeait jamais, sauf quand son intendante le lui rappelait, et ces derniers jours il ne l'avait pas croisée, trop occupé à se préparer pour le grand jour.

— Non, bien sûr que non, disait l'infirmière. Le plus simple…

Sa voix s'éteignit, elle secoua la tête d'un air contrarié.

— Non, oublions. J'ai été mise au courant de vos souhaits concernant la mère de votre fils, donc…

— Oubliez mes souhaits. Dites-moi quelle est votre suggestion. Il faut que le bébé mange.

— Eh bien, on pourrait le mettre au sein. C'est… La situation est tout à fait inhabituelle, vous savez ? Il nous arrive de devoir compléter le lait d'une maman avec un lait maternisé jusqu'à ce que le conseiller en lactation puisse travailler avec elle, mais…

Les hurlements du bébé couvrirent sa voix.

— Elle est toujours ici ? aboya Desmond. À l'hôpital ?

Il n'avait pas rencontré la mère porteuse de son fils, stipulant même dans leur accord qu'ils ne devaient jamais se rencontrer, sauf qu'il fallait absolument trouver une solution.

— Mais… Bien sûr. On ne se remet pas d'un accouchement en cinq minutes !

— Conduisez-moi auprès d'elle, ordonna-t-il.

Puis, conscient qu'il aurait dû formuler cela autrement, il ajouta d'une voix brève :

— Je vous en prie.

Le visage de l'infirmière s'éclaira.

— Je vous préviens, glissa-t-elle pourtant. Elle ne sera peut-être pas d'accord pour le nourrir.

— Je saurai la convaincre, gronda-t-il en se levant, le bébé dans les bras.

Son accord avec Kélia Moore, la mère porteuse de son fils, retirait à celle-ci tout droit sur l'enfant, toute responsabilité, mais il laissait une certaine latitude en cas d'urgence médicale. De plus, elle était légalement sa femme. Ils s'étaient mariés par procuration, pour simplifier la situation juridique, mais il était bien entendu que leurs rapports resteraient purement... professionnels. Talonné par son angoisse, Desmond espéra vaguement que le fait d'être mariés compterait pour quelque chose. Le bébé devait manger, donc il fallait convaincre la mère de le nourrir. Et tant pis si cela le contrariait beaucoup de lui demander son aide — parce qu'il tenait à ce que son enfant soit uniquement et exclusivement le sien. Si le petit souffrait, toutes ces considérations s'effaçaient. Plus rien ne comptait que son bien-être.

À la porte de la chambre 247, l'infirmière s'arrêta le temps de lui glisser :

— Donnez-moi un instant pour voir si elle accepte les visiteurs.

Il approuva sèchement de la tête. Au moins, le bébé s'était tu. Était-il apaisé par le balancement de la marche ? À noter. Derrière la porte close de la chambre, il capta un murmure, puis une voix s'écria :

— Il veut *quoi* ?

Dans ses bras, le bébé s'anima, son petit visage se tendit vers le son. Ce geste emporta la décision. Connor reconnaissait la voix de sa mère. Pourtant convaincu que le seul moyen rationnel de gérer la situation était de ne jamais se trouver dans la même pièce que la femme ayant porté son fils, il poussa la porte du pied et entra.

Il vit une femme aux cheveux sombres adossée à des oreillers blancs. Leurs regards se croisèrent et il éprouva le même choc, la même sensation bizarre de reconnaître un inconnu, que quand il avait vu son fils. *Leur* fils. Cette femme était la mère du bébé. La mère de son fils et son épouse.

Or Kélia Moore était belle. Un visage délicat, un regard intelligent… Il lui sembla qu'il ne s'était jamais senti à ce point touché par un autre être. Il resta figé devant elle, muet, incapable d'articuler une pensée. Un état terrifiant pour un homme comme lui, génie doté d'un QI stratosphérique. Aussi terrifiant que la conviction immédiate qui s'empara de lui : il avait commis une erreur épouvantable. L'accord tel qu'il l'avait conçu gâchait tout. Il ne pourrait plus courtiser cette femme, jamais apprendre à la connaître, jamais lui faire un bébé de la façon habituelle.

Il réagit, trancha net le fil de ses pensées. Il délirait ! Développer une attirance aussi viscérale en quelques fractions de seconde, c'était impossible. Un dérapage passager, sans importance, à cause d'un état particulièrement émotif. Faire connaissance avec une femme, tout le protocole des rencontres et des séductions, il détestait. Les échanges les plus simples le déroutaient, il naviguait à vue, se perdait dans des négociations qui paraissaient si évidentes aux autres, aux gens normaux.

Voilà pourquoi il vivait dans un coin reculé de l'Oregon, sur les berges du fleuve Columbia.

Il avait été le gosse bizarre que les autres n'aimaient pas, le trop bon élève qui se retrouvait toujours tout seul à la cantine. Le fait de décrocher son bac à quinze ans ne l'avait pas aidé à se faire des amis, pas plus que le fait de devenir milliardaire. S'il avait tenté de construire une relation normale avec Kélia Moore, cela aurait forcément mal tourné. Aussi mal qu'avec Lacey. Un homme comme lui ne pouvait compter que sur les liens du sang, donc sur son fils. Ce bébé serait sa famille, son héritier. Son garçon allait peut-être même l'aimer, comme cela, sans raison.

Et, quoi qu'il arrive, il serait seul à décider. Il ferait tous les choix pour son gosse et personne ne pourrait le contredire. À commencer par sa femme : il avait versé une somme considérable à ses avocats pour qu'ils conçoivent un accord qui mettrait sa fortune à l'abri. Le divorce, déjà rédigé, lui accordait la garde exclusive de l'enfant, la mère étant déchue de ses droits parentaux. Un document à toute épreuve, ou qui le serait dès qu'il enclencherait la procédure. Kélia Moore se remettrait de son accouchement, elle prendrait l'argent du divorce et elle disparaîtrait. Il avait tout prévu le jour où il avait compris que pour remplir le vide de sa vie, la seule solution serait un bébé en remplacement de celui qu'il avait perdu. Celui dont Lacey avait avorté sans lui demander son avis.

Jamais plus il ne laisserait une femme lui dicter une décision aussi fondamentale que la vie ou la mort de son enfant. Jamais plus il ne s'autoriserait à s'attacher à une femme qui détiendrait une once de pouvoir sur lui. Un jour, son fils comprendrait qu'il avait agi dans son intérêt.

Le silence s'était déjà étiré bien au-delà du moment où il aurait été correct d'expliquer sa présence.

— Mademoiselle Moore, gronda-t-il. Nous avons un problème. Notre fils a besoin de vous.

Abasourdie, incrédule, Kélia dévisageait cet homme campé devant elle dans sa chambre d'hôpital, un bébé dans les bras. Un bébé qui pleurait d'une petite voix frêle et déchirante. Son bébé ! Le bébé qu'elle venait d'expulser de son corps, au terme d'un travail long, douloureux, difficile… et qu'elle avait aussitôt abandonné.

Elle avait mal partout. Elle voulait prendre un cachet et dormir des jours entiers sans voir personne et chaque cri du bébé lui enfonçait un pieu dans le cœur. Elle devait faire appel à toute sa volonté pour ne pas tendre les bras vers son fils.

Elle n'était censée ni le voir ni le serrer contre elle. L'infirmière le lui avait répété quand ils l'avaient emporté, alors qu'elle les suppliait de le lui donner juste une minute, juste le temps de lui dire « adieu ». Ils avaient fait comme s'ils ne l'entendaient pas, avec des bouches pincées, des regards réprobateurs. Ils ne savaient rien du sacrifice qu'elle consentait, rien du gouffre qui s'ouvrait en elle.

Pendant une fraction de seconde, elle avait cru que le père de son fils avait tout compris et qu'il accédait à sa prière. Son expression, quand il avait franchi la porte… Leurs regards s'étaient croisés et elle avait vraiment cru qu'il percevait tout : son angoisse, ses regrets. Sans un mot, il avait semblé lui dire : « Je suis venu pour tout arranger. »

En fait, c'était tout le contraire : il venait lui arracher le cœur. Il fallait qu'ils partent tout de suite. Avant qu'elle ne se mette à pleurer.

— Ce n'est pas mon fils, déclara-t-elle d'une voix rauque, ses cordes vocales encore irritées par le traumatisme de l'accouchement.

Non, elle n'aurait pas dû dire cela ! La phrase, si vraie mais si brutale, se déployait en elle en la déchirant aussi douloureusement que les cris du bébé. Il était bien son fils, mais elle le donnait, parce qu'il cochait toutes les cases gravées en elle par ses parents. « Tu devrais te trouver un homme. » « Tu devrais avoir beaucoup d'enfants. » « Il n'y a pas de joie plus grande… »

Elle ne voulait pas d'enfants. Elle voulait être médecin et aider ceux qui souffrent. De son côté, Desmond Pierce désirait un bébé. En le lui donnant, elle faisait l'expérience de la grossesse sans céder à la pression de ses parents, et en échange il lui offrait les moyens de réaliser son rêve.

Devenir la mère porteuse de Desmond Pierce, c'était la solution à tous ses problèmes. Elle aurait eu un enfant (ses parents devraient s'en contenter) et elle contribuerait à la société d'une façon qui aurait du sens pour elle. Voilà ce qu'elle se répétait en boucle depuis une heure. Elle était même presque parvenue à le croire, et voilà que cet homme faisait irruption dans sa chambre, le nouveau-né en pleurs dans les bras.

C'était donc lui, Desmond Pierce ? Ils ne s'étaient jamais rencontrés en personne, mais il venait, en un sens, de se présenter. Il ne ressemblait pas du tout aux photos qu'elle était allée puiser sur le Net. Maintenant qu'elle le découvrait, il était… fascinant ! Grand, brun, spectaculairement séduisant avec ce début de barbe qui lui donnait un air un peu voyou, ces cheveux sombres rejetés en arrière, ce corps mince et musclé.

Desmond Pierce, tel que le présentait le Net, avait toutes les qualités pour être père. Sans cela, elle n'aurait jamais accepté sa proposition. Elle n'avait pas réalisé, en revanche, qu'il avait toutes les qualités, point. Avec un bébé dans les bras, il était probablement l'homme le plus irrésistible de la planète. Or, il n'était pas seulement un homme, mais son mari.

Que venait-il de dire ? Il la regardait si bizarrement qu'elle finit par lancer :

— Que voulez-vous, au juste ?

— Il refuse de manger, répondit-il en élevant la voix pour couvrir les plaintes du petit. Vous devez essayer de l'allaiter.

Abasourdie, elle battit des paupières.

— Je dois… Quoi ?

— L'infirmière pense qu'il est allergique au lait maternisé. Nous essayons de le nourrir depuis une heure, mais il ne garde rien.

D'un pas énergique fait pour balayer toute opposition, il s'approcha du lit et lui tendit le petit paquet hurlant.

— Il a besoin de vous. C'est la seule chose que je ne peux pas lui donner.

Bouleversée, elle contempla le visage crispé de son enfant. Le bébé avait besoin d'elle, qui était la seule à pouvoir l'aider mais… Comment faire cela ? L'allaiter, alors qu'elle n'allait pas pouvoir le garder, ce serait terrible. De quel droit Pierce venait-il ajouter une dimension supplémentaire au chagrin qui lui éclatait déjà le cœur ? Elle avait rempli sa part du contrat. Le bébé était né, en bonne santé et prêt à commencer sa vie auprès de son père milliardaire, qui le désirait assez pour avoir imaginé cet accord inédit et qui avait largement les moyens de s'occuper de lui. Que voulait-il de plus ? Une tranche de son âme, quand il lui retirerait l'enfant pour la deuxième fois ?

— Vous m'en demandez trop, souffla-t-elle.

Ses seins étaient devenus durs et lourds dès que le bébé était entré dans la chambre. Une simple réaction physiologique, car son lait, elle devait le laisser se tarir, elle s'était préparée à cette dernière épreuve. Les sourcils de Pierce se froncèrent.

— Vous vous inquiétez pour votre ligne ?

La question lui arracha un rire épuisé.

— Mais oui, bien sûr, lâcha-t-elle en levant vers lui des yeux brillants de larmes refoulées. Je participe au concours Miss USA la semaine prochaine. J'ai un peu peur de l'épreuve du bikini.

— C'est de l'ironie, je suppose ?

Le fait qu'il doive lui poser la question la surprit. Sans lui laisser le temps de répondre, il déposa d'autorité le bébé dans ses bras. Malgré elle, d'instinct, elle le serra contre sa poitrine et sut qu'elle était perdue. Il avait deviné qu'elle céderait, bien sûr, et l'infirmière aussi. Ils s'étaient tous ligués contre elle. Et, maintenant, ce bébé qu'elle ne devait jamais voir était là et son cœur s'emplissait d'émerveillement, d'amour, de devoir. Son fils !

Il pleurait toujours, quêtait aveuglément son sein. Elle mourait d'envie de le lui donner.

— Il y a une clause dans le contrat au sujet des besoins médicaux du bébé, reprit la voix de Pierce, quelque part sur sa gauche. Vous vous êtes engagée à vous rendre disponible, pendant les dix-huit années à venir, si jamais il avait besoin de vous pour des raisons médicales.

— Oui, mais je croyais…, s'écria-t-elle confusément. Je pensais que ce serait juste s'il avait besoin d'un rein ou de quelque chose de ce genre…

Les doigts minuscules du bébé griffaient faiblement sa chemise de nuit. Elle cria presque :

— Pas lui donner le sein !

Elle ne pouvait pas, ne devait pas. Ce serait insoutenable, ensuite, de le rendre à son père. C'était injuste de lui demander cela. Elle était censée rentrer à Portland s'inscrire à l'école de médecine comme elle rêvait de le faire depuis dix ans. Ce que Pierce exigeait d'elle, ce déchirement… Ce n'était pas au programme !

— Il aura peut-être aussi besoin d'un rein, lâcha Pierce en haussant les épaules.

Le dilemme affectif dans lequel il la plongeait ne l'effleurait même pas ? Bien sûr, pour lui, c'était facile. Il était un homme, à qui, sur un claquement de doigts, le monde entier obéissait.

— L'allaitement, ce n'est pas à usage unique, grinça-t-elle. Je suppose que vous êtes au courant : il faut recommencer sans cesse.

Pierce se comportait comme si elle n'avait qu'à dégainer une mamelle pour que tout aille pour le mieux dans le meilleur des mondes ! Dans la communauté très soudée à laquelle appartenaient ses parents, les bébés étaient élevés en commun par le village entier. Elle avait vu des mères se consacrer à leurs petits, être la source unique de leur alimentation, vingt-quatre heures sur vingt-quatre, pendant des mois.

— Oui, répliqua-t-il, mais dès que nous trouverons

une autre solution, vous pourrez partir. D'ici là, vous avez une obligation. Une obligation contractuelle.

Il croisa les bras, la toisa et conclut :

— Il n'y a rien, littéralement rien que je ne ferais pour mon enfant. Il aura besoin de vous pendant trois mois minimum. Vous pourrez vivre chez moi, la maison est grande, vous ne me verrez jamais. Si vous souhaitez une compensation supplémentaire, dites votre chiffre.

Comme si elle pouvait mettre un chiffre sur son instinct maternel ! Il lui forçait la main. Elle sentait clairement que sa décision, quelle qu'elle soit, aurait des conséquences immenses, imprévisibles.

— Je ne veux pas de compensation supplémentaire, déclara-t-elle, à bout de nerfs. Je veux juste…

Juste ce qu'il lui avait déjà garanti. Une convention de divorce qui paierait ses études de médecine, et la satisfaction de savoir qu'elle l'avait aidé à créer la famille qu'il désirait tant. Que cela semblait froid tout à coup, impersonnel… Vénal même ! Mais que pouvait-elle faire d'autre, comment se payer des études hors de prix ? Et comment vivre cette expérience unique alors qu'elle ne pouvait pas se rendre disponible pour élever un enfant sans renoncer à tous ses projets, tous ses rêves ? À dix-neuf ans, elle s'était crue enceinte, piégée, condamnée à être mère et rien de plus. Depuis, elle refusait de sortir avec les hommes que ses parents ne cessaient de lui présenter avec de plus en plus d'insistance. Le risque était tout simplement trop grand.

Dans sa confusion, une seule conviction surnageait : elle ne pouvait pas être à la fois maman et médecin. Les deux exigeaient un engagement radical, cent pour cent de son temps comme de son énergie. Elle avait choisi

— par égoïsme, disait sa mère —, en rejetant par la même occasion leur attachement aux médecines parallèles, comme si leurs convictions ne comptaient pour rien. Et voilà que la vie lui offrait une chance de ne pas être égoïste. Elle pouvait allaiter pendant trois mois, sevrer le bébé quand il serait assez grand pour surmonter son allergie, et rentrer à Portland pour le second semestre. Elle ne ferait que prolonger un peu l'attente qui durait déjà depuis près d'un an.

Elle avait voulu faire l'expérience de la grossesse pour mieux suivre ses patientes, plus tard, en sachant réellement ce qu'elles éprouvaient. Pourquoi ne pas faire l'expérience de l'allaitement dans le même but ? En somme, si cela lui brisait le cœur de renoncer à son petit une deuxième fois, cela la regardait, personne d'autre n'avait à le savoir. Elle n'aurait qu'à gérer ce deuil, une fois qu'elle se serait laissée aller à l'aimer.

Elle leva les yeux vers Pierce qui les contemplait, elle et le bébé dans ses bras, avec une expression énigmatique.

— D'accord, exhala-t-elle. Sortez de la pièce, s'il vous plaît.

— Pardon, je reste, répondit-il aussitôt, le visage impassible. C'est mon fils.

Oh ! non, il allait la regarder. Elle rassembla ses forces. Ils avaient besoin de ses services, elle pouvait tout de même dicter ses conditions !

— Vous voudrez bien au moins rappeler l'infirmière, que je sache si je m'y prends comme il faut ?

Cette fois, il ne refusa pas. Sans une hésitation, il hocha la tête et disparut dans le couloir. Parfait ! À elle de profiter de ces quelques précieux instants de solitude. La chemise de nuit de l'hôpital était fendue aux endroits voulus. Fatigué de crier, le petit gémissait tout bas, les yeux clos. Elle n'eut qu'à approcher son visage de son sein douloureux : dès que la joue du petit lui toucha la peau, sa bouche s'anima, esquissa un mouvement de succion. Elle lui présenta le mamelon, il s'en empara comme un vrai champion, s'y riva de toutes ses forces et se mit à pomper. Elle avait réussi ! Il avait réussi.

Ce fut un moment précieux, irremplaçable — un moment éblouissant ! Son corps entier se détendait, une merveilleuse quiétude se glissait en elle, une infinie reconnaissance. Le temps semblait s'être arrêté quand un son léger lui fit lever les yeux. Pierce était de retour avec l'infirmière, il la contemplait avec une expression surprenante. Presque tendre.

— Vous vous y prenez comme une professionnelle, assura l'infirmière avec un sourire. D'ici quelques minutes, vous pourrez changer de côté. Vous voulez que je reste ?

— Je crois que je vais m'en sortir, murmura-t-elle.

Elle parlait bas de peur de déranger le petit qui tétait éperdument, avec de petits bruits goulus. Si elle avait demandé à Pierce d'appeler des renforts, c'était uniquement pour échapper à son regard, le temps de faire ce geste si intime. Elle trouvait l'allaitement parfaitement naturel et évident, comme les femmes de la communauté de ses parents, qui militaient contre le lait maternisé et l'image négative de l'allaitement en public. Elle avait toujours été sûre de savoir s'y prendre.

L'infirmière se retira, elle se retrouva seule avec l'enfant… et Pierce. Maintenant que la détresse du bébé ne faisait plus écran, la présence du père emplissait la pièce. Une présence si intense, si concentrée qu'elle pesait sur elle. Un homme spectaculaire, un homme troublant ;

chaque fois qu'elle l'observait, il lui venait une sensation bizarre dans le ventre. Et les sensations bizarres dans son ventre, elle en avait eu sa dose, aujourd'hui ! Elle choisit donc de regarder le bébé mais cela aussi, c'était bouleversant. N'y tenant plus, elle souffla tout à coup :

— Comment s'appelle-t-il ?

Surpris, il leva les yeux. Des prunelles sombres, qui la transpercèrent de longs instants avant qu'il ne réponde :

— Connor. En deuxième prénom, Clark, comme votre père.

Ah ! Une flèche en plein cœur. Ce geste tout à fait inattendu adressé à la famille maternelle du petit, c'était touchant, c'était… insupportable. Si tout s'était passé comme prévu, elle n'aurait jamais rencontré le père, n'aurait jamais su le nom de l'enfant. Elle n'aurait jamais fait de recherches sur leur compte, ni ne les aurait contactés. Et maintenant tout était sens dessus dessous, le bébé était leur fils, Desmond Pierce son mari, elle venait d'accepter de s'installer sous leur toit. Comment cela pourrait-il fonctionner, comment allaient-ils pouvoir cohabiter ?

Un tableau absurde lui sauta au visage : Pierce réclamant ses droits conjugaux. L'image se lova en elle dans une bouffée de chaleur. Pour l'amour du ciel, elle était attirée, physiquement attirée par son mari ! Il ne devait surtout pas s'en douter.

Le rouge aux joues, elle changea le bébé de sein. Le regard attentif de Pierce ne la quitta pas un instant. Elle se raidit, rejeta la gêne qu'elle éprouvait. Tant pis, si elle devait vivre sous son toit, il verrait souvent sa poitrine. Il n'y avait rien de déplacé, rien de honteux dans le corps d'une mère qui nourrissait son enfant. Rien à part la pensée qui venait de la traverser. Rien à part le regard de Pierce qui transformait tout. Comme s'ils formaient une vraie famille, comme s'il était là pour accompagner la mère de son enfant.

— Nous nous sommes déjà rencontrés ? demanda-t-il tout à coup.

— Non ! Bien sûr que non, vous avez tenu à ce que tout passe par votre chargé de mission.

Un certain M. Animet, qui portait bien mal son nom. Très vieux, très pondéré, il ressemblait à une tortue centenaire. Chaque fois qu'il la contactait pour une signature ou un dossier, la formalité prenait deux bonnes heures. À la mairie, le mariage par procuration avait pris toute la journée.

Le mariage était le moyen le plus simple d'éviter les complications juridiques, mais comme elle regrettait, tout à coup, qu'ils n'aient pas donné une autre forme à leur contrat. Et puis le divorce, le jugement qui lui allouerait la somme nécessaire pour payer ses études, c'était un processus banal, surtout quand on était aussi riche que Pierce. Sans ce mariage, on aurait pu accuser celui-ci d'acheter un bébé, ce qui était illégal, un crime.

Cela ne l'avait pas dérangée d'être mariée tant que ce n'était qu'une signature sur un registre, mais maintenant qu'elle se trouvait dans la même pièce que Pierce, qu'elle le voyait bouger, l'entendait respirer, cela prenait une densité très différente.

— J'ai l'impression de vous connaître, lâcha-t-il.

Puis il secoua la tête comme écarter une question sans importance et ajouta :

— La journée a été longue.

— On peut le dire, oui, lâcha-t-elle, lourdement sarcastique. Je suis ici depuis 3 heures du matin.

— Vraiment ? fit-il, l'air surpris.

— Eh oui ! Ce n'est pas comme s'il suffisait de passer déposer le paquet. Le travail a duré quinze heures.

— C'est habituel ?

Très fatiguée tout à coup, elle chercha à changer de position sans déranger le bébé.

— Je ne sais pas. Je ne crois pas. C'est une première pour moi.

— Je ne me montre pas très fin.

Effectivement ! Bon, au moins, il s'en rendait compte. Pour cette fois, elle eut envie de lui pardonner.

— Enfin, soupira-t-elle, nous apprendrons vite à nous connaître.

Curieusement, il eut de nouveau l'air surpris.

— Ah ?

— Oui, si nous habitons sous le même toit.

Un homme déconcertant ! Elle pouvait bien se l'avouer : elle éprouvait une certaine curiosité à son sujet. Une curiosité qu'elle allait pouvoir satisfaire. En somme, elle ne risquait pas grand-chose, puisque la période pendant laquelle ils se côtoieraient était déterminée d'avance. La dernière chose dont elle ait besoin serait de se fourvoyer dans des rapports affectifs qui lui feraient perdre son objectif de vue. Inquiète tout à coup, elle lança :

— Mais seulement trois mois, nous sommes bien d'accord ?

— Nous ferons notre possible pour nous en tenir à trois mois.

Elle revit ce petit hochement sec du menton qui semblait signifier qu'il faisait une concession. Elle eut la nette impression qu'il n'avait pas réalisé qu'en l'invitant à s'installer chez lui, il s'exposait à la voir au quotidien.

Mais qui était donc ce type, et à quoi venait-elle de s'engager ?

C'était fait, elle ne pouvait plus revenir en arrière. Elle ne devait penser qu'à une chose : à l'occasion qu'il lui offrait de passer trois mois avec son fils. Pour cela, pour ce cadeau si beau et si terrible, elle lui était profondément reconnaissante. Elle pourrait connaître un peu son bébé, avant qu'il ne soit assez grand pour se souvenir d'elle. Assez grand pour qu'elle lui manque quand elle serait repartie. Elle aurait sa chance de vivre à fond la maternité, puis de s'en aller avant que cela ne devienne trop puissant.

Grâce à Desmond Pierce, elle allait pouvoir réaliser son rêve de devenir médecin. Voilà ce qui comptait le plus, elle ne devait jamais l'oublier.

- 2 -

La maison n'était pas assez grande. Ce n'était pas logique, et pourtant ce manoir immense dans lequel il vivait depuis près de dix ans lui semblait subitement étriqué. Depuis que Kélia Moore était arrivée chez lui, Desmond manquait d'espace vital.

C'était la première fois qu'il invitait une femme à s'installer sous son toit. Lacey y avait parfois passé la nuit quand ils étaient ensemble, mais ses visites étaient toujours prévues, organisées, circonscrites. Jusqu'au jour où elle avait tout brisé, annihilé sa confiance en effaçant, sans hésiter et sans le prévenir, leur « accident », comme elle l'avait désigné. Leur bébé n'était pas prévu puisque leur relation n'était pas vraiment sérieuse. Avant, il ne s'était pas douté combien il voudrait cet enfant ; après, c'était trop tard. Depuis, dès qu'il s'intéressait à une femme, il faisait en sorte de programmer d'emblée la fin du parcours. Sa confiance, il ne la donnait plus à personne.

Cette fois, impossible de fixer une date de sortie. La mère de son bébé était installée dans ses murs, il captait sa présence, son parfum flottait dans l'air, il entendait sa voix. Tout était changé, et cela avait déjà un petit goût de permanence.

Avait-elle la moindre notion de l'immense concession qu'il consentait en lui proposant de s'installer chez lui ? Cette maison, son sanctuaire, elle l'envahissait, s'appropriait tout l'espace sans même s'en rendre compte. Connor était le seul être au monde pour qui il envisageait un tel sacrifice.

En fait, il se retranchait surtout dans son laboratoire de façon encore plus intensive que d'habitude. Comment déambuler dans les autres pièces avec la semi-érection que provoquait Kélia Moore d'un simple rire, en le regardant, en étant là sans rien faire. C'était absurde : il avait fréquenté des femmes fabuleusement belles, des femmes qui s'intéressaient suffisamment à sa fortune pour supporter ses singularités. Aucune d'elles n'avait jamais éveillé en lui un désir comparable.

Quand il se concentrait sur un problème particulièrement intéressant, il se retirait souvent dans son laboratoire pendant plusieurs jours. Tôt ou tard, Mme Eliott, sa gouvernante, venait lui rappeler qu'il ne pouvait pas vivre de Red Bull et de barres chocolatées. Cette fois, il découvrit assez vite la différence entre perdre la notion du temps par passion pour un projet et se cacher. Il découvrit aussi qu'il s'était trompé en pensant que dans cette pièce rien ne pourrait le toucher. Un matin, un instinct lui fit lever les yeux de la main de robot qu'il recâblait. Kélia avait franchi la porte.

— Vous êtes très occupé ? demanda-t-elle de la voix un peu enrouée qui lui faisait vibrer le ventre.

— Mademoiselle Moore, marmotta-t-il, bonjour. C'est mon laboratoire, ici.

— C'est ce que je vois !

Elle jeta un regard de franche curiosité à la ronde.

— Dites, vous pouvez m'appeler par mon prénom, nous avons tout de même un enfant en commun.

Ah. Elle ne saisissait pas que « Laboratoire » signifiait « hors limite, privé, pas de filles ». Il aurait dû suspendre un écriteau.

— Kélia, s'amenda-t-il.

Il ne devrait pas lui répondre, il ne ferait que l'encourager. Sauf que quand elle était là il ne pouvait pas s'empêcher de la regarder. Elle était si belle, une beauté puissante, terrienne. Et quand elle nourrissait son enfant, elle devenait franchement irrésistible. S'il avait pu deviner que sa séduction serait décuplée par le halo maternel qui l'éclairait dans ces instants, il ne se serait jamais risqué à l'inviter ici. Sauf qu'il n'avait pas réellement eu le choix.

Bon, clairement, se cacher n'était pas la solution. Elle venait de franchir la barrière qui le préservait du monde extérieur sans même s'en apercevoir. Comme à chacune de leurs rencontres, un désir brut s'élevait en lui. Avec une sorte de rancune, il la regarda explorer la grande salle en tendant le cou pour examiner le contenu des caissons, en levant la main vers les croquis affichés sur un panneau lumineux, en la mettant dans son dos quand elle s'arrêtait devant les générateurs, comme une enfant sage qui sait qu'elle ne doit pas toucher.

— Quelle installation !

Elle semblait sincèrement impressionnée en revenant vers le gigantesque poste de travail où il effectuait tous ses calculs. Il avait construit l'ordinateur lui-même, c'était un prototype unique au monde. Il s'entendit expliquer :

— C'est ici que je fabrique mes idées.

Il ne savait pas comment le formuler autrement. C'était ici qu'il donnait corps aux inspirations qui jaillissaient dans sa tête. Il voyait une chose, puis il la construisait. Il faisait cela depuis qu'il avait quatre ans, avec évidemment des projets d'une complexité croissante. Aujourd'hui, chacune de ses inventions lui rapportait des millions de dollars. L'argent ne l'intéressait pas, sauf dans la mesure où il lui permettait de vivre comme il le souhaitait, en continuant à inventer.

— Je vois, répéta-t-elle. C'est assez sexy. Très Frankenstein.

Elle venait de dire qu'il était sexy ? Lui ? Juste avant de le comparer à Frankenstein ? Il osa lancer :

— Je me voyais plutôt dans le genre Iron Man.

— Tony Stark présente mieux, répliqua-t-elle en éclatant de rire. Surtout côté fringues.

Pris de court, il examina sa tenue.

— Mes fringues ne sont pas bien ?

Pour le reste, il ne trouvait rien à redire à son verdict. Iron Man avait un charme certain alors que lui…

— Mais si, affirma-t-elle avec un sourire canaille. C'est juste que ce ne sont pas les fringues d'un play-boy flambeur qui fait du trafic d'armes avec des personnages louches du Moyen-Orient. Frankenstein, en revanche, était un scientifique comme vous : il cherchait à construire quelque chose d'important avec les pièces détachées qu'il avait sous la main.

Pour appuyer son propos, elle brandit la main humanoïde sur laquelle il s'apprêtait à pratiquer une microsoudure. Muet de saisissement, il contempla les doigts minces enroulés autour de sa création. Comment… Comment s'y était-elle prise pour le percer à jour ? C'était fascinant.

Que voyait-elle d'autre quand elle le regardait ? Avait-elle comme lui l'impression de le reconnaître et de l'avoir croisé dans une autre vie ? Pour lui, la notion était parfaitement invraisemblable, mais pour elle ?

Ses yeux très sombres étaient si expressifs qu'il y lisait toutes les émotions, toutes les pensées qui la traversaient. Habituellement, il ne se donnait pas la peine d'étudier les êtres humains. À une époque, pour tenter de franchir le gouffre qui le séparait des autres, il les avait observés en cachette, histoire de comprendre, trier, cataloguer. Résultat, il s'était senti plus isolé que jamais en constatant que les autres le tenaient à l'écart parce qu'ils n'aimaient pas la façon dont son cerveau fonctionnait. Une sensation étrange s'emparait de lui. Il se secoua et lança :

— Je vois que je suis plutôt transparent.

Il parlait d'un ton bourru. En fait, il était surtout choqué de sentir que cela ne lui déplaisait pas tout à fait qu'elle lise en lui. Il ajouta :

— Vous vouliez quelque chose ?

— Je m'ennuyais, répondit-elle en haussant les épaules. Larissa est en train de coucher Connor. Une fois que je l'ai nourri, je n'ai plus rien à faire. Je ne vous ai pas vu depuis quoi, une semaine ?

Elle n'éprouvait donc pas d'aversion pour lui. En quête de distractions, elle recherchait sa présence. C'était une grande première.

— Je ne pensais pas que vous remarqueriez mon absence.

Tout de suite, il s'en voulut pour cette phrase inepte. Il n'avait plus l'habitude de parler aux gens. Surtout à une femme qui le transformait, par sa seule présence, en pelote de réactions contradictoires. Et pourtant, cette pelote, il avait de plus en plus envie de la dévider.

— Vous êtes toujours aussi guindé ?

Elle contournait sa grande table, venait regarder

par-dessus son épaule l'écran sur lequel un schéma en trois dimensions de sa main robotisée tournoyait lentement.

— Waouh ! C'est cool.

— C'est juste un… Non, je ne suis pas…

Il s'interrompit, car la poitrine de sa visiteuse venait de lui effleurer le dos. Le contact lui arracha une réaction puissante, presque primitive. Une réaction tout à fait déplacée entre deux êtres qui n'avaient rien d'autre en commun… qu'un enfant.

— Guindé, conclut-il.

— Hum ? Oh ! mais si ! Vous me rappelez mon professeur de statistiques.

— Vous avez suivi des cours de statistiques ?

D'accord, ils avaient donc deux choses en commun. Mais rien de plus. Il n'avait aucune raison de se demander comment elle réagirait s'il l'embrassait.

— Bien obligée. C'est un prérequis pour l'école de médecine.

— Vous voulez bien ne pas rester là ?

Son parfum lui inondait les sens, lui bousculait le pouls, chamboulait ses ondes cérébrales. Le vrai problème, bien sûr, c'était qu'il aimait assez la sentir là, juste derrière lui. Elle lui assena un coup de poing pour rire dans l'épaule, comme s'ils étaient de vieux potes, comme s'il venait de lui lancer une plaisanterie.

— Où voulez-vous que je sois ? Je ne peux pas faire un pas sans piétiner une tonne de matériel électronique.

— Vous parlez beaucoup.

— Seulement parce que vous me répondez, riposta-t-elle en riant. C'est bien comme cela que ça fonctionne, non ?

Pour la deuxième fois en l'espace de quelques minutes, il resta muet de saisissement. Effectivement, il lui répondait. Lui qui n'avait parlé avec personne depuis des lustres. Probablement depuis Lacey. Si on ne venait pas le chercher, il restait enfermé dans sa tête, à concevoir, dessiner, assembler, rêver. C'était sa position par défaut.

Kélia ne semblait même pas se douter que cela puisse être difficile, inconfortable d'échanger avec ses semblables. Elle ne semblait pas voir les limites qu'il posait. Et lui, une fois encore, il découvrait qu'il ne détestait pas.

Il devrait, pourtant. Il devrait même être en train de la raccompagner à la porte, lui conseiller une visite à la piscine couverte ou à la salle de jeux. Elle y trouverait un billard, des consoles vidéo, un home cinéma… Largement de quoi occuper ses loisirs !

— Dites-moi ce que vous construisez, ordonna-t-elle.

Il détecta suffisamment de curiosité dans sa voix pour avoir envie de lui répondre.

— Un prototype d'humanoïde robotisé.

— Un robot ?

Intriguée, elle se pencha de nouveau sur la main, sans se douter de la beauté de la courbe que dessinaient ses cheveux sombres en tombant sur son épaule. Une courbe si émouvante qu'il faillit tendre la main pour l'effleurer. Il se retint : ce serait créer un niveau d'intimité dont il mourait d'envie, mais dont il n'avait pas encore bien cerné les conséquences. Tant qu'il n'aurait pas pleinement analysé son désir, il refusait d'en tenir compte. Ce serait trop dangereux : ce serait donner à une inconnue un pouvoir sur lui. Il frotta sa barbe naissante en soupirant :

— Non. Tout dispositif mécanisé et pouvant être programmé peut être appelé un robot. Un humanoïde robotisé ressemble à un être humain dans son apparence comme dans ses fonctions, mais il est doté d'une structure mécanique et d'une intelligence artificielle.

C'était un malentendu qu'il était souvent amené à corriger quand il présentait ses inventions aux industriels qui achetaient ses brevets.

— Vous êtes vraiment le Dr Frankenstein, s'écria-t-elle, enchantée. Et quand votre créature s'anime, vous faites comment ? Vous criez : « Il est vivant ! » ou vous vous contentez d'une petite danse de la victoire ?

— Je… Enfin…

Elle s'était retournée vers lui, les bras croisés sous ses seins. De simples mamelles, gonflées par l'allaitement, mais il sentait son corps s'éveiller, trembler imperceptiblement en les voyant si proches. Cette chair somptueuse couronnée de mamelons sombres et secrets… Il voulait, de tout son être, poser les mains sur les seins de Kélia Moore.

— Je vous taquine, dit-elle avec un regard pétillant. En fait, je ne vous vois pas du tout en savant fou. Je vous vois encore moins danser.

Ce fut plus fort que lui : il lui sourit.

— Mais si, je danse, protesta-t-il.

— Sûrement pas.

— Je danse, répéta-t-il. Mais pas en musique.

Il bascula dans son beau regard sombre. D'elle-même, sa main saisit une mèche de ses cheveux et palpa sa douceur de soie. Une tension se leva entre eux, une conscience brûlante de la présence de l'autre, si dense qu'il aurait pu la découper au laser.

— Je ferais mieux de vous laisser, murmura-t-elle en battant des paupières. Je ne voulais pas vous interrompre.

Le sortilège se défit, la mèche glissa de ses doigts.

Elle s'éclipsa, trop vite pour voir à quel point elle était parvenue à le troubler. Une chance pour lui ! Pourtant, l'espace d'un instant, il aurait juré qu'il avait vu dans son regard un désir comparable au sien.

Pour ce qui était de percer le mystère Kélia Moore, il n'avait pas avancé d'un pouce, mais une chose était claire : cette femme avait accueilli sa semence dans sa matrice et créé un miracle. La solution si simple et si pratique à son projet d'enfant se retournait contre lui. Erreur fatale, erreur impossible à rectifier. Comment aurait-il pu se douter que dès le premier regard il regretterait de ne pas lui avoir fait l'amour en personne, pour ainsi dire ? Des dizaines de fois. Jusqu'à ce qu'elle soit enceinte, et encore des dizaines de fois ensuite.

Non, c'était insensé, il perdait la tête. Il se pencha sur son établi, son rempart le plus sûr contre le monde et ses dérives. Les femmes étaient imprévisibles, globalement perfides, Kélia Moore comme les autres. C'était juste son… emballage exceptionnel qui lui faisait perdre son sens des proportions. Le moyen le plus expéditif d'étouffer cette attirance dans l'œuf serait de lui dire à quel point il avait envie d'elle. Envie de plonger les mains dans ses cheveux et de l'embrasser jusqu'à ce qu'elle arrache elle-même ses vêtements. Furieuse, humiliée, elle déciderait de l'éviter… et ce serait plié.

Le cœur battant, Kélia s'enfuit du laboratoire. Il venait de se passer quoi, au juste ? Elle cherchait juste à établir un contact cordial avec le milliardaire ermite et voilà qu'il lui caressait les cheveux ! Elle sentait encore la main soulever sa mèche, voyait encore l'expression qu'il avait eue — l'expression éblouie d'un homme qui vient de trouver un trésor. Elle n'avait pas beaucoup d'expérience. Elle était restée beaucoup trop longtemps avec James, son petit ami si ennuyeux du lycée. Plus tard, à l'université, entre sa charge de travail, ses cours et ses petits boulots, elle n'avait guère eu le temps de parfaire son éducation amoureuse mais, quand un homme avait envie de l'embrasser, elle s'en rendait compte. Et Desmond Pierce avait eu envie de l'embrasser.

Et elle ? Eh bien, oui. Mais ce serait une erreur monumentale ! Il était vital pour elle de quitter cette maison dans trois mois, libre de toute attache affective ou physique. Desmond... Non, Pierce ! Dans sa séduction, Pierce était une bombe à retardement. Non, bien sûr qu'elle ne ferait rien. Imaginez qu'elle se retrouve encore enceinte ? Ce serait la fin de son rêve d'une vie vouée à la médecine. De nouveaux retards, de nouveaux déchirements. Elle n'aurait peut-être pas assez de volonté pour s'en tenir à la ligne qu'elle s'était tracée.

Le plus inquiétant, c'était que l'espace d'un instant elle avait failli oublier pourquoi elle était ici. Leur échange avait basculé dans un rapport de quasi-séduction, un registre qui ne lui était pas du tout familier avec les hommes. C'était plus fort qu'elle, le mystère Desmond l'intriguait. Elle sentait entre eux un lien tout à fait inédit pour elle. Un lien aussi terrifiant que fascinant.

En allant le relancer dans son laboratoire, elle venait de commettre une erreur évidente. Seulement, ils se croisaient si peu ! C'était tout de même logique de vouloir entretenir des rapports courtois avec le père de son enfant, du moins tant qu'elle vivait sous son toit.

Ou pas. En fait, elle ne se souvenait plus pourquoi elle était allée le trouver. Il ne s'intéressait pas à elle, la considérait uniquement comme un distributeur automatique de lait maternel. Elle ne retournerait pas dans ce labo. La maison était immense, rien ne les obligeait à se croiser, elle pouvait littéralement ne pas revoir Pierce avant son départ. Son quotidien n'avait rien de désagréable. L'intendante, Mme Elliot, lui préparait ses repas et lui faisait la conversation quand elle la sollicitait. Ses vêtements apparaissaient par magie, propres et repassés, dans sa penderie. Deux fois par semaine, sa chambre et la salle de bains attenante étaient nettoyées à fond, en toute discrétion. Elle nageait dans le luxe. Et elle devait s'avouer qu'elle appréciait.

Il y avait même une piscine ! Pour se débarrasser au plus vite des rondeurs de sa grossesse, elle s'était mise à nager deux heures par jour. Avant d'être enceinte, elle courait plusieurs fois par semaine, mais il n'y avait pas de pistes dans l'épaisse forêt d'érables qui entourait ce manoir gothique au bord du fleuve, et puis impossible de faire du jogging avec ses seins gorgés de lait qui ballottaient. Mais la piscine était fabuleuse, très grande, entourée de plantes exotiques comme une oasis des tropiques. La lumière tombait à la verticale d'un plafond de verre et aucune fenêtre ne venait gâter l'illusion. Quand elle effectuait des longueurs ou quand elle se prélassait au bord de l'eau, elle se sentait très loin de l'Oregon de son enfance. Ici, elle était toujours seule et pouvait nager aussi longtemps qu'elle le voulait sans jamais être dérangée. Un paradis.

Jusqu'au jour où elle sortit de l'eau, s'essuya le visage et découvrit Pierce dans l'un des fauteuils d'osier, en train de la contempler en silence. Elle ne l'avait pas revu depuis l'incident du laboratoire, une semaine auparavant. L'incident qui aurait pu se terminer en baiser.

— Bonjour ! lança-t-elle.

Mais pourquoi son cœur s'emballait-il ? C'était insensé : à l'instant même où elle avait détecté sa présence…

— Vous êtes là depuis longtemps ? ajouta-t-elle d'un ton léger.

— Suffisamment, dit-il. Je vous dérange ?

Suffisamment ? Une formule un peu bizarre. Sa voix grave faisait vibrer l'air feutré de l'oasis. Il n'était pas en tenue de bain, il était donc venu ici pour la voir. Son regard semblait l'interroger, ou attendre quelque chose. Elle trouva plus sûr de mentir.

— Mais non, voyons.

Car en fait il la dérangeait beaucoup. Son regard la transperçait. Elle n'aimait pas sentir sa peau presque nue se couvrir de chair de poule, simplement parce qu'il était là. Pourquoi ? Mystère, elle savait seulement qu'une qualité indéfinissable chez lui la troublait. Il avait sa part d'ombre, elle la détectait dans certaines expressions, certains gestes ; le plus souvent, il semblait porter un poids invisible, puis il souriait et là… Heureusement, il ne souriait pas souvent, car chaque fois il cessait d'être inquiétant-mais-sexy pour devenir absolument irrésistible.

Une seule solution : s'arranger pour qu'il ne sourie pas une seule fois, durant tout le temps où il lui ferait l'honneur de sa présence. Avec un peu de chance, il ne resterait que quelques minutes. Si seulement elle avait su qu'il comptait se montrer, elle aurait apporté un peignoir pour couvrir son maillot mouillé. Ou une armure. Elle saisit un drap de bain et l'enroula autour d'elle comme une toge, histoire de dissimuler ses mamelons qui pointaient, durcis par le changement de température. Couverte, elle se sentit plus sûre d'elle en allant se poser dans le fauteuil voisin du sien.

Il portait une chemise blanche, les manches roulées sur ses avant-bras. Elle l'avait taquiné l'autre jour sur sa tenue, mais la vérité, c'était que son aura étrange, magnétique, le dispensait de suivre la mode. Quoi qu'il porte, on ne voyait que lui.

— Vous êtes bien installée ? demanda-t-il.

Elle devina qu'il ne posait pas simplement la question par politesse.

— Bien sûr. Comment ne pas se plaire ici ?

Il inclina la tête sur le côté.

— Déjà, parce que vous n'avez pas choisi d'y être.

— Vous m'offrez une compensation.

Cela n'aurait pas dû sortir sur un ton aussi ironique — surtout après avoir refusé la compensation supplémentaire qu'il aurait versée sans hésiter —, mais ce regard sombre braqué sur elle la troublait trop. Après sa visite au laboratoire, elle avait fait une recherche sur lui. Ce qu'elle avait découvert signalait un cerveau réellement hors norme. On lui devait une avalanche d'innovations dans les domaines de la robotique, domotique, mécanisation, des articles théoriques dans les revues les plus prestigieuses... Elle n'était pas stupide. Elle avait décroché sa licence de biologie avec de très bonnes notes, mais Desmond Pierce jouait dans la cour des grands, très au-dessus des simples mortels comme elle. Et ils étaient mariés. C'était ahurissant. Elle s'aperçut qu'il parlait, et qu'elle n'avait rien suivi.

— ... Désolé que ma requête ait retardé vos projets, lâchait-il d'un petit air détaché.

Bon, au moins il ne se vexait pas, c'était déjà ça.

— J'ai toute ma vie pour être médecin, murmura-t-elle. Connor ne sera un nouveau-né que pendant quelques mois.

Elle faisait une énorme concession, mais elle avait aussi ses raisons d'être ici. Des raisons dont elle ne comptait pas parler au père de son enfant. Ces semaines passées auprès de son fils étaient un cadeau inespéré. Déchirée entre la reconnaissance et le sentiment qu'on l'utilisait, elle s'efforçait de considérer l'allaitement comme une tâche plutôt que comme l'échange tendre et joyeux qu'il était devenu.

Une fois le divorce finalisé, l'histoire s'arrêterait là. Connor ne serait plus son fils. C'était détestable de devoir se répéter aussi souvent cette mise en garde.

— C'est vrai, dit-il. J'apprécie tout de même beaucoup que vous ayez accepté.

— C'est pour cela que vous êtes passé aujourd'hui ? Pour me remercier ?

Oh ! non, quelle imbécile, elle lui avait souri. Comme s'ils étaient deux amis en train de bavarder. Un peu confusément, elle conclut :

— Vous pouviez le faire par texto.

— Je déteste les textos.

— Ah ? J'aurais cru que les communications électroniques…

Il se détourna — enfin ! — avec un mouvement d'impatience.

— Pourquoi ? Parce que je suis moins bien équipé pour le verbe que la plupart des gens ?

Elle se mit à rire avant de réaliser qu'il parlait sérieusement.

— Dites, se récria-t-elle, je ne vois aucun domaine

dans lequel vous seriez « mal équipé ». Je voulais dire par là que vous étiez le Frankenstein de l'électronique !

L'air pensif, il absorba ses paroles en silence. Elle sentait presque les rouages tourner dans son remarquable cerveau. Puis il haussa les épaules.

— Je déteste les textos parce qu'ils sont intrusifs. Ils me déconcentrent et m'obligent à répondre.

— Vous pouvez très bien les ignorer. Justement, avec un texto, vous avez l'info tout de suite, mais vous réagissez au moment qui vous convient. Il n'y a pas de délai imposé.

Voilà qu'elle lui donnait des conseils, maintenant. Elle retint un nouveau sourire. Il était craquant quand il oubliait d'être logique !

— Si, objecta-t-il. C'est comme un contrat social auquel je suis obligé de me plier. Le message est là, il clignote en continu jusqu'à ce que je le lise. Et, quand je l'ai lu, je sais exactement qui est là à attendre que je complète la transaction. Je ne peux pas ne pas en tenir compte.

Fronçant les sourcils, il grogna :

— Voilà pourquoi je ne donne pas mon numéro de portable à n'importe qui.

— Moi, j'ai votre numéro de portable.

— Vous n'êtes pas n'importe qui.

Ce fut plus fort qu'elle : elle éclata de rire. Sa réaction sembla donner à Pierce la permission de sourire. Ce fut si spectaculaire qu'elle sentit une réaction purement physique s'élever en elle. Une réaction qu'il sembla percevoir : subitement, la vibration se fit très sensuelle. Leurs sourires s'effacèrent. Fascinée, elle le dévisagea.

Pourquoi le trouvait-elle si séduisant, en fin de compte ? Il n'était pas du tout son genre. D'ailleurs, avoir un genre, c'était un luxe qu'elle ne pouvait pas se permettre. Elle venait de passer six ans à décrocher un diplôme qui aurait dû en prendre quatre, en payant ses études grâce à une foule de petits boulots. Si elle tentait la même formule à l'école de médecine, elle aurait cinquante ans avant de se qualifier. Cet homme détenait les clés de son avenir, elle ne devait pas l'oublier.

Il s'éclaircit la gorge. La tension entre eux s'apaisa un peu.

— Je ne suis pas venu vous trouver pour vous parler de messagerie électronique. Larissa vient de donner sa démission. Avec effet immédiat.

— La nounou a démissionné ?

C'était une très mauvaise nouvelle, et puis elle avait apprécié Larissa.

— Sans préavis ? Elle a donné une raison ?

— Sa mère a fait un AVC. Elle tient à s'occuper d'elle.

Kélia se mordit la lèvre en hochant la tête.

— Bon. Là, je comprends mieux.

Elle sentait les larmes lui piquer les yeux. Une réaction absurde, excessive, mais elle venait de se représenter sa propre mère dans la même situation, inerte, reliée à des machines pendant que les médecins tentaient de déterminer les dégâts cérébraux causés par l'attaque. Sauf que dans le cas de sa mère, il n'y aurait ni médecins ni machines. Butée jusqu'au bout, elle refuserait d'être soignée à l'hôpital, même si cela devait lui coûter la vie. À Harmony Gardens, il n'y en avait que pour les médecines parallèles. Kélia était la paria qui mettait sa foi dans la science et la technologie.

— Elle a fait le bon choix, constata-t-elle. Vous avez commencé à chercher une remplaçante ?

— Oui. J'ai contacté l'agence qui m'avait trouvé Larissa, ils vont m'envoyer des CV. J'espérais que vous voudriez bien les regarder avec moi.

— Moi ?

Pitié ! Il voulait qu'elle l'aide à choisir la femme qui allait, en gros, élever leur enfant ? Elle ne pouvait pas ! Une tornade d'émotions s'éleva en elle, mais cette fois encore Desmond ne sembla pas capter le choc qu'elle éprouvait. Tranquillement, il hocha la tête.

— Ce serait plus facile, oui.

— Vous vous êtes très bien débrouillé sans moi la première fois ! objecta-t-elle d'une voix étranglée.

— La première fois, j'avais neuf mois devant moi pour faire mon choix, répliqua-t-il. Cette fois, je n'ai qu'un jour. J'ai confiance en votre jugement.

— C'est vrai ? demanda-t-elle, médusée.

— Bien sûr. Vous êtes intelligente ou vous n'auriez pas décroché une place à l'école de médecine. Et vous décryptez les autres avec beaucoup de finesse.

Perplexe, elle fronça les sourcils.

— Moi ? Pas du tout. Le plus souvent, je ne fais que les énerver.

Elle avait tendance à dire ce qu'elle pensait sans l'enrober. Elle n'avait aucune patience avec les imbéciles. Ces deux traits de caractère la desservaient auprès des hommes, et cela lui convenait très bien parce qu'elle n'avait vraiment pas de temps à leur consacrer. Desmond inclina la tête sur le côté. Elle savait maintenant ce que cela signifiait : qu'il réfléchissait à ce qu'elle venait de dire.

— Vous ne m'énervez pas.

— Parce que vous me plaisez, marmotta-t-elle.

Une gaffe de plus ! Quand apprendrait-elle à réfléchir

à la façon dont on pourrait interpréter ses phrases ! Le jour où elle brancherait sa bouche sur son cerveau, sa vie deviendrait plus facile ! Le visage de Desmond s'assombrit.

— Cela ne durera pas. Je ne suis pas facile à vivre. Ce n'est pas par caprice que je vous ai demandé de porter mon fils.

Elle ne devait pas répondre. La vie privée de Desmond, sa fameuse part d'ombre, ne la regardait pas. Il venait de lui dire, en clair, de garder ses distances, mais son fichu mystère la fascinait. Maintenant qu'il avait abordé le sujet, elle ne put s'empêcher de répliquer :

— Justement, pourquoi l'avez-vous fait ?

Un homme aussi séduisant, aussi intelligent, aussi riche n'avait qu'à claquer des doigts, et une horde de femmes se bousculerait pour avoir son enfant. Il la toisa d'un petit air distant et répondit :

— Parce que je déteste ne pas contrôler la situation. Notre accord garantit que vous n'aurez aucun droit, ni aucun moyen d'affecter la vie de Connor.

Elle se tut, le temps d'encaisser le choc, et murmura :

— Mais si. Vous m'avez vous-même mise en situation de l'affecter quand vous m'avez demandé de l'allaiter. Je pourrais partir demain et ce serait désastreux pour vous deux.

— Oui. Et le paradoxe est désagréable. J'ai fait une grande concession, à la mesure de l'importance que j'accorde à mon fils. Je ne l'ai pas faite à la légère.

Son visage s'était durci. *Pour l'amour du ciel !* pensa-t-elle, atterrée. Elle voyait mieux maintenant pourquoi il s'estimait difficile à vivre. Il ne voulait pas que son fils ait de mère parce qu'il ne voulait pas partager.

Eh bien, c'était bon à savoir ! Les génies dominateurs, ce n'était pas du tout sa tasse de thé. Elle réprima un frisson et lança d'un ton léger :

— Dans ce cas, aucun problème. Je n'ai pas l'intention de marcher sur vos plates-bandes parentales. Je vous dépanne parce que je suis la seule à pouvoir le faire, mais j'ai surtout hâte de commencer mes études de médecine.

Pierce approuva de la tête.

— Voilà pourquoi je vous ai choisie. M. Animet a examiné les candidatures avec beaucoup de soin et votre détermination à aider les autres a joué en votre faveur. Vos principes.

Pardon ? Interloquée, elle battit des paupières. Non, il ne plaisantait pas, il lui disait sincèrement que ce qui lui plaisait chez elle, c'était sa détermination à faire les choses à sa manière. Une grande première ! Personne n'avait encore jamais apprécié son obstination, et surtout pas ses parents. Eux la suppliaient de sortir avec les garçons de leur communauté, d'en choisir un et d'avoir une foule de bébés. Et tant pis si les trois propositions la laissaient de marbre. Ces garçons l'ennuyaient à mourir, elle n'avait littéralement rien de commun avec eux.

Pour une femme qui avait toujours fait le désespoir de ses proches, c'était fabuleux de savoir que l'homme qu'elle avait fini par épouser — même d'une façon aussi artificielle — appréciait à sa juste valeur son désir de devenir médecin plutôt que guérisseuse. Et c'était terrible de comprendre qu'il l'avait choisie parce qu'il la croyait capable d'abandonner son enfant facilement, sans un regard en arrière.

D'autant qu'il avait raison. Elle le ferait, elle avait donné sa parole, mais cela n'aurait rien de facile.

- 3 -

Puisque la nounou lui faisait faux bond, Desmond dut prendre en charge la crise existentielle que fit Connor à 3 heures du matin. Le petit se réveilla en hurlant. Pourquoi ? Aucune idée. Larissa avait toujours assuré jusqu'ici, il ne savait rien des besoins de son petit garçon.

Pendant vingt minutes, il le berça, lui murmura des mots apaisants, lui offrit des jouets et lui ordonna de se taire. Sans résultat. S'il avait su, il se serait couché plus tôt. Deux heures de sommeil ne vous donnaient pas les réserves nécessaires pour une séance pareille.

Il finit par admettre qu'il ne pouvait plus s'offrir le luxe de faire comme si Kélia n'existait pas. Pas même dans le but de se dissimuler une attirance de plus en plus dérangeante. Les instructions laissées par Larissa disaient clairement que le bébé tétait pendant la nuit. Il avait tablé sur un miracle qui lui éviterait de devoir déranger la mère du petit, il avait perdu. Il alla donc frapper à sa porte en pleine nuit. Un geste qu'il s'était vu faire dans ses fantasmes, mais sans bébé en larmes dans les bras.

Elle lui ouvrit, vêtue d'un peignoir blanc bien sage qui lui fit un effet mémorable. Surtout la jambe nue qu'il entrevit, juste un instant, entre les pans. Elle éleva la voix pour couvrir les hurlements du petit et demanda, très pince-sans-rire :

— Vous croyez qu'il a faim ?

Un humour inattendu à une heure pareille ! Elle lui prit le petit, le serra sur son cœur et se détourna en lui murmurant des mots inaudibles. Du seuil, Desmond la regarda flotter — dans la pénombre de la chambre, elle semblait à peine toucher le sol — vers un fauteuil dans l'angle de la pièce. C'était donc là qu'elle s'installait pour nourrir Connor ? En préparant la pièce pour la recevoir, il se l'était représentée blottie dans ce fauteuil pour lire ou pour téléphoner, ses longues jambes repliées sous ses fesses. Elle alluma une petite lampe qui jeta un halo chaleureux sur le mur, s'installa, ouvrit son peignoir. Connor se riva à elle et le silence se fit.

— Vous pouvez entrer, chuchota-t-elle.

Car il restait planté sur le seuil, emprunté, se sentant inutile mais incapable de s'éloigner.

— J'aimerais assister à la tétée, clarifia-t-il.

Sa voix coassait. Il s'éclaircit la gorge et alla s'asseoir au pied du lit. Il y avait bien un petit canapé, mais il préférait garder ses distances : il se sentait très remué, chaque fois qu'il la regardait allaiter. C'était une chose de comprendre le mécanisme de la lactation et tout à fait une autre de voir boire son enfant. Là, cela devenait un événement. Quand elle changea le bébé de côté, il vit jaillir son mamelon sombre. Autant le tableau de l'allaitement emplissait son cœur, autant la vue de son sein nu éveillait ses sens.

Il la désirait. C'était absurde, déplacé, mais il n'arrivait pas à maîtriser l'envie qu'il avait d'elle. Et quand il la voyait avec Connor, son désir décuplait. Le plus sensé serait de sortir de la pièce, mais il ne pouvait pas.

Bon, il devenait urgent de trouver une solution. Dans deux mois maintenant, Kélia s'en irait. Il n'aurait même pas à lui répéter qu'elle ne devait plus jamais le contacter : elle avait ses propres objectifs, ils s'étaient dit les choses très clairement hier, au bord de la piscine. D'ici à son départ, il allait devoir faire en sorte de simplifier leurs rapports, sinon, il deviendrait fou. Rien ne les empêchait d'avoir des échanges cordiaux pendant qu'ils prenaient soin du bébé ensemble. Du moins jusqu'à ce qu'il recrute une nouvelle nounou.

À moins que… Et s'il faisait fausse route en s'en remettant à d'autres pour s'occuper de son fils ? Il devrait peut-être assumer plus complètement, faire davantage… Mais quoi ? Il ne voyait qu'une chose : faciliter, autant que possible, la tâche de la femme qui nourrissait son garçon.

— J'ai bien fait de vous l'apporter ? demanda-t-il d'une voix bourrue. Je ne sais pas comment vous vous y preniez avec Larissa.

— Tout à fait. Larissa a tenté des biberons, la nuit, avec des laits différents. Il n'a rien supporté.

Elle haussa les épaules avec bonne humeur. Perplexe, il fronça les sourcils. Il ne comprenait pas cette sérénité chez une femme que l'on vient de réveiller en pleine nuit.

— Elle n'arrivait à rien et je prenais le relais, acheva-t-elle.

— Elle n'a pas mentionné cela dans ses instructions.

Il maîtrisa son agacement. Trop occupée à faire ses bagages et à réserver son voyage en catastrophe, Larissa ne lui avait pas transmis tous les éléments. C'était décidé, il allait prendre la situation en main, jouer un rôle plus actif. Il ouvrait la bouche pour se renseigner sur la routine que Kélia et Larissa avaient mise en place quand elle reprit :

— Rien n'est jamais fixé, avec les bébés. C'est une cible mouvante.

Elle semblait avoir capté sa pensée ! Par pur réflexe défensif, il riposta :

— C'est le fruit de votre longue expérience ?

Ennuyé, il réprima une grimace. De quel droit venait-il l'agresser ? La question avait claqué sèchement, mais elle se contenta de rire. Il lui fut reconnaissant de sa gentillesse.

— Je viens d'une communauté très soudée, expliqua-t-elle. Tout le monde élève les enfants de tout le monde. Je me suis occupée de bébés toute ma vie.

Desmond hocha la tête. M. Animet lui avait dressé un tableau assez complet de la communauté collaborative, installée à la lisière de la forêt Clatsop, où Kélia avait grandi. Cette enfance assez particulière était l'un des éléments qui la démarquaient des autres candidates. Sans réfléchir, il lança :

— Justement, je trouve surprenant que vous soyez prête à abandonner un enfant.

Elle le contempla un instant avec une expression énigmatique.

— Non, dit-elle enfin. C'est tout le contraire. C'est justement pour cela que je peux le faire. J'ai été aux premières loges pour mesurer ce qu'une femme doit donner pour être mère, en termes de temps et d'énergie. Quand vous donnez tout à un enfant, il ne vous reste rien à offrir ailleurs, pas même à votre mari. Alors des études de médecine, un internat éreintant, l'installation d'un cabinet…

— Mais ce n'est pas comme cela pour vous ici, n'est-ce pas ?

Elle lui lança un large sourire.

— Pas du tout ! Déjà, nous ne sommes pas un vrai couple.

Intrigué, il ne put s'empêcher de tirer le fil.

— Et si nous l'étions ?

Cette idée se dressa entre eux, énorme, comme si elle remplissait la pièce et exigeait d'être examinée. Un instant, il faillit battre en retraite, dire qu'il plaisantait, puis il se ravisa. Il voulait en savoir davantage sur elle, mieux la connaître.

— Si nous étions quoi, un vrai couple ? demanda-t-elle.

L'idée l'intéressait, il le voyait dans son regard si expressif. Pourtant, elle fit ce qu'il s'était refusé à faire : elle la balaya d'un haussement d'épaules.

— Nous n'aurions pas fait un enfant ensemble. Vous avez choisi d'être un père célibataire pour des raisons à vous. La réalité, c'est que nous n'avons ni l'un ni l'autre de place dans notre vie pour faire partie d'un vrai couple.

C'était une bonne chose qu'elle le lui rappelle. Il n'aurait pas dû en avoir besoin. En même temps, il eut la nette impression qu'il abordait la question du mauvais côté. Au lieu de se retrancher dans son labo le temps d'analyser exhaustivement son attirance pour Kélia, il devrait créer un environnement lui permettant de l'explorer. Pour en venir à bout, une seule approche : en cerner l'étendue et les limites. Les conditions étaient idéales, puisqu'elle était là en permanence et que leur divorce était imminent. Machinalement, il lâcha :

— Du moment que vous êtes bien pendant votre séjour ici, c'est tout ce qui compte pour moi.

En fait, pensait-il, tout pouvait être très simple. Quand il voulait une chose, il trouvait généralement une façon de l'obtenir. C'était l'un des avantages d'être un génie. Cette fois, il s'offrirait un problème d'un nouveau genre. Une équation à résoudre sur le registre humain.

Elle leva les yeux vers lui en calant mieux le bébé.

— Si vous tenez à ce que je sois bien, trouvez-moi une nounou spécialisée dans le sevrage des bébés allergiques.

— Je me mettrai en chasse dès demain, promit-il.

Et, si la tentative lui permettait de connaître la mère de son fils d'une façon plus intime, tout le monde serait satisfait.

Le lendemain matin, Kélia fut réveillée par le bip qui signalait l'arrivée d'un SMS. Elle se sentait bien reposée et en pleine forme. Pourtant, quand Desmond avait quitté sa chambre cette nuit, en emportant le bébé, elle s'était tournée et retournée pendant une bonne heure, incapable de se rendormir.

Ce n'était pas comme cela qu'elle s'était représenté Desmond dans sa chambre au milieu de la nuit. C'était complètement déplacé de nourrir des fantasmes érotiques au sujet de son mari, mais bizarrement elle rêvait souvent de lui. Surtout quand elle était éveillée. Il n'est pas facile de se défaire d'un fantasme, particulièrement quand on n'a pas grand-chose pour occuper ses journées.

Médusée, elle contempla le petit écran. Un texto de Desmond ! En soi, cela n'avait rien de comique, mais elle ne put s'empêcher de sourire en l'imaginant en train de taper son message, maladroit, se trompant, revenant en arrière, révulsé par ce support qu'il ne maîtrisait pas. Le message était pourtant tout simple :

Venez à mon labo quand vous aurez un moment.

Il était craquant ! Attendrissant même : il ne semblait pas du tout réaliser à quel point elle s'ennuyait. Elle trouverait un moment, oui, et même tout de suite. Ce serait l'occasion de revisiter le jardin enchanté de Frankenstein.

Elle se doucha rapidement, se brossa les cheveux. En dix minutes chrono, elle fut prête à descendre. Quand elle poussa la porte, il leva les yeux de son écran.

— C'était rapide, constata-t-il.

Elle haussa les épaules, l'air dégagé. Ou du moins aussi dégagé que possible face à l'homme qui l'avait vue à demi nue la nuit précédente.

— Je suis à votre disposition, non ?

Pendant une fraction de seconde, l'expression de Desmond lui fit chaud partout. Pourtant, ce fut d'une voix parfaitement inexpressive qu'il lâcha :

— Je croyais que vous étiez là pour Connor.

— C'est ce que je voulais dire.

Oh ! non, il allait interpréter. Il était si déconcertant, si complexe, parfois chaleureux, parfois distant, mais toujours fascinant. Elle s'avoua qu'elle adorait le faire réagir, mais elle jouait avec le feu ! Desmond n'était pas un homme à sa portée, la situation était beaucoup trop compliquée pour qu'ils se hasardent à explorer le courant qui passait entre eux. Elle ajouta pourtant :

— Je suis là pour le bébé, mais manifestement je peux me laisser convaincre d'être parfois disponible pour le père. Je suppose que cela dépend de la question qu'il souhaite aborder.

Desmond se carra dans sa chaise, le visage nettement plus accueillant.

— Et vous, quel sujet aimeriez-vous aborder ?

Elle retint de justesse le commentaire équivoque qui lui

montait aux lèvres. Il ne l'avait sûrement pas convoquée pour reprendre là où ils en étaient restés l'autre jour, quand elle avait fait l'erreur de le débusquer dans son labo. Depuis, elle avait appris la prudence. Elle haussa donc les épaules en murmurant :

— Je supposais que vous vouliez quelque chose de précis. Une question assez importante pour vous faire ramper hors de l'âge des cavernes et m'envoyer un texto.

Il eut un léger sourire. Elle sentit un frisson sensuel courir dans son dos.

— C'est votre mode de communication préféré, non ? Je peux m'adapter.

Perplexe, elle le dévisagea. L'ambiance de ce matin était très différente de leurs échanges habituels. Si elle n'avait pas été sûre du contraire, elle aurait juré qu'il flirtait avec elle.

— Vous ne me faites pas l'effet d'un homme très flexible, lança-t-elle. Ce serait peut-être à moi de m'adapter à vous.

Les yeux de Desmond se firent plus perçants que jamais. Tout à coup, elle sut ce que ressent un petit lapin face au chasseur. Comme elle n'admettrait jamais qu'un homme la domine, elle eut le réflexe inverse du lapin : elle franchit la barrière qui les séparait, contourna la grande table de travail et se planta du même côté que lui. L'idée l'effleura tout de même que, ce coup-ci, c'était lui qui la forçait à réagir.

La dernière fois, il s'était montré très réservé alors qu'elle le poussait dans ses retranchements. Là, clairement, la réserve n'était plus au programme. Les bras croisés de Desmond se dénouèrent et tombèrent à ses côtés, comme s'il se présentait à son inspection. Comment ne pas profiter d'une proposition aussi intéressante ? Il était bâti comme un dieu avec son long corps mince et son visage d'une beauté classique. Des pommettes hautes, des yeux stupéfiants, ce début de barbe… irrésistible.

— Ce serait comment ? murmura-t-il. Si vous vous adaptiez à moi ?

— Je… ne sais pas. Vous communiquez comment ?

Sans la quitter du regard, il eut un petit mouvement du menton vers le fond du labo.

— J'invente des choses, je les assemble d'après les images que j'ai dans la tête. Je communique avec mes mains.

Bon sang, c'était la phrase la plus sexy qu'elle ait jamais entendue. Déjà, son corps s'éveillait, sa peau s'échauffait, elle fondait en imaginant tout ce qu'il pourrait lui dire du bout de ses doigts de pianiste.

— C'est sûrement très… efficace.

Ils ne parlaient plus de communication et ils le savaient tous deux. Cette fois, c'était certain, il cherchait à la séduire. Et elle, que voulait-elle ? Ce n'était pas une bonne idée de l'encourager… Si seulement elle parvenait à se souvenir pourquoi. Oh ! et puis à quoi bon se raconter des histoires : cet homme la fascinait, elle le désirait. D'une voix encore plus grave, il glissa :

— Le plus souvent, ce que je dis est mal interprété.

— Peut-être parce qu'on ne vous écoute pas assez attentivement ?

Elle, elle écouterait ! Ne serait-ce que pour éclaircir une part de son mystère. Il pourrait lui parler toute la nuit s'il voulait, avec ses mains, avec sa bouche. Elle ne refuserait rien.

Non ! Non, mauvaise idée. Cela ne pourrait que mal

se terminer. Elle avait ses objectifs, lui les siens. Il était un ermite, un homme beaucoup trop compliqué, qui voulait tout contrôler. Ils n'avaient rien en commun… à part un fils.

— Peut-être, convint-il. En général, les autres me trouvent difficile à comprendre.

— Je ne suis pas les autres.

C'était elle qui venait de murmurer cela ? Elle eut comme un vertige. Elle ne pouvait plus reculer, une force l'entraînait malgré elle. Au lieu de tourner les talons avec un mot poli comme l'exigeait la plus élémentaire prudence, elle restait, elle ajoutait même :

— Dites-moi quelque chose. Je vous préviendrai si j'ai du mal à traduire.

Une anticipation délicieuse se déployait dans son ventre, un désir fou. Elle était très consciente pourtant du risque : la remise en cause de leur accord, le danger de se retrouver bloquée ici, tous ses projets en attente, simplement parce qu'elle n'avait pas la volonté de s'écarter de… son mari. C'était comme une hypnose, elle ne parvenait pas à s'arracher à l'emprise de son regard, tout se déroulait en dehors d'elle. Ou plutôt non : elle était partie prenante, elle voulait vivre ce moment et tant pis pour les alarmes qui se déclenchaient en elle.

Lentement, il glissa les doigts dans ses cheveux en prenant bien le temps de lui faire entendre ce qu'il lui disait en silence. Méthodiquement, il enroula une mèche autour de sa main, promena son pouce sur sa joue dans une caresse légère qui la fit frémir de désir. Il dut percevoir sa réaction, car un feu sourd s'alluma dans son regard. Sa main libre glissa autour de sa taille, l'attira lentement vers lui, leurs corps se rencontrèrent. Oh ! oui, elle aimait ce qu'il lui disait.

Il lui prit le visage entre ses paumes et pressa ses lèvres sur les siennes. Elle dut retenir la plainte rauque qui roulait dans sa gorge. Déjà, il inclinait la tête sur le côté, la pointe de sa langue rencontrait la sienne, la goûtait, l'explorait. C'était bon ! Si bon qu'elle se lança dans sa propre exploration.

Elle aussi voulait toucher. Elle effleura sa poitrine du bout des doigts, en savourant le contact du coton bien repassé qui enrobait un corps ferme aux muscles durs. Sous les côtes, le cœur battait furieusement, sa bouche la transportait de plaisir. Cet homme n'avait aucun problème pour communiquer. La chaleur de ses paumes sur elle l'enflammait. Il la ploya en arrière contre sa table de travail et là, contre son ventre… elle eut un vertige délicieux en sentant son sexe durci.

Cette fois, si elle ne stoppait pas cette folie, ils allaient se retrouver nus. Elle avait envie de lui, terriblement envie, mais elle n'était pas en train de faire le meilleur choix pour une femme qui comptait passer son chemin, libre de toute attache, dans quelques semaines. Cette pensée la fit retomber sur terre. Pressée entre le corps de Desmond et la table, assourdie par les battements de son propre cœur, elle lui reprit sa bouche. Ils se dévisagèrent un long instant en silence.

— C'était…

— Stupéfiant ? suggéra-t-il. Mais je sens que nous allons arrêter là.

Il la dévorait d'un regard brûlant. Il n'aurait eu qu'un geste à faire pour reprendre sa bouche, mais il s'en abstint, attendant un signe de sa part. Une marque de respect qui la toucha.

— Vous voyez ? Nous communiquons très bien, exhala-t-elle. Ce n'est pas une bonne idée, voilà tout.

Ils ne pouvaient pas s'offrir le luxe d'une passade sans lendemain. Il lui avait bien fait comprendre qu'il tenait à contrôler la situation. Ils étaient mariés, l'accord de divorce déjà rédigé. Ce n'était pas un contexte qui permettait la moindre expérimentation. Cela n'aurait aucun sens.

— Oh si, c'est une bonne idée.

D'un regard, il lui dit combien ce serait bon entre eux puis, tout haut, il conclut :

— Mais il faut être deux à le penser.

Et il recula pour lui rendre sa liberté. Avec sa première vraie respiration depuis plusieurs minutes, elle approuva de la tête.

— Effectivement. Et moi, je ne le pense pas.

- 4 -

Desmond détestait se sentir dépassé par les événements. Ce baiser expérimental ne s'était pas du tout déroulé comme il l'espérait. Il comptait, en passant à l'acte, ramener l'attirance insensée qu'il éprouvait dans des proportions ordinaires. En faire le tour, y mettre fin. Au lieu de quoi ce baiser avait décuplé l'intensité de son désir. Pire : il avait envie de recommencer, pour des raisons qui n'avaient plus rien de scientifique.

Le souvenir de la bouche de Kélia le hantait. La sensation lui revenait aux moments les plus surprenants, au labo par exemple, alors qu'il soudait des pièces métalliques au squelette de titane qu'il était en train d'assembler. Il faisait des erreurs grossières. Si cela continuait, sa créature ressemblerait davantage à une araignée qu'à un être humain.

Son cerveau s'était désengagé de ce projet. Le problème qui le préoccupait maintenant comportait une équation autrement difficile à résoudre : comment faire en sorte que Kélia accepte à nouveau de l'embrasser ? La première fois, elle s'était dégagée, exactement comme il s'y attendait. Dans son monde, les femmes se répartissaient en deux catégories : celles qui ne s'intéressaient pas à lui et celles qui s'intéressaient à lui pour les avantages qu'elles pourraient en retirer. Manifestement, sa femme se rangeait dans le premier groupe.

Et toutes les femmes, sans exception, le trouvaient difficile à vivre. Kélia aussi, cela allait de soi. La différence, c'était que pour la première fois cette idée le dérangeait. Elle s'était mise à l'éviter. Il ne l'avait pas revue depuis deux jours.

Il retourna ce dilemme sous tous les angles sans parvenir à aucune conclusion. Il n'avançait pas non plus sur son prototype, qui aurait déjà dû être à moitié achevé. La frustration le gagnait quand le salut arriva sous la forme d'un mail de l'agence de placement de nounous. Excellent ! pensa-t-il en déroulant à l'écran une liste des candidates. De nouvelles données à traiter. Des variables et des risques à évaluer, un tableau à dresser des évolutions possibles. Le prétexte idéal pour laisser son projet de côté.

Mieux encore, les candidates au poste de nounou lui fournissaient une raison de revenir vers Kélia, puisqu'il lui avait demandé de l'aider pour la sélection. Pour elle, l'enjeu était de taille. Il appréciait son intelligence, appréciait aussi que son cerveau fonctionne différemment du sien. Ils passeraient les CV en revue ensemble, ce serait peut-être l'occasion d'obtenir un autre baiser. Une situation gagnant-gagnant sur toute la ligne.

Il se mit à sa recherche et la trouva dans le solarium, occupée à allaiter le bébé. Instantanément, il oublia toute la stratégie qu'il venait d'élaborer. Pourquoi, mais pourquoi ce tableau le bouleversait-il toujours autant ? Il aurait dû commencer à s'y habituer, non ? Elle leva les yeux et le surprit, figé sur le seuil du solarium.

— Désolé, lâcha-t-il d'un ton bourru. Je reviendrai.

— Vous êtes chez vous ! Vous, au moins, vous pouvez aller et venir comme bon vous semble.

Merci, c'était gentil de lui rappeler qu'il la retenait plus ou moins de force. Il encaissa l'accusation implicite et protesta maladroitement :

— Je voudrais que vous vous sentiez libre de vous déplacer.

Pourquoi la situation le mettait-elle si mal à l'aise ? Il frotta son éternelle barbe de trois jours. Les échanges verbaux n'avaient jamais été sa spécialité. Il devrait vraiment voir plus de monde et s'exercer à parler avec ses semblables.

— Je peux faire quelque chose pour vous convaincre que vous êtes libre malgré les… contraintes de la situation ?

— Je ne vois pas quoi, soupira-t-elle.

Pendant un long instant, elle regarda téter Connor, puis elle ajouta :

— Désolée. C'est moi qui suis bizarre.

Il faillit éclater de rire.

— Habituellement, c'est ma réplique, murmura-t-il. Vous n'êtes pas du tout bizarre.

Elle eut une sorte de grimace.

— Vous non plus. Je voulais dire que depuis… Enfin, depuis l'autre jour, la situation s'est compliquée.

L'autre jour ? Elle voulait dire le jour du baiser. Il chercha ce qu'il pourrait bien lui répondre, sans cesser de la contempler. Elle rougit, positionna mieux le bébé qui se retrouva en fin de compte calé à l'identique. Intéressant ! Elle était aussi mal à l'aise que lui. Pourquoi ? Fasciné, il croisa les bras. Cette énigme, il avait envie de la résoudre. C'était nouveau pour lui : habituellement, face à un problème de ce type, il se serait aussitôt replié dans son labo, cet univers où tout fonctionnait exactement comme il le décidait.

— Ce n'est pas si compliqué, rétorqua-t-il. Nous sommes toujours mariés, le bébé a toujours besoin de votre lait et moi d'une nounou. Où est le problème ?

— Vous savez ce que je veux dire, marmotta-t-elle.

— Peut-être pas.

Hormis en sciences, les évidences lui échappaient souvent. D'un autre côté, il appréciait de plus en plus les endorphines qu'il produisait quand il était près d'elle. Pourquoi ne pas en profiter ? Du moment qu'il maîtrisait la situation.

— Dans ce cas, oubliez, dit-elle assez sèchement. Je vois que la bizarrerie est entièrement de mon côté. Je suppose que vous, vous embrassez qui vous voulez quand ça vous chante, sans que cela vous empêche de dormir comme un bébé.

Il dressa l'oreille.

— Vous avez du mal à vous endormir ? Parce que je vous ai embrassée ? Pourquoi ?

Il n'aurait jamais deviné qu'elle aussi… Et maintenant il voulait savoir si, quand elle restait éveillée dans son lit, elle fantasmait comme lui sur ce qui aurait pu se passer entre eux. Il fut fasciné de la voir rougir.

— Stop. Arrêtez d'interpréter tout ce que je dis.

— J'interprète, moi ?

L'idée n'aurait pas dû le faire sourire, mais elle semblait si décontenancée. Il était enchanté qu'elle soit à ce point affectée par la scène dans son labo. Lui qui pensait qu'elle s'était écartée de lui parce qu'il ne l'intéressait pas ! Elle prit une mine tragique pour lancer :

— Je vous en prie, dites-moi que vous n'êtes pas juste venu ici pour m'imposer cet interrogatoire !

— Non. Pardon.

Cela ne le dérangeait pas de battre en retraite : il avait une foule de nouvelles idées à examiner et il pourrait toujours revenir sur la question plus tard, par un autre biais.

— L'agence m'a envoyé une liste de candidates, reprit-il. Je voulais savoir quand vous seriez disponible pour les passer en revue.

— Tout de suite, répliqua-t-elle. C'est le moment idéal. Le bébé en a encore pour une dizaine de minutes de ce côté, puis ce sera l'autre. Je suis coincée jusqu'à ce qu'il ait terminé.

— Coincée ?

— Eh bien, ce n'est pas comme si je pouvais prendre la voiture et aller faire un tour. La tâche exige une certaine immobilité. Ce n'est pas un problème, vous savez ? Le plus souvent, je reste là dans une espèce de transe zen…

Il ne lui était pas encore venu à l'esprit qu'elle était bloquée quand elle allaitait. Elle ne pouvait même pas se lever pour aller boire un verre d'eau si elle avait soif. Ou difficilement. Le constat lui fit tomber comme un poids dans la poitrine. Pendant qu'il tournait en rond dans sa petite obsession — comment la ramener dans ses bras pour un second baiser —, elle s'occupait de son fils sans rien demander à personne et sans se préoccuper de son propre confort.

— Je peux vous apporter quelque chose ? proposa-t-il. Un thé ? Un coussin ?

De quoi pouvait-on avoir besoin pendant qu'on allaitait ? Il allait devoir faire des recherches, regarder des vidéos. Elle le surprit en lui souriant — le premier sourire qu'elle lui ait accordé depuis qu'il était venu interrompre sa transe.

— Merci, je suis bien. Je rassemble tout ce qu'il me faut avant de m'installer.

Oui, mais lui, il ne s'était même pas posé la question. Il se trouvait lamentable, il s'était comporté comme un égoïste… ou comme un homme. Quel genre de père était-il ?

— À partir d'aujourd'hui, gronda-t-il, je veux être là quand vous nourrissez Connor.

— Quoi ? Pourquoi faire ?

Elle le regardait comme s'il l'avait accusée de quelque chose. Avec une certaine raideur, il répondit :

— Je souhaite uniquement vous soutenir. C'est la seule chose que je ne peux pas faire pour Connor. Si vous êtes bloquée, je dois l'être aussi.

— Je vois. C'est… inattendu.

— Je ne suis pas un monstre tout le temps.

Il se sentit un peu heurté quand la formule la fit rire.

— Je n'ai jamais dit que vous étiez un monstre ! Bref, merci. Mais vous allez beaucoup vous ennuyer.

— Connor est mon fils. Vous êtes ma femme. Je m'intéresse énormément à vous deux.

Elle sembla de nouveau très déconcertée. Elle le dévisagea un long instant, avec une sorte de prudence, et finit par avouer :

— Je n'ai pas l'habitude des hommes aussi… francs.

Il sentit les cheveux se hérisser légèrement sur sa nuque. Quel genre d'homme fréquentait-elle habituellement ? Cette question, il préférait ne pas se la poser.

— Vous devriez mieux vous entourer, conseilla-t-il avec une certaine brusquerie.

Bon, cela suffisait. Il était temps de revenir à la question qui l'occupait.

— J'ai regardé la liste des nounous, reprit-il. Quatre d'entre elles sortent du lot. J'aimerais votre opinion.

— Montrez ?

D'un geste preste du doigt, elle retira son mamelon de la bouche de Connor, le cala sur son coussin pour refermer son soutien-gorge et l'ouvrit de l'autre côté. Le tout sans paraître s'apercevoir qu'il y avait dans la pièce un homme qui s'efforçait de prétendre qu'une femme magnifique ne venait pas de se dénuder devant lui. Être présent chaque fois qu'elle nourrirait Connor, ce n'était peut-être pas une si bonne idée, en fin de compte ! Il changea de position sur son siège, mais aucune position n'est confortable avec une érection. Une réaction qu'il ne se pardonnait pas. Il détestait ne pas pouvoir se contrôler, ni savourer la vue du corps de sa femme comme un mari normal. Maintenant qu'il avait affirmé son intention de la soutenir par sa présence, il ne pouvait plus revenir en arrière. Tant qu'il n'aurait pas de nounou, il était pris à son propre piège.

— Vous n'avez qu'à me lire les CV, proposa-t-elle.

Il retomba sur terre. *Les CV ? Oui. Bonne idée.*

— Je reviens tout de suite.

Il fonça vers sa chambre, saisit la tablette sur son chevet, afficha la liste et revint au pas de charge vers le solarium. Kélia n'avait pas bougé du fauteuil près de la grande baie vitrée. Une nappe de lumière se déversait sur elle, éclairait ses cheveux comme une couronne. Avec le petit Connor blotti contre sa poitrine, elle était la femme la plus belle qu'il puisse imaginer. Une fois de plus, il ressentit ce choc familier dans son cœur.

— J'ai… Voilà la liste, annonça-t-il bêtement.

Elle se contenta de hocher la tête. Il s'éclaircit la gorge

et lui lut la présentation de ses quatre candidates préférées. Elle l'interrompit plusieurs fois pour lui demander de clarifier un point, répéter un passage ou lui rappeler un détail fourni par une autre candidate. Quand il eut terminé, il déposa la tablette et l'interrogea du regard.

— La troisième, décréta-t-elle aussitôt. Shelly. Elle s'exprime bien, je me suis sentie à l'aise avec ses tournures et je n'ai pas eu l'impression qu'elle cherchait à gonfler son expérience réelle. Elle est la seule à s'être occupée de deux bébés avec des allergies au lait maternisé, elle est la plus âgée, et moi, quand il s'agit de confier mon… votre fils à quelqu'un, j'ai un préjugé en faveur de l'âge.

Sa gaffe resta suspendue entre eux dans le silence. Elle le regarda bien en face, comme si elle le mettait au défi de la relever. Il aurait dû le faire. Connor n'était le fils de Kélia qu'au sens biologique, elle avait renoncé à ses droits parentaux. Il détenait des documents inattaquables pour le prouver…

Non, décida-t-il. Il n'avait pas à s'inquiéter, elle était très claire sur son rôle. C'était même elle qui avait reculé, au labo, en disant que ce ne serait pas une bonne idée qu'ils se rapprochent, elle et lui. Ce serait plutôt lui qui aurait besoin qu'on lui rappelle ce qu'elle faisait ici. Il choisit donc de ne pas rectifier. Elle dut le comprendre, car elle hocha légèrement la tête et ajouta avec gravité :

— Moi aussi, je veux ce qu'il y a de mieux pour Connor. Je suppose que vous le savez ou vous ne m'auriez pas demandé mon avis.

Eh bien… En réalité, cela ne lui était pas venu à l'esprit. Vouloir ce qu'il y avait de mieux, cela impliquait un attachement. Elle avait interprété sa proposition de l'aider à décider complètement à rebours… et lui, il n'avait pas vu qu'elle développait un lien affectif avec le bébé. Il mit la tablette de côté et prit le temps d'évaluer ce qu'il venait de saisir. Puis il déclara :

— Je vous ai demandé de m'aider à sélectionner la nounou en partant du principe que vous voudriez vous assurer que je choisirais une femme capable de vous aider à sevrer Connor. Pour pouvoir partir tranquille, une fois votre mission accomplie.

Cette expression fugace, était-ce de la souffrance ? Pourtant, ce fut d'une voix tranquille et posée qu'elle répondit :

— Oui. C'est bien ce que je veux. Cette femme va me remplacer, je veux qu'elle soit le bon choix pour élever Connor.

— C'est moi qui élèverai Connor !

Sa voix avait claqué, féroce. *Son* fils, *ses* choix, *son* rôle, il y tenait par-dessus tout et il le disait sans honte.

— Eh bien oui, mais il aura aussi besoin d'une présence féminine. De la douceur, une personnalité rassurante, quelqu'un qui embrassera ses bobos pour les guérir.

Le regard dubitatif qu'elle posait sur lui le vexa profondément. Puis elle enfonça le clou en précisant :

— Franchement, je ne vous vois pas dans ce rôle.

— Parce que je suis un homme ?

C'était sexiste. Plus dérangeant encore, elle n'avait peut-être pas tort. Lui non plus ne se voyait pas comme une présence douce et rassurante. Quand il se représentait sa vie avec Connor plus tard, la relation qu'il imaginait était très cérébrale. Ils discutaient philosophie et physique, argumentaient leurs théories, étudiaient l'histoire de l'Antiquité. Pas une seule fois, il n'avait pensé que ce serait à lui de coller un pansement quand son garçon s'écorcherait le genou. Et pourtant Connor aurait aussi besoin de cela.

— Non, parce que vous êtes vous, répondit-elle sans se formaliser. Desmond, cela n'a rien à voir avec le fait que vous soyez un homme. J'ai vu beaucoup de pères se retrouver seuls avec leurs enfants, mais ils étaient plus… adaptables aux nécessités du quotidien. Vous, vous comptez sous-traiter le job de maman et je veux que la bonne personne s'en charge. Pour que vous puissiez de votre côté retourner vous cacher dans votre labo.

— Je ne me…

Si. C'était vrai, il se cachait, et le fait qu'elle l'ait compris le troublait beaucoup. Comment faisait-elle pour lire en lui ? Elle avait même décelé une faille dans son projet.

— Parlez-moi de la façon dont on élève les enfants dans votre communauté.

Elle leva les yeux, très surprise.

— Sérieusement ? Je veux dire, je n'aurais jamais cru que ce soit votre tasse de thé.

— Au contraire. Je veux que Connor grandisse heureux et en bonne santé, donc toutes les approches m'intéressent. J'ai un rôle à jouer, même si ce n'est pas celui de poseur de pansements sur les genoux écorchés.

Elle lui tira la langue. Personne avant elle ne s'était jamais risqué à le… taquiner ? Cela n'aurait pas dû être aussi sexy, mais il retrouva instantanément la sensation de cette langue contre la sienne, inquisitrice et effrontée. Elle l'avait embrassé avec passion, il mourait d'envie de sentir de nouveau ses mains sur lui. Il croisa rapidement les jambes pour masquer le gonflement de son aine. Il devait absolument trouver un moyen de maîtriser l'effet qu'elle lui faisait !

— Je ne dis pas que vous ne pourrez pas jouer ce rôle, poursuivait-elle.

Ouf, elle n'avait rien remarqué. Elle voyait beaucoup de choses mais apparemment pas le fait qu'elle pouvait, d'un geste, le transformer en adolescent fou de désir.

— Je dis juste que vous ne serez pas la première personne vers qui il se précipitera quand il se fera mal. Ou quand il aura de la peine. C'est ce qui me vient à l'esprit quand vous me demandez comment nous élevons les petits, chez nous. Les pères comme les mères lisent des histoires aux enfants le soir, ils se lèvent pour aller les rassurer quand ils font un cauchemar. Les faire manger, changer des draps mouillés, chercher des peluches égarées... Homme ou femme, la personne qui manifestera le plus de tendresse, de tolérance et de patience sera celle vers laquelle il se tournera quand il sera en difficulté. Et les enfants se trouvent souvent en difficulté.

Tandis qu'elle parlait, sa main s'était posée sur la tête du bébé dont elle caressait machinalement les cheveux si fins. Protéger, rassurer, elle faisait cela naturellement, sans même y penser. Le savait-elle seulement ?

— Et vous partez du principe que cette personne, ce sera la nounou, conclut-il d'une voix neutre.

Une sorte de révolution venait de s'opérer en lui. Tout à coup, il ne voyait plus qu'une seule personne dans ce rôle : Kélia elle-même. Il s'efforça de se représenter l'une des femmes de sa liste dans ce fauteuil, biberon en main, main caressante... Le tableau refusa de prendre consistance. C'était troublant. Et très inattendu.

— Je me trompe peut-être, concéda-t-elle en haussant les épaules. Dites-moi quelle candidate vous préférez, et selon quels critères.

Non. Cette discussion-là était close. Kélia venait de remettre en cause une foule de présupposés, de soulever une question fondamentale. Il avait besoin d'un moment pour intégrer ces nouvelles données, mais il ne pouvait pas s'en aller pour réfléchir tranquillement. Kélia allaitait toujours et, tant qu'elle serait piégée dans son fauteuil, il devrait rester dans le sien. Il avait donné sa parole ! Une sensation désagréable s'insinua en lui, un malaise profond, peut-être le premier signe avant-coureur d'une crise d'angoisse. Pour l'amour du ciel, voilà des années qu'il n'en faisait plus ! Sans doute parce qu'il prenait bien soin d'éviter tout ce qui pouvait les déclencher.

— Desmond.

La voix ferme de Kélia perça la bulle d'angoisse, la balaya comme un vent printanier. Il ouvrit les yeux — il ne s'était même pas aperçu qu'il serrait les paupières — et vit qu'elle le contemplait avec inquiétude. Elle avait couvert sa poitrine. Calé contre elle, Connor, repu, agitait vaguement son petit poing.

— Vous voulez le prendre ?

Elle proposa cela d'un ton désinvolte, comme si elle n'avait pas remarqué son moment d'absence. Il n'y crut pas un instant : elle avait eu conscience de sa détresse et trouvé ce moyen pour le tirer d'affaire. Elle avait noté son trouble et cherché à l'aider.

Cela fonctionna. Sans qu'il comprenne comment, dès qu'elle s'approcha de lui, il s'apaisa. Connor se blottit dans ses bras, une émotion très douce se déploya en lui comme un baume sur ses nerfs crispés. Sur ce point au moins, il ne remettait rien en question : il aimait son fils. À l'instant même où Lacey lui avait annoncé qu'elle était enceinte, son cœur s'était ouvert à l'idée d'être père.

Un bébé ne saurait pas qu'il butait sur des situations toutes simples, que la plupart des gens normaux géraient sans réfléchir. Son fils l'aimerait même quand il aurait compris qu'il détestait les foules et préférait être seul. Il l'accepterait tel qu'il était.

— Je veux que tu viennes me trouver quand tu auras un bobo, souffla-t-il.

Il sut, sans lever les yeux, que Kélia l'avait entendu. Il sentit sa main se poser sur son épaule, et cela aussi lui fit du bien.

— Dans ce cas, il viendra, promit-elle à mi-voix. Je vous demande pardon. Je ne voulais pas vous agresser.

— Vous ne l'avez pas fait. Vous m'avez amené à mieux cerner le rôle d'un père.

Finalement, il pouvait peut-être se passer de nounou ? Ce n'était pas comme s'il avait besoin de travailler pour faire vivre son fils. S'il prenait une année sabbatique ou deux, personne n'y trouverait à redire.

Personne à part lui. Qu'il le veuille ou non, son cerveau ne cessait jamais d'inventer. Assembler les éléments des projets qui se présentaient dans sa tête, c'était un mécanisme purement défensif, destiné à évacuer son trop-plein d'idées. Rien ne l'obligeait à être inventeur à temps plein, ou même à vendre les brevets de ses inventions. En stoppant, il se dispenserait des voyages dans le monde extérieur pour rencontrer les industriels. Il n'avait aucune obligation réelle susceptible de le distraire de son rôle de père, ils pouvaient rester ensemble tous les deux, Desmond et Connor. Une nounou ? Pour quoi faire ?

Il s'aperçut que Kélia lui souriait.

— Je suis contente, constata-t-elle. Le secret d'être un papa formidable, c'est qu'il n'y a pas de secret. Il s'agit juste d'aimer son gosse. Vous avez tout à fait le droit de choisir une nounou qui restera en retrait en ne s'occupant que de l'intendance. Si elle fait le nécessaire pour l'allergie de Connor, ce sera l'essentiel.

La réalité s'abattit sur lui en faisant éclater sa bulle de bonheur. S'il n'embauchait pas de nounou, quelle serait la conséquence, pour Kélia, pour le sevrage ? Pouvait-il, lui, l'aider à résoudre le problème ? L'accepterait-elle seulement ?

De toute sa vie, il n'avait jamais échoué à maîtriser un concept. Du moment qu'il étudiait la question, il s'en sortirait aussi bien qu'une nounou. Et, le bonus, c'était qu'en prenant le sevrage en charge il se ménagerait de nouvelles occasions d'être près de Kélia, d'explorer ce qui se passait entre eux et de comprendre le besoin bizarre et déconcertant qu'il avait d'elle. La présence d'une nounou se mettrait en travers du processus. Mais cela, il ne pouvait pas le dire à Kélia, ou du moins pas encore. Pas avant de l'avoir convaincue qu'il faisait le bon choix. Il avait déjà fait quelques recherches sur l'allergie de Connor mais pas sur la question de la transition de l'allaitement vers une autre alimentation — parce que jusqu'ici cela n'avait eu aucune importance. Maintenant, si.

Le lendemain, dès son réveil et jusque dans l'après-midi, il plancha sur le problème. Puis, la tête lourde, il renonça pour la journée et alla prendre une douche.

Pour une fois, il n'était pas allé travailler au labo, il s'était retranché au cœur de sa forteresse, autrement dit, dans sa chambre. En choisissant cette maison, il avait surtout pensé à tenir le monde à distance : la propriété immense le préservait du voisinage, la forêt inextricable qui entourait la maison lui offrait un bouclier contre toute intrusion. Pour parfaire le dispositif, il avait fait construire un mur de béton de trois mètres autour de ses terres. Ici, coupé de tous ceux qui toléraient mal son excentricité, il avait installé sa capsule étanche, une chambre à la fois austère et luxueuse avec une grande baignoire ovale à jets massants et un petit salon extérieur en terrasse. Une retraite idéale. C'était dommage, finalement, d'y passer si peu de temps. Il dormait peu, et souvent dans son labo, sur le lit étroit qu'il avait fini par se faire livrer à force de s'endormir à même son établi.

S'il ne recrutait pas de nounou, sa situation allait sans doute se modifier. La seule idée de perdre son sanctuaire lui mettait les nerfs à vif, mais, comme il ne cessait de se le répéter, il ne perdait rien du tout, il amorçait juste une évolution qui lui offrirait davantage de temps auprès de son fils. Il sortait de sa grotte pour aller à sa rencontre.

Il s'habilla au hasard et partit retrouver son garçon. Kélia était installée dans la chambre, Connor sur ses genoux, occupée à lui lire un gros livre d'images. Troublé, il s'éclaircit la gorge.

— Merci de l'avoir surveillé pendant que j'étais occupé.

— De rien.

Elle lui jeta un regard lui signalant qu'en réalité elle n'avait pas franchement eu le choix. Elle portait une robe aujourd'hui. Le plus souvent, elle se promenait en leggings et maillot, ou pantalon de yoga et tunique de coton. La robe mettait magnifiquement en valeur ses rondeurs féminines.

Connor battit des jambes avec un gazouillis joyeux, et elle pencha la tête pour lui sourire. Le désir que Desmond ne parvenait jamais à refouler entièrement croula sur lui comme une avalanche. Cela faisait beaucoup d'éléments nouveaux à affronter. Il se demanda sérieusement s'il parviendrait à gérer.

— Vous vouliez quelque chose ? demanda-t-elle.

— Je dois vouloir quelque chose pour passer un moment avec mon fils ?

C'était sorti trop vite, trop sèchement, mais elle ne se démonta pas pour autant. Elle avait du cran.

— Passer un moment avec votre fils, c'est une bonne chose. Vous avez raison de le dire clairement, surtout si je dérange.

Elle se mit sur pied, lui déposa Connor dans les bras et se détourna, prête à quitter la pièce.

— Attendez, protesta-t-il maladroitement.

Connor s'agitait, mécontent. Dans un instant, il allait se mettre à pleurer. Kélia leur jeta un regard par-dessus son épaule.

— Vous vous en sortirez très bien. Il a tété, il aura probablement besoin d'être changé.

— J'aimerais que vous restiez.

C'était l'un de ces moments où il n'arrivait tout simplement pas à exprimer ce qu'il avait besoin de dire.

— Pourquoi ? demanda-t-elle. Je suis juste le distributeur automatique.

Elle semblait sincèrement perplexe. Elle ne se doutait pas un instant de la façon dont elle illuminait la pièce.

— Pas du tout !

Il clama cela d'instinct et réalisa qu'il pensait réellement ce qu'il disait. Oui, elle était bien davantage qu'un moyen de nourrir Connor, elle était sa femme. Cela aussi, c'était nouveau, énorme, inattendu : à l'opposé du but recherché quand il l'avait convaincue de venir ici à sa sortie de l'hôpital. Il s'entendit bredouiller :

— Je… vous apprécie.

De toute sa vie, il n'avait jamais fait une déclaration pareille à voix haute. Kélia n'était plus seulement la mère porteuse de son fils et il ne savait pas du tout comment aborder la situation. Il n'avait aucune base, aucun précédent.

— Oui, c'est ce que j'ai cru comprendre l'autre jour au labo, lança-t-elle gaiement. Dites, j'espère que vous n'êtes pas en train de manœuvrer pour obtenir un bis ?

Un bis du baiser ? Et pourquoi pas ?

Il passa en revue les éléments dont il disposait. Le meilleur moyen de reprendre le contrôle de la situation serait de lui dire clairement ce qu'il avait en tête. Elle avait semblé favorablement impressionnée par sa franchise. Ou plutôt ce qu'elle appelait de la franchise et qui était surtout une absence de filtre. Il disait les choses comme elles lui venaient, parce qu'il n'avait jamais su comment les enrober. Soit parce qu'il ne saisissait pas les codes qui régissaient les échanges en société, soit parce qu'il ne voyait pas l'intérêt de filtrer. On pouvait le prendre tel qu'il était ou le laisser, avec une nette préférence pour la seconde option. Sauf avec Kélia. Laquelle s'éloignait malheureusement toujours vers la porte.

— Kélia.

Elle se figea. Encouragé, il poussa son avantage.

— Restez. Nous vivons sous le même toit, nous avons un fils et j'apprécie votre compagnie. À moins que vous n'appréciiez pas la mienne ?

Elle s'adossa au montant de la porte ouverte et le toisa sans la moindre gêne.

— En gros, je passe mes journées à nourrir votre

fils. Une vraie conversation entre adultes serait tout en haut de ma liste de distractions.

Elle se voyait comme un simple distributeur de lait. Il l'avait mise dans cette position, avait nourri cette représentation si dévalorisante qu'elle se faisait d'elle-même. Le moment était venu de changer cela. Elle était une personne à part entière avec ses centres d'intérêt, ses rêves, ses opinions. Il en avait déjà entrevu une partie, il voulait connaître les autres. Satisfait d'avoir franchi cette étape, il indiqua du menton le siège qu'elle venait de quitter.

— Dans ce cas, vous n'avez aucune raison de partir. Asseyez-vous pendant que je change Connor et dites-moi quelque chose de vous que je ne sais pas.

— Vous voulez que je vous distraie ?

L'expression de sa bouche était ironique, mais elle s'assit comme il le lui demandait.

— Pas que vous me distrayez, non : je voudrais vous découvrir.

Plus il en saurait sur elle, plus il aurait de données à sa disposition, mieux il saurait comment s'en libérer… Non, ce prétexte ne tenait plus la route. Il voulait la connaître, un point, c'est tout.

— J'aime la barbe à papa, les orages et les livres qui parlent de chiens. C'est ce genre de choses que vous voulez savoir ?

Quand il hocha la tête, elle se mit à rire.

— J'ai l'impression d'entamer un premier rendez-vous !

Ce fut comme une réaction chimique : le mot se cristallisa en faisant jaillir un faisceau de scénarios différents dans l'esprit de Desmond. Il se vit parler tendrement avec elle, lui tenir la main en marchant dans les bois, l'adosser à un arbre en lui faisant manger de la barbe à papa, puis l'embrasser pour leur offrir à tous deux le goût de la friandise mêlé au feu électrique de leur désir.

Il réalisa que depuis le début il prenait le problème à l'envers. Une fois de plus, elle avait dit le mot juste. S'il voulait la connaître, l'embrasser, passer du temps avec elle, les conversations amicales ne suffiraient pas. Il devait l'inviter à un vrai rendez-vous.

- 5 -

L'expression de Desmond ne lui plaisait guère, décida Kélia. Ou plutôt elle lui plaisait trop. Dès qu'elle avait — stupidement — lâché ce mot de « rendez-vous », une lueur s'était allumée dans le regard sombre de l'homme qui lui faisait face. Un feu concentré, braqué droit sur elle.

Il la contemplait ouvertement, sans la moindre gêne, et elle voyait presque les rouages tourner dans son impressionnant cerveau. Elle avait côtoyé beaucoup de gens intelligents pendant ses études, mais le génie de Desmond était câblé d'une façon différente, il avait une façon originale de présenter les concepts et d'en tirer des conclusions, avant de vous lancer une phrase parfaitement inattendue, comme : « Je vous apprécie. »

Par moments, elle se demandait s'il la testait, pour voir comment elle réagirait. Si c'était le cas, quelle était sa grille d'évaluation ? Comment savoir si elle passait ou non ? Voulait-elle seulement réussir l'épreuve ? Non, bien sûr : Desmond et elle n'étaient pas censés devenir amis ou quoi que ce soit d'autre.

— Nous n'avons pas terminé notre discussion sur les nounous, objecta-t-elle maladroitement.

La transition n'était pas très élégante, mais elle voulait passer de toute urgence à un sujet moins risqué que les rendez-vous.

Il était réellement très séduisant. Ses cheveux, par

exemple. Il avait dû venir la voir en sortant de sa douche, et mouillés, rejetés en arrière, ils dessinaient des blocs sculptés autour de son visage. Humides, ils étaient encore plus sombres et lui donnaient un air un peu voyou absolument irrésistible. Pire, ils l'obligeaient à penser à lui, mouillé partout. Nu, ruisselant…

— C'est vrai, concéda-t-il. Nous y reviendrons, si vous voulez bien ? J'ai une autre question importante à aborder avec vous. Dînez avec moi ce soir.

Son hoquet de surprise dérangea Connor qui se mit à pleurer. Desmond le berça contre lui, doucement, régulièrement… sans quitter Kélia des yeux.

— Un rendez-vous ? réussit-elle à articuler.

Ce mot de nouveau ! Pourquoi disait-elle toujours ce qu'il ne fallait pas ? Eh bien, parce qu'elle ne parvenait pas à oublier ce fichu baiser. Elle fantasmait en continu, de jour comme de nuit. Ce mot aussi allait bien finir par lui échapper ! Un homme de l'intelligence de Desmond avait forcément capté que, si elle refusait de sauter dans son lit, elle ne pouvait pas couper son envie de lui comme on éteint la lumière.

— Un dîner, répéta-t-il. J'aimerais vous remercier pour ce que vous faites pour Connor. Et pour moi.

Apaisé, Connor somnolait, sa petite joue pressée contre la poitrine de son père.

— Vous êtes mon invitée, reprit-il avec douceur. Je ne vous ai pas accueillie comme telle.

Ah ! Là, c'était différent. Un peu en tout cas. Cela ressemblait toujours beaucoup à un rendez-vous, mais sans l'étiquette.

— Ce serait juste vous et moi ? demanda-t-elle,

prudente. Mais Connor, alors ? Nous n'avons personne pour s'occuper de lui.

— Mme Eliott pourra prendre le relais pendant quelques heures.

Il avait réponse à tout. De plus en plus troublée, elle chercha un prétexte plausible pour refuser. Le fond du problème, bien sûr, était qu'elle avait envie de dîner avec lui. Terriblement envie. Tout comme elle désirait que ce soit un rendez-vous, un vrai, avec de longs regards appuyés au dessert, une délicieuse anticipation sensuelle lovée dans son ventre… Non ! Mauvaise idée.

— Je n'ai rien à me mettre.

Là, elle s'accrochait vraiment aux branches. Il la fixa en silence, et sa voix s'éteignit, étouffée par ce regard à réduire en cendres les dessous d'une nonne.

— Je ne vous ai jamais vue dans une tenue que je n'aie pas trouvée spectaculaire, répliqua-t-il. Portez n'importe quoi. Ou rien du tout.

La suggestion se ficha en elle, exquise et troublante. Aucun homme n'avait jamais osé lui dire une chose pareille. Cela ne devrait pas lui plaire, mais c'était la phrase la plus sexy qu'il ait prononcée à ce jour et elle la mettait dans une humeur… dangereuse.

— J'adorerais voir votre tête si je vous prenais au mot, lança-t-elle.

Il haussa un sourcil sombre.

— Ce n'était pas un défi. Je cherchais uniquement à vous mettre à l'aise. Si vous voulez voir ma tête le jour où j'aurai le privilège de vous découvrir nue, je n'ai rien de particulier de prévu ce soir.

La formule la fit rire. Sans raison, ou peut-être parce qu'elle avait la nette impression qu'il ne plaisantait pas.

Cette façon qu'il avait d'énoncer crûment les faits lui plaisait. Dans un sens, c'était une marque de respect : il ne cherchait pas à la manipuler. Elle lui plaisait, il voulait la voir nue, tout était clair, simple, elle n'avait pas à chercher à voir clair dans son jeu… Mais il voulait également divorcer. Ces contradictions lui donnaient un peu le vertige. Elle décida d'être aussi franche que lui.

— Si j'accepte, vous vous attendez à ce que je couche avec vous pour vous remercier ?

— Non. Je tiens à ce que vous profitiez du repas pour me remercier d'avoir rempli votre assiette, mais une fois de plus, si vous souhaitez mettre le sexe au menu, je ne demande pas mieux.

Elle ferma les yeux un instant. Il se comportait comme un gentleman. Cela ne devrait pas la surprendre. Si elle refusait, il respecterait son choix. Toutes les balles étaient dans son camp.

— Je ne le souhaite pas, dit-elle.

En fait, si. Oh ! comme elle le voulait ! Elle pensa à sa façon de « communiquer » avec ses mains lors d'un simple baiser. Ensuite, la fièvre avait travaillé son corps pendant des heures. Comment ne pas se demander l'effet que lui feraient ses mains dans une caresse plus intime ?

Non ! Quel était son problème ? Elle se laissait attirer sur une pente dangereuse ! Desmond et elle, c'était le mariage le plus dysfonctionnel de l'histoire de l'humanité, et coucher ensemble ne ferait que compliquer la donne. Et ensuite, que feraient-ils ? Eh bien… En fait, elle finirait divorcée et à l'école de médecine, exactement comme prévu. Alors pourquoi ne pas… ? Elle battit des paupières et lâcha très vite :

— Je veux bien dîner avec vous.

Et il y aurait peut-être du sexe au menu, en fin de compte. Qu'avait-elle à perdre ? Ce serait le meilleur moyen de se débarrasser de cette vibration sensuelle insupportable entre elle et l'homme qui détenait les clés de son avenir.

Kélia sortit sa plus jolie robe du fond de l'immense penderie. Tout dans cette maison était immense, démesuré… à commencer par Desmond. Sa présence imprégnait chaque recoin de son domaine, elle n'avait littéralement aucun refuge pour s'en préserver. Et surtout pas sa chambre. Car, cette chambre, il y venait chaque jour quand elle allaitait. Chaque nuit aussi. Là, c'était encore plus difficile, elle dormait à moitié, Desmond ne portait qu'un pantalon de coton noué avec une cordelette et un T-shirt blanc qui soulignait la largeur de ses épaules…

Le plus déconcertant, c'était que ses visites semblaient presque naturelles. Et le moment où il s'en allait, quand elle réintégrait seule son lit froid, presque douloureux. Cela ne l'avait pourtant jamais ennuyée d'être seule dans son lit. Mais voilà, c'était la première fois qu'elle éprouvait une attirance aussi magnétique pour un homme.

Dans dix minutes, ils allaient dîner ensemble. Et peut-être davantage. Du moment qu'ils envisageaient ce rapprochement exclusivement sur le court terme ! Elle tourbillonna sur elle-même devant le miroir ovale dressé dans l'angle de sa chambre. Elle n'avait encore jamais eu de miroir où elle se voyait tout entière. Elle le regretterait quand elle serait repartie, ce luxe. Surtout la piscine ! Le plus simple, bien entendu, serait de partir avant de trop s'y attacher.

Le miroir lui renvoyait un reflet assez satisfaisant. Ses

cheveux ne demandaient jamais beaucoup d'attention, ils se mettaient en forme tout seuls, mais elle les avait tout de même gonflés avec son séchoir. Pas de fond de teint, elle détestait passer la soirée avec une couche de produit sur la figure, mais juste une touche de noir sur les cils, un soupçon de rose sur les lèvres. Sa robe mettait son corps en valeur — enfin, à part la poitrine. Là, le tissu serrait ses seins en les projetant en avant, en creusant la vallée qui les séparait. Ses tenues de grossesse étaient suffisamment amples pour les accueillir, mais sans le bébé pour gonfler son ventre, autant porter un sac pendant son rendez-vous avec Desmond. Pas question ! D'ailleurs, ses seins, il les voyait tous les jours, cela n'avait plus aucun sens de les cacher.

Elle se décida à descendre. Desmond l'attendait au pied de l'escalier monumental. Son regard brûlant, admiratif, déclencha de petits séismes dans son ventre. Une version améliorée des regards appuyés auxquels elle avait rêvé.

— Connor est installé avec Mme Elliot, je leur ai laissé un biberon de votre lait, déclara-t-il d'un ton tranquille, comme s'il ne venait pas de la déshabiller des yeux. Nous y allons ?

Du geste, il l'invitait à le précéder dans la salle à manger. Elle obéit. Sous sa peau, ses nerfs vrombissaient et jetaient des étincelles.

Comme le reste de la maison, la salle à manger était imposante, assez austère et imprégnée de la présence de Desmond. Le personnel invisible géré par Mme Elliot leur servit en entrée une salade vivement colorée. Desmond la goûta, hocha la tête, approbateur, et demanda :

— Racontez-moi ce que c'était que de faire partie d'une communauté comme la vôtre.

— Comment ? Vous voulez que je vous raconte tout ?

— Oui. Tout ce que vous voudrez bien me dire. Avec un départ aussi différent dans la vie, vous avez dû vous construire d'une façon très différente des gens ordinaires. Je suis curieux.

Elle se redressa, un peu mal à l'aise. On s'écartait nettement des conversations typiques d'un premier rendez-vous. Desmond s'intéressait à des aspects de sa vie qu'elle n'était pas sûre de vouloir exhiber.

— Je ne sais pas, esquiva-t-elle. Je ne passe pas mon temps à réfléchir à la façon dont j'ai été élevée.

Enfin, si, quelquefois. Faire partie d'une communauté aussi fermée, aussi unie, cela avait beaucoup d'avantages. Beaucoup d'inconvénients aussi, si l'on pouvait appliquer un mot pareil à un événement aussi bouleversant que la mort de son grand-père. L'événement avait déterminé sa vie et, à en juger par sa question, Desmond l'avait déjà compris.

— Mais cela compte pour vous, murmura-t-il.

Ce n'était pas une question. Elle se raidit, troublée qu'il lise si facilement en elle. Pour se ménager un répit, elle s'attaqua à sa salade. Son regard restait posé sur elle, il attendait sa réponse…

— Eh bien, oui, finit-elle par admettre. Bien sûr.

— Cela a contribué à votre décision d'être mère porteuse ?

Sans qu'elle sache pourquoi, la question la rasséréna.

— Mon milieu a tout à voir avec la raison pour laquelle j'ai porté Connor, répliqua-t-elle d'une voix ferme. J'ai été élevée dans la conviction que chacun d'entre nous a un but, un rôle à jouer dans la vie. J'ai découvert très tôt que le mien était d'aider ceux qui souffrent. Vous aviez un très grand désir d'enfant, j'avais le pouvoir de vous le donner. En retour, j'obtenais le moyen d'atteindre mon objectif. C'était comme une évidence.

— Merci, dit-il très simplement. Connor compte davantage pour moi que tout ce que j'ai pu créer jusqu'ici. Si je l'ai, c'est grâce à vous.

La sincérité de sa voix l'émut — pourquoi ? Elle aurait été incapable de le dire. C'était très déplacé de la part de Desmond de s'ouvrir à elle sur des questions aussi intimes, elle ne voulait pas savoir ce qu'il ressentait. Et maintenant elle avait envie de pleurer. Pourquoi cela comptait-il autant pour elle qu'il lui ait tenu des propos aussi personnels ?

Il se tut, le regard posé sur elle, pendant que le personnel emportait leurs salades et les remplaçait par un plat de saumon de la rivière flanqué d'asperges. Au lieu de saisir sa fourchette, il inclina la tête sur le côté et lança :

— Cela vous intéresserait de jouer un rôle dans la vie de Connor sur le long terme ?

— Comment ?

Sa propre fourchette lui échappa, tomba bruyamment sur son assiette.

— Ce n'est pas ce qui était convenu !

Que voulait-il dire ? Aller chercher Connor à la sortie de l'école ? L'emmener au zoo de temps en temps ? Non, ce serait… affreux ! Comment Desmond pouvait-il voir si clairement en elle et ne pas comprendre combien c'était dur, déjà, de savoir qu'elle devait quitter son enfant ? Son seul rempart pour tenir bon, c'était cette garantie de n'avoir plus aucun contact avec lui par la suite.

— Non, convint-il, ce n'est pas ce qui était convenu. Mais vous vous êtes attachée à Connor. Je le vois bien quand vous le tenez dans vos bras. Rien ne nous empêche de réfléchir à un nouvel accord.

Elle se sentit vaciller sous le choc.

— Je ne peux pas. Vous ne le voudriez pas. Et s'il commence à poser des questions ? Je refuse de lui mentir. Il finirait par demander pourquoi je ne vis pas avec vous, en étant une vraie mère.

Ce serait un désastre. Dans l'état actuel des choses, bien sûr, Connor poserait aussi des questions, un jour ou l'autre, mais ce serait à Desmond d'y répondre. Elle préférait. Tout plutôt que se retrouver elle-même sur la sellette. En tant que mère porteuse, elle n'aurait jamais dû être confrontée à ce genre de dilemme. L'injustice de la situation lui broyait le cœur.

Elle n'était pas de l'étoffe dont on taille les mamans. Déjà, il fallait avoir envie d'être mère, et elle ne le voulait pas. Disons qu'elle ne pouvait pas s'offrir le luxe de le vouloir. C'était médecin ou maman, l'un ou l'autre, et elle avait fait son choix depuis si longtemps qu'elle s'était résignée. Ou du moins l'avait-elle cru.

Elle contempla le saumon qui refroidissait devant elle. Ce que suggérait Desmond était impossible. À moins que… ? À moins que son choix ne soit pas aussi catégorique qu'elle ne l'avait cru ? Oui, elle s'était attachée à Connor, mais cela ne changeait rien ! Elle aimait ce bébé pour de bonnes raisons, celles qui la poussaient à vouloir devenir médecin : entourer les autres d'attentions, réparer ses semblables faisaient partie de sa personnalité. Elle ne se souvenait même pas d'une époque où elle n'avait pas voulu soigner.

Et de toute façon, dès que Desmond aurait signé les

papiers du divorce, la garde lui reviendrait automatiquement et il n'y aurait plus rien à discuter.

— Cette question n'a aucun sens, rétorqua-t-elle.

Sa gorge était si crispée que les mots sortaient avec difficulté.

— Vous avez été tout à fait clair sur le fait que vous ne vouliez pas que je figure dans la vie de Connor.

— Je ne le voulais pas, en effet. Mais les circonstances ont clairement changé.

— Vous détestez partager ! s'écria-t-elle.

Ce n'était pas très élégant, mais elle ne comprenait plus rien, ne voyait pas où il voulait en venir, ni pourquoi il la torturait. Et les sous-entendus sensuels qu'elle attendait avec tant de plaisir, où étaient-ils passés ? Furieuse, elle enchaîna :

— À moins que vous n'ayez changé d'avis sur le fait de prendre toutes les décisions ?

— Non.

La voix de Desmond s'était considérablement refroidie.

— Vous avez raison, ajouta-t-il. Je suis injuste envers vous. Il n'y a aucun moyen de changer notre accord pour vous ménager un autre rôle que celui que vous jouez actuellement dans la vie de Connor.

Avec un frisson bizarre, elle le regarda se fermer. Il n'était plus vraiment avec elle. Leur rendez-vous tournait court. Un lourd silence s'abattait sur eux, se prolongeait. Que s'était-il passé ? Le courant entre eux était coupé, il ne restait qu'une vibration sourde et déplaisante, une raideur.

— Je vois que votre soirée n'est plus libre, finalement, marmotta-t-elle quand on vint retirer leurs assiettes.

Elle n'avait pas pu terminer la sienne. C'était gênant,

ce saumon exquis à peine entamé, mais elle n'avait plus aucun appétit. Il leva les yeux vers elle.

— Mon intérêt pour vous n'a pas changé, si c'est ce que vous voulez dire. Je devine tout de même que le moment n'est pas très approprié

— En effet.

Tout semblait si facile tout à l'heure, pendant qu'elle se préparait. Ils passeraient un moment torride au lit puis, un jour ou l'autre, elle repartirait, son divorce en poche. Desmond venait de la ramener, de la façon la plus brutale qui soit, à la dure réalité. Il avait tout verrouillé, tirait toutes les ficelles, et il ne renoncerait jamais à son désir de tout contrôler. Maintenant, la seule idée de coucher avec lui la révulsait. Un homme qui ne lui laissait aucun choix ? Pas question ! Desmond se frotta la barbe, fronça les sourcils et lâcha :

— Je vous ai mise en colère.

— Non.

Ce n'était pas à lui qu'elle en voulait. Il avait toujours été très clair, c'était elle qui s'était détournée de sa route.

— J'ai juste… besoin d'un peu d'air.

Avec un murmure d'excuse, elle se leva, quitta la pièce et remonta dans sa chambre. Mieux valait dormir un peu avant que la source de son malaise ne se présente au pied de son lit, pour la tétée de minuit. Et la nounou, quand arrivait-elle ?

Cette fois encore, Kélia le fuyait. Un peu plus tard dans la soirée, son bébé dans les bras, Desmond fit le bilan.

Ce n'était pas la première fois qu'une femme se défilait au beau milieu d'un rendez-vous avec lui. L'aspect vraiment nouveau, c'était que cela le dérangeait. Profondément. Il ne comprenait pas pourquoi la soirée avait dérapé. Après un excellent départ, ils parlaient de la façon dont elle avait été élevée, puis il avait été question de Connor… Et pourquoi pas ? Le bébé était un sujet auquel ils s'intéressaient tous deux ! Mais Kélia s'était troublée quand il avait évoqué la possibilité qu'elle prolonge son rôle et voie leur fils de façon régulière. Le concept semblait pourtant assez simple. Manifestement, elle souhaitait s'en tenir à l'accord initial. Et elle ne tenait pas non plus à explorer l'attirance entre eux.

Voilà ce qui lui posait problème. Il se retrouvait face à l'obstacle habituel, elle avait compris qu'il n'avait aucun charme, aucune capacité à séduire une femme. Il allait donc devoir se montrer plus inventif. Une fois encore, il passa leur dialogue en revue, cherchant le moment précis où il avait tout gâché.

Toute sa vie, il avait eu ce problème. Dès qu'il était question de rapports humains, rien ne se déroulait comme il l'avait prévu. Les pièces mécaniques, les programmes informatiques s'assemblaient exactement comme il le souhaitait, le produit final était identique à ce qu'il avait visualisé, mais avec Kélia ? C'était le jour et la nuit.

Dans ses bras, Connor s'agita et sa main lui heurta la poitrine. Desmond se pencha. En plongeant dans le regard sombre levé vers lui, il eut comme un coup au cœur : son fils aussi était une personne. Bientôt, il aurait ses préférences, ses opinions. Une idée glaçante se glissa en lui : s'il n'apprenait pas à mieux gérer ses rapports avec autrui, il aurait les mêmes difficultés avec son fils. Plus tard, une fois que Connor serait assez grand pour manifester son indépendance, lui aussi pourrait le rejeter. Desmond était toujours parti du principe que son bébé l'aimerait, mais en fait, rien n'était acquis d'avance. La vie venait de lui démontrer, au contraire, qu'il était une sorte de repoussoir.

Une émotion brutale lui enserra la poitrine. Il prit la petite main dans la sienne et l'embrassa en se jurant de surmonter l'obstacle. Il trouverait la clé, forgerait un lien indestructible avec son garçon.

Une fois Connor endormi contre lui, Desmond le coucha délicatement dans son berceau. Son intelligence s'attelait déjà au problème, choisissait les angles d'attaque. S'il voulait que son fils n'éprouve jamais le besoin de le fuir, il devrait tester des comportements nouveaux. Il s'exercerait avec Kélia. On pouvait postuler des similitudes de comportement entre la mère et de fils. S'il parvenait à apprivoiser Kélia, lui donner envie de rester…

Le problème ne cessait de tourner dans sa tête, un aspect après l'autre. Impossible de le mettre de côté, impossible de se détendre. Il réussit à dormir une petite heure avant la tétée de minuit et se réveilla tendu, les nerfs en pelote. Dans une minute, ce serait une nouvelle épreuve. Kélia était toujours tellement belle dans la pénombre ! Quand elle lui ouvrirait sa porte, dans sa robe de chambre d'un blanc virginal qui la couvrait du cou aux chevilles…

Elle lui ouvrit avec une expression sombre et hostile. Il l'avait toujours vue, en toutes circonstances, avec un visage ouvert et cordial. Elle était donc toujours contrariée par ce dîner ? Elle lui avait assuré qu'elle n'était pas en colère, mais parfois les femmes préfèrent masquer leurs sentiments réels. Aurait-il dû comprendre qu'elle pensait le contraire de ce qu'elle disait ? Il détestait le flou, les non-dits qu'il fallait décrypter sans jamais savoir si l'on était tombé juste…

— Connor est prêt pour sa tétée, annonça-t-il.

La phrase aurait pu sortir de façon plus naturelle, mais quand il était déconcerté il avait tendance à se montrer cassant. Ce soir, il ne pouvait pas se le permettre. Il ne pouvait pas se comporter en sauvage.

— C'est ce que je supposais, rétorqua-t-elle.

Quand elle prit le petit, sa main effleura la poitrine de Desmond. Le frisson qu'il éprouvait à chaque contact ne variait pas, même quand les rapports entre eux se tendaient. Le courant sensuel ne s'évanouissait pas quand elle lui faisait la tête. Il rassembla son courage. S'il voulait rétablir le statu quo, il devait prendre l'initiative.

— Je… Je suis désolé pour tout à l'heure, hasarda-t-il. Je regrette que le dîner se soit si mal terminé.

— Je m'en doute.

Un très léger sourire retroussait sa bouche. Ce n'était pas grand-chose, mais il eut l'impression d'avoir marqué un point.

Elle s'installait dans le fauteuil à bascule avec Connor. Il s'approcha, ramassa le coussin tombé sur le plancher, l'arrangea sur ses genoux comme il l'avait si souvent vue faire, l'aida à installer le petit. La tâche n'était pas simple : le bébé avait faim, il savait le sein tout proche, s'agrippait, cherchait le mamelon encore couvert. Il n'y avait pas vraiment de place pour deux paires de mains, un bébé, et la puissante aimantation sensuelle, tendue entre eux comme un ressort. Il tint pourtant le coup, ignora la douleur sourde qui naissait toujours dans sa poitrine face au tableau le plus bouleversant auquel un homme puisse assister : son bébé au sein.

Et voilà, il la comprit tout à coup, la racine de sa confusion et de son trouble. L'une des composantes de son désir pour Kélia était le fait qu'elle soit la mère de Connor. C'était inattendu. Et puissant comme une évidence. Quelle conclusion devait-il en tirer ?

Après un long, très long silence, elle lâcha :

— Je regrette aussi.

— Mais quoi ? C'est moi qui me suis mal conduit.

— Non. Pas mal conduit. C'était généreux de votre part de me proposer de revenir sur notre accord. Vous le faisiez avec les meilleures intentions. Et moi, j'ai paniqué.

Il resta perplexe pendant quelques instants, faute de savoir gérer les émotions.

— Uniquement parce que j'ai suggéré une chose absolument impossible. C'était une erreur de ma part.

Une erreur issue de son besoin viscéral de créer un lien.

— Là, nous sommes d'accord, soupira-t-elle.

Elle se détendit dans le fauteuil, ses paupières retombèrent, avant qu'elle murmure, un instant plus tard :

— Ce serait trop dur, Desmond. J'espère que vous comprenez.

Et cette fois il entrevit ce qu'elle cherchait à lui dire. Elle aimait Connor, sur ce point il ne s'était pas trompé. C'était une satisfaction parce que après la… dispute — pouvait-on appeler cela une dispute ? —, bref depuis la sortie de Kélia tout à l'heure, il supposait qu'il avait mal interprété son expression quand elle tenait le petit dans ses bras. À mi-voix, il lança :

— Dur parce que vous renoncez à une relation avec votre fils ?

Elle eut un petit sourire très triste.

— Je n'aurais pas eu de difficulté si vous ne m'aviez

pas demandé de le nourrir. Enfin, il me semble. À ce stade, qui peut en avoir la certitude ?

La souffrance dans sa voix l'accusait. Il sentit sa peine pénétrer en lui, l'envahir à l'étouffer. Il l'avait obligée à l'aider sans penser un instant au bouleversement affectif qu'il lui imposait. Qu'il s'imposait à lui-même. Son empathie, déjà puissante, se décupla sous le coup de la culpabilité. Cette sensibilité bizarre, terrible contrepartie de l'alchimie qui faisait de lui un génie… Quelle malédiction, quel mauvais réglage lui imposaient d'éprouver les sentiments des autres avec une telle violence ? Pour se préserver, il avait toujours évité ses semblables, mais il ne voulait pas éviter Kélia. Les dents serrées, ballotté par les émotions qui se pressaient dans sa poitrine, il attendit que l'onde de choc s'apaise et prononça avec difficulté :

— Je n'avais pas réalisé. Je regrette.

— J'ai fait mon choix, répliqua-t-elle en haussant les épaules. Je crois que c'était le bon choix. Que serait devenu Connor si je n'avais pas été là pour l'allaiter ? La situation est ce qu'elle est, à nous de faire avec. À vous d'embaucher une nounou capable de nous aider à trouver la solution qui me permettra de reprendre ma route.

S'il n'avait pas été aussi concentré sur elle, il n'aurait peut-être pas perçu la fêlure dans sa voix. Ce fut léger, presque imperceptible, mais un grand vide désolé s'ouvrit en lui et il sut que c'était ce qu'elle ressentait. Il devrait peut-être se sentir reconnaissant, finalement, d'être branché malgré lui sur le ressenti des autres ? Ce serait peut-être la clé qui l'aiderait à résoudre l'équation, pour leur bonheur à tous les trois.

En clair, elle n'était plus aussi pressée de partir. Lui non plus, il ne tenait plus à ce qu'elle parte. C'était nouveau, inquiétant… passionnant. Elle changeait tout, elle le remuait. Il se sentait agressé, excité… et il ne pouvait pas s'empêcher de s'interroger : s'il était à ce point réglé sur sa fréquence maintenant, alors qu'ils s'étaient à peine touchés, quelle fusion pourraient-ils atteindre dans le plaisir ?

— J'ai fait quelques recherches sur les allergies au lait maternisé, lâcha-t-il d'un ton léger. C'est très difficile pour l'instant de savoir où situer Connor. Il pourrait ne pas vouloir se sevrer avant six mois.

— Je le sais.

Elle leva les yeux vers lui, vivement, avec une expression qu'il ne sut pas déchiffrer.

— Moi aussi, je me suis renseignée. Je devrai probablement rester jusqu'à ce qu'il soit passé aux bouillies et aux purées.

— Ce serait un gros problème ?

Une question osée — et d'après l'énorme silence qui s'abattit sur eux, elle ne se méprit pas sur sa signification. Ce dont ils parlaient, c'était bien de revenir sur l'accord d'origine. Elle poussa un profond soupir et murmura :

— Seulement parce que cela met mes projets en attente, une fois de plus.

Pas parce qu'elle serait coincée ici avec lui ! exulta-t-il en silence. Pas parce qu'elle n'aimait pas s'occuper de Connor ! Les lignes avaient donc bougé… Mais jusqu'où ? Assez pour amener Kélia à réévaluer les complications d'un rapprochement entre eux ?

Un peu plus tôt, il avait décidé de foncer, en balayant tous les obstacles. Il savait maintenant qu'il ne pouvait ni ne devait le faire. S'il ne voulait pas tout gâcher entre eux, il devait prendre son temps, ne pas se laisser aveugler par le désir afin de la séduire et de l'amener au point où elle avait autant envie de lui que lui d'elle.

Cette idée, il la remâcha jusqu'au matin. Comment devait-il s'y prendre pour faire la cour à sa femme ? Les techniques habituelles lui semblaient fausses, trompeuses : il aurait l'impression de faire semblant d'être quelqu'un d'autre. Non, il devait, en restant lui-même, réussir à échanger normalement, comme n'importe qui. Mais sa femme, son fils n'étaient pas « n'importe qui ». Connor était son soleil, il n'avait jamais éprouvé une telle tendresse. Quant à Kélia, il était incapable de définir précisément ce qu'il éprouvait pour elle, mais ce n'était pas tiède. Elle comptait, il le lui avait dit.

Le seul conseil valable qu'il ait glané au fil de ses recherches était d'aller chercher les autres du côté de leurs propres centres d'intérêt. Kélia voulait faire médecine, or jusque-là il l'en empêchait. Le moment était venu de rectifier cet état de choses, autant qu'il soit possible de le faire.

- 6 -

Quand trop de pensées se bousculaient dans sa tête, Kélia allait nager. Ces derniers jours, elle avait tellement besoin de se changer les idées qu'elle passait plusieurs heures par jour à la piscine. Pour tenter d'oublier, ne serait-ce que quelques minutes, ses conflits et ses dilemmes.

Sa situation était sans issue. Elle s'était attachée à Connor, Desmond l'avait vu, en avait parlé ; elle ne pouvait plus se voiler la face. Elle se sentait mère, mais Connor ne pouvait pas être son fils. Elle avait signé l'accord de son plein gré, en sachant qu'il serait difficile de renoncer à l'enfant. Le moment venu, elle avait laissé l'infirmière l'emporter, en se consolant de son mieux avec la pensée du bonheur qu'elle offrait au père et la supposition qu'avec le temps son chagrin s'éteindrait. Rien ne s'était passé comme prévu. Elle s'était mise dans une situation intolérable en vivant auprès de son fils comme une vraie maman, jour après jour. Desmond régentait sa vie, chaque journée supplémentaire dans cette maison ouvrait une nouvelle faille dans son cœur. Elle vivait dans la hantise de la seconde séparation, cherchait à s'y préparer, à se blinder. Chaque fois qu'elle prenait Connor dans ses bras, c'était à la fois merveilleux et terrible, et maintenant Desmond parlait de prolonger son séjour. Être bloquée ici dans ce flou terrible, pour une durée indéterminée, c'était… insupportable.

Nager l'aida un peu, mais pas tant que cela — surtout quand elle jaillit à la surface et trouva Desmond installé à son aise dans l'un des fauteuils de rotin, fabuleusement beau, intense et intouchable. Son cœur trébucha ; la température de la piscine s'éleva de plusieurs degrés.

Elle ne l'avait pas revu depuis la veille au soir. Cela faisait quelques jours que Connor ne réclamait plus qu'une seule tétée nocturne, mais elle devait tout de même affronter, une fois par nuit, une entrevue avec Desmond. Elle aurait voulu pouvoir se persuader qu'elle avait découragé ses avances et cessé de penser à lui, mais ce serait un mensonge. Comme si la perspective de quitter Connor n'était pas assez pénible, son père aussi s'était installé en elle. La nuit, bizarrement, il y avait moins de barrières entre eux. La pénombre créait une ambiance apaisée où tout semblait possible, une petite bulle qui les englobait tous les trois, dans laquelle rien de mauvais ne pouvait les atteindre. La lumière du jour balayait cette illusion. Au matin, elle ne pouvait plus voir Desmond sans frémir et se remettait à redouter ce frémissement.

— Connor fait sa sieste, annonça Desmond.

Information superflue : elle connaissait parfaitement le planning du petit.

— Et vous venez m'annoncer que vous avez trouvé une nounou ? suggéra-t-elle avec espoir.

— Pas encore.

Bien sûr que non, ce serait trop facile. Sa Seigneurie tenait à disposer des autres comme il l'entendait. Elle réprima une grimace. Non, elle était mesquine : Desmond ne se comportait pas en roi ; au contraire, c'était elle qu'il traitait comme une reine. S'il souhaitait garder la main sur tout ce qui touchait à son fils, eh bien, c'était son droit et ce n'était pas un crime. Au fond, il cherchait surtout à protéger le petit.

— Vous auriez pu demander à me voir si vous vouliez me parler, marmotta-t-elle.

Cette fois encore, il n'était pas en maillot de bain et elle, aux trois quarts nue. Elle se sentait vulnérable face à un homme en pantalon et chemise. Sous le long regard qu'il lui décochait, il lui semblait que son maillot de bain bien sage rétrécissait, qu'il ne cachait plus rien et surtout pas sa poitrine.

— Je ne voulais pas vous déranger, répondit-il après un beaucoup trop long silence.

Eh bien, c'était raté ! Les échos mystérieux du jardin d'intérieur autour de la piscine amplifiaient les non-dits autant que les paroles. Agacée, elle lança :

— Bon, maintenant que je me suis rendu compte de votre présence, dites-moi ce qui vous amène. Il y a un problème ?

Il battit des paupières, l'air désarçonné, et murmura :

— Je peux revenir.

Oh ! il était craquant. Pourquoi ses maladresses avaient-elles le don de l'attendrir ? Elle n'avait jamais rencontré un homme comme lui.

— Je plaisante, affirma-t-elle.

Elle vint s'accouder au rebord de pierre de la piscine pour soustraire son corps à ce regard trop perçant.

— Vous devriez nager, vous aussi, ajouta-t-elle machinalement.

— C'est une invitation ?

Il haussait de nouveau ce fameux sourcil. Le feu se rallumait dans ses prunelles, leur échange banal se chargeant d'une foule de sous-entendus. Ces derniers jours, la moindre parole échangée avec lui prenait une connotation sexuelle — sans doute parce qu'ils pensaient souvent au sexe, tous les deux. Elle devait apprendre à se taire : chaque fois qu'elle ouvrait la bouche, elle se jetait dans un nouveau guêpier.

— Je croyais que nous étions clairs sur ce point, soupira-t-elle. Une histoire entre nous, ce serait trop compliqué.

— Je parlais uniquement de nager.

Sûrement pas ! Contre son gré, elle pensa à toutes les activités non aquatiques auxquelles ils pourraient se livrer dans ce petit paradis tropical.

— Nous savons tous les deux que non, répliqua-t-elle un peu sèchement.

Il inclina la tête sur le côté. Elle avait appris à redouter cette attitude, car il disait alors généralement quelque chose qui lui faisait perdre tous ses moyens.

— Je vais peut-être vous surprendre, mais j'ai réellement envie de passer du temps avec vous.

Gagné. Moyens perdus.

— Je ne sais pas comment réagir ! gémit-elle.

— Passez du temps avec moi, suggéra-t-il très simplement. D'ailleurs, j'ai une surprise pour vous. Je vous ai inscrite à deux cours en ligne qui compteront pour votre diplôme de médecin.

— Vous avez fait quoi ?

— J'ai pensé que vous seriez contente d'avoir de quoi vous occuper. Une activité d'adulte. Vous dites que vous vous ennuyez souvent. Considérez cela comme un cadeau.

Elle le dévisagea, muette de saisissement. C'était l'un de ces moments où elle ne savait plus pourquoi elle s'obstinait à le tenir à distance. Ce cadeau la touchait en plein cœur, personne n'avait jamais fait un geste pareil pour elle. D'un autre côté, comment osait-il se montrer aussi généreux, alors qu'elle ne pouvait rien faire pour lui en retour ?

— Je ne peux pas accepter, marmonna-t-elle.

— Pourquoi pas ?

Il avait fallu qu'il lui pose la question ! Eh bien, parce que… Pour une raison évidente qu'elle ne parvenait pas bien à cerner. Mais elle sentait très clairement qu'elle devait refuser.

— La médecine ne s'apprend pas en ligne, improvisa-t-elle. C'est surtout une expérience pratique, un travail avec les patients.

— Je m'en rends bien compte. J'ai jeté un coup d'œil au cursus, puis j'ai appelé le doyen des études, à l'École de la santé et des sciences de l'Oregon, pour m'assurer que les cours seraient validés.

Pour l'amour du ciel, il lui servait trois chocs à la minute.

— Pourquoi vous donner tout ce mal ?

— Ce n'était pas grand-chose, à côté de ce que vous sacrifiez pour mon fils. J'admire votre détermination et je ne vous l'ai guère montré.

Il l'avait donc écoutée, vraiment écoutée, puis il s'était mis en quatre pour faire avancer son projet. C'était le plus beau cadeau qu'elle ait jamais reçu. Elle poussa un gros soupir, puis un autre. Elle luttait contre une énorme envie de pleurer, c'était si inattendu, si généreux, si…

— Attendez, lança-t-elle. Où est le piège ?

— Kélia, arrêtez. Il n'y a pas de piège.

Sa voix grave, un peu enrouée, fit courir un frisson

sur sa peau. Heureusement qu'elle n'était pas sortie de la piscine ! Il était déjà trop près d'elle, trop intense, trop irrésistible avec ses yeux sombres braqués sur elle. Il venait de changer la donne par ce cadeau — ou du moins elle le craignait. Elle ne voulait pas découvrir jusqu'où il pourrait l'entraîner dans son orbite.

Puis il franchit le dernier pas en venant s'agenouiller juste devant elle et en lui répétant, les yeux dans les yeux :

— C'est un cadeau.

Elle resta figée, la tête levée vers lui, prise dans son regard, hypnotisée par sa présence. Lentement, en cherchant ses mots, il reprit :

— Je sais que je peux être assez pénible, au quotidien. Vous ne vouliez pas repousser le début de vos études, mais je ne vous en ai pas laissé le choix. Je vous propose juste une solution pour compenser ce retard lié aux circonstances.

— Je suis ici parce que j'ai choisi de l'être, corrigea-t-elle. Je continue à le choisir.

Il devait comprendre qu'il ne pouvait rien lui imposer. C'était vital pour elle. Quant à son cadeau, présenté de cette façon, il ne semblait plus aussi déplacé.

— C'était charmant à vous d'y penser. Merci.

— Autrement dit, vous allez suivre les cours ?

— Oui. Bien sûr.

Le soulagement qui éclaira le visage de Desmond la remit sur la défensive. Pourquoi tenait-il tant à ce qu'elle accepte ? Qu'en retirait-il ? Elle écarta cette pensée.

— Je commence à avoir froid, constata-t-elle. Je voudrais me doucher. Il y a autre chose dont vous souhaitiez discuter ? Le recrutement d'une nounou par exemple ?

Desmond lui sourit.

— Quand j'en trouverai une, vous serez la première informée.

Non seulement il l'avait inscrite à deux cours, mais il lui avait commandé un bureau, un siège de cuir et un ordinateur portable dernier cri. Quand l'ensemble fut livré le lendemain, il retroussa ses manches et installa tout lui-même, en se plongeant dans la configuration du matériel informatique avec la délectation d'un véritable geek.

Elle ne comprenait pas un mot sur trois de ce qu'il lui expliquait, mais quelle importance ? La façon dont il lui souriait effaçait ses mots au fur et à mesure. Elle cessa d'écouter et le laissa s'occuper de tout. Il était tellement plus libre et naturel quand il évoluait au cœur de son champ d'expertise ! Ce qu'elle voyait là, c'était Desmond sous son meilleur jour, Desmond le génie occupé à assembler quelque chose à partir de rien. Brillant d'un feu intérieur, il en devenait… irrésistible.

Une fois le cerveau de l'ordinateur configuré comme il le désirait, il installa Kélia devant l'écran et se pencha sur son épaule pour passer en revue les logiciels auxquels elle aurait accès. Une fragrance délicieusement masculine émanait de lui pendant qu'il lui indiquait ceci ou cela à l'écran, en lui expliquant qu'il avait… — s'ensuivit une phrase à laquelle elle ne comprit strictement rien — pour relier son ordinateur au réseau privé installé dans son labo.

— Ce sera rapide, promit-il.

Son intonation suggérait que la rapidité était désirable. Elle hocha donc la tête d'un air approbateur.

— J'ai accès aux bases de données de toutes les grandes universités et centres de recherches, tous les *think tanks* du monde, enchaîna-t-il. Il n'y a littéralement pas une information découverte au cours de l'histoire de l'humanité qui ne soit pas accessible par ce portail.

Pas une information ? Elle se mordit la lèvre pour se retenir de demander si l'ordinateur pouvait lui expliquer pourquoi sa gentillesse et sa générosité lui faisaient un tel effet. Pourquoi elle avait tellement envie qu'il l'embrasse. S'il ne se décidait pas, elle finirait par prendre l'initiative. Cela avait un goût… de fatalité.

— J'ai aussi installé une messagerie instantanée, expliquait-il en tapotant une petite icône bleue affichée à l'écran. Je me connecterai chaque fois que je serai au labo. Si vous avez besoin de quoi que ce soit, vous pourrez me prévenir.

— Ce ne serait pas plus simple de s'envoyer des SMS ?

Elle pouvait aussi se lever de sa chaise et monter le voir à son étage. De toute façon, elle ne se voyait pas du tout le déranger, surtout pas par messagerie, alors qu'il considérait les messages électroniques comme un contrat social intrusif. Impassible, il haussa les épaules.

— Probablement. Je ne me suis jamais servi d'un *chat*. Je ne veux pas que vous vous sentiez isolée. Suivre un cours en ligne, c'est un processus solitaire, on se sent coupé de tout, surtout à ce niveau.

Elle s'attendrit de nouveau. Cette solitude, il en parlait d'expérience, c'était évident. Sa solution pour l'en préserver ? Lui accorder une entrée particulière, un accès à sa personne. Une chaleur très douce se glissa dans sa poitrine.

— Merci.

Spontanément, elle avait posé la main sur son bras. Il contempla cette main, leva les yeux vers les siens comme s'il venait seulement de remarquer qu'ils étaient si près l'un de l'autre. En elle, le frémissement familier naquit, se décupla. Des picotements parcoururent ses joues, son cou, son décolleté. Il était si près d'elle qu'elle distinguait les paillettes sombres dans ses iris.

— De rien.

Cette note bourrue dans sa voix, elle commençait à l'adorer. *C'est grave, docteur ?* Oui, elle perdait la tête ! Elle retira vivement la main en maudissant ce piège où elle était tombée, par simple effet de proximité. Dès qu'elle cessa de le toucher, le sentiment d'intimité s'effaça. Desmond bondit et recula vers la porte de sa chambre. Juste avant de sortir, il se retourna en passant la main sur son début de barbe si sexy.

— S'il vous manque quoi que ce soit, vous me le direz ?

Il ne lui manquait rien, à part la plus grande partie de ses neurones. Machinalement, elle répondit :

— Je suis sûre que vous avez pensé à tout.

La porte se referma derrière lui. Libérée de sa présence, elle inspira profondément et se mit au travail, installant des logiciels, réglant ses préférences et se créant un login sur le site de l'université. Quand l'introduction du premier cours s'afficha à l'écran, elle eut un instant de bonheur absolu. Les études, c'était beaucoup de stress et de pression mais, enfin, elle faisait le premier pas vers son diplôme.

Elle allait se plonger dans l'univers stupéfiant du corps humain et se régalait d'avance. La biologie, c'était sa matière préférée. Elle avait aimé au lycée, adoré à la fac, et maintenant elle touchait au nec plus ultra. Grâce à un mari qu'elle ne s'était pas attendue à rencontrer ou à apprécier, elle commençait le grand parcours.

À un moment donné, Desmond reparut, Connor dans les bras, pour la tétée. Comme toujours, il s'excusa de la déranger, mais elle le fit taire d'un geste et se laissa tomber, fatiguée et heureuse, dans le fauteuil où elle allaitait. Une fois le bébé repu, elle voulut le rendre à son papa quand elle s'avisa qu'elle pouvait faire quelque chose pour le remercier.

— Vous savez quoi ? Laissez-moi faire la nounou cet après-midi, lança-t-elle.

— C'est mon travail, protesta-t-il en haussant un sourcil désapprobateur.

— Je sais, mais même vous, vous pouvez avoir envie d'un break, à l'occasion. Allez assembler quelque chose.

Il sourit — trop brièvement à son goût.

— Vous avez vos cours. Connor est sous ma responsabilité.

Combien d'hommes rechigneraient à échapper à un après-midi de baby-sitting ? Il était vraiment unique.

— Ne soyez pas pénible, soupira-t-elle. Laissez-moi faire quelque chose pour vous, histoire de changer.

— Si vous êtes sûre…

— Sûre et certaine. Filez !

Il semblait réticent, perplexe. Alors elle installa Connor contre son épaule en soutenant sa tête duveteuse d'une main.

— Deux heures, indiqua-t-il. Mais seulement parce que vous avez dit que j'étais pénible.

— Ah ? J'ai touché un point sensible. Je prends note.

Il sourit, amusé, tapota gentiment la tête de Connor et sortit. Même quand il fut parti, tout dans la pièce rappelait sa présence, à commencer par le bureau neuf dans l'angle de la pièce.

— On est tous les deux, mon petit gars, chuchota-t-elle à l'oreille de Connor.

Lequel en profita pour pousser une plainte déchirante.

— Oh ! non, pas question. Ton papa va revenir à toute vitesse, en se demandant si je te torture.

Elle se leva et se mit à marcher de long en large en lui tapotant le dos et en lui frottant doucement le ventre. Parfois, il avait besoin d'un second rot après la tétée, mais rien ne venait. Très bien, un change, alors. Elle le ramena dans sa chambre. Ici, la tapisserie affichait des étoiles et des fusées ; le système solaire était suspendu au plafond sous forme de mobile. Un choix un peu curieux pour un bébé : c'était un papa un peu différent des autres qui avait choisi avec tendresse chaque élément de ce décor. Le thème avait du sens pour Desmond, et elle appréciait qu'il ait consacré tant de soins à la pièce dans laquelle vivrait son fils.

Elle changea le petit en un tournemain. Il se calma aussitôt. Elle lui sourit, trouva sa peluche préférée — un éléphant que Desmond avait baptisé Pierre — et joua à je-te-vois, je-ne-te-vois-plus avec Connor qui ruait joyeusement dans son petit transat. Quel extraordinaire petit être, si beau avec ses cheveux sombres et ses joues rondes. Son sourire était éclatant et son rire contagieux. Les deux heures s'écoulèrent à une vitesse record. Elle aurait juré qu'il ne s'était passé que quelques minutes quand Desmond glissa la tête dans l'embrasure de la porte.

— J'ai fini d'assembler quelque chose, annonça-t-il.

Maintenant qu'il reprenait le contrôle, il avait de nouveau sa voix habituelle, grave et posée.

— À vous de vaquer à vos occupations. Un peu de biochimie, par exemple.

Elle se retint de faire la grimace. Le sujet lui semblait moins excitant que tout à l'heure, avant ce moment paisible et joyeux avec son petit garçon. Desmond la congédia d'un geste, et elle refusa de s'avouer à quel point cela la contrariait de les laisser tous les deux. De retour dans sa chambre, elle fit un gros effort pour se concentrer, mais son premier cours de biochimie se brouillait à l'écran. Une seule solution : nager.

Habituellement, cette activité hypnotique l'apaisait, mais aujourd'hui, au lieu de faire ses longueurs avec constance et discipline, elle ne cessait de sortir la tête de l'eau pour guetter la venue de Desmond. Il n'était pourtant venu ici que deux fois en six semaines. Clairement, elle avait un problème. Une mélancolie qui ressemblait même à une petite dépression. Elle n'avait pourtant jamais été du genre à se laisser abattre. Ou plutôt elle n'en avait jamais eu le temps. C'était sa première vraie pause depuis qu'elle avait quitté le toit de ses parents. Voilà le fond du problème : elle n'avait pas assez à faire.

Eh bien, si elle voulait se distraire, que demander de mieux que des cours de haut niveau ? Desmond venait de lui fournir le meilleur remède possible à son ennui, et elle n'en profitait même pas. Elle devrait aller jeter un coup d'œil à l'autre cours auquel il l'avait inscrite.

Elle se sécha, se rhabilla, retourna dans sa chambre et s'identifia sur le site pour découvrir son deuxième cours. Un séminaire d'embryologie ! Parfait, elle avait déjà une connaissance intime du sujet. Elle parcourut les titres : le cours semblait retracer les quarante semaines qu'elle venait de vivre, tous les stades de la conception à la naissance, en insistant particulièrement sur le développement cellulaire du fœtus. Son sourire s'effaça comme si on l'avait giflée. Le fœtus… Dans son cas, ce n'était pas un fœtus lambda comme elle se l'était répété tout au long de sa grossesse. Ce n'était pas une simple expérience. Elle avait porté Connor, le bébé de Desmond, un petit garçon adorable au tempérament joyeux. Un petit être qu'elle ne pouvait pas regarder sans fondre de tendresse. Connor, son fils…

Une larme s'écrasa sur son clavier, puis une autre. Elle avait eu tout faux. Elle pouvait bien se l'avouer, maintenant. Son instinct maternel était bien présent, et même plus fort que jamais. Au lieu de profiter de ce séjour pour lui dire adieu, elle s'était mise à aimer son fils. Qu'allait-elle faire, désormais ?

Elle se redressa. Eh bien, elle allait se remettre à la biochimie, bien sûr. Cette émotivité, ce n'était pas dans son tempérament. Elle était juste fatiguée. Elle affronterait mieux le cours d'embryologie demain, quand elle n'aurait pas passé deux heures en compagnie de son petit. Le premier cours se déroula de nouveau à l'écran. Les concepts qu'il exposait auraient dû être évidents, un simple récapitulatif de ses cours de chimie à la fac, mais son cerveau refusait d'assimiler.

Un petit message s'afficha pour la prévenir que « Desmond H. Pierce » était en ligne. Le nom lui arracha un sourire et aussitôt ses larmes se tarirent. Il était adorable. Il n'avait qu'un seul contact dans son programme de *chat*, sa femme, et il estimait nécessaire d'inscrire son nom au grand complet ? Impossible de résister : elle cliqua sur l'icône et ouvrit une fenêtre de *chat*.

Kélia : Desmond H. Pierce, carrément ? Vous aviez peur que je vous confonde avec tous les autres Desmond parmi mes contacts ?

En cliquant sur « Envoyer », elle estimait à cinquante-cinquante ses chances d'obtenir une réponse. Il allait probablement l'ignorer. Ou pas : c'était l'heure de la sieste du bébé, il voudrait peut-être… Un message apparut sous la fenêtre : Desmond H. Pierce était en train de répondre.

Desmond H. Pierce : Le programme a demandé mon nom, je l'ai entré.

Elle éclata de rire.

Kélia : Vous êtes si littéral !

Desmond : Oui.

Kélia : Vous venez de changer le nom de votre profil ? À cause de ce que j'ai dit ?

Desmond : Peut-être.

De nouveau cet attendrissement inexplicable. Il était réellement sensible, elle avait tendance à l'oublier.

Kélia : J'aime bien ce côté littéral. Je n'ai jamais à chercher des sous-textes et des non-dits avec vous.

Desmond : Vous allez vous sentir très seule dans une catégorie aussi restreinte.

Kélia : Je ne tiens pas à me fondre parmi la horde des admirateurs de Desmond H. Pierce. Je suis votre femme, pas une groupie.

Cette fois, il n'y eut rien, pas de réponse. La fenêtre de *chat* resta vide si longtemps qu'elle commença à se demander si elle devrait s'excuser ou lui signaler qu'elle plaisantait. Inquiète, un peu agacée, elle se dit que le problème, avec la communication virtuelle, c'était que l'autre ne voyait pas votre visage, n'entendait pas votre intonation ; Desmond ne pouvait pas forcément deviner qu'elle le taquinait.

Enfin, la barre de statut lui apprit qu'il était en train de répondre.

Desmond : Justement, vous êtes bien placée pour savoir que je n'ai pas beaucoup d'admirateurs.

Kélia : Parce que vous passez votre temps à assembler des humains artificiels au lieu de communiquer avec les vrais ?

Desmond : Parce que la liste des gens qui aiment qu'on leur parle franchement est vraiment très courte.

Kélia : Vous n'arrêtez pas de répéter ce genre de phrases. On dirait que vous me trouvez anormale parce que je ne vous trouve pas pénible.

Desmond : Vous ne me trouvez pas pénible ?

Pour un génie, il ne comprenait pas vite ! Elle secoua la tête et tapa :

Kélia : Vous n'aviez pas encore remarqué ?

La pause qui s'ensuivit fut la plus longue de toutes.

Elle retint son souffle en attendant de voir ce qu'il trouverait à lui répondre.

Desmond : Dans ce cas, cela devrait être plus simple de décrocher un second rendez-vous.

Elle exhala une exclamation étouffée, mi-choquée, mi-rieuse. Il croyait qu'elle lui résistait parce qu'elle le trouvait pénible ? Et d'ailleurs pourquoi avait-elle estimé nécessaire de lui résister, déjà ? Elle ne se souvenait plus précisément. Parce qu'il était un fanatique autoproclamé du contrôle ? Bon, certes, il tenait à tout décider pour son garçon, mais il était tellement plus que cela ! Généreux, plein d'amour pour son fils, plus qu'intelligent, avec un côté geek gaffeur qu'elle trouvait terriblement craquant.

Kélia : Il faudrait peut-être faire davantage d'efforts.

Desmond : Trouver le bouton magique ?

Elle pouffa comme une collégienne et tapa :

Kélia : J'ai une foule de boutons magiques.

Elle n'aurait pas dû flirter avec lui, mais elle s'amusait ! La sensation était délicieuse, vertigineuse, et elle ne détestait pas le long frémissement sensuel qui la parcourait à la seule idée de Desmond s'embarquant pour une mission d'exploration dans le but de découvrir le fonctionnement de chacun de ses « boutons magiques ». Et combien de fois il pourrait les actionner pour la faire jouir.

Desmond : Vous n'étiez pas censée être en train d'étudier ?

Haha ! Il battait en retraite, débordé par la situation. Pour sa part, elle ne devait surtout pas se demander pourquoi elle parvenait à lire en lui à deux étages de distance.

Kélia : La biochimie, c'est difficile. Cela fait plus d'un an que je n'ai pas suivi de cours.

Elle contempla la fenêtre de *chat* en se demandant ce qu'il allait répliquer. Discours d'encouragement ou accusation d'ingratitude ? C'était tout de même lui qui l'avait inscrite à ces cours, il serait peut-être fâché qu'elle se plaigne. Rien ne venait, le *chat* s'était figé. Elle sentit l'atmosphère de la pièce se modifier, se retourna vivement : il était debout sur le seuil de la pièce. Et son visage… Elle sentit sa gorge se nouer en découvrant son expression à la fois affamée et prudente. Il n'était plus à l'abri derrière une fenêtre de *chat,* mais ici même, en chair et en os, dans sa chambre. Son pouls tripla de vitesse. Le souffle court, elle s'écria :

— Ah, euh, bonjour ! Je ne m'attendais pas à vous voir.

— Laissez-moi vous aider avec votre cours.

Pour l'amour du ciel, c'était trop gentil. Presque mieux que ce qu'elle l'avait supposé être venu chercher.

— Vous n'êtes pas obligé !

— J'ai envie de le faire.

Il s'approcha de ce pas souple et fluide qui asséchait la bouche de Kélia. Son long corps mince se percha sur le bord du bureau, son regard perçant se braqua sur elle.

— Montrez-moi ce qui vous pose problème.

Elle décida qu'il serait imprudent de mentionner que son plus gros problème actuellement, c'était sa présence, qui l'empêchait de respirer.

— Le premier cours, dit-elle, couvre la cinétique des réactions catalysées comparées aux réactions non catalysées.

Il n'hésita même pas.

— Vous abordez la chimie analytique dans un cours de biochimie ?

Il avait instantanément fait la différence. Il devait très bien connaître les deux versants du sujet. Un génie pour mari, c'était un atout quand on se lançait dans des études de médecine ! En pivotant légèrement vers l'écran, il lui effleura la main avec le genou, et ce contact lui réchauffa le bras jusqu'à l'épaule. Elle aurait pu s'écarter, mais elle ne bougea pas et expliqua d'une voix ferme :

— Les formules que cite le professeur sont assez différentes de la façon dont on abordait les réactions à l'université.

Il se pencha un peu pour examiner l'écran, et cette fois sa jambe se pressa contre son bras. Le système nerveux de Kélia disjoncta, un feu d'artifice se déclencha entre ses cuisses.

— Aïe, marmonna-t-il, c'est une façon vraiment indirecte de démontrer la transition. J'ai des diagrammes qui vous seront beaucoup plus utiles que ce foutoir.

Il se pencha encore, ses doigts coururent sur le clavier. Il ne semblait même pas remarquer que l'épaule de Kélia s'imbriquait dans sa poitrine. Elle inspira, retint son souffle… et retint aussi ses bras qui cherchaient à se tendre vers lui. Elle savait que si elle le touchait, elle ne pourrait plus s'arrêter.

— Là, regardez.

Un graphique en deux couleurs venait de se matérialiser

des profondeurs d'un portail mystique donnant sur le puits de la connaissance humaine.

— Quantifiez le transfert d'énergie sur cette base et dites-moi ce que vous obtenez.

Il n'envisageait même pas qu'elle ne puisse pas le suivre. Le cœur de Kélia se gonfla de reconnaissance. Un instant plus tard, elle se raidit. Non, pas son cœur ! Il ne devait surtout pas y entrer. Il tourna la tête pour l'interroger du regard. Elle se hâta d'examiner le graphique et la réponse se présenta aussitôt.

— L'énergie libre de Gibb, vingt pour cent.

Il hocha la tête en lui lançant un sourire rapide.

— Je vous avais bien dit que mon système était mieux conçu que celui de votre professeur. Surtout, servez-vous de ma base de données. Et de moi.

La formule soulevait en elle des perspectives... très déplacées. Kélia se demandait encore comment elle avait pu lui répondre aussi posément alors que son corps était en feu. Le sang affluait à ses joues. Il la regarda plus attentivement et, pour la première fois, sembla s'apercevoir du courant très peu studieux qui crépitait entre eux.

Pendant un long instant, ils se contemplèrent, les yeux dans les yeux. Machinalement, elle pensa qu'elle le trouvait encore plus sexy quand il lui montrait son intelligence. Le cerveau de son mari décuplait son désir. Elle avait envie de Desmond H. Pierce et elle avait dépensé beaucoup trop d'énergie, ces derniers jours, à les priver tous deux d'une expérience spectaculaire, simplement parce qu'elle ne voulait pas lui abandonner encore plus de contrôle qu'il n'en avait déjà. Il existait une façon radicale de régler le problème : en faisant ses propres choix. Si la façon dont la situation évoluait ne lui plaisait pas, ils signeraient les papiers du divorce et passeraient leur chemin. La sortie était déjà programmée.

Maintenant, elle voulait les mains de Desmond sur son corps, sa bouche sur la sienne. Comment le lui faire comprendre ? Elle avait dressé tant de barrières entre eux que cela devenait problématique. Elle devrait probablement rester prudente, bien réfléchir avant d'agir, mais elle décida qu'à cet instant précis la prudence pouvait aller au diable. Une seule chose les séparait : des peurs sans fondement.

- 7 -

Desmond se noyait dans les yeux de Kélia. Ils étaient comme un océan dans lequel il ne se lassait pas de puiser. Elle l'aimantait. Un phénomène électromagnétique qu'il avait très envie d'étudier !

— Mes cours seront encore là demain, souffla-t-elle.

Sa voix un peu enrouée le fit frémir. Cela signifiait qu'elle aussi était affectée par sa présence ? Aussi affectée que lui ?

Ce bureau et cet ordinateur étaient des cadeaux désintéressés, il n'avait même pas envisagé qu'ils puissent avoir leur place dans une stratégie de séduction — mais puisque celle qu'il voulait séduire était là devant lui, puisqu'il touchait sa main depuis plusieurs minutes et qu'elle ne la retirait pas, pourquoi ne pas tenter sa chance ?

— Quand devez-vous rendre votre premier cours ? demanda-t-il pourtant.

Il aurait scrupule à la déconcentrer au moment où elle entamait un cursus difficile. D'autant plus que le professeur semblait parti pour enseigner une matière aussi simple que les réactions chimiques d'une façon particulièrement tortueuse.

— Je ne sais pas.

Son regard braqué sur le sien lui disait en silence une foule de choses passionnantes.

— Pas ce soir en tout cas, reprit-elle. Nous avons tout le temps de nous en préoccuper.

Sans qu'il comprenne pourquoi, ces cours avaient fait pencher la balance en sa faveur. À lui d'en profiter !

— Kélia, murmura-t-il.

Entre eux, l'air était saturé de désir. Elle leva la tête à l'angle idéal pour qu'il puisse s'emparer de sa bouche, dès qu'il serait tout à fait sûr d'interpréter correctement les signaux qu'elle lui envoyait. Il ne voulait surtout pas se tromper, car une fois qu'il se mettrait à l'embrasser il ne comptait plus s'arrêter.

— Desmond, souffla-t-elle en retour.

Cette voix caressante alla se loger dans son bas-ventre et se mit à y diffuser une chaleur étonnante. Le *chat* virtuel l'avait déjà mis en condition avec cette histoire de boutons magiques. Qui aurait cru que ce serait le déclic pour amener sa femme à flirter avec lui ? Il aurait dû installer un outil de *chat* depuis des semaines !

Mais le virtuel n'était que le début du parcours. À lui maintenant de passer au réel. Il y avait tant à découvrir entre eux, des nuances d'émotion, des sommets de plaisir. Il mourait d'envie de partir à l'aventure.

— Je vais vous embrasser, prévint-il. Si ce n'est pas ce que vous voulez, il faut me dire de partir. Tout de suite.

Ses yeux sombres lancèrent un éclair.

— Ma bouche est l'un de mes boutons magiques, répliqua-t-elle.

Cette fois, l'invitation était aussi claire que possible. Mais par deux fois déjà ils étaient arrivés à ce stade et elle avait battu en retraite. Il ne répéterait pas la même erreur.

— Et j'ai bien intention de l'actionner, gronda-t-il.

Ainsi que plusieurs autres. Si vous n'êtes pas d'accord, je veux de le savoir tout de suite.

— Je veux être embrassée, Desmond.

Elle s'impatientait, mais lui, cela faisait une semaine qu'il mourait d'impatience. Tant qu'il ne serait pas certain, il continuerait à réclamer des confirmations. À elle d'assumer.

— Et les complications ? insista-t-il.

Elle se leva, si vite que sa chaise à roulettes fila en arrière. Superbement belle, elle emplissait tout son champ de vision, se glissait dans l'espace entre ses cuisses. Il les écarta pour lui faire de la place, sans oser lui empoigner la taille comme il avait si envie de le faire. Son corps vibrait littéralement de la sentir si proche.

— La seule complication que j'affronte en ce moment se trouve entre tes deux oreilles, s'esclaffa-t-elle, les mains sur ses épaules. Je commence enfin à voir comment on peut te trouver pénible.

Elle empoigna sa chemise et l'attira vers elle. Il se laissa faire puisque c'était exactement ce qu'il espérait. Leurs bouches se rencontrèrent, tendrement, durement. La sensation fut si fabuleuse que son corps entier tressauta. Elle était comme une lave en fusion dans ses bras, souple et brûlante ; il n'avait rien d'autre à faire que se laisser porter et se dissoudre en elle. Cette fois, elle lui donnait réellement la permission d'embarquer pour le plaisir. Il pourrait la toucher sans qu'elle le repousse. Il caressa d'abord son dos en savourant la vigueur de son corps sous ses paumes. Elle était fabuleuse. Il avait si souvent fantasmé ce moment où il la serrerait enfin contre lui.

Le baiser s'intensifiait en le consumant de l'intérieur. Elle se plaquait contre lui, corps contre corps, cuisse contre cuisse, offerte. Elle embrassait comme un démon. Il prit tout ce qu'elle lui donnait en sentant dans sa chair l'impact de chacun de ses gestes. Pendant de longues secondes, il la laissa mener le jeu, puis il décida que son tour était venu. Dans une sorte d'ivresse, il reprit la main et la fit pivoter sur elle-même en la renversant sur le bureau. De la jambe, il lui écarta les cuisses. Elle eut un léger sursaut, mais aussitôt elle lui ouvrit le passage, généreusement, en acceptant qu'il se presse au cœur de son désir. Ébloui, il sentit sa chaleur à travers ses vêtements.

Elle était prête à l'accueillir, probablement glissante et gonflée. Ce désir qu'il captait grâce à son empathie décuplait le sien. Il en voulait davantage, tout de suite. Lui empoignant le menton, il reprit sa bouche avec une férocité qu'il ne se connaissait pas. Elle lui répondit avec la même sauvagerie, la même impatience. De petits sons incroyablement excitants vibraient dans sa gorge. Il frémit de joie en pensant que c'était lui qui l'avait amenée à cet abandon. Elle le désirait. Il avait senti ce lien dès le premier instant. Sa solitude de toujours s'évanouissait et ouvrait son âme à ce qu'elle lui offrait.

Elle venait de glisser ses mains brûlantes sous sa chemise. Il l'imita, laissa ses doigts lui dire en braille tout ce qu'il éprouvait. Des mots comme « belle » et « soyeuse ». Cette peau, il ne se lasserait jamais de la toucher. Il n'avait qu'à lui arracher tous ses vêtements.

— Desmond…, chuchota-t-elle contre sa bouche.

Ce fut tout juste s'il eut assez de lucidité pour reconnaître son nom. Il venait de découvrir un endroit si tendre dans le cou de Kélia, juste à la dimension de ses lèvres, et il l'explorait en repoussant son T-shirt sur son épaule…

— Desmond, répéta-t-elle. Désolée d'aborder le

sujet, mais je… je ne prends aucune contraception. Je ne m'attendais pas à…

La claque de la réalité dissipa le sortilège de cette peau sous sa langue. Il redressa la tête. Les rouages de son cerveau ventilaient les données, passaient en revue tous les scénarios possibles. Bien sûr. Elle ne voulait pas d'une seconde grossesse. Et lui, comme un imbécile, il ne s'était pas attendu à ce qu'elle abatte tous les obstacles entre eux. Pourquoi n'avait-il pas fait livrer un camion de préservatifs ? En fait de génie… Mais il était intelligent. Assez intelligent pour sauver la situation.

— Pas de problème, souffla-t-il en glissant la main sous son T-shirt pour jouer avec la bretelle de son soutien-gorge. J'ai une foule de façons de te faire l'amour qui n'exigent aucune contraception.

Elle ploya la tête en arrière dans un geste d'une sensualité insoutenable.

— Tu m'intéresses, lâcha-t-elle dans un soupir.

— Je vais te faire la démonstration.

Il saisit l'ourlet de son T-shirt, le lui retira habilement. La fermeture de son soutien-gorge se défit entre ses doigts et ses seins somptueux jaillirent. Quand il s'emplit les deux mains de cette chair gonflée, quand il sentit la pointe des mamelons durcir au creux de ses paumes, il atteignit un sommet du désir.

— Il faut que je te voie tout entière, dit-il d'une voix rauque.

Elle recula, se déshabilla en quelques gestes et se percha sur le bord du bureau, nue, magnifiquement impudique. Sans se presser, il s'assit devant elle sur le siège de cuir et posa les mains sur ses cuisses. Les caressa, descendit jusqu'à ses genoux, les écarta. Elle ne résista pas ; au contraire, elle s'offrit à son regard, en repoussant même l'ordinateur pour se coucher à demi, relevée sur les coudes. Il aurait pu triompher, mais ce fut tout le contraire : il se sentit humble, reconnaissant, presque aussi ému que la première fois qu'il avait pris son fils dans ses bras. Et c'était la même femme qui lui offrait ces deux instants uniques !

— Kélia, murmura-t-il, je n'en reviens pas de ta beauté.

Il posa les lèvres sur sa cuisse, remonta progressivement. Sous ses mains, son beau corps se tordait, son souffle se précipitait. Elle sursautait quand il irritait sa peau si tendre de sa barbe.

Le premier coup de langue au cœur de son désir lui arracha un cri. Elle le rendait déjà fou et voilà que le goût de son sexe explosait dans sa bouche, qu'elle roulait des hanches, ondulait contre son visage. Elle en voulait davantage ? Parfait. Il empoigna ses hanches à pleins bras et lui donna ce qu'elle demandait. C'était fabuleux de la voir s'abandonner, de l'entendre laisser échapper ces petits sons éperdus. Il lui fit l'amour avec sa bouche, en glissant deux doigts dans le fourreau glissant de son sexe, avec précaution, en pensant à son accouchement tout récent. Elle haleta de plus belle, et il crut éclater en sentant ses muscles lui enserrer les doigts. C'était trop bon, insoutenable. Il la dévora jusqu'à ce qu'elle soit saisie d'une convulsion profonde. Dans le plaisir, elle cria son nom.

Une sensation stupéfiante s'empara de lui, si immense, si… englobante qu'il ne put savoir s'il la captait chez elle ou si elle s'épanouissait en lui. Et quelle importance ? Ils étaient reliés, connectés au point de créer cette merveille ensemble. Il se sentit relié à elle d'une façon quasi spirituelle. Ce lien-là, il ne voulait plus jamais le rompre.

— Encore, haleta-t-il.

Et il recommença. Elle secoua la tête, chercha à se dégager, mais il la retint par les hanches.

— C'est ton tour, protesta-t-elle faiblement.

Elle s'était redressée sur les coudes pour capter son regard. Sans détourner les yeux, sans la lâcher, il lui donna le plus long, le plus sensuel des baisers. Elle frémit, son regard changea, chavira. Il sut que les flammes du désir renaissaient en elle et son plaisir alimenta le sien.

— Mon tour viendra, gronda-t-il. Si tu savais combien de fois j'ai rêvé de te tenir à ma merci dans cette position. Vu que tu as étudié la biologie, tu sais que la langue est le muscle le plus puissant du corps humain. Je peux continuer toute la nuit si je veux.

Il ouvrit la fleur de son sexe des deux pouces et y appliqua le plat de ce fameux muscle. Les paupières de Kélia battirent, retombèrent, il crut sentir ses chairs gonfler contre sa bouche. Elle jouit de nouveau en quelques secondes.

— Arrête, c'est trop, hoqueta-t-elle.

Il rit, la bouche pressée contre elle, et continua sans tenir compte de ses prières. Pas question de se satisfaire de si peu : quand il pensait à ce qu'il lui devait, deux ou trois orgasmes n'étaient rien ! Elle avait sacrifié une année de sa vie, repoussé son entrée en école de médecine pour allaiter son fils…

— Ce ne sera jamais trop, déclara-t-il, la bouche toujours enfouie. Je commence juste à découvrir quels boutons actionner. Il me faudra encore beaucoup de recherches entre tes cuisses avant de faire le tour de la question. Celui-ci, par exemple, il fait quoi ?

Il frotta sa barbe au cœur du faisceau de nerfs hyper sensibilisés. Elle cria, le dos cambré, les seins projetés vers le ciel, emportée par un nouvel orgasme. La pose était si érotique qu'il faillit perdre le contrôle d'airain qu'il s'imposait pour se retenir de jouir à son tour. Ce besoin de la remplir, de se déverser en elle…

— Je t'en prie, Desmond…

Elle haletait, suppliait, sanglotait presque.

— Je veux, j'ai envie… de toi…

Il était peut-être temps d'arrêter, en fin de compte. Serrant les dents, il se retint d'arracher ses vêtements et de lui donner ce qu'elle désirait. Sans protection, chair contre chair, à l'infini… Au prix d'un effort immense, il réussit à reculer en posant un baiser au creux de ses cuisses. Il voulait bien, cette fois, lui donner le temps de souffler.

— Oui, dit-il. Un peu plus tard.

— Je ne vais jamais m'en remettre, marmotta-t-elle. J'ai bien noté, tu es impitoyable, ajouta-t-elle avec un sourire. Je te le ferai payer en nature.

— Je demande à voir, murmura-t-il en lui souriant.

Il avait plusieurs heures devant lui pour se faire livrer des préservatifs, et peut-être quelques autres surprises qui garantiraient qu'elle ne reculerait pas, la prochaine fois. C'était le plus important : moins il lui donnerait le temps de réfléchir, mieux cela vaudrait. Ils voleraient de découverte en découverte.

C'était drôle de se souvenir à quel point il était déterminé, hier encore, à déconstruire leur attirance mutuelle. Simplement en décidant que cela devait s'arrêter.

Maintenant qu'il avait commencé, il ne voulait plus que cela s'arrête.

Desmond consentit enfin à la laisser en lui promettant quelque chose de spécial, plus tard dans la soirée. Kélia dîna à la cuisine avec Mme Eliott et deux des employés du parc, un retour complètement surréaliste à la routine après ce qu'elle venait de vivre. Et avant ce qu'elle allait vivre encore. Une folle anticipation vrombissait dans son corps, elle se sentait incapable d'avaler quoi que ce soit. Elle venait de connaître le plaisir le plus éblouissant de toute sa vie, simplement en jetant la prudence aux orties. Franchement, elle n'imaginait pas ce qu'il pourrait encore inventer de plus spécial que le feu d'artifice qu'il lui avait déjà offert, mais elle était partante pour le découvrir !

Après le dîner, elle allaita le bébé, le coucha. Normalement, il dormirait jusqu'à minuit. Elle avait donc quatre heures devant elle. En fonçant dans sa chambre pour s'habiller, elle ne pensait qu'à Desmond et à ce qu'il lui réservait. Ce qu'il lui avait fait tout à l'heure était hallucinant, elle ne savait même pas qu'elle pouvait jouir aussi puissamment, et tant de fois à l'affilée. La plupart des hommes estiment avoir terminé quand ils vous ont offert un orgasme ; Desmond devrait donner des cours.

Un long frisson la parcourut. Son corps faisait son travail secret de préparation, car le minuscule fragment de soie qu'elle avait enfilé en guise de culotte était déjà humide. Elle avait voulu porter des dessous sexy pour son mari et voilà le résultat. Et si elle arrivait nue sous sa robe ?

Elle était la proie d'un trac terrible. Pourquoi ? Elle avait pour ainsi dire déjà couché avec Desmond. La seule différence serait que cette fois lui aussi aurait du plaisir. Un coup léger frappé à sa porte la fit sursauter violemment. Elle lissa la robe qu'elle avait choisie avec tant de soin, alors même que ce choix n'avait aucune importance, et courut ouvrir. Desmond se trouvait sur le seuil et son regard la dévora tout entière.

— Viens, ordonna-t-il simplement, en lui tendant la main.

Elle la prit et se laissa entraîner jusqu'à sa chambre. Manifestement, il n'y aurait pas de préambule. Pas de soirée au sens habituel du terme avec du vin, éventuellement des fleurs : ils allaient sauter tout droit au lit. Vu l'enthousiasme et l'abandon qu'elle avait manifestés tout à l'heure, elle pouvait difficilement soutenir qu'elle avait besoin d'un contexte un peu romantique pour lancer la roue du désir. En clair, Desmond n'avait qu'à la regarder pour lui retirer sa culotte.

Il lui fit franchir sa porte, la referma derrière elle dans un déclic discret et elle se retrouva dans les ténèbres. Son pouls bondit, elle le sentit battre dans sa gorge, ses yeux s'écarquillèrent en cherchant à voir dans le noir.

— Tu as dit que tu aimais les orages.

La voix de Desmond glissa sur sa peau comme une écharpe de soie. Un instant plus tard, un grondement rocailleux s'éleva du fond de la pièce. Un éclair zébra le plafond, un autre dessina un zigzag en travers du mur. Impressionnée, elle demanda :

— Tu m'as fabriqué un orage ?

— Oui.

Un nouveau grondement de tonnerre l'interrompit, plus fort, comme si l'orage s'approchait.

— Surprise, murmura-t-il.

— C'est fabuleux !

À la lueur d'un nouvel éclair, elle découvrit un lit à baldaquin. Sans qu'elle comprenne comment, l'orage en boîte tourbillonnait autour de lui, l'enserrait dans sa trame électrique. Et déjà, Desmond la soulevait dans ses bras, l'emportait, l'allongeait sur la courtepointe.

— Ça n'a pas été simple, mais je le trouve assez réussi.

Et maintenant elle entendait le chuchotis de la pluie. D'instant en instant, l'averse s'amplifiait. Un coup de tonnerre éclata, secoua le lit avec un réalisme stupéfiant.

— C'est parfait, souffla-t-elle, éblouie.

— C'est ce que nous allons voir.

L'éclair suivant lui révéla la moitié du visage de Desmond, éclairé par un sourire sensuel. Avec un temps de retard, elle perçut la musique qui dansait en sourdine entre les grondements du tonnerre : un tempo rapide, électronique, sans voix et sans paroles, qui épousait parfaitement le rythme de l'orage, comme si chacun des deux nourrissait l'autre. Le maestro en personne se coucha près d'elle sur le matelas et la happa dans ses bras avec un baiser vorace. Quand elle fermait les yeux, l'orage était incroyablement réel et présent. Elle vibrait avec lui, et déjà le désir l'écartelait, ce désir dense, presque douloureux que seul Desmond savait satisfaire.

Le temps d'un roulement de tonnerre, il se redressa sur les genoux pour lui retirer sa robe. L'éclair suivant lui montra son regard sur elle, brûlant, presque sauvage.

— Je… Je croyais que ce serait mon tour d'être impitoyable, couina-t-elle.

Il approcha la bouche de sa gorge. Instinctivement, elle renversa la tête en arrière, sentit ses lèvres sur sa peau, ses doigts sur son soutien-gorge. De lui-même, son corps se souleva pour se river à celui de Desmond.

Chaque zone érogène était sensibilisée à l'extrême, mais la sensation la plus folle se trouvait au niveau de ses seins. La caresse la plus légère se répercutait en elle, déchaînant une vague volcanique de plaisir. Elle se tordait sous le corps de Desmond en se retenant tout juste de le supplier.

— Ta bouche, gronda-t-elle. Je veux encore ta bouche sur moi.

Ces lèvres si douées, elle les voulait entre ses cuisses, tout de suite. Ensuite, elle s'occuperait de lui donner tout le plaisir possible. Après la séance sur son bureau, elle avait trop envie de renouveler l'expérience.

— C'est au programme, murmura-t-il. Nous avons des heures devant nous et je compte utiliser chaque seconde pour explorer ton corps.

Il enroulait les doigts autour des bretelles de son soutien-gorge, les faisaient glisser, libérer ses seins. Le premier frottement de sa barbe contre un mamelon la fit frémir, mais il ne l'aspira pas dans sa bouche comme elle s'y attendait. Il sembla deviner que de ce côté elle avait eu sa dose. À la place, il lécha la courbe inférieure de ses seins, trouva de nouveaux endroits à mordiller, des endroits qu'elle n'aurait jamais crus particulièrement sensibles. Il l'illumina de l'intérieur, simplement en choisissant l'endroit où il lui râpait la peau de ses dents.

Haletante, elle se pressa contre lui en tremblant. Il obéit sans qu'elle ait besoin de dire un mot, descendit plus bas, promena sa bouche de feu sur son ventre en laissant des traînées de sensations et fondit sur la jonction de ses cuisses.

— Tu n'as pas de culotte, lâcha-t-il d'une voix rauque. Message reçu.

Elle laissa échapper un petit rire.

— Tu lis dans mes pensées…

En guise de réponse, les mains un peu rugueuses de Desmond remontèrent le long de ses cuisses et les écartèrent le plus largement possible. Ces mains, elle n'en aurait jamais assez : elles parlaient un langage à elles, leurs pouces exploraient le cœur de son désir, caressaient, s'insinuaient, l'emportaient dans un univers de sensations délicieuses, rythmé par les coups de tonnerre et le tambour de la pluie. La chaleur de sa bouche, quand il ajouta enfin son baiser à ses caresses, tendit son corps comme un arc. Le nectar du désir se déversait d'elle en quantités presque gênantes, mais il grondait de désir en le léchant.

— Tellement belle… Tellement prête… J'adore pouvoir te faire ça.

Il fit tourner sa langue, le mouvement précis dont elle avait besoin pour glisser jusqu'au bord de l'abîme, y plonger et jaillir en plein ciel dans le premier de ce qui serait sans doute une spectaculaire série d'orgasmes.

— Encore, ordonna-t-elle. Mais cette fois, avec toi.

Elle allait devoir faire attention, cet homme était pire qu'une drogue. Et puis elle avait suffisamment attendu : elle aussi voulait voir, toucher, agir. Le précipiter dans le plaisir et l'entendre crier parce que c'était trop fort pour qu'il puisse garder cela au fond de lui. Elle lui échappa, roula de côté avant qu'il ne puisse l'immobiliser, se redressa sur les genoux et l'obligea à se redresser.

Il se laissa faire. S'il avait résisté, elle n'aurait jamais réussi à l'ébranler. Et franchement il aurait suffi qu'il la recouche pour qu'elle s'abandonne de nouveau à tout ce qu'il choisirait de lui faire. Le plaisir vibrait toujours dans son ventre, et elle savait déjà que le second orgasme serait encore meilleur. Son corps l'exigeait déjà, le cherchait en ondulant instinctivement, alors même qu'elle ouvrait à tâtons la chemise de Desmond dans les ténèbres. Encore un peu et elle aurait tout arraché, fait sauter les boutons comme des pétales arrachés à leur tige. Enfin, elle put écarter l'étoffe et, pour la première fois, goûter sa peau.

D'abord l'épaule, la clavicule… Desmond inspira brusquement, ses grandes mains la happèrent à la taille. Encouragée, elle mordilla son cou, remonta jusqu'à son oreille, suça le lobe. La plainte profonde qu'il exhala la mit en joie. C'était son tour maintenant, et elle voulait lui offrir un voyage aussi magnifique, aussi éblouissant que celui qu'il lui avait donné. Elle le coucha sur le dos, acheva de le déshabiller. Elle aurait aimé prendre son temps, faire durer le plaisir, mais elle avait trop hâte de le toucher. La chair tiède de l'homme qu'elle avait tant désiré pulsait sous ses mains ! Au moment exact où elle s'emparait de sa verge, le tonnerre et l'éclair éclatèrent ensemble, comme un roulement de tambour, et un coup de projecteur se braqua sur la longueur superbe de son érection. Langue posée sur le gland, elle le lécha, le regard rivé au sien.

Les ténèbres s'abattirent sur eux, mais le visage de Desmond restait gravé en elle, avec ses paupières lourdes, l'intensité de son expression. Galvanisée, elle l'aspira tout entier dans sa bouche, fit tourner sa langue autour de la colonne dressée — sentant les hanches de Desmond se soulever furieusement sous ses paumes, elle l'entendit articuler son nom dans une plainte sourde.

— Assez, gronda-t-il.

Elle voulut l'ignorer comme il l'avait ignorée tout à l'heure, mais elle ne faisait pas le poids. Il la cueillit comme une plume, la souleva et la coucha contre les oreillers, son pouce glissant sur sa joue dans une caresse d'excuse.

— Toi, tu peux avoir une foule d'orgasmes, mais ma physiologie est moins avancée que la tienne et ta bouche me rend fou, je ne tiendrai pas.

Ah ? D'accord. Elle prêta l'oreille. Dans l'obscurité, un froissement, un mouvement indéfini… il devait être en train d'enfiler un préservatif. Une anticipation délicieuse gonfla en elle. Le moment était venu ! Le moment vers lequel tendaient tous ces préliminaires.

Le tonnerre éclata, encore et encore, fouettant son désir. Heureusement, Desmond ne la fit pas attendre : d'un mouvement, il la couvrit de son corps brûlant, mais au lieu de plonger en elle il s'empara de ses lèvres dans un long baiser très tendre. Une douceur fabuleuse courut sur sa peau tandis qu'il faisait l'amour à sa bouche. Ce baiser n'était pas seulement sexuel. Le sexe, il maîtrisait parfaitement, il l'avait prouvé, mais ce qui se passait là, c'était une communication au niveau le plus profond. Elle s'imprégna dans chaque fibre de son être de ce « Je te veux » qu'il lui répétait sans relâche. Quelle sensation extraordinaire d'être l'objet d'un tel désir ! Puis la main de Desmond glissa sur son bras, s'y attarda dans une longue caresse et descendit jusqu'à sa taille, ses cuisses. Le poids délicieux de son corps sur le sien se fit plus insistant, il roula des hanches contre elle. Son baiser s'approfondit, gagna en passion. Elle y répondit en ondulant, provocante, glissant sa cuisse le long de la sienne.

— Kélia…

Elle renversa la tête en arrière sur l'oreiller en le sentant glisser en elle et la remplir. C'était si parfait qu'elle s'entendit gémir de très loin, un gémissement enroué et chantant. La passion les souleva, ils se fondirent l'un dans l'autre, portés par le rythme de la musique, de la pluie, de l'extase fiévreuse qui se massait dans leurs corps.

Projetée en plein ciel, elle oublia tout ce qui n'était pas sensation et se laissa remplir à ras bord de son corps, de sa présence, de ses mots tendres. Plus haut, plus haut encore… Au crescendo du coup de tonnerre suivant, les doigts si doués de Desmond revinrent danser entre ses cuisses et elle vola en éclats. Comme si son être entier s'était liquéfié, elle se fondit dans une convulsion tellement puissante qu'elle éclipsa tout ce qu'elle avait connu jusqu'ici. Vague après vague, la spirale l'arracha presque à elle-même…

Mais elle ne voulait pas être arrachée à cet instant, au corps de Desmond qui se ruait vers sa propre libération. Elle le serra contre elle en lui soufflant, elle aussi, des mots tendres et passionnés. Il se cambra, tête rejetée en arrière, et laissa échapper un cri rauque, le corps secoué par des secousses sismiques. C'était si beau, il était si beau qu'elle eut presque envie de pleurer.

Il s'effondra sur elle, roula sur le flanc et la serra sur son cœur en silence. À quoi bon parler, la communication se faisait si bien sans paroles ! Après une petite éternité faite de sensations très douces, l'orage, leurs peaux nues l'une contre l'autre, il frotta son nez contre son oreille et chuchota :

— Dis-moi que c'était fantastiquement bon pour toi.

Elle hocha la tête. Elle aurait voulu manifester plus d'enthousiasme, mais elle n'avait plus l'énergie nécessaire.

— « Fantastique », le mot est trop faible, souffla-t-elle.

— Je l'ai… senti.

Pour la première fois depuis qu'il l'avait entraînée dans sa chambre, il semblait hésiter.

— Ton plaisir, je veux dire. C'était comme une seconde présence, c'était… stupéfiant. Je ne sais pas comment l'expliquer et maintenant toi aussi, tu vas penser que je suis bizarre.

Sa voix s'éteignit sur un petit rire gêné. Galvanisée, elle se redressa, les sourcils froncés — alors même qu'elle savait qu'il ne verrait pas son expression avant le prochain éclair.

— Comment ? Mais non ! Je ne te trouve pas bizarre, pas du tout.

Différent, oui. Exceptionnel.

— Tu es gentil, tu es intelligent, tu m'as fabriqué un orage. Si ça, c'est bizarre, alors il n'y a pas plus sexy que la bizarrerie.

— Tu me trouves sexy ?

Elle leva les yeux au ciel.

— Bien sûr que oui ! s'exclama-t-elle, se souvenant qu'il ne la voyait pas. Je ne compte même plus tous les orgasmes…

— Six. Jusqu'ici.

Oh ! pitié…

— Non, répliqua-t-elle fermement. Il n'y a pas de « jusqu'ici », c'est fini. Enfin, fini pour moi. Maintenant, c'est ton tour.

Il l'avait arrêtée avant qu'elle ne puisse terminer ce

qu'elle avait commencé tout à l'heure. S'il y avait encore d'autres orgasmes ce soir, ce seraient les siens.

— Désolé, mais je ne suis pas d'accord.

Sa main trouva celle de Kélia et la serra en mêlant ses doigts aux siens.

— J'aime quand tu jouis. J'aime que ma bouche soit sur toi quand cela t'arrive. C'est meilleur que tout ce que j'ai pu imaginer.

Il tira sur leurs mains jointes, la fit basculer sur le matelas et la couvrit aussitôt de son corps. Elle se débattit... et ne réussit qu'à se frotter contre son début d'érection.

— C'était un coup bas, grogna-t-elle quand il l'immobilisa contre l'oreiller, les bras au-dessus de la tête.

— Je ne m'excuse pas. Et si tu crois avoir fait le tour de tout ce que je peux te faire, tu te trompes.

Elle frémit, et il en profita pour glisser le long de son corps et la mordiller à la jonction des cuisses. Pendant une fraction de seconde, elle envisagea de serrer les genoux et lui interdire l'accès, rien que pour démontrer qu'elle gardait son libre arbitre, mais ses jambes s'ouvrirent d'elles-mêmes dès qu'il chercha à les écarter. Qui croyait-elle tromper ? Comme si elle était capable de lui refuser une partie d'elle qu'il voudrait lécher, caresser, mordre.

Et déjà, l'éblouissement s'emparait de son corps. Elle se tordait sous sa bouche brûlante, et une foule d'émotions contradictoires lui dilatait la poitrine. Des dents, il effleura le bouton du plaisir et la jouissance commença à se déployer, se dilater en elle. Suspendue en plein ciel, elle se heurta à une évidence : ce qui se passait en elle n'était pas purement physique. Ses sentiments pour lui allaient beaucoup plus loin qu'elle ne l'avait deviné.

Un raz-de-marée se dressait au loin, prêt à tout emporter. Desmond augmentait la pression comme il avait appris — si vite ! — à le faire, et la vague de plaisir et de tendresse s'élargissait comme un cercle de lave, remplissait tous les espaces vides et froids en elle. Elle les remplissait de Desmond.

Mais non, ce n'était pas comme cela que ça devait se passer ! Furieuse contre elle-même comme contre tout ce qui lui échappait, elle se raidit, s'arc-bouta pour s'opposer à l'orgasme.

— Kélia, chuchota-t-il, laisse-toi faire. Ne te prive pas parce que j'ai voulu te donner du plaisir au lieu de te laisser agir à ta façon.

Elle faillit se mettre à rire, à la fois irritée et émerveillée qu'il déchiffre en temps réel chacune de ses pensées. Puis il fit quelque chose de nouveau, là où il en prenait tellement à son aise, et le rire de Kélia s'étrangla. La sensation la saisit dans ses griffes, la ramena au bord du gouffre pour la faire basculer dans un orgasme retentissant, dix fois plus fort que les six précédents.

Son mari faisait ce qu'il voulait de son corps, aussi facilement qu'il lui avait ordonné d'attendre, pour le divorce. Elle lui avait accordé ce pouvoir, et tout à coup cela lui faisait peur. Elle ne savait plus si elle serait encore capable de résister à la force qui la jetait dans ses bras.

— C'était beau, murmura-t-il en la serrant contre son flanc. Kélia, ma femme, tu mérites d'être traitée comme une reine. Je serai ton vassal. Dors ici, tu veux bien ? Je t'apporterai Connor et je le recoucherai. Toi, tu ne feras rien, tu resteras tranquillement allongée ici jusqu'au matin. Tu dormiras si tu as envie, ou tu me diras de te donner encore du plaisir.

Elle battit des paupières comme un chat, les paumes pressées contre sa poitrine. L'angoisse refluait, elle nageait dans un océan de satisfaction. La sensation du corps ferme de Desmond était si délicieuse contre ses propres muscles épuisés ! C'était cela, au fond, le problème avec lui. Si elle l'écoutait, elle finirait par croire qu'elle avait tout compris de travers, et qu'il était l'être le moins égoïste de la planète. Elle finirait par croire qu'elle n'avait rien d'autre à faire que se laisser choyer. Autrement dit à se reposer et, quand elle en aurait envie, à lui ordonner de faire chanter son corps.

Piège ou paradis ? Elle n'était plus capable de voir la différence.

- 8 -

De retour d'une ronde dans la chambre du bébé, Desmond se glissa dans son lit avec précaution. Depuis deux nuits, Connor se réveillait à 6 heures du matin ; jusqu'ici, il avait réussi à le rendormir.

Ses recherches suggéraient que s'il proposait au bébé de téter, il téterait. En revanche, s'il parvenait à le convaincre de se rendormir sans lui donner ce qu'il demandait, Connor apprendrait qu'il n'avait pas automatiquement besoin de manger simplement parce qu'il avait ouvert les yeux. Jusqu'ici, cela fonctionnait.

Kélia reposait près de lui, les yeux clos, le visage paisible. Il l'avait gardée éveillée plus longtemps qu'il n'aurait dû, mais comment s'arrêter, une fois lancé dans la découverte des merveilles de son corps ? Il aurait fallu un self-control surhumain. Et, vu qu'elle ne s'était pas plainte, il ne comptait pas s'arrêter en si bon chemin.

Il avait éteint la machine à orage avant la tétée de minuit. Une authentique inspiration, cette machine ! Kélia avait adoré, mais il devinait que Connor apprécierait beaucoup moins. Hier soir, pour la première fois, il avait vu sa femme allaiter son fils dans son lit. Un événement ! Kélia était toujours dans son lit, et cela aussi continuerait, si la décision lui revenait.

Il ne s'était jamais exercé à l'art de se faufiler dans un lit sans réveiller une belle endormie. Maladroitement, il se coula sur le matelas et se trouva une place. Un exercice assez ardu, Kélia dormait avec un bras lancé en travers de l'oreiller, ses jambes repliées empiétaient sur son côté à lui. Il sourit dans les ténèbres. Pas de problème, elle avait des jambes fabuleuses. Malheureusement, quand il voulut tirer la couette, un obstacle la retint. Il insista… et s'aperçut trop tard que Kélia la serrait dans son poing. Ses paupières battirent, elle ouvrit les yeux et lui décocha un sourire embrumé.

— Ne me dis pas que tu es du genre à te lever à l'aube. Là, je divorce.

Il lui rendit son sourire. Comment faire autrement ? Elle était comme un rayon de soleil après un mois de grisaille.

— Désolé, je ne voulais pas te réveiller. J'étais allé jeter un coup d'œil à Connor. Si tu n'avais pas pris toute la couette, tu n'aurais jamais su que je m'étais levé.

Ces longs cheveux sombres déployés sur son oreiller ! Il se retint de justesse de les rassembler dans ses mains.

— Je vois, riposta-t-elle. Tout est ma faute. Si tu ne m'avais pas menottée au lit en refusant de me laisser partir, j'aurais dormi dans mon lit.

Il la toisa en haussant un sourcil.

— Même sans mémoire eidétique, il me semble que je me souviendrais s'il avait été question de menottes.

Avait-elle réellement eu le sentiment qu'il la forçait à dormir ici ? Ce n'était pas l'effet recherché ! Il dévida mentalement le fil de la soirée en recalculant, réévaluant. Elle avait été si partante, si passionnée, et lui, avec son empathie involontaire, il s'était senti atteint comme jamais par son désir. Non, impossible, il n'avait pas pu mal interpréter, ni son plaisir, ni le fait qu'elle était d'accord pour dormir ici. Ils étaient si… accordés qu'il le saurait si elle éprouvait la moindre réticence.

— Sept orgasmes, soupira-t-elle en levant sept doigts comme pour s'assurer qu'il validait le décompte. Quelle femme saine d'esprit voudrait dormir seule après ça ?

Ah, elle plaisantait. Soulagé, il répondit :

— Je vois, tu es mon esclave sexuelle ? Je t'ai menottée ici à coup d'orgasmes ?

Elle poussa un gros soupir théâtral.

— Oui, c'est à peu près ça.

La pression se relâcha dans la poitrine de Desmond. Rassuré, il la prit dans ses bras pour pouvoir lui dire « bonjour » d'une manière plus tactile.

— Dans ce cas, chuchota-t-il à son oreille, nous avons deux heures avant le petit déjeuner.

— Sérieusement ? gémit-elle. Je n'ai pas l'habitude d'une stimulation aussi… continue. Nous parlons de muscles qui ne m'ont pas servi depuis des années.

La nouvelle lui fit un plaisir fou. Ils ne s'étaient rien dit de leurs vies amoureuses respectives, mais il était enchanté d'apprendre qu'aucun petit ami ne l'attendait en coulisses. Puis il se ravisa, les sourcils froncés. Beaucoup de femmes avaient des partenaires sexuels multiples. Un grondement naquit dans sa gorge — il le ravala. Kélia était sa femme et, après la nuit dernière, il était bien décidé à ce qu'elle le reste.

— Sérieusement, poursuivit-il, je n'ai pas été assez clair ? Toi, tu restes au lit, tu ne fais rien. Moi, je fais tout. Ton unique tâche est de me donner tes instructions. « Plus fort, Desmond », par exemple. « Ta bouche sur moi. » L'effort ne devrait pas être démesuré.

Elle se mit à rire et se retourna pour se blottir contre lui en cuillère.

— Tu as été très clair, mais la seule chose qui m'intéresserait en cet instant précis, ce serait un massage.

De l'épaule, elle poussa légèrement son menton. Enchanté, il profita de l'invitation à poser les mains sur elle. Il accueillit son derrière bien ferme au creux de son ventre et se mit à pétrir ses bras, ses épaules ; elle eut le long soupir d'une femme qui s'abandonne en toute confiance, apaisant ainsi l'élan animal, possessif, qui s'était emparé de lui. Enfin, plus ou moins. Il aurait besoin de la posséder beaucoup plus complètement avant de pouvoir réellement se détendre.

Un massage. Voyons, il pouvait faire un peu mieux que cela. Ils étaient nus tous deux, aucun obstacle ne les séparait. Il se mit à l'œuvre avec davantage de concentration, en savourant la douceur soyeuse de sa peau. Il pétrit le haut de son dos, ses épaules, sa nuque, pressa des pouces la base de son crâne pour agir sur les méridiens. Grâce à une incursion dans le shiatsu, il avait appris à soulager les douleurs musculaires.

Un puissant sentiment de paix émanait d'elle, dont il s'imprégna comme une éponge. Quand il posa les doigts sur le sommet de sa tête, elle eut un petit gémissement de bien-être et il sourit sans rien dire, parce qu'il l'apaisait autant qu'elle l'apaisait.

Ses mains dérivèrent de nouveau vers le bas, palpèrent ses épaules. Elle se cambra comme un chat. Le mouvement intensifia le contact de son splendide derrière sur son début d'érection. Si elle ne modérait pas cette friction trop sensuelle, la situation allait bientôt lui échapper. Elle avait demandé un massage, il entendait bien le lui donner, mais, si elle prenait l'initiative, elle débordait du cadre.

Une deuxième fois, elle répéta ce mouvement tournant du derrière contre son bas-ventre. Une lance de feu le transperça, une plainte gronda dans sa poitrine. Si le contact était accidentel, il s'excuserait pour son erreur — plus tard. Dans l'immédiat, il glissa une main sur son ventre pour la retenir contre lui et ondoya à son tour des hanches contre elle, se glissa dans la fente entre ses fesses, dans un nid de chaleur et de friction absolument délectable.

Elle inspira brusquement, les reins cambrés. Passant les doigts dans la vallée entre ses cuisses, il découvrit que le nectar du désir sourdait déjà. Délicatement, il glissa un genou entre les siens et se ménagea un accès pour continuer ses explorations.

— Desmond, murmura-t-elle, le souffle court, et mon massage ?

— Mais je te masse…

Pour appuyer sa démonstration, il caressa le cœur de son désir, tout en lui pétrissant les fesses de son autre main, non sans séparer les deux demi-globes assez largement pour pouvoir se glisser plus avant. Que c'était bon ! Il laissa retomber ses paupières. En lui, la pression montait, le besoin si puissant d'être en elle. De la laisser l'emporter, de refaire l'expérience de la gamme somptueuse de ses émotions de femme, en miroir des siennes, tandis qu'ils filaient ensemble vers le plaisir.

— C'est trop bon, bredouilla-t-elle. Je ne savais pas que c'était un de mes boutons.

— À présent, nous le savons tous les deux.

Ce corps entre ses mains… Il n'allait pas tenir, il

devenait fou. Hier, il était arrivé à se maîtriser. Cela n'avait pas été facile, mais il y était parvenu parce qu'il n'avait pas encore vraiment fait l'amour avec elle. Maintenant, son corps lui échappait pour se jeter vers celui de Kélia, trop pressé de ne faire qu'un avec elle.

À l'instant où il allait entrer au paradis, glisser lentement, voluptueusement au cœur de son désir, elle se dégagea à demi en soufflant :

— Où sont les préservatifs ?

Ah, oui. Un détail mineur qu'il avait oublié — préféré oublier. Il lança sa main derrière lui vers la table de chevet, tâtonna, trouva le bouton du tiroir puis le paquet à l'intérieur. Maladroit dans sa hâte, il en arracha plusieurs petits carrés, faillit les laisser choir, mais en rattrapa un qu'il réussit à enfiler avant de perdre les pédales. Un instant plus tard, il se plongeait dans le corps de sa femme.

Il voulut s'immobiliser quelques secondes pour savourer la sensation, la perfection, mais elle remua, impatiente. Apparemment, la lenteur n'était pas au programme. Et la décision lui échappait déjà, son propre corps cherchait la douce brûlure du mouvement, Kélia l'encourageant avec de petits coups de reins qui l'entraînaient plus profondément en elle. Il s'abandonna, chevaucha la vague et grimpa progressivement vers la jouissance.

Et le plus grand plaisir, c'étaient ses réactions à elle. Chaque plainte, chaque mouvement décuplait son bonheur. Il n'avait jamais rien vécu de pareil, n'avait pas même rêvé… Il nageait dans un océan de sensualité, sans plus penser à rien, quand elle reprit sa main et la guida de nouveau vers son sexe. Il recommença aussitôt son massage et, bientôt, elle fut labourée par un orgasme qui déclencha un véritable feu d'artifice dans son corps à lui.

Et si… elle n'avait pas insisté pour qu'il se protège ? Cette expérience éblouissante aurait pu apporter tellement plus qu'un simple orgasme : ils auraient pu concevoir un enfant. Là, tout de suite. Et, cette fois, il serait là pour la voir s'arrondir en sachant que son gosse grandissait dans son ventre. Il avait raté cela la première fois et, cette injustice, il mourait d'envie de la réparer.

Son propre plaisir éclata sans avertissement. Il s'entendit crier, écartelé par la pression qui le faisait se déverser en elle. Convulsivement, il la serra contre lui pour ne pas manquer un seul instant… un… seul… instant de ce plaisir dans le corps de sa femme.

Car elle était bien davantage que la mère de son fils. Elle était un élément évident, vital de la famille qu'il cherchait à créer. À deux, c'était bien ; à trois, ce serait mille fois mieux. Ils formaient déjà une unité si soudée !

Entre ses bras, Kélia s'anima. Gentiment, elle prit son bras, le cala en travers de son ventre et se blottit plus étroitement contre lui. Tout heureux, il la serra sur son cœur. Il ne voyait qu'un seul nuage à l'horizon : elle finirait par quitter ce lit. Elle avait beau plaisanter à propos de menottes, il n'avait quasiment aucun levier sous la main pour la convaincre de rester.

— J'ai besoin d'un bain, murmura-t-elle. Et peut-être d'une sieste. Toute seule !

Le mot s'accompagna d'une tape taquine sur l'une de ses mains, qui lui titillait trop familièrement l'un de ses seins.

Puis elle le stupéfia en soupirant :

— Bon, sincèrement, c'était stupéfiant, mais il vaut probablement mieux s'en tenir à une expérience unique.

Un grand froid, une affreuse tristesse s'engouffrèrent

dans sa poitrine. Tout ça… pour ça ? Il avait cru… Mais au fond elle n'avait jamais cessé de le tenir à distance, depuis le tout début. Sauf que maintenant l'enjeu était trop important !

— Mieux pour qui, pour quoi ? gronda-t-il. Je n'ai pas réussi à te satisfaire ?

— Quoi ? Bien sûr que si !

Elle se tourna vers lui en riant. Le mouvement la fit sortir de ses bras.

— Non, reprit-elle sans sembler remarquer sa réaction, mais c'était juste un… une aventure, une passade. Je ne sais pas comment on dit maintenant. Pas le genre de situation qui s'installe. Même si c'était fabuleux !

Là, cela n'avait vraiment aucun sens. Il lutta pour maîtriser sa voix et s'enquit :

— Pourquoi pas ?

— Parce que ! Nous allons divorcer, non ?

Elle commençait à s'agacer, lui aussi.

— C'est une situation temporaire, assena-t-elle. Jusqu'à ce que nous trouvions une solution pour sevrer le bébé.

— Nous avons déjà établi que ce ne serait probablement pas possible avant plusieurs mois. Pourquoi poser une limite arbitraire à une situation qui nous plaît à tous les deux ?

Il aurait voulu mieux formuler sa contre-attaque, mais voilà, une émotion puissante montait en lui et sa fichue empathie lui faisait tout ressentir, le trouble de Kélia en plus du sien. Cela donnait un orage intérieur extrêmement déplaisant, une zone de turbulences noires. Il ne voulait pas renoncer à elle, même si elle voulait se libérer de lui…

— Je ne suis pas du genre à coucher avec un homme uniquement parce qu'il est généreux au lit.

Elle s'était écartée. Retranchée sur son propre oreiller, elle serrait le drap autour d'elle pour lui cacher ses seins, sans se douter qu'elle soulignait surtout à quel point ils étaient sexy.

— J'aurais probablement mieux fait de refuser, grogna-t-elle. C'est très difficile de te dire « non ».

Eh bien oui, il avait fait son possible pour que ce soit difficile. Quand il voulait vraiment quelque chose, il ne laissait rien au hasard. Son trouble s'apaisa, sa détermination se raffermit. Il avait donc encore du travail devant lui pour assembler la famille qu'il voyait dans sa tête. Très bien, il trouverait une solution. Le souvenir d'autres femmes qui étaient parties l'effleura, mais, celles-là, il n'avait rien fait pour les retenir. Avec Kélia, l'immense besoin de lien qu'il s'était découvert s'était aussitôt satisfait dans un épanouissement dont il n'avait jamais soupçonné l'existence. Et il avait beaucoup d'imagination. Non, ils ne pouvaient pas en rester là, c'était impossible.

Il hocha la tête comme s'il approuvait. Déjà, son cerveau alignait vingt nouveaux scénarios susceptibles de la faire changer d'avis. Si sa femme n'était pas du genre à coucher avec un homme uniquement parce qu'il était généreux au lit, le serait-elle avec un homme qui se montrerait généreux hors du lit ?

En tout cas, c'était décidé, il ne voulait plus divorcer. Il aimait être marié avec elle. Si elle n'avait pas encore vu que sa place et son avenir étaient auprès de lui, à lui de clarifier la donne, à lui de lui offrir d'autres incitations. Il trouverait autre chose que les orgasmes pour lui prouver qu'elle avait trouvé un asile permanent, dans son lit comme dans sa vie.

Kélia quitta le lit de Desmond, bien déterminée à ne pas répéter son erreur de la veille. Et de toute la nuit. Et ce matin, deux fois. Pendant qu'elle cherchait le terme juste pour décrire l'acte de coucher avec son mari (en dehors du mot évident et conjugal), il s'était employé, discrètement mais avec constance, à lui prouver qu'elle était incapable de lui résister.

Le dernier cas de figure était assez révélateur. Elle lui avait demandé un massage, il avait aussitôt redéfini le mot qui était devenu synonyme de « rencontre sexuelle explosive ». En enchaînant aussitôt sur un deuxième round qui s'était terminé avec elle le chevauchant d'un mouvement qui avait amené une expression fabuleusement sensuelle sur son visage. Elle aurait pu passer des heures à le contempler dans l'égarement du plaisir.

Il était temps de faire une pause. De s'échapper de l'antre du maître de l'orage. D'échapper à la confusion qu'il créait en lui répétant qu'il était à ses ordres, et pas le contraire. Tout était déjà assez confus et douloureux, avec en plus la perspective de quitter son bébé une fois le divorce prononcé.

Une seule solution pour retomber sur terre : se remettre à ses cours. Sauf qu'elle ne parvenait toujours pas à se concentrer. C'était même encore plus difficile que la veille, la petite icône bleue de sa barre de tâches lui faisait de l'œil en l'invitant à se connecter à Desmond. L'outil de *chat* l'avait prévenue que celui-ci était en ligne depuis un bon moment déjà, dès le deuxième exercice de conversion de son cours de biochimie…

Résolument, elle l'ignora et se focalisa sur son travail. Le début du cours était censé passer en revue des concepts qu'elle connaissait déjà, mais jusqu'ici elle constatait surtout qu'elle était incapable de suivre sans l'aide de quelqu'un de beaucoup plus intelligent qu'elle.

Non ! Non, elle n'était pas trop bête, juste trop… préoccupée. Fourvoyée dans un labyrinthe. Des fils impalpables la retenaient à Desmond, à Connor. Elle fit un nouvel effort et réussit à mettre un peu d'ordre dans le chaos. C'était de science qu'il s'agissait, de médecine, son but dans la vie. Ni l'homme ni le bébé ne devaient l'empêcher de décrocher son diplôme. Ce rôle d'épouse et de mère n'était pas un choix, juste un détour sur son chemin.

Excédée par les explications tortueuses du cours, elle se tourna vers le portail magique de Desmond et aussitôt sa concentration s'améliora. Ce n'était pas une plaisanterie, tout devenait clair, la base de données lui offrait réellement tout ce qu'elle demandait à partir de ses propres mots-clés. Pourquoi avait-elle résisté si longtemps ? Pour se prouver qu'elle pouvait se débrouiller sans lui ? Pour faire comme s'il n'existait pas ? C'était un réflexe idiot, elle y perdait sur toute la ligne.

Grâce à lui, elle trouva en ligne des articles formidables de l'université Johns Hopkins sur le même sujet. Les auteurs la prirent par la main et le parcours se transforma en promenade. Maintenant qu'elle avait saisi la base, les exercices devenaient faciles.

Ou du moins ils l'auraient été si elle avait pu aller jusqu'au bout. Elle venait de prendre sa vitesse de croisière quand on frappa à sa porte. Desmond entra, avec

Connor qui réclamait sa tétée. Leur présence provoqua en elle un mélange de joie et d'irritation.

— Désolé de te déranger, lança Desmond.

Il déclarait toujours cela en franchissant sa porte. Il serait temps qu'il trouve une nouvelle formule.

— Je pense t'avoir déjà dit que vous ne me dérangez pas.

Le joyeux babillage de Connor acheva d'anéantir sa concentration. Elle se leva du bureau, s'étira et alla s'installer dans le rocking-chair en vertu de la routine familière et agréable, instituée par Desmond. Une routine selon laquelle il s'occupait de tout, allait chercher tout ce dont elle pouvait avoir besoin. C'était tout de même plaisant d'avoir un homme pareil, aussi prévenant, aussi sensuel, aussi intelligent à ses pieds.

Une onde de choc muette la parcourut. Aujourd'hui, leur présence à tous deux avait un impact plus puissant que jamais. Pourquoi ? Elle avait toujours trouvé Desmond séduisant — son énergie, la beauté classique de son visage, ses cheveux sombres rejetés en arrière —, mais maintenant elle connaissait le corps qu'il cachait sous ses vêtements, elle l'avait vu, touché. Elle le connaissait, lui.

Il déposa le bébé dans ses bras, en lui soulevant les cheveux pour les faire passer derrière son épaule. C'était si familial, si paisible, si… une foule de choses qu'elle ne devrait pas vouloir. Le conte de fées dans lequel il l'avait attirée était temporaire, il ne lui offrait rien de plus que son toit et son lit. Au mieux, elle pourrait profiter pendant quelques semaines de son extraordinaire talent d'amant, mais il ne consentirait jamais à inviter une tierce personne dans sa vie ou celle de son fils.

Et elle ne voulait pas partager leurs vies. Ce serait facile de se laisser aller à fantasmer sur la question, mais… Le fil de son raisonnement se cassa net car, maintenant qu'elle y pensait, son fantasme était la copie conforme de cet instant, Connor dans ses bras, Desmond la regardant avec tendresse. Dans son fantasme, Desmond serait tombé amoureux d'elle et… Non, c'était idiot. Elle n'avait jamais rêvé d'un homme amoureux fou qui lui offrirait la lune. Pas une seule fois. Enfin, pas avant aujourd'hui.

Une fois le père et l'enfant repartis, elle resta là, le regard dans le vague, à se repasser en boucle les premières heures de la matinée quand, le jour enfin levé, elle avait pu graver des images du corps de Desmond dans sa mémoire. Était-ce meilleur dans le noir, quand elle devait le parcourir à tâtons, ou en plein jour, quand elle pouvait voir son visage transfiguré par la passion ? Il lui faisait miroiter la possibilité de revivre les deux, chaque nuit, chaque matin, mais pour combien de temps ? Jusqu'à ce qu'il la jette à la porte de sa vie et de celle du bébé ?

Non. Elle ne se mettrait pas dans une situation aussi humiliante. Elle ne le laisserait pas sonner la fin des festivités au moment qu'il aurait choisi. Continuer à coucher avec lui jusqu'à une date qu'il pourrait décider du jour au lendemain, ce serait grotesque. À elle d'éviter de s'attacher plus qu'elle ne l'était déjà. Les petits crochets plantés dans son cœur allaient déjà lui faire très mal quand il les arracherait. Elle avait été stupide de se laisser entraîner aussi loin.

Le mieux serait de prendre un peu le large. En rendant visite à ses parents, par exemple. Elle n'était pas allée les voir depuis trop longtemps. Ils étaient passés à l'hôpital après la naissance, sans commenter sa décision d'allaiter le bébé. Qui serait mieux placé qu'eux pour l'aider à y voir clair ? Sans se laisser le temps de changer d'avis, elle saisit son téléphone portable et envoya un texto à Desmond pour le prévenir qu'elle sortait. Ce fut un effort : bizarrement, elle se sentait coupable. Elle s'en allait, le laissait se débrouiller seul avec le bébé. Elle le dérangeait, le forçait à répondre à une communication électronique. En même temps, elle savait qu'en allant le prévenir en personne il ne ferait que l'emprisonner plus étroitement dans le filet du plaisir.

Il lui répondit aussitôt.

Le chauffeur t'attendra devant le perron dans 5 minutes.

Elle réprima une exclamation excédée. Cela devenait étouffant ! Elle n'était pas en sucre, elle savait se débrouiller seule, et ce serait incroyablement déplacé de débarquer à Harmony Gardens en limousine, comme une duchesse : beaucoup de membres de la communauté refusaient les voitures… Mais si elle protestait, elle aurait l'air mesquine. Elle se contenta donc de renvoyer un bref « merci », et se dépêcha de se changer. Elle tenait à filer avant que Desmond ne propose de prendre le bébé et de l'accompagner. Elle redoutait de céder, alors même que le but de cette sortie était de lui échapper un peu.

Installée seule dans la limousine qui filait sous les arbres vers la sortie de la propriété, elle se remit à réfléchir à sa situation. C'était la première fois qu'elle quittait les lieux depuis son installation ici. Cela faisait peut-être partie du problème ? À l'avenir, elle remettrait régulièrement les pieds dans le monde réel. Cela lui ferait le plus grand bien. Si elle s'y était astreinte depuis le début, elle se serait peut-être moins laissée aspirer dans l'univers des Pierce.

Les Pierce, c'étaient Desmond et Connor, aucune

candidature supplémentaire n'était recevable. Elle avait épousé Desmond pour simplifier la situation sur le plan juridique, mais rien dans la situation n'était simple. Elle se trouvait au bord d'un précipice, sans support pour se raccrocher quand elle finirait par glisser.

Elle aussi s'appelait Pierce. Cette pensée insolite trancha net le fil de ses pensées : si elle voulait, elle avait le droit de prendre le nom de famille de Desmond. Ce serait légal. Rien ne l'en empêchait, à part éventuellement des démarches administratives qu'elle n'aurait plus qu'à recommencer en sens inverse, le jour où Desmond dégainerait son stylo pour signer les papiers du divorce. Ou pas. En fait, si elle prenait le nom de Pierce, personne ne pourrait l'obliger à y renoncer. Ce serait un geste un peu fou, mais l'idée lui donnait le sentiment que Desmond n'avait pas tous les pouvoirs, en fin de compte.

La limousine glissait sur les petites routes comme une capsule étanche, avec le parfum exquis de ses luxueux sièges en cuir, son petit bar avec verres à pied, bac à glace et bouteilles d'eau de source. Une délicate attention, une de plus : elle ne pouvait toujours pas boire d'alcool puisqu'elle allaitait. Desmond pensait toujours à tout. Ce constat n'aurait pas dû lui réchauffer le cœur.

Dans cette région de forêts immenses, le trajet jusqu'à Harmony Gardens se faisait presque entièrement sous le couvert des arbres. En regardant tournoyer les rais de soleil entre les troncs, elle s'apaisa peu à peu. Ces arbres étaient là depuis des siècles. Quoi qu'il arrive, ils continueraient leur croissance tranquille. Ils pousseraient, s'épanouiraient, et elle saurait en faire autant.

Sa mère l'attendait dans le petit jardin devant la maison de bardage, près du centre de Harmony Gardens. La maison avait été celle du grand-père de Kélia, et la famille était venue s'y installer pour prendre soin de lui juste avant le douzième anniversaire de Kélia. Ensuite, elle l'avait toujours vu malade. Le long combat du vieil homme contre le cancer l'envoyait périodiquement séjourner dans des centres de médecine alternative, dont il revenait chaque fois un peu affaibli. Il avait rendu son dernier souffle ici même, dans la chambre du fond. L'épreuve, très rude pour eux tous, était à l'origine du désir de Kélia de devenir médecin. Son grand-père avait été entouré de beaucoup de tendresse, d'attention et de patience, mais les soins avaient échoué. Elle l'avait supplié de voir un médecin conventionnel, de tenter les rayons. La réponse du vieil homme était toujours restée la même : « Ce n'est pas pour moi. » Et la mère de Kélia l'emmenait voir un nouveau chamane, un nouveau spécialiste des cristaux thérapeutiques.

Le cancer l'aurait-il tué s'il s'était fait soigner par la médecine occidentale ? C'était possible. On ne le saurait jamais. Ce que voulait Kélia, c'était transposer les qualités humaines des pratiquants de médecines alternatives à la médecine moderne, offrir le meilleur des deux mondes en cherchant à guérir avec les méthodes en lesquelles elle croyait tout en offrant l'écoute chaleureuse des thérapeutes alternatifs. Personne d'autre qu'elle ne pouvait faire cela, personne d'autre ne connaissait les deux côtés de la médaille, personne d'autre n'avait la même détermination… et un mari assez riche pour financer le projet. Si Connor n'avait pas été allergique au lait maternisé, elle serait déjà en train de marcher vers son but. Si elle n'avait pas commencé à éprouver des sentiments inappropriés pour Desmond…

Elle était arrivée ! Le chauffeur vint lui ouvrir la portière tendant la main pour l'aider à descendre. Elle le remercia d'un sourire et, avec l'impression de remonter le temps, suivit l'allée de briques usées qui la menait vers sa mère.

— Ma toute belle, souffla celle-ci en l'étreignant.

C'était comme plonger dans un bain de tendresse et de douceur. Le monde était plus simple, plus cohérent.

— Tu n'avais pas besoin de m'attendre dehors, gronda-t-elle gentiment. Je sais encore frapper à une porte.

— Je ne tenais pas en place. Voilà des mois que je ne t'ai pas vue, à part une petite demi-heure dans cet épouvantable hôpital.

Quand elle secouait la tête, sa longue tresse brune dansait dans son dos. Il y avait des fils argentés dans ses cheveux, maintenant. Avec un pincement d'angoisse, Kélia réalisa que sa mère vieillissait. Elle n'avait que cinquante-quatre ans, en faisait dix de moins avec sa peau admirable, à peine griffée par le temps autour des yeux et de la bouche. Elle n'avait pas du tout changé depuis leur dernière rencontre à la naissance de Connor, deux mois auparavant, mais Kélia venait de prendre conscience du passage du temps. Le fait de donner la vie soulignait le défilement des générations, bien davantage que ses six années d'études loin de ses parents. Jusqu'ici, chaque mois glissait vers le suivant, les UV s'empilaient, elle gardait le regard braqué sur le diplôme final. Un bébé en revanche grandissait, vieillissait à vos côtés.

Ou du moins, il était censé le faire. Le bébé de Kélia ne passerait pas la voir quand elle aurait cinquante ans passés, en apportant les souvenirs de son enfance, son adolescence, tous les bons et les mauvais moments vécus ensemble. Les premiers pas, la première dent de lait qui tombe, le premier amour… Stupéfaite, Kélia sentit une larme rouler sur sa joue.

— Oh ! ma grande…, soupira sa mère. Entre, laisse-moi te servir quelque chose et dis-moi ce qui te fait assez mal pour que tu aies entrepris tout ce trajet pour me voir.

Puisqu'elle était incapable de cacher ou de maîtriser les émotions qui la bouleversaient, Kélia décida brusquement de tout dire. C'était le meilleur, et même le seul moyen de clarifier sa situation. Elle suivit sa mère dans la maison ancienne, exiguë. Tout était resté comme du temps de son grand-père : le fauteuil dans lequel il passait ses journées, les derniers temps, à lutter contre le froid qui le faisait tant souffrir, les photos encadrées des parents de Kélia enfants jouant ensemble. Ils avaient grandi côte à côte, comme tant de couples de la communauté. Kélia avait toujours su que les croyances de Harmony Gardens ne reflétaient pas les normes de la société : les habitants vivaient à part, entre eux, pour se bâtir un monde qui reflétait leurs valeurs. Un monde clos où son départ avait provoqué un véritable séisme. S'installer à Portland, devenir médecin, avoir un bébé et l'abandonner… Tout était en opposition radicale avec leur vision du monde.

— Je sais que tu n'approuves pas mes choix…, commença-t-elle.

Déjà, sa mère secouait énergiquement la tête en faisant danser sa tresse.

— Ce n'est pas ce qui te trouble.

Elle lui tendit un verre d'eau et l'attira près d'elle sur le vieux canapé. Kélia s'y laissa tomber avant de fondre aussitôt en larmes.

— Mais j'ai besoin que tu m'entendes, sanglota-t-elle. Tu n'as pas l'air de comprendre à quel point c'est important pour moi de devenir médecin.

Sa maman passa le bras autour de ses épaules en la serrant très fort, comme elle le faisait quand, toute petite, sa fille faisait des cauchemars. Quand elle croyait que des monstres se glissaient la nuit hors de la forêt pour venir se planter devant sa fenêtre.

— Je n'ai jamais remis en cause ton engagement, ou ta détermination à réaliser tes rêves, déclara-t-elle avec force. J'ai seulement tenté de montrer que d'autres facteurs entraient aussi en ligne de compte.

— Comme le fait d'avoir une ribambelle de gosses ? s'insurgea Kélia.

Elle se dégagea brusquement. Sans chercher à la retenir, sa mère répondit calmement :

— Comme le fait que parfois on ne peut en avoir qu'un seul. Tu sais que ton père et moi, nous n'avons pas pu avoir d'autres enfants. Nous en voulions pourtant, de tout notre cœur. Pas parce que tu ne nous suffisais pas, mais parce que nous voulions te donner des frères et des sœurs.

— Et contribuer à peupler la communauté, riposta Kélia avec amertume.

Cela faisait partie du credo local. Les enfants étaient un don du ciel, et Harmony Gardens tenait à la seule condition que chaque membre du groupe fasse sa part. Plus ils seraient nombreux, mieux cela vaudrait. Elle savait que ses parents adhéraient à cette vision des choses, mais elle s'en voulut tout de même pour sa petite phrase, et pour le ton blessant sur lequel elle l'avait prononcée.

La faute à ce vide douloureux qui venait de s'ouvrir dans sa poitrine !

Sa mère disait vrai : parfois, on ne pouvait en avoir qu'un seul. Et si c'était son destin, à elle aussi ? L'endométriose qui avait rendu sa mère stérile pouvait parfaitement être programmée dans son propre ADN, prête à frapper dès qu'elle aurait eu son premier bébé. C'est-à-dire maintenant. Elle secoua vivement la tête en luttant pour maîtriser son émotion.

— Aucune importance. Je ne veux pas d'enfants.

Une déclaration beaucoup moins convaincante que par le passé. Elle « ne voulait pas d'enfants » théoriques, d'enfants inconnus qui viendraient remettre en cause ses objectifs, mais Connor… Connor, c'était autre chose. Lui, il existait déjà, elle l'aimait déjà. Le regard de sa mère s'adoucit encore.

— Viens près de moi. Parlons de cela, justement.

Méfiante, Kélia reprit sa place auprès d'elle.

— Tu n'arriveras pas à me convaincre. J'ai signé un contrat.

— Oui, alors inutile de ressasser, tu es bien d'accord ? Tu as fait ton choix, tu as signé un accord qui t'engage à ne jamais contacter le bébé. Ce qui signifie que nous ne connaîtrons jamais notre petit-fils. Ce qui est fait est fait.

Elle serrait la main de Kélia entre les siennes en posant sur elle un regard d'une infinie tendresse teintée de compassion. Tout à coup, Kélia eut l'impression affreuse de ne mériter ni l'une ni l'autre. Elle ouvrit la bouche, mais aucun son n'en sortit. Elle n'avait jamais réalisé qu'elle punissait aussi ses parents en renonçant à Connor.

— On ne revient pas sur la question, lui rappela sa

mère. Parlons plutôt de la raison pour laquelle tu ne veux pas d'enfants.

— Parce que les femmes n'ont pas la même liberté de choix que les hommes ! clama-t-elle. Surtout ici ! Elles ont leur premier bébé à dix-huit ou dix-neuf ans et, le temps de se retourner, elles n'ont plus rien d'autre pour les définir que le fait d'être mère. Et en quelques années on leur a tout pris, elles n'ont plus le temps, plus l'énergie d'entreprendre quoi que ce soit de personnel.

— Mais de leur point de vue, murmura sa mère en caressant sa main, elles ne sont pas inactives. Et c'est leur choix. Tu n'as jamais su le voir, pas plus que tu n'as su reconnaître que certaines d'entre nous ont des carrières en plus de leurs enfants. Avec toi, c'était toujours l'un ou l'autre.

— Avoir des enfants alors qu'on fait des études de médecine, ce n'est pas une option, coupa Kélia.

Elle n'arrivait même pas à suivre deux cours en ligne. Un bébé et un homme trop sexy sous le même toit qu'elle suffisaient à court-circuiter tous ses efforts. Et elle ne pourrait pas suivre tout son cursus en ligne, la plupart des cours étaient pratiques.

— Et c'est là le problème, répliqua sa mère en hochant la tête avec sagesse, et en regardant les deux nouvelles larmes qui glissaient sur ses joues. C'est bien ce que je craignais. Tu es tellement ferme dans tes décisions que tu ne laisses jamais une place suffisante à tes émotions. Tu n'en tiens jamais assez compte.

— Les émotions ne sont pas une base solide pour les grandes décisions.

C'était facile à dire ! Et jusqu'ici, facile à faire aussi. Elle avait toujours été pragmatique et contente de l'être, en estimant que c'était un atout pour un médecin. Jamais elle n'aurait imaginé que des rêves impossibles se bousculeraient un jour dans son cœur. Des rêves qui faisaient si mal ! Elle ferma les yeux en tentant désespérément de refouler ses larmes. Elle se battait sur deux fronts : ne pas pleurer, résister à la voix persuasive de sa mère.

— Tu as raison, souffla-t-elle. Sauf que le problème n'est pas de ressentir ceci ou cela. C'est de ne pas avoir de choix.

Le sujet de discussion n'était pas nouveau entre elles, surtout lorsqu'elle avait dû expliquer à ses parents qu'elle allait porter l'enfant d'un inconnu. Ils l'avaient accusée de choisir délibérément une option qui allait contre leurs valeurs.

— Tu ne supportes pas de ne pas avoir le choix, énonça posément sa mère.

— Non, protesta-t-elle, ce n'est pas…

Si. C'était vrai. Pourquoi refuser de l'admettre ? Elle tenait à garder le contrôle de sa vie. Elle se comportait exactement comme Desmond, en fait. Ou, du moins, elle avait bien davantage de points communs avec lui qu'elle ne le pensait. Voilà pourquoi elle ne supportait pas ses tentatives de manipulation. Au fond, elle ne savait pas pourquoi il se montrait si présent, si prévenant, pourquoi il s'attachait tant à son plaisir au lit. Elle vivait cela comme une prise de contrôle, donc elle ne le tolérait pas. D'autant plus qu'il avait déclaré très nettement vouloir tout décider pour Connor. Là, elle ne pouvait rien objecter, c'était gravé dans le marbre, mais rien ne l'obligeait à lui abandonner davantage de pouvoir.

Elle devrait exiger qu'il recrute une nounou aujourd'hui même. Elle avait laissé la question en suspens, à cause de toutes les émotions bizarres qui brouillaient le tableau. Partir, rester ? Eh bien c'était fini. Non seulement elle tenait à avoir une nounou le plus vite possible, mais elle exigerait de fixer une date pour finaliser le divorce. C'était le seul moyen d'échapper à cette impression affreuse qu'on décidait de sa vie pour elle.

— Je te vois penser, glissa sa mère avec un bref sourire. Garde à l'esprit que je t'aime quand je te dis cela : le monde n'est pas tout blanc ou tout noir. Tu as tendance à voir tes choix de cette façon : soit tout l'un, soit tout l'autre. En réalité, les choses ne se rangent pas si facilement dans deux boîtes bien distinctes. Surtout quand tu commences à avoir des sentiments pour quelqu'un.

Kélia lui opposa un visage buté.

— Je n'ai de sentiments pour personne. Où veux-tu en venir ?

— Au fait que tu tiens absolument à garder le contrôle de tes émotions. Sache, ma grande, que ce n'est pas comme cela que les émotions fonctionnent. Quand tu rencontres ton amour, tu n'as pas le choix. Tu ne peux que tomber.

— Tomber amoureuse ? se récria-t-elle. Mais non, je ne… Enfin, Desmond est gentil, je ne m'attendais pas à ce qu'il soit aussi…

Sexy. Incroyablement doué au lit — mais ce n'était pas le genre de choses que l'on puisse dire à sa mère. De toute façon, il n'était pas question d'admettre qu'elle avait raison quand elle affichait cette expression sagace, comme si elle avait tout compris. Kélia n'avait jamais supporté cet air.

— Rentre auprès de ton mari, Kélia, et donne une

chance à l'inattendu. Tu découvriras peut-être que tu as davantage de choix que tu ne le croyais.

Sauf que le choix qu'elle désirait de toutes ses forces lui était interdit. Elle ne pouvait plus choisir d'arrêter de tomber amoureuse de Desmond. C'était fait.

- 9 -

Desmond s'était juré qu'il ne guetterait pas le retour de la limousine, mais il sut à l'instant même que Kélia était rentrée. Enfin !

Elle lui avait manqué. La maison semblait vide sans elle, un ingrédient vital manquait dans l'air qu'il respirait. Pendant ces quatre heures d'absence, son problème — comment avoir la famille qu'il désirait — s'était présenté devant lui avec une acuité nouvelle. Il ne voyait aucune solution. Cela ne l'empêcherait pas de persévérer.

Elle entra et s'arrêta court en le trouvant planté dans le hall comme un imbécile, à faire mine de jouer avec Connor. Comme si le petit n'avait pas sa chambre et sa salle de jeux, comme si la maison ne recelait pas une foule de lieux plus accueillants pour un bébé qu'un grand espace vide traversé de courants d'air.

Dès que son regard se posa sur le bébé, elle sourit ; il s'imprégna de ce sourire. Pour lui, l'énigme restait entière : comment s'y prenait-elle pour le remplir de sa présence, et pourquoi cette invasion ne le dérangeait-elle pas ? Elle devrait, pourtant ! Il y avait maintenant non pas une, mais deux personnes dans son sanctuaire… et cela lui plaisait. Et il devait leur présence à cette femme.

— Salut, dit-il.

Inepte. Et elle évitait son regard. Les autres phrases

qu'il avait préparées se desséchèrent dans sa bouche. Clairement, quelque chose clochait.

— Salut, répondit-elle.

Le radar interne de Desmond analysa sa réponse et son malaise s'amplifia. Il s'efforça d'ignorer la sensation.

— Tu as passé un bon moment ? demanda-t-il.

— Mais oui.

Là, elle était censée lui raconter sa journée, où elle était allée… Mais non. Il ouvrait la bouche pour oser une autre question quand elle lâcha, avec impatience et toujours sans le regarder :

— Je suis fatiguée, Desmond. Je monte faire une sieste avant le dîner.

Il la laissa partir en s'efforçant de ne pas stresser. Elle était de mauvaise humeur, voilà tout. Après les moments stupéfiants qu'ils avaient partagés, c'était frustrant qu'elle ne veuille pas se confier, mais bon, si elle avait besoin de solitude… C'était un besoin qu'il était bien placé pour comprendre. Seulement lui, il avait trouvé avec elle une raison de ne plus rester seul. Elle aussi, elle sentait à quel point ils étaient reliés, il l'aurait parié. Pourquoi le repoussait-elle ?

Il n'eut pas la réponse. Après le dîner, qu'elle ne descendit pas prendre avec lui, il se replia dans son labo pour jouer avec Connor. Une fois le petit au lit, il se mit sans conviction au travail sur son humanoïde robotisé. De toute façon, ce n'était qu'un bricolage, une distraction…

L'ordinateur fit entendre un bip. L'alerte lui annonçait que Kélia était en ligne. Instantanément, il se la représenta assise à son bureau, sa somptueuse crinière rejetée dans son dos, un petit pli de concentration entre les sourcils. Que faire, aller la voir, proposer de l'aider ?

Vu sa réticence tout à l'heure, l'échange risquait d'être bref ! Enfin, il n'y avait qu'un moyen de le savoir.

Elle avait dû entendre son pas dans le couloir car elle était tournée face à lui quand il s'arrêta devant sa porte entrouverte. Elle attendait peut-être sa visite ? En pensant à la dernière fois qu'il était venu dans sa chambre pour l'aider avec son problème de chimie ? Il se remit à espérer.

— Je suis contente que tu sois là, chuchota-t-elle avec un sourire un peu hésitant en lui faisant signe d'entrer. Il faut qu'on parle.

Parler, c'était bien la dernière chose qu'il ait à l'esprit. Ce devrait aussi être la dernière chose qu'elle veuille faire. Il avait encore du travail devant lui si, en le voyant, elle proposait de parler. Négligemment, il s'appuya au bord du bureau. Il s'efforçait de cacher sa tension et l'effort terrible qu'il effectuait pour ne pas la prendre dans ses bras.

— Au sujet de tes cours ?

La voir devant lui, la sensation ne s'usait jamais. Elle était même encore plus aiguë maintenant, avec cette chaleur sensuelle qui courait dans ses veines. Une chaleur qu'elle était seule à pouvoir apprivoiser. Elle leva les yeux, le regarda bien en face. Il vit à quel point elle aussi était tendue. Au moins, elle ne détournait plus les yeux.

— Non. Je… Voilà, commençons avec Connor, lâcha-t-elle. Ton service de recrutement de nounous en prend franchement à son aise. Tu devrais peut-être en contacter un autre ?

— Je peux prendre soin de mon fils, marmonna-t-il d'une voix bourrue.

Cherchant encore son équilibre face à l'impact de sa présence, il ne se concentrait pas encore vraiment sur ce qu'elle disait. Il lui avait fait l'amour deux fois ce matin. Combien de fois lui faudrait-il encore pour commencer à apaiser ce besoin qui hurlait en lui ?

— Je sais que tu le peux, murmura-t-elle.

Il se glissa un peu plus près ; elle le regarda faire en se mordant la lèvre d'un air un peu méfiant. Le moment était mal choisi, il devrait garder ses distances, sauf qu'elle sentait trop bon.

— Je le sais, répéta-t-elle, mais la nounou fera davantage que les soins du quotidien. Nous avons déjà eu cette discussion. J'ai besoin de solutions pour le sevrer et pouvoir retourner m'installer à Portland !

Voilà… qui remettait les choses en perspective. Il s'était demandé s'il lui arrivait d'envisager de rester avec lui ; il avait sa réponse. Même après la nuit dernière, elle avait toujours aussi hâte de se débarrasser de lui. Il allait devoir ajouter du glaçage au gâteau. Prenant sur lui, il réussit à effacer toute émotion de sa voix.

— Nous étions d'accord sur le fait que le bébé aurait vraisemblablement encore besoin de toi quelques mois. Tu as envie de bouger ? Je te ferai livrer une voiture demain, tu pourras aller et venir comme tu voudras.

Elle exhala brusquement.

— C'est très généreux de ta part, mais…

— Il semble me souvenir d'autres façons dont tu as apprécié ma générosité récemment.

Il lui prit la main, la porta à ses lèvres en respirant le parfum de sa peau.

— Je nous verrais bien revenir sur la question. Tout de suite.

— Oh ! Je…

Il aspira un de ses doigts dans sa bouche, vit ses yeux s'arrondir, ses pupilles se dilater.

— Je ne voulais pas parler de ça !

— Alors parle, articula-t-il autour de son doigt. Ne fais pas attention à moi.

Il taquina sa main de la langue, promena la bouche sur sa paume, mordilla son poignet. Elle battit des paupières, ferma les yeux un instant.

— C'est difficile de rester claire quand tu…

— Autrement dit, tu aimes.

Il s'intéressa au creux de son coude. Ce baiser lui arracha une plainte rauque qui le mit instantanément en érection.

— C'est bien le problème ! Je ne veux pas aimer. Je veux parler de la façon dont nous allons sevrer le bébé…

— Kélia.

Il fut surpris de réussir à articuler son nom malgré l'étau qui s'était refermé sur sa gorge.

— Kélia, arrête de parler de partir. Laisse l'avenir se décider. D'ici là, si quelque chose te dérange ou te rend malheureuse, dis-le-moi et je ferai mon possible pour régler le problème.

Elle hésita. Pour lui, cette hésitation fut terrible.

— Je ne suis pas malheureuse, admit-elle enfin. Ne sois pas ridicule. Je me fais juste du souci. Je ne vois aucune porte de sortie et…

— Nous pourrons trouver une porte de sortie plus tard. Pour l'instant, je m'intéresse juste au plaisir. Au mien, au tien… Laisse-moi faire.

— Je ne sais pas ce que tu me demandes !

Au lieu de se dégager comme il s'y attendait, elle

secoua sèchement la tête en se cramponnant à sa main. Elle ne le rejetait pas, elle… Il ne savait pas ce qu'elle voulait : en cherchant à l'apaiser, il n'avait fait qu'alimenter son angoisse. Une fois de plus, il s'y prenait de travers. Il était débordé, mystifié par ses réactions. Il lui fallait davantage de temps pour apprendre à la persuader, mais comment la persuader quand il ne savait pas ce qu'elle pensait ? Elle pouvait se refermer à tout moment, lui claquer la porte au visage. Argumenter, convaincre, il ne savait pas faire !

À bout, il l'attira dans ses bras avec un grondement sourd. Il ne renoncerait pas. Il surmonterait l'obstacle qui les séparait, quel qu'il soit.

— Je te veux dans mon lit, insista-t-il. Je veux te voir prendre soin de mon fils. La forme de ce que je veux existe déjà, nous lui trouverons un nom un autre jour.

Il savait déjà comment la nommer : sa « famille », mais il n'osait pas prononcer le mot. Kélia était le troisième pilier indispensable, sans elle, la vision dans sa tête volerait en éclats. Comment lui communiquer cette image qui emplissait sa tête et son cœur, comment trouver les mots justes ? Il ne connaissait qu'une façon de le faire.

Sans lui laisser le temps de réagir, il la souleva dans ses bras et l'emporta hors de la pièce. Sa superbe crinière se déploya sur son épaule. Il se promit d'y plonger les mains à la première occasion.

— Mais ! Qu'est-ce que tu…, protesta-t-elle.

— Je t'emmène dans ma chambre, gronda-t-il. À ta place. À partir de ce soir, tu dormiras avec moi, que je puisse m'occuper de toi correctement.

— Et si je ne veux pas ?

Sous ses paumes, il sentit que son pouls s'était accéléré.

Elle lui jetait un défi. Et, comme il n'était pas tout à fait un monstre, il l'allongea délicatement sur son lit et recula pour la laisser reprendre son souffle. Elle aurait le choix : filer sans demander son reste ou se mettre nue pour lui. Il verrait s'il avait bien évalué son humeur.

Les bras croisés sur sa poitrine, elle le toisait, les paupières mi-closes. Il captait sa contrariété, mais aussi son excitation, sa réaction au défi qu'il avait lancé le premier.

— Tout habillée ?

— Bien sûr que non ! riposta-t-il aussitôt. Le but est justement de t'avoir dans mon lit toute nue. Je te veux là quand je m'endors, quand je me réveille, quand c'est l'heure d'allaiter le bébé et tout le reste du temps. Je…

Sa voix s'éteignit, étouffée par l'émotion. Le regard de Kélia s'adoucit ; elle lui tendit la main.

— Viens là. Arrête de me lancer des ultimatums et allonge-toi. Tout habillé. Parle-moi.

Cela, il pouvait le faire. Il s'allongea à côté d'elle, la tête relevée sur une main. Elle lui caressa la tempe, plongea les doigts dans ses cheveux d'une caresse apaisante. Ce n'était pas sexuel. C'était agréable.

— Je ne sais pas comment m'y prendre, avoua-t-il.

Et c'était vrai. Cette pièce, c'était à peine sa chambre, encore moins celle de Kélia, mais il savait qu'il voulait y être avec elle. La maison tout entière se mettait à vivre quand elle était là.

— Je sais, concéda-t-elle. Je ne m'y attendais pas non plus.

Une tendresse insoutenable éclata en lui quand elle passa la main sur sa joue, la posa dans son cou.

— Calme le jeu une minute, demanda-t-elle gentiment. Arrête d'essayer de me manipuler avec le sexe.

— Ce n'est pas ce que…

Si. C'était exactement ce qu'il avait voulu faire, lui donner assez d'orgasmes pour qu'elle cesse de chercher la sortie. Une philosophie pour le moins minable, finalement. Et qui s'avérait inefficace.

— Qu'est-ce que je peux faire pour te convaincre que je veux sincèrement passer du temps avec toi ? s'enquit-il.

— Dis-le-moi. J'aime bien entendre la vérité. J'aime aussi avoir le choix.

Tiens ? Une révélation intéressante.

— Si je comprends bien, tu ne veux pas dire le choix entre te faire jouir avec mes doigts ou avec ma bouche.

Elle haussa un sourcil réprobateur.

— Je ne vais pas te raconter d'histoires. Ce n'est pas un vrai choix parce que je te dirai toujours : les deux. Non, je te parle du fait que tu ne me laisses pas voix au chapitre, par exemple quand il s'agit de recruter une nounou. Moi, mon souci, c'est que le sexe vienne brouiller les vraies questions.

Il hocha la tête en silence. Il s'efforçait de saisir tout ce qu'elle lui disait, ses mots, son expression, tout son langage non verbal. Il cherchait aussi à concilier ce qu'il entendait avec son besoin si aigu de la retenir auprès de lui. Elle ne se braquait pas contre son désir de coucher avec elle, juste contre le fait qu'il tienne toutes les manettes. Mais le contrôle, c'était sa position par défaut. Il en avait besoin, pour masquer à quel point il était vulnérable ! Elle était en train de lui dire qu'il allait devoir céder un peu sur ce plan ou elle s'en irait.

— Le fait de recruter une nounou t'aiderait à avoir l'impression que tu as le choix ?

— Oui ! Je verrais que tu n'es pas irrémédiablement bloqué dans ton petit monde où tu contrôles tout.

Elle sourit pour adoucir la pique. Il comprit qu'elle n'avait pas tort. Le constat n'était pas agréable, mais l'idée de la perdre le dérangeait encore plus.

— Je n'ai pas envie de recruter une nounou…

Il vit son visage se fermer et leva le doigt pour lui demander d'entendre la suite.

— Pas parce que je cherche à te contrôler, mais parce qu'il me semble que je dois être là pour m'occuper de mon fils. J'ai du mal à interagir avec les autres, à créer des liens. Je ne veux pas que mon problème affecte notre relation. Si je suis tout ce qu'il connaît, il viendra me voir quand il aura un genou écorché.

Les mains tièdes de Kélia vinrent se poser sur son visage ; elle se blottit sur l'oreiller, beaucoup plus près de lui.

— Oh ! mon cœur… Je ne cherchais pas à en faire un test de tes capacités de père !

— Mais ça l'est devenu. Et c'est très juste.

Et parce que cela lui semblait tout naturel, et très juste aussi, il glissa le bras autour de ses épaules et l'attira contre lui. Ils étaient tout habillés, mais il lui sembla qu'ils n'avaient jamais vécu de moment plus intime, tous les deux.

— J'avais besoin de l'entendre, avoua-t-il. Pour le sevrage, j'ai fait quelques recherches. Je t'aiderai, moi.

Il aurait dû le faire depuis longtemps. Une fois de plus, elle voyait clair en lui. Un éclair tendre dans le regard, elle souffla :

— C'est vrai ? Tu ferais ça pour moi ?

— Oui. Bien sûr que oui.

Cette fois, ce n'était pas l'incertitude qui mettait cette note bourrue dans sa voix, mais l'émotion. Cette fois, il l'écoutait vraiment et elle s'adoucissait, ils se rapprochaient. Le lien entre eux se renforçait dans cet instant tranquille et pour ainsi dire asexué… Et tout cela lui était offert parce qu'il avait accepté de relâcher son emprise. Là encore, c'était une leçon fondamentale.

Pour cela aussi, il avait besoin de Kélia : afin qu'elle le pousse dans ses retranchements, qu'elle l'aide à saisir des vérités de ce genre. Donner le choix à une femme ne signifiait pas qu'elle allait nécessairement lui piétiner le cœur. Elle leva la tête vers lui et posa sur ses lèvres un baiser très doux, très tendre qui s'engouffra en lui comme un raz-de-marée.

— Kélia, murmura-t-il contre ses lèvres.

Elle se blottit encore plus près, avec un petit soupir, et intensifia le baiser en glissant un genou entre les siens. Comme dans un kaléidoscope, tout se réorganisa instantanément autour d'un nouveau motif. Le désir jaillit, le besoin de toucher, de savourer, de ressentir. De vivre une expérience en donnant, en recevant. Avec respect, il s'emplit les mains de ses cheveux. Elle se laissa renverser la tête en arrière pour qu'il ait accès à sa gorge, au creux derrière son oreille. C'était très bon, mais sa bouche se retrouva vite à court de peau.

La mettre nue, mais alors lentement. Chaque bouton qu'il défaisait lui révélait davantage de peau, et chaque nouvelle zone était accueillie d'un baiser. Elle était toujours si éblouissante de désir triomphant ! Ouvrant grand son chemisier, il s'offrit le plaisir d'embrasser, de lécher sa chair tout en s'efforçant de lui retirer le reste de ses vêtements. La tâche était ardue, elle allongée sur le lit, lui le visage enfoui entre ses seins, mais il régla le problème à l'ancienne : à la force du poignet. Il la souleva aux hanches et lui arracha tout ce qui lui faisait encore obstacle.

Voilà, elle était nue. Il prit un instant pour la parcourir du regard, en s'attardant sur ses seins aux mamelons dressés. Quand il tendit la main vers eux, elle retint son souffle. Tout heureux, il pensa : *Elle ne se sauve plus.* Il arracha ses propres vêtements en un temps record et revint s'allonger contre elle en caressant tout ce qu'il pouvait atteindre, en lui murmurant qu'elle était belle. Son cerveau court-circuitait, pris dans un nœud confus de désirs, de besoins, de vérités qui commençaient avec elle et aboutissaient à elle. Plus il la caressait, plus le désir le torturait.

Sachant qu'il ne tiendrait pas très longtemps, il s'agenouilla pour lui faire franchir la crête une première fois. C'était assez magique : il sentait exactement où il devait poser sa langue pour la précipiter dans l'orgasme le plus dru, le plus intense. Quelle révélation de découvrir que son empathie pouvait lui fournir des sensations aussi délectables. Elle cria, se tendit comme un arc, resta cambrée de longues secondes, puis redescendit progressivement et s'effondra contre lui. Il l'attira dans ses bras.

— Encore, coassa-t-elle.

Ce mot-là, il ne se lasserait jamais de l'entendre mais, la prochaine fois, il voulait être avec elle, s'envoler à l'unisson. En quelques gestes rapides, il se protégea, puis il pénétra en elle jusqu'à la garde. En elle si brûlante de désir pour lui.

— Oui, gémit-elle.

Ses hanches décrivirent un cercle très lent. Aveuglé par la sensation, il haleta :

— Tu es…

Il ne savait pas décrire cet accouplement à la fois physique et spirituel. Il en voulait davantage, il voulait tout ! Il prit le risque de souffler.

— Tu imagines combien ce serait encore meilleur sans préservatif ?

Il voulait déverser sa semence en elle, voir s'ils pouvaient capter le moment où elle concevait. Ils feraient le test de grossesse ensemble, en se tenant la main, en retenant leur souffle dans l'attente de ce qu'il saurait déjà, au plus profond de lui. Et les fantômes qui le hantaient depuis Lacey s'en iraient à jamais.

Avec un petit rire essoufflé, Kélia laissa retomber sa tête en arrière.

— Oui, si les mois à venir ressemblent à ce soir, je vais devoir me trouver une forme plus permanente de contraception…

Un bloc froid tomba dans la poitrine de Desmond. Dans un effort de volonté, il réussit à le repousser. Le temps jouait pour lui, elle vivait sous son toit ; à lui de lui faire mesurer ce qui se passait entre eux. Tout semblait se mettre en place, elle le regardait autrement, lui parlait tendrement… Il avait voulu aller trop vite, voilà tout. Il lui fit oublier sa gaffe en la propulsant en plein ciel une seconde fois avant de la suivre dans la lumière blanche du plaisir. Kélia était à lui, et il ne la laisserait pas s'échapper.

Les journées passèrent, puis une semaine. Desmond attendait le moment où Kélia lui opposerait de nouveaux arguments contre le fait de vivre ensemble comme un vrai couple, mais elle ne disait plus rien, ne parlait plus de partir. La nuit, elle dormait dans son lit ; pendant les siestes de Connor, elle s'installait dans un coin de son labo avec son ordinateur portable et travaillait à ses cours en ligne en franchissant tous les obstacles avec brio.

Cela simplifiait les choses qu'il soit là pour l'aider. Il stoppait ce qu'il était en train de faire et venait répondre à ses questions ou afficher une ressource de sa base de connaissances. Cela ne le dérangeait pas : quand elle ne le sollicitait pas, il passait le plus clair de son temps à la contempler du coin de l'œil.

Au milieu de la seconde semaine, il se demanda quel mot il faudrait mettre sur l'euphorie qui lui dilatait le cœur. Le seul qui lui venait à l'esprit était celui de « bonheur ». Le bonheur n'avait jamais été un objectif pour lui, il n'aurait pas cru l'atteindre de cette façon, mais il ne voyait pas ce que cela pouvait être d'autre.

Fidèle à sa promesse, il avait acheté une pompe à lait. Ensemble, avec l'aide du pédiatre, ils entreprirent d'habituer Connor à prendre ses repas au biberon, en essayant d'alterner entre un lait en poudre antiallergique et le lait de Kélia et en ajustant les doses d'après ses réactions. C'était difficile, il fallait le surveiller de près, prendre des notes, changer de marque dès qu'il manifestait un inconfort. Elle détesta tout le processus ; parfois, la nuit, si le lait utilisé dans la journée causait une éruption sur la peau délicate du bébé, ou s'il vomissait, elle pleurait dans les bras de Desmond.

— Je suis tellement égoïste, se lamentait-elle.

Torturé par sa détresse, Desmond la berçait dans ses

bras, caressait ses cheveux et tout le reste sans parvenir à la consoler. Il calmait ses angoisses, citait le médecin.

— Tu n'es pas égoïste. Nous ne le faisons pas uniquement pour que tu puisses cesser de l'allaiter. C'est une étape importante pour lui, il faut découvrir à quoi il est allergique. Il devra probablement éviter les produits laitiers et le soja toute sa vie.

— Mais je lui fais affronter ça alors qu'il est encore si petit ! Je pourrais très bien l'allaiter un an, deux ans, beaucoup de mères…

— Bien sûr que tu pourrais, mais à quel prix ?

Il avait l'épaule mouillée de ses larmes. Dans quel enfer était-il tombé ? Il se retrouvait dans une position intenable, à chercher à la convaincre que le sevrage était la meilleure solution pour tout le monde, alors même qu'une fois le bébé sevré, plus rien ne le retiendrait auprès de lui. Peu à peu, il commençait à admettre qu'elle devait avoir le choix. Il allait être obligé de se fier à elle, de lui faire confiance, le moment venu de les choisir, lui et Connor. Il faisait des concessions énormes, mais le jeu en valait la chandelle.

— Mon cœur, écoute-moi.

Il souleva son menton, captura son regard noyé de larmes et assena :

— Nous allons nous en sortir. Ensemble. Je te l'ai promis.

Elle hocha la tête avec un soupir et s'essuya les yeux.

— Change-moi les idées, tu veux ? Tout de suite.

Vivement, elle dénoua la cordelette de son pantalon de coton fin. Dans ce domaine, cela ne dérangeait jamais Desmond de lui laisser le contrôle de la situation.

Le lendemain matin, ils reprirent où ils en étaient restés avec le bébé et, enfin, ils purent arrêter leur choix sur une poudre à base de riz, celle qui posait le moins de problèmes. Connor l'avala sans rechigner. Pendant de longues minutes, ils attendirent les douleurs, les vomissements… Rien. Enfin, Kélia leva vers Desmond des yeux lumineux. La petite tête de Connor vacillait contre sa joue tandis qu'elle lui tapotait le dos pour le faire roter.

— Je crois que nous avons gagné, chuchota-t-elle.

Desmond opina du chef ; il n'osait pas parler. Comment trouver les mots pour saluer un moment aussi important et aussi difficile ?

— Je n'arrive pas à croire que j'aie terminé, souffla-t-elle d'une voix qui chevrotait un peu.

Connor lança un de ses gazouillis ; Desmond le prit des bras de sa mère comme il le faisait toujours. Cette fois, c'était pour masquer sa tristesse. Il venait de voir la fin de ce rituel qu'il aimait tant. Regarder Kélia allaiter Connor, c'était si beau, si émouvant ! Et voilà, il venait d'y assister pour la dernière fois. C'était très dur d'en faire son deuil. S'il avait su, il aurait commémoré l'occasion. Il l'aurait savourée plus longtemps. Trop tard, ils avaient atteint leur objectif. Maintenant, Kélia pouvait faire le choix de rester en toute liberté, sans aucune obligation. Il refusait d'envisager un autre scénario. Il s'éclaircit la gorge et dit :

— Tu as été extraordinaire. Depuis le début. Stupéfiante. Tu as tant sacrifié pour notre fils, je…

— Ton fils, corrigea-t-elle. Maintenant qu'il est sevré, il peut redevenir ton fils. Je n'allais pas en parler aussi vite, mais puisque nous abordons la question…

Une sorte d'orage éclata dans la tête de Desmond, un vrombissement qui l'empêcha d'entendre la fin de sa phrase.

— Mais de quoi parles-tu ? gronda-t-il.

Elle eut un mouvement de recul.

— Notre accord. Le bébé est sevré. Le semestre commence dans une quinzaine de jours. C'est le moment de m'inscrire, mais je ne peux pas le faire sans l'argent du divorce.

Le bébé lança une petite exclamation aiguë ; sans réfléchir Desmond le cala plus confortablement sur son épaule. L'installer quelque part, pensa-t-il. Ensuite, ils pourraient parler. Doucement, il déposa Connor dans la petite chaise longue qui lui servait de résidence principale quand il n'était ni dans les bras, ni dans son lit. Les yeux du petit se posèrent sur la girafe en peluche suspendue à la barre. Il lui lança un coup de pied et sourit en suivant son mouvement des yeux.

Voilà, le premier vertige était passé, Desmond sut qu'il parviendrait à s'exprimer avec courtoisie. Rassemblant ses forces, il se retourna vers Kélia, toujours assise dans le rocking-chair qu'elle avait apporté de son ancienne chambre. Il descendait dans l'arène les mains vides. Il ne s'était pas préparé à aborder le sujet de ses frais d'études. Il avait réussi à se convaincre que ce ne serait pas nécessaire.

Le choc de ce qu'elle venait de dire, du choix qu'elle venait de faire, bourdonnait en lui. Il avala sa salive, jaugea du regard son expression fermée. Ces derniers mois ne signifiaient donc rien pour elle ? Pendant qu'il tombait amoureux d'elle, pendant qu'il basculait dans un monde tout à fait nouveau en acceptant toutes les conséquences, elle… non ? Il aurait pourtant juré… Non, il ne pouvait pas se tromper sur ce point. Il n'était pas seul à éprouver ces émotions si lumineuses.

— Nous avons un accord, Desmond, attaqua-t-elle d'une voix contenue.

— J'en ai conscience.

C'était sorti plus sèchement qu'il ne l'aurait voulu, mais son corps entier était raide, ses muscles tétanisés. Il fit un effort.

— J'espérais que tu reviendrais sur ta décision, ajouta-t-il.

— Sur quelle décision ?

Puis elle le dévisagea, bouche bée.

— Tu as cru que je reviendrais sur ma décision d'être médecin ? s'écria-t-elle.

— Mais non, bien sûr que non. Je parlais du divorce.

— Je ne comprends pas ce que tu cherches à dire. Tu devais demander le divorce une fois que le bébé serait né. Ensuite, il y a eu son allergie, mais j'ai toujours cru que tu tiendrais ta promesse.

Ses bras, étroitement serrés faisaient pigeonner ses seins encore rebondis. Le tableau attira le regard de Desmond. Il s'aperçut que ses mains tremblaient.

— Connor n'a plus besoin de moi, décréta-t-elle. Je dois partir.

— Moi, j'ai besoin de toi ! rétorqua-t-il.

C'était sorti tout seul, crûment. Il n'avait même pas pensé qu'en disant cela il lui donnait le pouvoir de lui arracher le cœur. Et il entendit sa voix lancer encore :

— Que crois-tu que nous faisions à part construire quelque chose de permanent ?

Elle baissa les yeux. Il eut l'impression qu'elle se retirait à des années-lumière de lui.

— Non, chuchota-t-elle. Nous ne pouvons pas. Ce n'était pas l'accord.

— L'accord peut aller se faire foutre. Je veux que tu restes.

Et ce qu'il disait, en fait, c'était : « Je veux que tu aies les mêmes sentiments que moi. »

— Pour de bon ? Impossible !

Connor se mit à pleurer. Elle bondit.

— Voilà, le bébé a eu peur, geignit-elle. Je ne supporte pas quand il s'affole.

Elle ne supportait pas ? Et lui alors ! Les courants sombres de leurs détresses, celle de Connor, celle de Kélia, se nouaient en lui, ils l'étouffaient, l'essoraient. Il n'avait jamais su gérer les conflits, surtout les conflits inattendus. Il était tout de suite débordé.

Elle se précipita vers le siège du petit et le prit dans ses bras en le serrant sur son cœur comme si elle ne comptait jamais le lâcher. Ne voyait-elle pas qu'elle était à sa place, là, avec Connor dans ses bras ? Ne mesurait-elle pas tout ce que Desmond lui avait concédé en mettant son cœur à nu devant elle ?

— J'emmène Connor auprès de Mme Elliot, déclara-t-elle fermement. Quand je reviendrai, nous terminerons cette discussion une fois pour toutes.

Elle ne s'absenta pas assez longtemps pour lui permettre de se calmer. La colère bouillonnait en lui, les mots dans sa tête refusaient de se ranger en phrases cohérentes. Il était en train de la perdre.

— Tu ne peux pas partir, riposta-t-il sèchement, dès qu'elle reparut sur le seuil de la chambre.

— Quoi, tu vas m'attacher au lit ?

Elle se couvrit le visage de ses mains, il vit tressauter ses épaules. Quand elle releva la tête, il lut sur son visage une souffrance terrible. Une souffrance qui l'envahit, le paralysa…

— Tu ne peux pas me garder ici de force. Tu ne vois pas que ça me tue de quitter Connor ? Il y a des jours où je me dis que ce serait mieux pour tout le monde si je renonçais à mes projets. Pour tout le monde sauf moi. Je ne peux pas être à la fois mère et médecin, je ne suis pas faite comme ça. Je suis obligée de choisir et toi, tu dois me laisser ce choix.

— Je t'ai laissé des choix, grinça-t-il.

En même temps, il sentait clairement qu'elle lui disait sa vérité la plus intime. Et aussi qu'elle tenait à lui, mais pas assez pour rester. Cela, c'était insupportable.

— Une foule de choix, enchaîna-t-il confusément. Nous ne sommes plus dans la situation du début, quand tu avais besoin de sentir que tu avais un certain contrôle…

— Mais si !

Le visage crispé, elle secouait la tête comme si elle ne comprenait pas qu'il puisse ne pas comprendre.

— Oui, tu m'as laissé des choix avec Connor, et je t'en suis reconnaissante, mais tu as aussi été celui qui me consolait quand je pleurais, qui me disait que c'était important de le sevrer. Que si je continuais à l'allaiter, j'y perdrais mon diplôme de médecin. Je croyais que tu avais compris, que tu étais d'accord.

— Le prix, c'est Connor qui l'a payé, tempêta-t-il.

Une nouvelle flèche acérée s'était enfoncée dans sa chair. Cela faisait si mal qu'il ne savait plus si la douleur était la sienne ou celle de Kélia.

— Il n'y a jamais eu un moment où j'étais d'accord pour le sevrer afin que tu puisses nous quitter. Je pensais…

Je pensais que tu étais heureuse ici. Je croyais que tu commençais à m'aimer comme moi je commençais à t'aimer. Oh ! et puis autant être clair, il n'était pas question de commencer, il lui avait ouvert son cœur sur toute la ligne, parfois contre son gré. Et même, s'il voulait être tout à fait franc avec lui-même, il s'était mis à l'aimer dès l'instant où il l'avait vue pour la première fois dans son lit d'hôpital.

— J'ai porté Connor pour toi. Je voulais t'offrir une famille. C'est tout ce que je peux te donner.

Les yeux élargis, elle le contemplait avec une expression si douloureuse qu'il faillit la happer dans ses bras pour la consoler.

— Je ne m'attendais pas à ce que tu sois si… extraordinaire. C'est dur de te quitter, toi aussi, mais c'est ce que je dois faire, Desmond !

Elle n'avait jamais prononcé son nom de cette façon, avec une telle tendresse. Au moment de le quitter, elle finissait par avouer qu'elle avait des sentiments pour lui… et en même temps ces sentiments ne semblaient compter pour rien. Un déluge de mots se pressait sur les lèvres de Desmond. Il les ravala de force, à commencer par les plus importants. Il ne supportait pas l'idée de s'exposer encore plus. Il ne supporterait pas de lui dire : « Je t'aime » et qu'elle réponde : « Et alors ? »

— Qu'est-ce que tu veux ? chuchota-t-il.

— Le choix, répondit-elle très simplement. Demande le divorce.

Non ! Tout en lui cria « non »… sauf sa voix. Qui resta coincée dans sa gorge.

— Tu ne comprends pas ? reprit-elle dans le silence. Voilà un an que tu me soutiens… avec une menotte dorée. Je n'ai rien à moi, je dépends entièrement de toi. Si tu ne me donnes pas ce divorce, tu n'auras fait que déplacer ton besoin de tout contrôler à un autre aspect de ta vie. C'est tellement dur pour moi, cette décision. Tu n'as pas le droit de la compliquer encore.

Il hocha la tête. La vie avait de ces ironies ! Sa plus grande leçon de vie, il se l'administrait à lui-même. Il avait structuré l'accord pour retirer tout pouvoir à Kélia, pour qu'elle ne puisse jamais avoir prise sur lui ou le faire souffrir. Et voilà qu'elle suivait l'accord à la lettre… et ce faisant, lui arrachait le cœur.

— Tu choisiras tout de même de devenir médecin.

Ce n'était pas une question. Il voyait bien, maintenant, que c'était inévitable. Définitif. Tout ce qu'il avait tenté, donné, jusqu'à son cœur, rien de tout cela ne suffirait à Kélia. Si seulement il avait su se mentir, il aurait peut-être sauvé la situation. Non, il n'y avait pas d'échappatoire : il savait maintenant qu'il devait lui donner ce qu'elle demandait.

— J'ai une obligation envers moi-même, expliqua-t-elle. Depuis des semaines, depuis le tout début, je me suis imposé de vous dire adieu. Tu dois me laisser faire.

Une fois de plus, elle le jetait hors de sa zone de confort, l'obligeait à se regarder en face. Sa famille, ce lien qu'il avait cru construire, ce n'était pas une belle création, mais un mirage. S'il ne la laissait pas partir, il serait le monstre, pas le Dr Frankenstein.

- 10 -

Le campus de l'école de médecine était sillonné de sentiers pavés, et l'un d'entre eux débouchait tout près de la petite maison que Desmond avait achetée pour Kélia. Elle qui avait toujours prévu de vivre dans les résidences étudiantes de l'école, elle avait fini par céder devant son insistance et ses arguments. À force de l'entendre répéter qu'elle ne devait pas échouer si près du but faute de bonnes conditions pour étudier, elle avait fini par accepter la clé que lui tendait l'agent immobilier. Et quand un camion frappé du logo d'un magasin branché était venu livrer un mobilier complet, elle n'avait même pas essayé de protester.

Enfin, elle était en piste. La réussite de son projet ne dépendait plus que d'elle. Le contenu de sa petite maison coûtait davantage que ses parents ne gagnaient en une année. Cette décoration stylée qui s'était assemblée autour d'elle sans qu'elle ait à lever le petit doigt, elle l'appréciait malgré elle, surtout le bureau très fonctionnel qu'elle avait installé dans la salle à manger. La vocation première de la pièce ne lui manquerait pas, elle ne comptait pas recevoir, n'ayant aucune envie de voir du monde ou de participer aux activités du campus. Pas question de se disperser, les cours étaient exigeants, difficiles, elle travaillait dur pour se maintenir à niveau. Isolée dans sa bulle, elle se concentrait sur ses cours chaque jour, chaque soir.

Vers la fin de la première semaine, elle s'obligea tout de même à faire un saut au supermarché le plus proche dans la petite Honda très pratique que Desmond lui avait donnée avec une longue liste d'instructions. Elle s'était engagée solennellement à la faire réviser tous les dix mille kilomètres, en pensant que comme elle conduisait moins de vingt kilomètres par semaine, elle mettrait bien quatre-vingt-dix ans à arriver à la première vidange.

Chaque fois qu'elle prenait le volant, il lui venait une envie terrible de rouler jusqu'à la grande maison isolée au bord du fleuve Columbia. Ce qu'elle ferait une fois là-bas ? Aucune idée. Sa vie était ici, maintenant, la vie qu'elle avait rêvée, planifiée, la vie pour laquelle elle avait lutté. L'autre, celle qu'elle avait laissée chez Desmond, n'était ni réelle ni possible. Il n'avait pas le droit de se comporter comme si c'était vraiment une option : comme si elle pouvait rester là-bas à vivre dans le luxe, en le laissant s'occuper d'elle, en renonçant à tous ses objectifs. Elle ne savait même pas ce qu'il éprouvait pour elle. Le seul sujet vraiment clair entre eux était le sexe.

Tout serait très simple si Desmond ne s'était pas glissé dans son cœur. Voilà le drame, voila la réalité terrifiante qu'elle ne savait comment gérer. Elle voyait bien que si elle s'avisait de céder, de retourner chez lui, ses sentiments continueraient à s'amplifier, ils deviendraient de plus en plus écrasants, de plus en plus douloureux. Non seulement elle n'aurait plus le choix, mais, le jour où il finirait par se lasser d'elle, son cœur se briserait en mille morceaux. Et là, il demanderait le divorce. Il avait toujours eu tous les pouvoirs.

Voilà pourquoi elle avait exigé d'avoir son mot à dire et qu'elle était partie quand il le lui avait donné. C'était le seul moyen de préserver sa santé mentale. Et pourtant, aujourd'hui encore, elle aurait donné n'importe quoi pour se retrouver auprès de Desmond et Connor.

Le lundi matin, à 9 heures, elle se rendit à pied à un cours magistral sur la gestion de la douleur. La pluie qui tombait à verse depuis plusieurs jours s'était enfin arrêtée, mais elle avait tout de même emporté un parapluie : à Portland, la pluie est l'une des constantes de l'existence. L'un des garçons de sa classe se tenait près de l'entrée du bâtiment. Quand elle voulut passer devant lui, il l'arrêta avec un sourire.

— C'est… Kélia, non ?

Oh ! non, pitié, il lui faisait des avances ? Elle faillit le rembarrer, mais hésita, parce qu'elle n'était pas sûre de ce qu'il cherchait. Avec Desmond, au moins, tout était toujours parfaitement clair, sans doute parce qu'elle avait si envie de lui. La boule de chagrin si familière enfla dans sa poitrine. Le jeune homme lui souriait toujours.

— Kélia, oui, répondit-elle.

Elle fouilla sa mémoire en cherchant son nom. Non, elle ne voyait pas. Le campus était un océan de visages, mais elle n'en connaissait aucun.

— Mark, la renseigna-t-il. Mark Hudson.

Il était très décontracté, avec un sourire agréable. Elle eut envie de lui sourire en retour, mais n'osa pas, pour ne pas l'encourager.

— J'ai un problème, enchaîna-t-il. J'ai raté un cours magistral parce que ma fille avait un rendez-vous. Tu aurais du temps cet après-midi pour me montrer tes notes ?

— Ah. Je… Oui, bien sûr.

Puis elle réalisa ce qu'il venait de dire.

— Tu as une fille ?

— Oui ! Une merveille. Ma femme est géniale, elle s'occupe d'elle tout en travaillant pendant que je termine mes études. Et toi, tu as des gosses ?

Instinctivement, elle secoua la tête. Connor n'était pas vraiment à elle. Desmond avait eu beau lui faire miroiter la possibilité de jouer un rôle dans sa vie, quelque part en périphérie, il n'avait pas cédé sur le fond, ne lui avait pas demandé d'être sa femme et la mère de son fils. Juste sa partenaire de lit.

— Alors, pour les notes ?

Elle se détendit. Clairement, Mark ne cherchait pas du tout à lui faire du plat.

— Désolé, ajouta-t-il, je te demande de ton temps, mais je ne pouvais pas rater le rendez-vous de ma fille. Même si ce n'est pas évident de trouver un équilibre, ça vaut la peine, tu comprends ?

Non, elle ne comprenait pas comment on pouvait trouver un équilibre entre les études et le fait d'être marié et parent, mais elle répondit tout de même :

— Oui, bien sûr. Pas de problème.

Ils échangèrent leurs numéros de téléphone, entrèrent ensemble, s'installèrent dans l'amphithéâtre. Le cours commença, mais elle n'en entendit que la moitié. Le professeur parlait d'une voix pesante, monotone. En fait, elle avait une idée assez claire de la façon dont on pouvait équilibrer ses études et sa vie. Elle l'avait fait avec Connor et ses cours en ligne… avec l'aide de Desmond. Il s'était si souvent rendu disponible pour l'aider sur tous les fronts, la maternité, ses cours, ses orgasmes.

Elle vécut le reste de la journée au radar, passa d'une

salle de cours à la suivante, retrouva Mark à la bibliothèque pour le laisser copier ses notes et lui expliquer ce qu'il avait raté. Le soir, quand elle rentra chez elle, la pluie avait repris mais elle ne remarqua rien, ne pensa pas à déployer son parapluie et arriva chez elle les cheveux et les vêtements trempés.

Les sons fantômes qu'elle entendait parfois tard dans la nuit commençaient à émerger aussi de jour. En refermant la porte, elle crut entendre le gazouillis de Connor. Mais non, bien sûr que non. Elle retira son manteau qui gouttait sur le tapis neuf. Elle avait mal à la poitrine, une douleur familière née de l'envie de serrer son bébé sur son cœur. Et de l'envie d'être près du père de son bébé. Mais comment se résoudre à rester enfermée chez Desmond, à sa disposition, sans jamais faire ses études ? Les malades comme son grand-père avaient besoin de quelqu'un qui soit réellement dans leur camp, quelqu'un qui sache les convaincre que les soins médicaux à l'hôpital n'étaient pas une si mauvaise chose. Au fond, quand tout était dit, elle n'avait pas le choix.

Au lieu de s'installer à son beau bureau et de se mettre au travail, elle retira ses vêtements mouillés et se blottit dans son lit en tirant la couette sur elle. Impossible de se réchauffer, le froid s'était installé au cœur de son être. Ses choix la hantaient. Ceux qu'elle avait exigés, ceux qu'elle avait faits. C'était si égoïste de sa part de tout vouloir ? L'homme dont elle était tombée amoureuse, le bébé qu'elle n'avait jamais envisagé de garder, et aussi son diplôme de médecin, son objectif de toujours ?

Elle sombra dans un sommeil agité et se réveilla en sursaut à minuit. Les couvertures l'étouffaient. Elle les rejeta convulsivement et resta étendue en savourant la fraîcheur de la chambre. Elle n'allait sûrement pas pouvoir se rendormir. Il lui restait dix heures pour terminer le mémoire qu'elle devait rendre le lendemain matin. Se remettre au travail était bien la dernière chose dont elle ait envie, mais elle avait choisi, elle se devait de persévérer.

Elle s'arracha à son lit, enfila des vêtements au hasard, alluma son ordinateur… et vit la petite icône bleue s'allumer. Desmond était en ligne. Stupéfiée, elle contempla le message jusqu'à ce qu'il s'efface. Il n'avait pas désinstallé le programme de *chat* ? Il avait trouvé un autre interlocuteur ? Pourquoi ne dormait-il pas ? Elle se le représenta couché, incapable de se reposer, souffrant de ne pas entendre le battement d'un autre cœur près du sien. Non, sûrement pas. Ça, c'était son lot à elle.

Plus probablement, Connor s'était réveillé en réclamant un biberon. Oh ! non, et s'il s'était réveillé en pleurant parce qu'il voulait sa maman ? Il était trop petit, il ne pouvait pas comprendre. Il avait peut-être peur parce qu'elle n'était plus là ? Et s'il avait encore fait une réaction allergique ? C'était insupportable, elle devait savoir. Sans réfléchir, elle ouvrit la fenêtre de *chat* et tapa « Bonsoir ».

Mais non, c'était idiot ! Si Desmond était en ligne dans son labo, il ne s'occupait pas de Connor, donc tout allait bien pour le petit. Elle s'était mise à réfléchir un instant trop tard, son message était déjà parti. Desmond allait comprendre tout de suite quel film elle venait de se faire.

Le message clignotait dans le vide. Le mieux serait qu'il ne réponde pas. Elle allait couper le programme quand elle vit s'afficher :

Desmond : bonsoir

Pas de majuscule, pas de ponctuation : des aliens avaient

dû s’emparer du corps de son époux. Et maintenant que pouvait-elle lui dire en retour ? « Ne fais pas attention à moi, je suis juste insomniaque et je regrette tous mes choix, y compris celui de taper “Bonsoir” à l’instant » ?

Kélia : Désolée de te déranger.

Elle réprima une plainte excédée. C’était ce qu’il disait toujours, en entrant dans sa chambre. Pour la première fois, elle découvrait le point de vue opposé, elle était celle qui dérangeait. Sauf qu’elle n’avait jamais eu le sentiment d’être dérangée quand il venait la voir. Au contraire.

Desmond : Tout va bien ?

Kélia : Délicieusement, pourquoi cette question ?

Desmond : Il est minuit.

Kélia : Oui, j’ai remarqué. Je me faisais du souci pour toi.

Elle jura tout bas, tenta de cliquer sur le message afin de remplacer « toi » par « Connor ». Trop tard, Desmond répondait déjà.

Desmond : Ne fais pas ça. C’est déjà assez dur de s’adapter.

Elle contempla le message, stupéfaite. Ne fais pas quoi ? Du souci ? Échanger avec lui par l’intermédiaire du programme de *chat ?* La liste des choses dont elle devrait s’abstenir était sans fin.

Kélia : Quelle adaptation ? C'est moi qui suis dans une situation nouvelle.

Desmond : C'était ton choix. Tout a changé pour moi. Je n'avais jamais été père tout seul. Tu me manques.

Oh ! pour l'amour du ciel ! Lui aussi, il lui manquait, souvent à un point insupportable. Avant qu'elle ne puisse réagir à son aveu — se remettre à respirer, réussir à bouger les doigts —, il envoya un nouveau message.

Desmond : Je ne peux pas.

Et aussitôt son statut passa à « Déconnecté ». Atterrée, elle contempla l'écran en se repassant mentalement cette conversation si bizarre. Elle ne comprenait pas ce qu'elle avait fait pour le contrarier, son « Je ne peux pas » restait affiché à l'écran comme une accusation muette, aussi mystérieux que son premier « bonsoir » sans majuscule ni sans ponctuation.

Elle lui manquait. C'était écrit là en noir dans une bulle bleue. Il y avait donc un enjeu affectif pour lui ? Plus important qu'elle ne l'avait imaginé ? Et dans ce cas… Elle lui manquait, il ne dormait pas. Desmond ! Elle avait commis une erreur monumentale. Les études de médecine pouvaient attendre, pas sa famille. Elle saisit son téléphone, lui envoya un texto.

Tu ne peux pas faire quoi ?

Elle envahissait son espace, lui imposait cette injonction de réponse, mais il résistait. Elle fit une nouvelle tentative :

Parle-moi.

Trente minutes plus tard, il n'avait toujours pas obtempéré. Furieuse contre elle-même, bouleversée — et si elle avait fait un choix affectant le reste de sa vie sans avoir toutes les données à sa disposition ? —, elle sortit, monta dans sa voiture et fit ce qu'elle s'était juré de ne jamais faire : elle prit la route de la maison de Desmond. Un geste absurde, stupide, mais la panique lui tenaillait le ventre et elle ne cessait de penser qu'elle n'avait jamais vraiment demandé à Desmond quelles étaient ses options. En exigeant de choisir, elle avait omis de se renseigner sur ce qu'il lui proposait.

La route lui sembla très longue. Ce fut uniquement en freinant devant la grille qu'elle réalisa qu'il pourrait lui refuser l'accès. Mais déjà le portail s'écartait devant sa voiture. C'était un signe. Elle savait que le système était programmé pour scanner les plaques d'immatriculation. Desmond avait donc ajouté la Honda à la liste des véhicules autorisés. Pourquoi ?

Une fois debout sur le perron, elle envoya un nouveau texto :

Je suis devant la porte. Viens me dire de m'en aller.

Elle obligerait à lui parler, d'une façon ou d'une autre !

Moins de trente secondes plus tard, la porte d'entrée s'entrebâilla. La lumière du hall se déversa sur les marches en auréolant la silhouette masculine qui se dressait devant elle.

— Il est tard, gronda la voix de Desmond. Qu'est-ce que tu fais là ?

Elle se sentit une faiblesse dans les genoux. Effectivement, que faisait-elle ici ? Elle avait quitté cette maison parce qu'elle ne voyait aucun moyen d'y rester sans devenir folle. Sa santé mentale n'était plus la priorité puisqu'elle était de retour et suppliait Desmond de lui parler, de changer le cours des choses, de la forcer à choisir le bonheur plutôt que le devoir.

La question qu'il lui posait était trop difficile, ses pensées formaient un tourbillon incohérent. Renonçant à répondre, elle lança :

— Tu sais laquelle de tes qualités est ma préférée ?

— Je n'ai pas dû être assez clair, soupira-t-il. Je ne veux pas te parler. Tu as fait le choix de partir. Moi, je peux faire le choix de ne pas te laisser revenir dans ma vie.

Oui, elle était partie. Partie vers un diplôme qui lui tenait à cœur en laissant un trésor derrière elle.

— Voilà, c'est ça, la qualité que j'aime le mieux chez toi, répliqua-t-elle en lui enfonçant son index dans la poitrine. Tu me dis toujours exactement ce que tu penses… sauf quand tu ne le fais pas. Voilà ce qui m'amène, Desmond. Notre conversation n'était pas terminée.

— Si. Nous n'avons plus rien à nous dire.

La souffrance dans sa voix lui coupa le souffle. Elle lui avait fait mal. Elle tentait de le forcer à répondre pour apaiser ses inquiétudes, et lui, il cherchait à la faire taire parce qu'il souffrait trop. Elle ne s'était jamais doutée qu'il tenait à elle à ce point. Qu'y avait-il d'autre qu'elle ne savait pas ?

— Je me permets de te contredire, murmura-t-elle.

Elle saisit le col de sa chemise, sans savoir si elle s'accrochait à lui pour l'empêcher de la fuir ou pour se retenir, elle, de se liquéfier à ses pieds.

— Je crois qu'il nous reste beaucoup de choses à nous dire. Comme pourquoi tu m'as laissée partir.

— Pourquoi je t'ai laissée…, commença-t-il sur un rire bref et douloureux ! Je n'ai pas souvenir d'avoir eu le choix. Tu as exigé d'avoir toutes les options et tu as pris ta décision. Tu t'attendais à quoi ? Tu as choisi, je me suis incliné. Je ne vois pas ce que je pouvais faire d'autre.

Effectivement. Il avait fait exactement ce qu'elle lui demandait de faire. Au lieu de discuter de la situation, de mettre toutes les options sur la table, elle avait brandi son propre besoin de contrôle et elle l'avait forcé à reculer. Qu'aurait-il dit de plus si elle s'était tue au bon moment ?

Elle le contempla. Cette fois, il ne lui cachait pas sa souffrance. Il ne le pouvait peut-être plus.

— Je m'attends à ce que tu me dises que je suis égoïste et que je me suis trompée. Que j'ai tourné le dos à ma famille à cause de mon orgueil imbécile et de mon besoin de faire les choses à ma façon. Résultat, j'ai perdu les deux êtres qui comptent le plus pour moi.

Le regard de Desmond flamboya.

— Ce n'est pas vrai ! protesta-t-il, indigné. Les études de médecine sont toujours passées avant tout le reste. Tu es fantastiquement intelligente, déterminée, tu as du cœur. Tu feras un excellent médecin.

Elle sentit ces mots-là se lover dans sa poitrine, chauds et réconfortants.

— C'est le plus beau compliment qu'on m'ait jamais fait, souffla-t-elle, émue.

Il haussa les épaules et, l'air de terminer une corvée, conclut :

— Voilà pourquoi je me suis écarté de ton chemin. Je te devais bien ça, comme tu me l'as fait remarquer plusieurs fois. Je t'ai laissée partir parce que je n'ai jamais eu le droit de te forcer à rester.

Le cœur de Kélia se fendit en laissant échapper un flot de tendresse et de regrets. Il comprenait, il comprenait vraiment ! Avec son extraordinaire finesse empathique, et aussi une capacité à évoluer qu'elle n'avait jamais appréciée à sa juste valeur. Cette nuit enfin, elle appréciait.

— Alors tu m'as ouvert la porte et tu m'as laissée m'envoler. Ton geste m'a donné le temps et le recul pour voir où je voulais atterrir. C'est ici. Avec toi. Et avec Connor. Je me suis trompée.

Les larmes aux yeux, tremblant du besoin de lui faire comprendre, elle se cramponna plus étroitement à lui.

— Je t'en prie, dis-moi que ce n'est pas trop tard pour ramasser les morceaux.

Le visage fermé, il secoua la tête.

— C'est trop tard. Je refuse de repasser par… Je ne pourrais pas supporter de te perdre une deuxième fois.

— Mais ce n'est pas ce que je te demande, chuchota-t-elle. Je n'irai nulle part. Cette fois, je choisis de rester.

Cette petite phrase toute simple fendit la poitrine de Desmond en rouvrant de vieilles blessures. Il avait beau se défendre, ces quatre petits mots : « Je choisis de rester », se frayaient un chemin vers son cœur pour y chercher asile. Confusément, il balbutia :

— Tu ne peux pas dire des choses pareilles.

Pas maintenant ! Pas alors qu'il s'était enfin, douloureusement, résigné à l'éclatement de sa famille. Alors qu'il avait catalogué toutes ses émotions, analysé tous ses dérapages, et qu'il était arrivé à la conclusion qu'il n'était pas fait pour l'amour.

Certaines personnes étaient naturellement douées pour l'art ou la musique. Lui, son talent était de donner aux femmes le pouvoir de changer sa vie. Et chaque fois qu'une femme usait de ce pouvoir, elle le mettait en pièces. La solitude, l'isolement étaient son lot, voilà tout.

— Pourquoi ? demandait-elle. Tu reprends ton invitation à rester ? Tu n'y avais pourtant pas mis de date limite.

— Je t'en prie, ne fais pas ça.

C'était trop ! La voir, la respirer, s'imprégner de sa présence, cela le tuait. Il fit un effort.

— Tu as opté pour tes études de médecine, ajouta-t-il. Les dés sont jetés.

— Alors pourquoi n'as-tu pas encore finalisé le divorce ? riposta-t-elle à voix basse.

Là, il faillit craquer. Elle voulait la vérité ? Elle l'aurait.

— Parce que tu es toujours ma femme. Quoi qu'il arrive !

Il vit plusieurs expressions se succéder sur son visage. Celle qui finit par s'imposer ressemblait à de la tendresse.

— Oui, ta femme, clama-t-elle. Et je veux ma chance de découvrir comment nous nous accordons quand nous renonçons tous les deux à notre besoin de tout contrôler.

— Je l'ai déjà fait une fois. Plus jamais ça.

C'était rude à dire, mais c'était la vérité. S'il avait appris une chose dans ce fiasco, c'était que la vie ne se programmait pas comme un logiciel. Les bonheurs n'arrivaient pas simplement parce qu'il les avait décidés. La leçon avait été féroce, mais maintenant il pouvait limiter les dégâts en se préservant. Il avait vécu caché pendant des années et cela lui convenait très bien. Au fond, rien n'avait changé.

— Je t'ai fait mal, souffla-t-elle.

Il confirma en hochant sèchement la tête. Elle lui caressa les bras, le saisit aux épaules. Le contact faillit lui arracher son bouclier.

— Je regrette, déclara-t-elle avec un sérieux absolu. Je n'ai pas mesuré à quel point c'était difficile pour toi de me donner le choix de partir. J'ai pris la mauvaise décision parce que j'étais incapable de me voir autrement qu'en médecin. J'ai très mal géré ce qui se passait entre nous.

— Qu'est-ce qui se passait entre nous ?

C'était sorti tout seul. Il aurait donné n'importe quoi pour reprendre la question. Il était lamentable. Autant lui demander tout net si elle avait des sentiments pour lui. Autant se traîner à ses pieds en la suppliant. Il n'avait pas encore compris sa leçon ?

— Je voulais rester, dit-elle, mais je ne voyais pas comment cela pourrait fonctionner.

Ses mains tièdes lui enserraient toujours les épaules. Il s'appuya sur ce contact, le savoura tout en se détestant de le savourer. Il ne cherchait même plus le moyen de lui résister parce que c'était la définition de la folie : répéter les mêmes gestes, alors que le résultat était toujours identique et toujours désastreux. Résister à Kélia ? Impossible.

— J'ai basculé dans ton monde et je n'ai plus été capable de me libérer, chuchota-t-elle. Tu m'as ouvert ta porte, tu m'as ouvert ton lit, ton esprit, ton cœur, et moi… j'ai adoré. Tout.

— Encore une fois, tu te retrouveras très seule dans cette catégorie, riposta-t-il de sa voix la plus bourrue. Tu voulais rester, mais tu es partie ? Cela n'a pas de sens.

— Parce que je suis égoïste et butée. Tu n'as pas reçu l'info ? demanda-t-elle avec un sourire amer.

Il se raidit, refusa de lui rendre son sourire.

— Tu es l'être le moins égoïste que je connaisse. Tout

ce que tu as fait depuis que je te connais, c'était pour quelqu'un d'autre. Tu seras un médecin extraordinaire.

Il avait besoin de le répéter parce que ce constat était très important. Il ne supportait pas l'idée qu'elle puisse lui reprocher de s'être mis en travers de sa route. Il s'entendit ajouter :

— Tu es aussi une maman fabuleuse, et la seule épouse que je pourrais imaginer inviter dans mon monde.

Elle reçut ses paroles en fermant les yeux. Il adorait quand elle faisait cela. Quand elle les rouvrit, ils étaient illuminés d'espoir.

— Tu m'as toujours vue meilleure que je ne me vois. Je n'ai jamais cru en moi autant que toi. Je n'ai jamais pensé que je pourrais être davantage que médecin. Si tu savais ce que c'était difficile de me concentrer en sachant que Connor et toi, vous étiez là, juste au bout du couloir…

Voilà au moins une chose qu'ils avaient en commun. Depuis le jour où elle avait envahi son labo sans invitation, il avait été infoutu de se concentrer sur un projet. Et voilà qu'elle revenait à la charge et qu'ils discutaient sur le pas de sa porte à 1 heure du matin. Rien ne pourrait jamais l'extirper de son cœur ou chasser son fantôme de son lit.

— Alors je dois te poser la question, dit-il. Pour toi, c'est devenu plus facile quand tu es partie ?

Si elle répondait par l'affirmative, il déménagerait demain dans un lieu tout neuf, qui n'aurait jamais été marqué par sa présence. Il irait là où elle ne pourrait pas le retrouver et il se forcerait à l'oublier.

— Non, répondit-elle en lui décochant un sourire qui lui coupa le souffle. Non, cela n'a fait qu'empirer. Voilà mon problème : je ne peux pas devenir médecin sans toi. Je ne peux pas être maman sans Connor. Alors me voilà. On fait quoi, maintenant ?

Non ! Elle ne devait pas renvoyer la balle dans son camp !

— Le choix ne m'appartient pas, gronda-t-il.

— Alors par défaut il me revient. Et dans ce cas tu es coincé parce que je reste. La seule chose que tu auras à me pardonner, c'est d'avoir gaspillé le coût de mon année. Le semestre est trop avancé pour que tu puisses te faire rembourser.

— Tu arrêtes tes études ? lâcha-t-il en la dévisageant, incrédule. Tu ne peux pas. Pourquoi faire ça ? Ce serait le pire…

— Je t'en prie, Desmond, ne me ferme pas la porte. Je suis en train de te supplier de me donner encore une chance.

Elle le secouait comme si elle pouvait le convaincre par la force.

— Tu entends ce que je te dis ? Je ne partirai plus. Je ne pourrais pas. Je t'aime trop. Je t'aime.

Un éblouissement, un jaillissement d'émotions fabuleuses… Cela éclata d'elle et fila en lui en se faufilant sous ses défenses, trop vite pour qu'il puisse l'intercepter. En quelques mots, elle venait de balayer toutes les ombres qui rampaient en lui depuis son départ. Son cœur brisé se répara si vite qu'il en eut le vertige.

— Tu ne devrais pas, répliqua-t-il pourtant. Je suis difficile à vivre, difficile à aimer…

— Tais-toi. La seule difficulté que je rencontre, c'est quand j'essaie d'arrêter de t'aimer.

Elle se mit à rire, une larme roulant sur sa joue.

— Je ne sais pas comment on fait pour être amoureuse.

Ça ne se contrôle pas, c'est terrifiant. Au lieu de te le dire, je suis partie.

— Pour être médecin. Tu avais un objectif, je n'en faisais pas partie. Je l'ai respecté alors que ça me déchirait en deux.

— Je sais, fit-elle en baissant la tête. Je crois que c'est ça, en fin de compte, qui a tout changé. Tu étais prêt à te sacrifier pour moi.

— Je le suis toujours, gronda-t-il. C'est la moindre des choses. Je sais ce que tu as sacrifié pour me donner Connor. Je t'en prie, ne renonce pas à tes études.

— Ce n'est pas un problème. J'ai encore mieux. J'ai une famille.

Ce fut le mot qui changea tout pour lui. Il la happa dans ses bras, se cramponna à elle. C'était impossible, c'était trop beau : il l'étreignait de nouveau.

— Je t'aime, murmura-t-il.

C'était la première fois de sa vie qu'il le disait. Au fond de lui, un blocage sauta, libérant un torrent de paroles.

— Je t'aime tellement, trop pour te laisser abandonner tes études. Il n'y a aucune raison d'arrêter, rien qui t'empêche de continuer tes cours. Je vais venir m'installer avec toi là-bas. Demain. Connor et moi, nous nous occuperons de toi pendant que tu deviendras médecin.

— Tu ferais ça ? demanda la voix étouffée de Kélia.

Il s'aperçut qu'il la broyait contre son épaule et relâcha un peu son étreinte.

— Bien sûr ! Je suis déjà la nounou, pourquoi pas le père au foyer ? J'habiterais n'importe où, dans une cabane de jardin si tu y vivais aussi.

Il lui renversa la tête en arrière, s'empara de sa bouche et articula contre ses lèvres :

— Ici, c'est juste une maison où j'inventais des choses. Si j'ai une famille, je tiens la création la plus importante de ma vie. Le reste sera juste la cerise sur le gâteau.

Elle lui sourit à travers ses larmes.

— Au fond, c'est un choix facile, alors ?

— Pourquoi faudrait-il que ce soit difficile ? Je te l'ai dit : tout ce que tu as à faire, c'est de rester couchée et me donner tes ordres.

— Je ne comprends pas pourquoi tu fais tout ça pour moi.

Parce qu'il n'était pas un monstre. Pas le gamin bizarre et maladroit que les autres évitaient. Elle l'avait choisi, lui, et cela changeait tout. C'était probablement la seule chose qui puisse l'arracher à la forteresse qui le préservait du monde. Kélia avait fait entrer le monde chez lui.

— Là aussi, c'est facile. Je t'aime, tu m'as donné Connor. La vraie question, c'est ce que je pourrais trouver à faire pour te remercier. Je compte passer les années à venir à chercher la réponse, si tu me permets de déchirer les papiers du divorce.

Elle hocha la tête avec véhémence.

— On pourrait les brûler dans la cheminée, pour être sûrs qu'ils sont bien détruits ?

— Marché conclu. Sauf que tu devras attendre demain matin parce que cette nuit j'ai d'autres projets.

Il la tira à l'intérieur, referma la porte derrière elle et l'entraîna vers l'escalier et la chambre qu'il avait trouvée si froide et vide sans elle.

— Des projets ? répéta-t-elle d'un air innocent, une lueur coquine dans l'œil.

Elle serait partante pour tout ce qu'il pourrait imaginer... et il avait beaucoup d'imagination.

— Dormir, répondit-il en riant. Je ne dors plus depuis que tu es partie, il me faudra des nuits pour me remettre.

— Dormir ! répéta-t-elle en feignant l'indignation. J'ai roulé depuis Portland pour te dire que ma vie n'avait aucun sens sans toi, et tu veux me traîner dans ton lit pour dormir ?

— Dans un petit moment. J'ai d'autres choses à rattraper que le sommeil, d'abord.

Et il reprit les lèvres de sa femme dans un baiser qui lui fit l'effet du second miracle de sa vie. Il se demandait déjà à quoi pourrait ressembler le troisième.

Épilogue

Kélia souleva Connor dans ses bras et plaqua un baiser sonore sur sa joue ronde. Le petit garçon de trois ans se tortilla pour se libérer et courut rejoindre la fille de Mark Hudson, la seule autre petite personne présente à la cérémonie des diplômes.

Tout heureux, Desmond regarda sa femme rire de joie en étreignant Roberta, l'épouse de Mark. Au cours de ces trois années, ils avaient parfois dîné ensemble tous les quatre. Roberta et lui s'étaient organisés à tour de rôle pour garder les gosses, histoire de ménager à l'autre couple quelques soirées en amoureux.

Aujourd'hui, c'était terminé. Kélia et Mark avaient surmonté toutes les difficultés, toutes les fatigues de l'internat ; ils décrochaient tous deux leur diplôme avec mention. Ils étaient médecins.

— Docteur Pierce, glissa-t-il à l'oreille de sa femme. Voilà longtemps que j'attendais de pouvoir te donner ce nom.

Elle lui lança un regard rayonnant et s'appuya contre lui avec un soupir de bonheur.

— Seulement parce que tu en avais marre d'être le seul Dr Pierce à la maison !

La maison aujourd'hui, c'était leur petite baraque en bordure du campus. Il l'adorait. Il avait vu Connor faire ses premiers pas dans le living, avait embrassé Kélia à la table de la cuisine pendant qu'elle ouvrait le courrier qui lui apprenait qu'elle était reçue en deuxième année, quand elle avait demandé son internat, quand elle avait officiellement changé de nom pour devenir Kélia Pierce.

Il pensait déjà à ce soir. Ils s'étaient mis d'accord : une fois qu'elle aurait son diplôme, ils jetteraient la prudence aux orties et elle arrêterait de prendre la pilule. Pendant trois ans, il avait été patient, l'avait laissée se concentrer sur ses études comme promis. Ce soir, ce serait son tour. Et justement les festivités se terminaient.

— Venez, docteur Pierce, gronda-t-il tout bas. Connor dort chez Mark et Roberta ce soir. Vous êtes toute à moi.

— Je ne sais pas ce que je dois comprendre, docteur Pierce !

Elle lui lança un sourire coquin et lissa sa crinière brune sur son épaule en murmurant :

— Tu me proposes une petite fête à deux ?

— Exactement.

— Heureusement que je ne suis pas fan des surprises, s'exclama-t-elle en éclatant de rire. Tu es tellement transparent.

C'était l'une des choses qu'elle aimait chez lui, elle le lui disait souvent. Et lui, il adorait ne pas être toujours obligé de s'expliquer.

— Embrasse ton fils et allons-y, ordonna-t-il.

Il attendit impatiemment qu'elle termine de donner ses consignes à Roberta — « Surtout, pense à lui donner son éléphant Pierre en le mettant au lit » — et il put enfin l'entraîner vers la petite maison dans laquelle il n'y avait pas un seul humanoïde robotisé.

Le beau manoir près du fleuve était fermé, en monument à l'homme qu'il avait été. Il ne supportait pas l'idée de le vendre : c'était là qu'il était tombé amoureux de sa femme, qu'il lui avait fait l'amour pour la première fois. Un jour, Connor pourrait peut-être y vivre dans le luxe. Quant à eux, leur unique luxe était d'être ensemble.

Dès qu'ils franchirent la porte, Kélia pivota dans ses bras et se pressa contre lui en l'immobilisant de son corps. Il avait les bras pleins de lumière, de désir et de bonheur. Il captait les émotions qui fusaient en elle, si vives qu'il avait à peine le temps de les identifier.

— C'est le grand soir, murmura-t-il. Si ce n'est pas ce que tu veux, il faut me le dire tout de suite.

— Si je ne veux pas quoi ? sussura-t-elle contre son cou en lui mordillant la peau. Si je ne veux pas que tu m'arraches mes habits pour me ravir sauvagement ?

— Si tu ne veux pas que je te fasse en enfant, corrigea-t-il d'une voix enrouée de désir.

— Voilà trois longues années que j'attends ce moment, souffla-t-elle en cherchant à tâtons sa ceinture. Je veux sentir ton bébé pousser dans mon ventre. Je veux donner un frère ou une sœur à Connor.

— Alors viens et laisse-moi t'aimer.

Il saisit sa femme et l'emporta dans la chambre. Une fois qu'ils se retrouvèrent peau contre peau, il fit son possible pour savourer chaque instant, pour capter les signaux subtils qui lui feraient sentir l'instant précis de la conception. La séance fut cependant trop mouvementée et le plaisir emporta tout. Et c'était parfait aussi comme cela.

— Tu te doutes bien qu'il faudra plusieurs tentatives avant de réussir ? chuchota-t-elle un peu plus tard, tandis qu'ils reposaient, repus, dans les bras l'un de l'autre.

— Je ne demande pas mieux. Autant de fois qu'il faudra.

Heureux jusqu'aux tréfonds de son être, il lui caressa doucement le bras. Kélia l'avait arraché à sa grotte, il vivait maintenant au grand jour, dans le monde réel. Un bébé, ce serait fabuleux. Un quatrième membre dans la famille qu'il avait construite et qu'ils continuaient à construire chaque jour. Ils auraient une foule d'occasions de se perfectionner dans l'art de fabriquer les bébés. Et le moment était parfaitement choisi pour se remettre aux travaux pratiques.

CAT SCHIELD

Le droit de l'aimer

Traduction française de
FLORENCE MOREAU

PASSIONS

HARLEQUIN

Titre original :
TWO-WEEK TEXAS SEDUCTION

Ce roman a déjà été publié en 2018.

- 1 -

Bien avant d'emménager à Royal, Texas, Brandee Lawless menait déjà sa barque seule. « Vous verrez bien que j'y arriverai ! », semblait-elle affirmer de son air effronté. Elle assumait complètement son indépendance, et peu lui importait que sa franchise froisse quelques susceptibilités. Dernièrement, elle n'avait pas hésité à s'opposer à un trio de femmes du Texas Cattleman's Club. Sitôt qu'elles avaient été cooptées, Cecelia Morgan, Simone Parker et Naomi Price avaient en effet commencé à faire des vagues.

Ce jour-là, elle traversa en un rien de temps le couloir qui menait à la spacieuse salle à manger du club, où elle devait déjeuner en compagnie de sa meilleure amie, Chelsea Hunt. Avec son mètre soixante-cinq, elle était loin d'être grande, mais elle savait s'y prendre pour faire une entrée remarquée.

Aujourd'hui, elle avait troqué son éternel jean, ses boots, sa chemise de travail et son chapeau de cow-boy contre une robe en lainage gris moulante ornée de poignets en dentelle, qu'elle portait sur un jupon de tulle de même couleur. Elle s'était également fait des nattes qu'elle avait relevées en un chignon, à l'aide de pinces piquées de faux diamants. Notant les trois paires d'yeux qui la suivirent lors de son passage, elle ne douta pas qu'on jaugeait sa tenue. Pour bien montrer que cela ne l'agaçait pas le moins du monde, elle prit tout son temps quand elle contourna les différentes tables afin de rejoindre Chelsea, assise près de la fenêtre.

Plongée dans l'étude de la carte, celle-ci releva la tête à son approche.

— Waouh, quel chic ! s'exclama-t-elle, les yeux écarquillés.

Ravie que son amie approuve sa toilette, Brandee lui sourit.

— Cela fait partie de ma nouvelle collection, déclara-t-elle.

En plus de gérer l'un des ranchs les plus rentables du Texas, Brandee créait parfois encore des vêtements et des accessoires pour la société de mode qu'elle avait lancée douze ans plus tôt.

— Et que penses-tu de mes bottes ? ajouta-t-elle.

— J'en suis morte de jalousie, répondit Chelsea en examinant les bottes violet vif de chez Tres Outlaws. Tu voudras bien me les prêter ?

— Bien sûr !

Et, savourant une satisfaction toute féminine, Brandee s'assit en face de son amie. Comme elle consacrait énormément de temps au ranch, la plupart des gens la prenaient pour un garçon manqué, et il était vrai qu'en dépit d'une garde-robe remplie de vêtements frivoles elle se mettait rarement sur son trente et un pour venir déjeuner en ville avec une amie. Mais en l'occurrence elle venait fêter un événement : son premier programme de soutien destiné aux adolescents en difficulté était complet pour un mois et, cet été, les camps de Hope Springs allaient tout changer pour ces gamins.

— Tu as fait impression sur le trio diabolique, déclara Chelsea.

Cette dernière pointa du menton les nouveaux membres du Texas Cattleman's Club.

— Elles n'arrêtent pas de nous regarder en chuchotant, ajouta-t-elle.

— Je parie qu'elles critiquent ma tenue. Si elles savaient à quel point je me fiche de leur avis !

Les pauvres ! Elles se croyaient encore au lycée, époque où les filles jolies et populaires se liguent contre des proies faciles. Non que Brandee fût faible ! De fait, elle exerçait une forte influence sur le club et la communauté.

— Elles ont un comportement grégaire, poursuivit-elle. Prises séparément, elles n'ont aucun pouvoir mais, dès qu'elles sont en groupe, elles vous mettent en pièces.

— Et le fait que tu réussisses mieux qu'elles ne contribue pas à les rendre moins hostiles à ton égard.

— À moins que ce ne soit mon opposition à les laisser gérer ce club comme leur cour de récréation personnelle. Toutes ces machinations politiques sont une réelle perte de temps, temps que je préférerais consacrer à Hope Springs Ranch.

— Je suis certaine qu'elles aussi aimeraient bien que tu passes moins de temps au club, surtout quand tu fais ton apparition vêtue de cette façon, reprit Chelsea. Tu as l'air d'une femme d'affaires millionnaire, et elles doivent enrager.

— Sauf que je porte des vêtements tout à fait abordables, puisque mes collections ciblent des adolescentes et des femmes pas assez fortunées pour s'offrir des tenues de designers.

— Je crois que, ce qui les contrarie, c'est la façon

dont tu affiches ta réussite. Tu arbores une confiance à toute épreuve, comme tous ceux qui se sont facilement hissés au sommet sans avoir eu à écraser qui que ce soit.

— C'est parce que j'accepte mes défauts.

— Tu as des défauts, toi ?

À ces mots, un élan de sympathie pour sa meilleure amie submergea Brandee. Ancien hacker et actuellement directrice technique de la chaîne de restaurants Hunt & Co, Chelsea était à la fois belle et intelligente. Dès qu'elles avaient fait connaissance, Brandee avait adoré son côté rentre-dedans.

— Tout le monde se trouve des défauts, reprit-elle. Moi, par exemple, je trouve mes lèvres trop minces, et mes oreilles sont décollées. Mais mon père me disait toujours qu'elles étaient parfaites, car elles empêchaient mon chapeau de me tomber sur les yeux.

Et, comme à chaque fois qu'elle évoquait son père, elle ressentit un pincement au cœur. Jusqu'à ce qu'elle le perde dans un accident épouvantable à l'âge de douze ans, il avait représenté son monde. C'était lui qui lui avait appris à diriger un ranch, et lui avait enseigné les joies du labeur acharné et du travail bien fait. Sans sa voix qui n'avait jamais cessé de résonner en elle, elle n'aurait pas eu le cran de fuir sa relation délétère avec sa mère pour devenir une prospère gérante de ranch.

— Allons, tu as créé ta propre ligne de vêtements en ligne ! s'exclama Chelsea. Or, tu n'aurais pas pu réaliser ce projet si tu n'avais pas eu une bonne image de toi.

— Je crois que c'est précisément ce qui nous distingue des autres qui nous rend intéressantes. Et inoubliables. Pense à toutes ces reines de beauté qui paradent sur les podiums. Nous nous souvenons juste de celles qui se comportent mal ou sont renvoyées, ou encore qui surmontent des handicaps pour y arriver.

— Donc ces trois-là ne sont pas inoubliables ? fit Chelsea en désignant le trio de pestes.

— Non, et je crois qu'elles le savent, répondit Brandee avec un sourire. C'est pour cette raison qu'elles cherchent à tout prix à attirer l'attention.

À peine eut-elle fini sa phrase que de curieuses vibrations dans l'air la mirent en alerte… Une seconde plus tard, un homme de haute taille et d'une carrure athlétique se plantait devant leur table, éclipsant les trois femmes. *Shane Delgado.* Elle avait senti son eau de toilette éminemment virile une seconde avant qu'il n'apparaisse.

— Salut, Shane ! fit Chelsea d'une voix onctueuse.

Brandee roula les yeux en voyant son amie se pâmer devant le charisme et le sourire ravageur de Shane. Il n'était pas près de produire le même effet sur elle !

— Ravi de te voir, Chelsea, répondit-il de son accent traînant du Texas, ourlé d'une pointe de Nouvelle-Angleterre. Bonjour, Brandee.

Elle lui rendit son salut sans lui accorder un regard.

— Delgado, marmonna-t-elle d'un ton neutre, alors que son corps tout entier réagissait à sa présence.

— Tu es particulièrement ravissante, aujourd'hui.

Chelsea les regarda tour à tour, sourcils froncés.

— Tu n'es pas mal non plus, rétorqua Brandee.

Elle n'avait pas besoin de le jauger pour savoir que, dans son jean flambant neuf qui moulait ses cuisses musclées et sa chemise d'un brun clair qui soulignait sa carrure, il avait l'air d'un dandy millionnaire.

— Je peux faire quelque chose pour toi, Delgado ? enchaîna-t-elle.

Elle se mordit alors la langue, consciente de l'ambiguïté de sa question.

— Faire ? répéta-t-il comme si ce mot s'apparentait à une promesse.

Un frisson la parcourut. Évidemment, il n'allait pas laisser passer une occasion de la mettre mal à l'aise.

D'un ton impatient, elle clarifia sa question :

— Tu t'es juste arrêté pour nous dire bonjour, ou parce que tu as une idée derrière la tête ?

— Tu sais parfaitement ce que j'ai derrière la tête.

Dans la bouche de tout autre homme, cette réplique aurait été scandaleuse, mais Shane avait élevé le flirt au rang d'art.

— Mon ranch ? répondit Brandee en le dévisageant.

Depuis des années, ne la poussait-il pas à la vente, afin de pouvoir gâcher le paysage ? Son but était en effet de construire à la place de son ranch une nouvelle série de ses fameuses résidences de luxe pour touristes.

Une lueur espiègle traversa son regard noisette.

— Entre autres choses, précisa-t-il d'une voix amicale.

— Tu perds ton temps. Je ne veux pas vendre.

— Je n'ai jamais estimé comme perdu le temps passé en ta compagnie.

Du miel semblait dégouliner de chacune de ses paroles, sourire sexy à l'appui.

Brusquement, Brandee se sentit à fleur de peau. Plusieurs fois, ces dernières années, elle avait envisagé de sortir avec ce charmeur patenté. Il avait un corps à se damner et offrait un parfait équilibre de risque et de distraction, aussi, coucher avec lui devait être une aventure explosive et mémorable.

Sauf que Shane n'était pas le genre d'homme à s'attarder, et qu'elle n'avait aucune envie de passer le reste de ses jours à attendre de lui quelque chose qu'il ne pourrait jamais lui apporter. Non qu'elle recherchât une relation sur le long terme mais, enfin, une jeune femme peut très vite devenir dépendante d'une histoire sans qu'elle soit pour autant bonne pour elle.

— D'ailleurs, j'adore nos petits échanges, reprit-il en déversant des flots de sex-appeal autour de lui.

— Pourtant, tu finis toujours par essuyer une rebuffade, rétorqua-t-elle avec son plus beau sourire ironique. Mais peut-être que cela te plaît ?

— Tu sais bien, ma belle, que je ne recule devant aucun défi.

Et, sur ces mots, il laissa ses yeux courir sur sa bouche, puis sur ses seins. Troublée par ce regard appréciateur, Brandee sentit les battements de son cœur s'accélérer.

— Ravi de t'avoir revue, conclut-il avant de s'éloigner.

— Eh bien ! marmonna Chelsea.

— Pardon ? fit Brandee d'une voix altérée.

Elle desserra alors les poings qu'elle avait fermés malgré elle. Son sang continuait à bouillir dans ses veines, de désir ou de colère, elle n'aurait su dire…

— Il y a une sérieuse alchimie entre vous, affirma Chelsea. Comment se fait-il que tu ne m'en aies rien dit ?

— Rien à voir avec l'alchimie, ça s'appelle au contraire un antagonisme ! rectifia Brandee.

— Allons, entre vous, c'est chaud ! insista Chelsea.

Brandee leva les yeux au ciel, ce qui n'empêcha pas son amie de poursuivre :

— Tu ne voudrais pas faire un bout d'essai avec lui ?

— Tu es folle ou quoi ? Tu n'as pas encore compris que, tout ce qui l'intéresse depuis trois ans, c'est d'acheter Hope Springs Ranch ?

— Il se sert peut-être de ce prétexte pour s'arrêter chez toi et te voir, non ? Rappelle-toi le sacré coup de main qu'il t'avait donné après la tornade !

Deux ans et demi plus tôt, Royal avait été balayé par un ouragan de catégorie F4, le pire de ces quatre-vingts dernières années. La tornade avait emporté tout un pan de la partie ouest de la ville, y compris l'hôtel de ville et une aile du Royal Memorial Hospital, et dévasté de nombreux ranchs.

— Son attitude n'avait rien d'altruiste. Il cherchait juste à savoir si l'état de ma propriété me pousserait à vendre.

— Je n'y crois pas une seconde ! Ce n'est pas pour cette raison qu'il a passé plusieurs jours à déblayer les débris.

Brandee secoua la tête. Chelsea ne comprenait décidément pas que Shane masquait son jeu par une amabilité de façade. Ses belles paroles n'avaient qu'un seul dessein : lui assurer l'acquisition de Hope Springs Ranch. Si elle acceptait de lui vendre sa propriété, plus jamais elle n'entendrait parler de lui.

— Concernant Shane Delgado, accordons-nous sur le fait que nous ne sommes pas d'accord, suggéra alors Brandee, peu désireuse de gâcher son déjeuner en continuant à discuter de lui.

— Entendu, approuva Chelsea. Et, maintenant, parle-moi des bonnes nouvelles. Que se passe-t-il, au juste ?

— J'ai découvert ce matin que la première session d'été de mon programme Hope Springs était complète.

— C'est fantastique, Brandee !

Depuis qu'elle avait acheté le terrain qui était devenu Hope Springs Ranch, Brandee s'était efforcée de créer des programmes pour les adolescents en difficulté, le but étant de corriger leurs tendances autodestructrices tout en les aidant à mettre en valeur leurs talents. Ayant elle-même vécu une adolescence difficile après la mort de son père, elle souhaitait procurer un environnement structuré aux jeunes en souffrance, notamment par le sport, afin qu'ils apprennent à se fixer des buts, à communiquer et à exploiter au mieux leurs aptitudes.

— Je n'arrive pas à croire que tout se combine finalement si bien. Mais, quand je pense au travail qui m'attend encore pour que les dortoirs et les équipements soient prêts en temps voulu, j'en ai le vertige !

— Allons, tout sera fini le moment venu, je te fais confiance pour cela. Tu es l'une des personnes les plus motivées et organisées que je connaisse.

— Merci, c'est gentil !

Il lui avait fallu des années de dur labeur et d'optimisme forcené pour en arriver là, mais son père aurait été fier du succès de son ranch. Et maintenant son rêve le plus cher était sur le point de se réaliser.

Sa vie était parfaite, elle n'aurait pas pu en imaginer une meilleure.

Shane s'éloigna de la table de Brandee avec la sensation d'avoir été congédié d'un revers de la main. Au fil des années, il avait eu de nombreux échanges avec la jeune propriétaire de ranch. Chaque fois, il avait voulu se convaincre qu'il en était sorti indemne, alors qu'en réalité il était rare que son ego n'en pâtisse pas lourdement.

Elle n'était jamais ravie de le voir, c'était manifeste… Et fort injuste dans la mesure où ces rencontres embellissaient ses journées. Il passait souvent au ranch pour la contempler en plein travail, quand elle déplaçait le bétail, soignait les chevaux ou aidait à la construction d'un centre destiné à accueillir des adolescents en difficulté. Vêtue de vieux jeans, de chemises à carreaux un peu fanées et de boots poussiéreuses, ses yeux bleu-gris incendiant son visage recouvert de perles de sueur, elle sentait alors les chevaux, le foin et le dur labeur. Un authentique garçon manqué, mais aussi une véritable femme, qu'il désirait ardemment.

Brandee, en revanche, restait complètement insensible à son charme. Dans son regard, il ne voyait qu'un océan de méfiance. Étant donné le défi impossible qu'elle représentait pour lui, il aurait dû renoncer au fantasme de la posséder depuis longtemps, d'autant que bien d'autres femmes l'appréciaient pour son savoir-vivre et son humour.

Mais il avait résolu de la faire fléchir — pour mieux ensuite se délecter de sa capitulation et passer à autre chose. Il n'était pas un mauvais gars, seulement il n'était pas fait pour les relations durables. Quant à Brandee, elle ne les prisait guère non plus, à en juger par ce qu'il connaissait de sa vie sociale.

Donc, il revenait toujours à l'attaque, même si après chaque rencontre il retombait dans un nouvel enfer. Aujourd'hui, c'était le parfum de la jeune femme qui l'avait profondément troublé, une fragrance florale légère qui lui avait donné envie d'enfouir les mains et le visage dans sa chevelure dorée.

— Shane.

Arraché à ses pensées, il s'immobilisa pour saluer d'un hochement de tête le trio de femmes qui l'avait interpellé. Il n'aurait su dire laquelle l'avait hélé, mais une chose était sûre : ces trois-là étaient toujours synonymes d'ennui. Cecelia la blonde, Simone la brune et Naomi la rousse, toutes belles, confiantes en elles, se montraient dangereuses si on les contrariait.

Elles avaient été récemment admises au Texas Cattleman's Club, et leurs requêtes avaient déjà causé des remous. Elles estimaient en effet que les locaux méritaient un petit lifting. Souhaitant imprimer au club un autre style que celui, « vieux garçon », qui était le sien jusque-là, elles cherchaient, de manière bien peu subtile, à manipuler les votes en leur faveur.

Brandee était l'une de leurs adversaires les plus obstinées, œuvrant de son côté à rassembler les votes qui signeraient leur défaite. Elle avait en effet noué des liens privilégiés avec les membres les plus âgés et établis du club, afin de prêcher contre toutes les suggestions que feraient les trois femmes. Ces intrigues étaient plutôt drôles à observer.

— Mesdames, répondit Shane en passant devant leur table.

— Joignez-vous à nous, insista Cecelia.

C'était une blonde platine, avec des yeux aussi durs que ceux de la Reine des Neiges. En tant que présidente de To The Moon, une société spécialisée dans les meubles haut de gamme pour enfants, Cecelia avait de toute évidence l'habitude qu'on lui obéisse.

Arborant son sourire le plus affable, Shane secoua la tête.

— Vous savez bien que ce serait mon vœu le plus cher, mais je suis déjà en retard, hélas !

Il jeta un coup d'œil vers son meilleur ami, Gabriel Walsh, assis à une table, le smartphone collé à l'oreille, un verre de scotch à moitié vide devant lui.

— Puis-je vous être utile en quoi que ce soit ? ajouta-t-il néanmoins.

— Nous avons remarqué que vous discutiez avec Brandee Lawless, commença Simone.

Elle se pencha en avant, lui offrant un panorama fantastique sur son décolleté. Avec son corps généreux, ses yeux bleus et ses longs cheveux noirs, elle incarnait un mélange fascinant de beauté et d'intelligence.

— Et nous voulions vous donner des conseils amicaux à son sujet, poursuivit-elle.

Ce trio infernal avait-il remarqué son attirance pour Brandee ? Si tel était le cas, il devait se ressaisir et, à l'avenir, mieux garder le contrôle de lui-même. Posant les mains sur le dos d'une chaise, il se pencha vers elles, un sourire de conspirateur aux lèvres.

— Je suis toujours heureux que de ravissantes femmes me donnent des conseils.

Cecelia hocha la tête, comme si elle approuvait sa sagesse.

— Elle fait mine de s'intéresser à vous, parce qu'elle veut que vous votiez contre les travaux de rénovation du club.

Shane cligna des paupières. Brandee s'intéressait à lui ? Qu'avaient donc vu ces trois femmes qui lui avait échappé ?

— Mais après le vote, enchaîna Simone, elle vous congédiera comme ça.

Et elle fit claquer ses doigts, tout en affichant une moue déterminée.

— Vous trouvez que Brandee me manifeste de l'intérêt ?

Il afficha la plus grande surprise, dans l'espoir que les trois femmes s'empresseraient d'exposer leur théorie. Toutes trois échangèrent un regard entendu, et désignèrent en silence Naomi pour qu'elle prenne la parole.

— Ce n'est pas une tendre, elle cherche à vous manipuler. Vous n'avez donc pas remarqué sa façon de flirter avec vous ? Elle sait pertinemment que les gens vous aiment bien et elle veut tirer parti de votre popularité pour influencer le vote.

Brandee avait-elle réellement flirté avec lui ? se demanda alors Shane. Pendant quelques instants, il se délecta de cette idée agréable… Luttait-elle contre la même enivrante attirance que lui, quand ils se croisaient ? Non, impossible ! Ses joutes verbales n'avaient pour but que de le désarçonner pour lui faire mordre la poussière.

— Merci de m'avoir averti, mesdames. Je serai désormais sur mes gardes, concernant Brandee.

— Ce fut un plaisir, murmura Naomi.

Un vif éclat de satisfaction brilla à cet instant dans ses yeux noisette, sertis d'épais cils bruns.

— Nous vous soutiendrons toujours, renchérit Cecelia.

Sur ces mots, elle lança un regard aux deux autres qui s'empressèrent d'approuver.

— Je m'en souviendrai, répondit-il, un sourire amical aux lèvres.

Puis il quitta le trio pour rejoindre Gabe. L'ancien Texas Ranger le regarda approcher, l'air amusé.

— Qu'est-ce que tu fichais avec ce trio de minettes ? On peut dire que tu leur as donné le sourire !

Se laissant tomber sur le siège en face de Gabe, Shane appela le serveur. Il avait besoin d'un alcool fort.

— Je leur ai donné ce qu'elles recherchaient.

— Comme toujours, non ?

— Exact.

Et il adressa un sourire effronté à Gabe, même s'il ne ressentait en réalité aucun contentement.

— Donc, que te voulaient-elles ? demanda Gabe.

— Me mettre en garde contre Brandee Lawless.

Gabe la regarda du coin de l'œil.

— Parce que tu as besoin qu'on te mette en garde contre elle ?

— Absolument pas !

Comme le serveur déposait un scotch devant lui, Shane en avala une bonne gorgée avant de reprendre :

— Tu connais la nature de notre relation. Si nous étions des enfants, elle m'aurait mis son poing sur la figure et se serait assise sur moi.

— Et tu l'aurais laissée faire, car tu aurais pu la chatouiller ?

— La *chatouiller* ? répéta Shane, prenant un air outré. Es-tu sûr de bien me connaître ?

— Nous sommes en train d'imaginer que Brandee et toi êtes des enfants, non ? C'est la chose la plus innocente qui m'est venue à l'esprit.

Shane poussa un petit grognement amusé.

— Tu aurais pu imaginer que je lui donnais *la fessée*.

Gabe rit avec lui.

— Et si on revenait à Cecelia, Simone et Naomi ? suggéra-t-il.

— Elles sont furieuses. Non seulement Brandee a

pris position contre elles, mais elle jouit d'une grande influence au sein du club. Elles veulent régenter le monde ou, du moins, la petite partie que nous occupons.

Sur la table, le téléphone de Gabe tinta, lui annonçant l'arrivée d'un texto.

— Bon sang ! marmonna-t-il après l'avoir lu.

— Mauvaise nouvelle ?

— La tumeur de mon oncle n'est pas opérable.

Quelques semaines auparavant, on lui avait diagnostiqué un cancer du cerveau de stade quatre.

— Je suis désolé, Gabe… C'est dur !

Dale Walsh, surnommé Le Ronchon, était un mastodonte très dynamique. Comme son neveu, il dépassait le mètre quatre-vingts et était d'une carrure intimidante. Fondateur de la société de sécurité la plus privée de Royal, le Walsh Group, il y avait intégré Gabe après que celui-ci eut quitté la police.

— Oui, mon père est très affecté, c'est lui qui vient de m'envoyer le message.

Shane avait toujours envié la relation privilégiée que son ami entretenait avec son père. Le sien était mort d'une crise cardiaque alors qu'il venait d'avoir vingt ans, mais tous deux ne s'étaient jamais très bien entendus.

— Espérons que les médecins sauront trouver une autre solution que l'opération pour notre ronchon préféré.

— Oui, il ne reste plus qu'à croiser les doigts.

Puis ils parlèrent du dernier projet de Shane, un complexe touristique de luxe dans le style de l'iconique lieu de villégiature commandé par George Vanderbilt en Caroline du Nord, inspiré des châteaux de la Renaissance française, mais équipé d'une technologie de pointe.

Tandis que Shane exposait à son ami le défi que

représentait l'idée d'introduire des petites assiettes dans un État qui voyait tout en grand, il sentit une main se poser sur son épaule. Et, au petit pincement bien trop familier qui le traversa, il sut qui se trouvait derrière lui avant qu'*elle* ne prenne la parole.

— Salut, Gabe, fit Brandee. Comment se porte le Walsh Group ?

— Bien, répondit ce dernier, avant de lancer un regard amusé à Shane. Et à Hope Springs tout roule ? enchaîna-t-il.

— Beaucoup de travail. Quatre-vingt-deux veaux sont déjà nés et nous en attendons cent quatre-vingt-dix-sept autres d'ici à avril. Merci pour les volontaires que tu nous as envoyés pour le comptage.

— Avec plaisir.

Brandee n'avait pas retiré la main de son épaule et Shane se délectait de cette douce étreinte tout comme de sa voix. Il avait tort, bien sûr, mais le bruissement de son jupon en tulle dans son dos mettait tous ses sens en alerte. Hélas, cela ne le mènerait nulle part…

— À plus tard, les garçons, lança Brandee en lui pressant un peu l'épaule.

— Salut, Brandee, renchérit Gabe, avant de reporter son attention sur Shane.

Conscient du sourire amusé de son ami, Shane fit appel à toute sa volonté pour ne pas se retourner, mais tout à coup ce fut plus fort que lui. Il jeta un coup d'œil par-dessus son épaule — et regretta aussitôt d'avoir cédé à son impulsion. Brandee semblait flotter entre les tables comme un délicat nuage vaporeux, un nuage chaussé des boots les plus flashy du Texas. À cette vue, il sentit le désir le gagner.

— Tu sais qu'elle n'a fait ça que pour embêter les trois autres, n'est-ce pas ? déclara Gabe quand Shane lui fit de nouveau face. Elles pensent qu'elle complote contre elles, donc Brandee jette de l'huile sur le feu.

— Je sais.

Malgré lui, il admirait ses manœuvres, même si aujourd'hui sa libido en avait payé le prix.

— C'est une femme comme mon cœur en rêve, ajouta-t-il.

Gabe éclata de rire.

— Encore faudrait-il que tu en aies un à offrir !

Shane leva alors son verre pour porter un toast à son ami.

— Bien vu !

- 2 -

Dans le spacieux bureau de Brandee, le soleil de l'après-midi filtrait à travers les persiennes, zébrant de lumière son ordinateur tout comme ses mains qui couraient sur le clavier. Elle travaillait sur le budget de son camp, tentant de grappiller çà et là quelques dollars pour acquérir de nouveaux chevaux plus adaptés aux enfants.

Elle avait déjà dépensé bien plus que prévu dans l'infrastructure car, pour que tout soit fini dans les temps, elle avait dû faire appel à de la main-d'œuvre supplémentaire.

Pivotant sur sa chaise, elle contempla un instant le grand patio couvert, équipé d'un coin cuisine et d'une cheminée en pierre. Elle adorait vivre à l'extérieur par tous les temps, c'est pourquoi elle disposait d'une salle à manger confortable dans le jardin d'hiver.

En achetant cette propriété de deux mille hectares à l'extérieur de Royal quatre ans auparavant, Brandee avait réalisé le rêve de son père. Elle n'avait pas hésité à reconstruire le ranch après la tornade, et cette bâtisse neuve lui plaisait d'autant plus qu'elle y avait apposé sa marque. Elle avait conçu une maison de plain-pied en L, à moins d'un kilomètre de l'autoroute, non loin des bâtiments où logeait la main-d'œuvre et de ceux où le bétail mettait bas.

Beaux Cook, l'ancien propriétaire, était un acteur

hollywoodien qui avait eu envie de jouer au cow-boy en achetant le ranch. Mais il n'avait aucune notion de ce qu'était l'élevage, et en dix-huit mois son affaire avait périclité, de sorte que Brandee avait pu la racheter à moindre coût. L'ouragan lui avait fourni un bon prétexte pour effacer les goûts douteux de Cook en matière d'architecture.

Elle était la troisième propriétaire des lieux depuis qu'ils avaient été mis en vente, dix ans plus tôt, par Emmitt Shaw. Celui-ci avait acquis la propriété à l'abandon auprès du gouvernement, car elle était adjacente à la sienne, mais il l'avait laissée dans l'état qui était le sien depuis un siècle. Plus tard, pour des raisons de santé, il l'avait vendue à Beaux.

Toujours est-il que dans les jours qui avaient suivi la tempête, alors que Brandee se démenait pour réparer les dégâts, Shane Delgado en avait profité pour acquérir à bas prix le ranch de son voisin, dont la santé déclinait, afin d'y faire construire ses résidences de luxe pour touristes. Et à présent elle devait en supporter la vue, elle qui adorait justement la beauté sauvage du Texas. Elle en voulait à Delgado d'avoir saccagé ces paysages merveilleux avec cette villégiature dernier cri. Son père était un cow-boy à l'ancienne, qui adorait les grandes étendues texanes peuplées uniquement de bétail, de lapins, d'oiseaux et de quelques lions des montagnes. Il n'aurait pas apprécié les vues de Shane sur la propriété de sa fille…

Soudain, son smartphone vibra. Ce ne fut pas un nom, mais un numéro qui s'afficha, et son cœur fit un bond dans sa poitrine quand elle lut le message.

Hope Springs Ranch appartient légalement à Shane Delgado. — Maverick

Trop outrée pour avoir la sagesse de ne pas engager la conversation avec ce mystérieux correspondant, elle répliqua :

Qui êtes-vous et de quoi parlez-vous ?

Cette fois, ce fut son ordinateur qui lui annonça par un petit son l'arrivée d'un mail. Elle ouvrit le message, qui provenait lui aussi de Maverick !

Renoncez à votre adhésion au Texas Cattleman's Club et versez cinquante mille dollars sur le compte ci-dessous ou j'enverrai cette preuve de propriété à Delgado. Vous avez deux semaines.

Brandee cliqua alors sur la pièce jointe. C'était le scan d'un document écrit à la main, à l'encre un peu ternie, daté du 21 mars 1899 et rédigé par un certain Jasper Crowley. Il offrait une parcelle de deux mille hectares comme dot à l'homme qui avait épousé sa fille, Amelia. D'après la description du terrain, il s'agissait de Hope Springs Ranch.

L'indignation qui l'avait envahie fit soudain place au malaise.

Ce devait être une mauvaise plaisanterie, puisque rien dans ce document ne désignait Shane. Elle s'apprêtait à supprimer le message et sa pièce jointe quand le nom de Maverick fit tilt dans son esprit. Elle l'avait déjà entendu quelque part : Cecelia Morgan l'avait prononcé lors d'une réunion tendue, au TCC. Était-elle à l'origine de cet envoi ? Ce n'était pas inconcevable…

Brandee s'était efforcée de contrecarrer tous les jeux de pouvoir que Cecelia, Simone et Naomi avaient tenté d'exercer, car il n'était pas question qu'elle laisse ce trio infernal dicter sa loi au sein du Texas Cattleman's Club. Était-ce leur façon de la réduire au silence ?

Résolue à ne pas se laisser intimider, elle répondit alors au mystérieux expéditeur :

Cela ne prouve rien.

Et reçut immédiatement un nouveau message.

Ce n'est pas une menace en l'air. Shaw n'a pas effectué de recherches sur les descendants de Crowley. Moi si.

Maverick semblait détenir la preuve que Crowley et Shane étaient parents, aussi était-il préférable qu'elle prenne en compte ce message…

Laissant échapper un juron, elle se leva pour aller faire un tour et s'éclaircir les idées. Comment osaient-ils ? Elle se rendit dans le salon, savourant au passage la perfection de sa maison…

Tout ce qu'elle possédait était lié à Hope Springs Ranch. Si elle n'en était pas la propriétaire légale, elle serait ruinée, la vente de son bétail ne lui rapportant pas une somme suffisante pour lui permettre de repartir de zéro. Et que deviendrait son projet pour les adolescents ?

Elle sentit des gouttes de sueur perler à son front. Ouvrant grand la porte, elle sortit sur la galerie qui courait tout le long de la maison pour offrir son visage à la brise du soir. En dépit du temps frais de ce mois de février, elle s'assit dans le fauteuil à bascule et cala les genoux sous son menton. En général le panorama dont elle jouissait suffisait à l'apaiser, mais aujourd'hui ce ne fut pas le cas.

Et si ce document était authentique ? Elle enfouit la tête dans ses genoux et laissa échapper un petit grognement de rage. Quel cauchemar ! À moins qu'on ne lui ait joué un tour cruel…

Ce ranch ne pouvait *pas* appartenir à Shane Delgado. Qui que soit Maverick, et elle supposait que derrière lui se cachait le diabolique trio que formaient Cecelia, Simone et Naomi, il était inenvisageable que cette personne ait raison.

Le terrain avait été abandonné, on avait cessé d'en payer les taxes, cela ne signifiait-il pas que les hectares revenaient à l'État ? Il devait y avoir une procédure pour obtenir des terres non réclamées et Emmitt l'avait forcément suivie. Du moins l'espérait-elle, sinon que ferait-elle ? Elle ne pouvait pas renoncer à Hope Springs Ranch et certainement pas en faveur d'une personne comme Shane Delgado !

Il fallut un bon moment avant que sa panique passe. À moitié frigorifiée, Brandee rentra pour réfléchir à la meilleure façon de réagir. Pour commencer, il lui fallait s'assurer de l'authenticité du document, elle devrait ensuite établir le lien entre Shane et Jasper Crowley. Enfin, elle se renseignerait sur la façon dont on acquiert des terres qui reviennent au gouvernement en raison de taxes non acquittées.

Le maître chanteur lui avait accordé deux semaines, ce qui n'était pas énorme, mais elle était motivée. Et, s'il s'avérait que Shane était bien le propriétaire de son ranch, elle se plierait aux exigences de Maverick. Cinquante mille dollars, ce n'était pas une modique somme, mais elle avait bien davantage sur son compte d'épargne, et elle était prête à payer le triple pour empêcher un homme aussi avide que Shane Delgado de mettre la main sur ses terres.

En outre, si elle y était vraiment contrainte, elle renoncerait à son adhésion au Texas Cattleman's Club. Elle y était entrée de la même façon que les anciens membres : en transformant Hope Springs en un ranch prospère et en prouvant qu'elle était une vraie éleveuse. Elle aurait la rage au cœur d'être obligée par Cecelia, Simone et Naomi de renoncer au club dont elle méritait de faire partie, mais elle consentirait au sacrifice si, en contrepartie, elle pouvait continuer à s'occuper de son camp pour adolescents en difficulté.

Elle sentit sa gorge se nouer à l'idée de devoir affronter les sourires triomphants du trio. Combien de fois à l'école n'avait-elle pas affronté des pestes comme ces trois-là, tout en conservant sa fierté intacte ? À l'époque, ce genre de filles moquait son style bohémien et harcelait tous ceux qui avaient le courage de lier amitié avec elle. De son côté, elle manipulait leurs petits amis pour qu'ils les laissent tomber et racontait à toute l'école leurs manœuvres traîtresses.

Brandee n'était pas fière de ces manigances mais, à partir du moment où elle avait vécu seule avec sa mère, la situation était devenue souvent intenable à la maison, ce qui ne lui permettait pas de prendre de la hauteur.

C'était grâce aux ouvriers qui travaillaient sur le ranch de son père qu'elle avait, très jeune, appris à se défendre. Ils la considéraient comme leur petite sœur et lui prodiguaient des conseils pour prendre le dessus sur toute situation. Ces conseils lui avaient également servi par la suite quand, après la mort de son père, elle avait dû faire face au défilé des petits amis de sa mère.

Tous n'étaient pas des sales types, mais il lui avait fallu apprendre rapidement à se préserver de certains, de sorte qu'elle était passée maître dans le domaine de la manipulation.

Et maintenant elle comptait bien déployer ces talents chèrement acquis pour sauver son ranch et envoyer au diable quiconque se mettrait en travers de son chemin.

Planté au beau milieu du spa qui deviendrait la perle du Bellamy, sa future résidence pour touristes fortunés, Shane n'était pas d'humeur joyeuse. Dans quelques mois, Pure serait le spa le plus incroyable de Royal, alliant la modernité et la tradition des thermes romains, dans un environnement offrant à la clientèle des chambres luxueuses et apaisantes où se relaxer.

Mais pour le moment l'endroit s'apparentait à un chaos total.

— Je veux permettre à nos visiteurs de se ressourcer dans un lieu épuré, rappela Shane au chef de projet. Ces pierres, ce n'est pas ce que j'ai commandé. Ce plafond non plus.

— Nous allons vérifier ça et revoir le tout, lui assura son interlocuteur.

À cet instant, le téléphone de Shane vibra, lui rappelant son rendez-vous suivant.

— Nous reprendrons notre discussion demain matin à la première heure, déclara-t-il.

Il abandonnait à contrecœur cette conversation, étant donné qu'il restait plus de cinquante points à revoir, mais il était censé être chez sa mère dans un quart d'heure pour leur dîner hebdomadaire, et elle habitait à vingt minutes de Royal.

Il regagna la sortie du Bellamy, repérant au passage de nombreuses choses qui ne lui convenaient pas. Il avait fait équipe avec l'hôtelier Deacon Chase pour créer ce chef-d'œuvre architectural et l'envergure du projet — tout comme l'argent investi — était énorme.

Construit dans des jardins luxuriants de plus de deux mille hectares, le complexe consistait en deux cent cinquante suites de luxe, au design exquis. Il comprenait aussi un restaurant où l'on cuisinait les produits de la ferme et d'autres aménagements plaisants dont chaque détail devait s'avérer parfait.

Avant de monter dans son pick-up, il envoya un texto à sa mère pour la prévenir de son léger retard, et sa réponse sarcastique le fit sourire. Née Elyse Flynn, celle-ci avait quitté son Boston natal à l'âge de vingt-deux ans avec un diplôme de géosciences en poche et un contrat de travail pour effectuer des études in situ, près de Royal. C'était ici qu'elle avait rencontré Landon, son père, qui après une cour éclair de six mois l'avait épousée. Ils s'étaient ensuite installés à Bullseye, sur le ranch familial des Delgado.

À la mort de Landon, Shane avait repris la propriété, et Elyse, pour sa part, avait emménagé à Pine Valley, une résidence protégée haut de gamme, avec un club, une piscine et un terrain de golf 18 trous. Bien qu'elle semblât satisfaite dans sa demeure de six mille mètres carrés, dès que Shane s'était lancé dans ses projets immobiliers près de Royal, elle lui avait acheté un lot de terre et avait commencé à concevoir la maison de ses rêves.

À chacune de ses visites, elle lui présentait un nouveau plan. L'année écoulée, elle avait rencontré pas moins de douze designers ! Shane se demandait si le rêve de sa mère se concrétiserait un jour et en même temps il le redoutait, car elle serait alors sans doute l'une de ses plus redoutables clientes.

Quand il entra chez elle, elle se tenait sur le seuil de la bibliothèque, un verre de vin à la main.

— Ah, te voilà enfin ! dit-elle en lui tendant la joue pour qu'il l'embrasse. Viens voir comme Thomas est brillant. Son dernier projet est fantastique.

Thomas Kitt était l'actuel architecte dont Elyse s'était entichée.

— Il a supprimé le mur entre la cuisine et l'arrière-cuisine, et regarde l'espace que j'ai gagné, ajouta-t-elle. Il me propose une cave intégrée, qu'en penses-tu ?

Là-dessus, elle désigna le verre qu'elle avait préparé pour lui ainsi qu'un plat de petits-fours disposé sur la table basse.

Shane se servit, puis s'approcha du tableau magnétique où avaient été dessinés les derniers plans.

— C'est une excellente idée, déclara-t-il. Tu pourrais ainsi stocker une soixantaine de bouteilles supplémentaires.

— Tu as raison ! répondit Elyse avec un grand sourire. Cela me fournirait aussi un prétexte pour un petit voyage dans la vallée de Napa.

— Pourquoi n'attends-tu pas que les premières pierres soient posées ?

Au rythme où sa mère changeait d'idées, il ne voyait pas pourquoi elle retiendrait plus particulièrement ce projet-ci.

— Décidément, tu es aussi pragmatique que ton père, dit-elle, soudain nostalgique. Il aurait été fier de toi.

Cela, Shane en doutait, car son père s'était toujours montré très critique envers lui, lui reprochant de n'avoir comme atouts que sa provocation et son insolence.

Sans remarquer que son fils s'était renfrogné, sa mère enchaîna sur les lampes au design industriel et si moderne qui figuraient dans la brochure que lui avait remise son architecte préféré du moment.

Allons, ne devait-il pas se réjouir de son enthousiasme ?

— Quoi que tu décides, ce sera épatant ! déclara-t-il en déposant un baiser sur son front.

— Je l'espère ! Suzanne s'est tant vantée de la maison qu'elle a fait construire sur ton site que je veux lui montrer de quoi je suis capable, moi aussi.

Ayant grandi entourée de quatre frères, sa mère cultivait un redoutable esprit de compétition, allié à un remarquable appétit créatif que son mari n'avait pas partagé. Celui-ci était bien trop occupé par son ranch et, quand il ne travaillait pas dur à l'extérieur, il s'enfermait dans son bureau pour gérer les comptes.

Au grand désespoir de son père, Shane n'avait jamais nourri cet amour pour le ranch familial. Peut-être cela tenait-il au fait que Landon l'avait juché sur un cheval alors qu'il savait à peine marcher, espérant lui donner du goût pour le métier. Au contraire, Shane en était venu à haïr tout ce qui y avait trait, d'autant que son père n'avait cessé durant toute son enfance de le solliciter pour des travaux, chaque fois qu'il avait du temps libre.

Adolescent, il avait commencé à se rebeller ouvertement et, à quinze ans, le bras de fer avec son père avait commencé. Il s'était mis à fréquenter des amis plus âgés que lui, et qui possédaient leur propre voiture. Parfois, il ne rentrait pas à la maison le soir et esquivait les corvées, préférant faire la fête avec ses copains. Il avait été forcé d'aider son père depuis ses trois ans, ne méritait-il pas de s'amuser un peu ?

Selon ce dernier, non, assurément !

— Eh bien, que nous as-tu concocté pour le dîner, maman ? demanda-t-il en suivant sa mère dans sa spacieuse cuisine.

— Un saumon glacé à la moutarde accompagné d'abricots.

Bien qu'Elyse ait une domestique à plein temps, elle adorait mitonner des petits plats.

— J'ai obtenu cette recette par le traiteur qui a organisé la dernière réception de Janice Hunt. Je compte faire appel à lui pour le centenaire de Bullseye.

Devant l'expression stupéfaite de son fils, elle haussa les sourcils. À dire vrai, Shane était si absorbé par le Bellamy qu'il en avait oublié l'événement.

— Tu peux me rappeler la date ?

— Le 21 mars. J'ai prévu une dégustation avec Vincent le 24, afin que nous arrêtions nos choix.

— *Nous* ? Tu ne peux pas demander cela à tes amies ?

— Si, mais je te rappelle que c'est *ton* ranch et que nous fêtons *ton* héritage.

— Oui, bien sûr.

Et, bien qu'il n'ait aucune envie d'organiser une grande fête à cette occasion, il adressa son plus beau sourire à sa mère.

— Cent ans, ça représente une sacrée étape et il convient en effet de célébrer cela en grand, concéda-t-il.

Visiblement satisfaite, sa mère sourit. Elyse aimait les mondanités et organisait toujours de grandes réceptions, alors que Shane préférait les barbecues entre amis autour de la piscine. Il se demandait souvent comment une femme aussi citadine, belle et brillante que sa mère avait pu trouver son bonheur auprès du propriétaire de ranch sérieux et revêche qu'avait été son père. Néanmoins, en dépit de leurs différences, ces deux-là s'étaient adorés, c'était évident, et l'amour que Landon avait porté à Elyse était le seul point sur lequel père et fils s'étaient accordés.

À cet instant, l'image de Brandee Lawless s'imposa à son esprit. C'était cette femme qu'il avait envie de prendre dans ses bras pour ne plus jamais la laisser repartir… Il se figura alors jeter son chapeau de cow-boy dans les airs et enfouir les doigts dans sa longue chevelure dorée avant de l'attirer à lui pour lui donner un long baiser torride…

Hélas ! Elle affichait à son égard le même scepticisme que son père, et semblait se demander ce que cachait son charme. Le masque qu'il offrait au reste du monde n'avait jamais pu la duper — ce qui ne manquait pas de le déranger. Lorsqu'elle le regardait, elle paraissait toujours attendre qu'il se dévoile.

« Un jour, les gens se rendront compte que tu mises tout sur l'apparence, mais que tu n'as aucune substance », lui répétait son père.

Jusque-là, Shane avait été chanceux, les apparences avaient suffi à convaincre son entourage. Mais, en ce qui concernait Brandee, il y avait fort à parier que sa bonne fortune commençait à l'abandonner.

- 3 -

Après une nuit sans sommeil, Brandee avait effectué ses tâches matinales, puis s'était ruée au musée d'histoire de Royal. Elle n'avait pas pris le temps d'avaler quoi que ce soit, si ce n'est un café à emporter insipide.

Alors qu'elle se garait sur le parking, elle ne parvenait toujours pas à éradiquer la colère qui la rongeait depuis que son monde menaçait de s'écrouler.

Il lui semblait impossible que sa vie puisse basculer de cette façon, et que la découverte d'un simple papier administratif la condamne à tout perdre. À l'aube, comme elle fixait le plafond, elle s'était presque convaincue de payer à Maverick la somme qu'il exigeait et de renoncer à être membre du TCC, la sauvegarde de son ranch étant bien plus importante que de l'emporter sur le trio infernal. Toutefois, il n'était pas dans sa nature de renoncer ou de céder au chantage. En outre, même si le document semblait authentique, elle n'avait aucune preuve qu'il l'était, et se trouvait au musée, où tout le monde pouvait le consulter.

Trente minutes plus tard, assise à une table de la petite salle de consultation, elle vit sa pire crainte se concrétiser. Devant elle, dans un sachet en plastique, se trouvait le document dont elle avait reçu la photo.

Incrédule, elle leva les yeux vers Rueben Walker, l'affable conservateur, qui ne devait pas être habitué à recevoir des visiteurs de si bon matin, à en juger par la surprise qu'il avait affichée à son arrivée.

— Donc, vous dites qu'il s'agit d'une partie de la collection que Jasper Crowley a léguée au musée après sa mort ? demanda Brandee.

Combien d'autres bombes à retardement les archives abritaient-elles donc ?

— Tout à fait. Jasper Crowley était l'un des membres fondateurs du Texas Cattleman's Club. Malheureusement, il n'a pas vécu assez longtemps pour assister à l'ouverture des locaux, en 1910.

— Et qu'y a-t-il d'autre, dans sa collection ?

— Les objets habituels. Son acte de mariage avec Sarah McKellan, le certificat de naissance de leur fille, Amelia, l'attestation de décès de Sarah. Elle est morte avant Jasper et il a vécu encore trente ans sans jamais se remarier. Euh… Quoi d'autre ? Diverses factures, la correspondance entre Sarah et sa sœur Lucy, qui habitait à Austin.

Ces informations laissèrent Brandee indifférente, elle était bien plus intéressée par la fille de Jasper, puisque Hope Springs Ranch était son héritage. Pourquoi celle-ci ne l'avait-elle pas réclamé ?

— Et Amelia, que lui est-il arrivé ? S'est-elle mariée ?

À cet instant, une lueur s'alluma dans les yeux bleus de Walker.

— Je ne me souviens de rien à ce sujet, mais vous pouvez consulter par vous-même les archives des journaux. Étant donné l'influence de Jasper, j'imagine que ce mariage, s'il a eu lieu, y aura été largement décrit.

Hélas, Brandee n'avait ni le temps ni la patience de se livrer à ce travail de fourmi.

— Connaîtriez-vous par hasard une personne qui pourrait me prêter main-forte ? demanda-t-elle. Je la dédommagerai, bien sûr.

— J'ai un assistant à temps partiel, qui pourrait vous venir en aide. Il se trouve actuellement dans l'Utah, chez sa sœur.

— Quand revient-il ?

— En milieu de semaine prochaine, si ma mémoire est bonne.

Malheureusement, eu égard au temps que lui accordait Maverick, elle ne pouvait attendre. Serrant les dents, elle étudia les différentes options qui s'offraient à elle…

— Les archives des journaux se trouvent ici ?

— Non, elles sont sur des microfiches à la bibliothèque de la ville.

— Merci pour votre aide.

Peu après, Brandee sortit du musée et traversa la rue pour se rendre à pied à la bibliothèque située à quelques pâtés de maisons. Alors qu'elle approchait du Royal Diner, son estomac gronda, lui rappelant qu'elle n'avait pas pris de petit déjeuner. Si impatiente fût-elle de mesurer l'ampleur de la menace qui planait sur elle, elle résolut de s'y arrêter. En effet, elle ne pourrait pas être efficace le ventre vide.

Pénétrer dans ce restaurant, c'était comme faire un bond dans le passé, jusqu'aux années 1950. Des box étaient alignés le long du mur, leur similicuir rouge contrastant avec le carrelage noir et blanc. Sur le pan opposé se déployait le comptoir, avec ses tabourets assortis aux banquettes.

Comme il fallait s'y attendre, l'endroit était bondé. Brandee repéra tout de suite Adam Haskell, un fermier du coin vivant en paria, dans le sillage duquel flottait en général une fétide odeur d'alcool. En le croisant dans l'espace étroit qui séparait les tables du bar, elle le salua brièvement, tandis qu'il louchait sur son corsage.

Soudain, elle se rendit compte qu'elle se dirigeait droit vers un cow-boy qu'elle ne connaissait pas… et vers Shane Delgado. C'était bien sa veine ! Elle faillit rebrousser chemin, mais elle aurait eu l'air ridicule. Aussi, prenant sur elle, Brandee se glissa-t-elle sur le tabouret à côté.

Shane leva alors les yeux de son smartphone et un sourire éclaira son visage quand il la vit.

— Tiens, bonjour ! Tu es bien matinale…

Sa voix profonde la fit frissonner, tout comme le contact de leurs épaules qui se heurtèrent lorsqu'elle se pencha pour accrocher son sac sous le comptoir. Furieuse contre la réaction de son propre corps, Brandee jeta un rapide coup d'œil à Shane.

— Je ne suis pas en état de me disputer avec toi, le prévint-elle d'un ton plus brutal que d'ordinaire. Pourrait-on avoir une discussion normale, sur le temps ou le prix de l'essence ?

— Il fera dans les dix degrés cette semaine, avec une pluviométrie pouvant atteindre les 30 %, répliqua-t-il, de toute évidence amusé par son inconfort.

— Un peu de pluie nous fera du bien, observa-t-elle.

Comme Heidi apportait son petit déjeuner à Shane, Brandee en profita pour commander des œufs brouillés et des pommes de terre sautées avec du bacon. L'instant d'après, elle avait un mug de café devant elle.

— Tout est à votre goût ? demanda la serveuse à Shane, les yeux brillants.

De toute évidence, elle flirtait avec lui.

— C'est parfait, comme toujours.

— Voilà qui fait plaisir à entendre, répondit Heidi avant de les laisser.

Brandee soupira.

— Tu n'as pas avalé une bouchée. Comment sais-tu que c'est parfait ?

— Je prends mon petit déjeuner ici deux fois par semaine et c'est toujours le cas.

Sur ces mots, Shane piqua sa fourchette dans ses œufs au plat.

— Qu'est-ce que tu as aujourd'hui ? ajouta-t-il en croquant dans son toast à pleines dents.

— Rien, répondit-elle en haussant les épaules. Pourquoi cette question ?

— On dirait que ma vue t'est encore plus insupportable que d'habitude, répondit-il, un sourire aux lèvres.

Brandee sentit les battements de son cœur s'accélérer.

— Ce sont les œufs. Je n'aime pas quand ils sont coulants.

— Vraiment ? C'est comme ça que je les préfère, moi. Ce doit être en raison de mes origines irlandaises.

— Tu es irlandais ?

— Du côté de ma mère. Elle vient de Boston.

— Oh ! fit-elle d'un ton plein de sous-entendus.

— Oh quoi ?

— Je me suis toujours demandé d'où te venait ton accent.

— Ah bon ? Il t'arrive de penser à moi ? reprit-il, l'air ravi.

— À ton accent, corrigea-t-elle. Il évoque la côte Est.

Shane hocha la tête.

— C'est la faute de ma mère. Même après avoir passé

près de quarante ans au Texas, elle prononce toujours les *r* différemment.

— Comment se fait-il qu'elle soit venue vivre au Texas ?

Brandee se rendit soudain compte que c'était la conversation la plus normale qu'elle ait jamais eue avec Shane. En général, ils communiquaient par joutes verbales, quand ils ne se disputaient pas franchement.

— Elle est venue dans la région après la fac pour étudier les réserves pétrolières et y a rencontré mon père. Six mois plus tard, ils étaient mariés et, depuis, elle n'est jamais repartie.

Shane sauça son assiette avec son toast et poursuivit :

— Elle est retournée à Boston après la mort de mon père, et y est restée presque un an, mais Royal lui manquait.

— Je suis sûre que c'est toi qui lui manquais.

Shane hocha la tête.

— C'est vrai, je suis la prunelle de ses yeux.

— Forcément !

Brandee remercia alors Heidi pour l'assiette qu'elle venait de déposer devant elle, résolue à manger et cesser de discuter.

— Elle n'a jamais voulu se remarier ? demanda-t-elle néanmoins sur une impulsion.

Même si elle ne l'aurait avoué pour rien au monde, cette conversation sur la mère de Shane l'intéressait beaucoup. Veuve depuis dix ans, Elyse Delgado avait accompagné plusieurs fois son fils à divers événements qui s'étaient tenus au TCC depuis que Brandee avait acheté son ranch. En raison de sa relation conflictuelle avec Shane, Brandee n'avait jamais réellement discuté avec Elyse, se contentant de la saluer. Pourtant, elle la connaissait de réputation et aurait été ravie d'échanger avec elle, si la présence de son fils ne l'en avait pas dissuadée.

— Elle est sortie avec deux ou trois hommes, mais cela n'a rien donné de sérieux. Même si elle adorait mon père, ma mère semble apprécier son actuelle indépendance.

— Je comprends, murmura Brandee. Moi-même, je suis heureuse de pouvoir gérer mon ranch à ma façon, sans avoir à rendre des comptes.

— À t'entendre, on pourrait croire que tu n'envisages pas de te marier un jour. Ce serait vraiment dommage, déclara Shane.

Sa remarque la hérissa. Nul doute qu'il n'avait pas cherché à la blesser mais, dans son univers dominé par les hommes, le machisme était monnaie courante et elle y était particulièrement sensible.

— Je n'ai pas besoin d'un homme pour m'aider ou me réaliser, affirma-t-elle d'un ton sec.

Il leva les mains en un geste défensif.

— Ce n'est pas ce que je voulais dire.

— Vraiment ? Tu ne te demandes pas comment je fais pour gérer Hope Springs Ranch toute seule ?

À son expression, elle comprit qu'il se posait en effet la question et ne lui laissa pas le temps de répondre.

— Grâce à ce que mon père m'a appris, je sais mieux m'occuper d'un ranch que la moitié des hommes de la région.

— Je n'en doute pas.

— Mais tu penses malgré tout que j'aurais besoin de quelqu'un.

— Exact.

Il lui décocha un sourire on ne peut plus sexy.

— Quelqu'un qui t'embrasserait éperdument, pour atténuer un peu le côté tranchant de ton caractère.

À la seconde même, Shane regretta ses propos. Brandee s'était retranchée dans l'attitude glaciale qu'il ne lui connaissait que trop bien. Alors qu'ils avaient un échange des plus aimables, il avait fallu qu'il gâche tout ! Mais elle l'avait agacé, à prétendre qu'elle n'avait pas besoin d'un homme, sans qu'il sache trop pourquoi, d'ailleurs.

— Je ne suis pas tranchante, et mon caractère n'a nul besoin d'être adouci, décréta-t-elle d'un ton neutre dont il ne fut pas dupe. Interroge qui tu veux en ville : on te dira que je suis certes déterminée, mais toujours polie.

— Sauf quand je suis dans les parages.

Son expression se détendit.

— Tu as le don pour faire ressortir le pire en moi.

Et réciproquement, songea Shane.

— J'aimerais que nous puissions améliorer nos rapports, dit-il simplement.

Pour cela, il lui faudrait déjà apprendre à tenir sa langue !

— Pourquoi ?

— Parce que tu m'intéresses.

Pour la retenue, c'était encore une fois raté !

— Ah bon ? Parce que je vois clair dans ton jeu, c'est ça ?

— J'avoue que tu représentes un défi pour moi.

En général, la vie lui souriait sans qu'il ait à déployer des trésors d'énergie mais, en ce qui concernait Brandee, il était persuadé que la récompense valait bien un petit effort de sa part.

— Je commence à me demander si ce n'est pas un

jeu pour toi de chercher à me convaincre de te vendre Hope Springs.

— Je ne peux pas nier que ta propriété me permettrait d'agrandir mon complexe, mais ce n'est pas la seule chose qui m'intéresse chez toi.

— C'est quoi, alors ? Le fait que je ne coucherai jamais avec toi ?

Il fit mine d'être surpris.

— Comme tu y vas ! Je n'en suis encore qu'à la première étape avec toi, en l'occurrence te faire la cour.

— *Me faire la cour ?* répéta-t-elle, visiblement amusée. Tout de suite les grands mots, Shane Delgado !

— Tu m'accuses souvent d'être beau parleur. C'est vrai que j'aime bien discuter de tout et de rien, mais cela ne signifie pas pour autant que je ne sois pas sincère.

Repoussant son assiette à moitié terminée, Brandee plongea les yeux dans les siens.

— Arrête-moi si je me trompe, mais tu aimerais que nous sortions ensemble ?

Et elle éclata de rire avant qu'il n'ait le temps de répondre.

À vrai dire, la pensée lui avait souvent traversé l'esprit, sans qu'il s'y attarde. Il y avait trop de tension entre eux, et il était arrivé à un stade de sa vie où il avait au contraire envie de prendre son temps avec une femme. Il préférait une lente combustion à un feu de Bengale.

— Ne nous emballons pas, fit-il d'un ton désinvolte pour contrer son scepticisme. Nous pourrions commencer par décréter un cessez-le-feu pendant une semaine, pour voir où cela nous mène.

Un sourire sincère éclaira alors ses traits et Shane se rendit compte qu'elle était soulagée, ce qui égratigna un peu son ego. Avait-elle été consternée qu'il voie en elle la possibilité d'une idylle ? La plupart des femmes en auraient été ravies, mais Brandee était atypique et il ne pouvait pas s'y prendre avec elle comme avec les autres.

— Est-ce que cela signifie que tu n'essayeras pas d'acheter mon ranch pendant une semaine ? demanda-t-elle.

En dépit de son sourire, elle paraissait sérieuse.

— Tout à fait.

— Disons deux semaines, alors ? renchérit-elle.

Et, à sa grande surprise, elle lui tendit la main comme s'ils venaient de passer un accord légal. Jamais encore ils ne s'étaient serré la main, et le contact de sa peau le troubla malgré lui.

Le plaisir se propagea immédiatement dans tout son bras pour traverser son torse comme une flèche, au point qu'il retint de justesse une exclamation de surprise.

Sa poigne était déterminée, pensa-t-il, toujours sous le coup de l'émotion. Sa paume était légèrement rugueuse, mais le dos en était doux comme de la soie, un cas d'étude en matière de contrastes, comme le reste de sa personne d'ailleurs.

Un curieux désir s'empara de lui, alors qu'elle retirait sa main de la sienne. Comme elle descendait de son tabouret, elle le frôla, et il sentit la courbe de ses seins à travers leurs vêtements…

— À bientôt, Delgado, lança-t-elle.

Et, avant qu'il n'ait le temps de réagir, elle se dirigea vers la caisse. Fasciné, il se contenta de la regarder partir, ravi de profiter de la vue de ses fesses rondes parfaitement moulées dans son jean, et qu'elle balançait par ailleurs de façon lascive. Cette femme savait décidément soigner ses sorties !

Resté seul, il appela la serveuse pour qu'elle lui resserve un café. Il avait un rendez-vous imminent, mais devait d'abord reprendre ses esprits.

— Un autre café, Shane ? lui demanda Heidi quand il eut terminé sa tasse.

— Non, je dois m'en aller. Combien je te dois ?

— La note est déjà réglée. Par Brandee.

Shane ne put s'empêcher de sourire. Brandee avait ainsi voulu lui signifier qu'elle était indépendante et son égale ! Elle avait donc un point d'avance sur lui.

— Merci, Heidi, dit-il.

Et, pour affirmer de manière bien inutile sa virilité, il laissa un pourboire de dix dollars sous le sucrier avant de se diriger vers la porte.

Une fois dans son SUV, il repensa à son geste. Aurait-il donné un pourboire aussi élevé, si Gabe ou Deacon avait réglé pour lui ? Probablement pas. De toute évidence, cela le tracassait qu'une femme ait payé sa part, à moins qu'il ne soit tout simplement troublé par Brandee elle-même, comme à chacune de leurs rencontres.

Pourquoi avait-il rejeté si vite l'idée de sortir avec elle ? De toute évidence, leurs étreintes seraient torrides et, une fois que leur liaison serait terminée, leur relation n'en serait pas pire. Il n'avait donc rien à perdre, mais avait tout à gagner dans cette histoire, à savoir deux ou trois mois de franc divertissement au lit.

Alors qu'il se dirigeait vers le Bellamy, Shane réfléchit à la meilleure stratégie pour aborder Brandee. Les moyens auxquels il avait habituellement recours ne fonctionneraient pas avec elle, d'autant qu'elle lui avait assuré ne pas être intéressée par les imbroglios romantiques. Enfin, était-ce bien ce qu'elle avait dit ?

Soudain, il perçut l'ampleur de la tâche qui l'attendait, mais n'eut pas envie de reculer pour autant. Plus il y pensait, plus il était déterminé à convaincre Brandee de leur laisser une chance.

Cependant, une question demeurait : comment un homme propose-t-il un rendez-vous à une femme qui se montre d'emblée réticente ?

La réponse s'imposa subitement à lui, tel le soleil perçant les nuages. Il devait viser le projet que Brandee avait le plus à cœur, c'est-à-dire son programme pour les adolescents en difficulté. Shane se renseignerait sur ce qui lui manquait et le lui procurerait. Et alors elle lui mangerait dans la main…

Ragaillardie par son petit déjeuner avec Shane, Brandee salua plusieurs personnes sur le chemin qui la menait à la bibliothèque mais, quand elle fut arrivée, sa bonne humeur s'envola d'un coup. Il lui fallait de nouveau se concentrer sur sa quête de la vérité : Shane était-il vraiment un descendant direct d'Amelia Crowley, comme l'affirmait Maverick ?

Cela lui prit cinq heures et elle faillit abandonner à trois reprises, mais ses recherches finirent par payer quand elle retrouva la trace de Jasper Crowley. Partant du jour où ce dernier avait rédigé le fameux document, elle parcourut un millier de microfiches et dénicha une brève référence à Amelia, signalant que celle-ci s'était enfuie avec un certain Tobias Stone.

Elle concentra ensuite ses recherches sur le nom de famille de ce dernier, et trouva un certificat de naissance au nom de leur fille, Beverly. Les Stone ne s'étaient pas installés au Texas, mais deux États plus loin.

Elle sauta dix-sept ans et reprit la lecture des journaux de l'époque pour découvrir que Beverly Stone avait épousé un certain… Charles Delgado, et à partir de là tout coula de source.

Au moins, elle était fixée. Elle avait sous les yeux la preuve indéniable que Shane Delgado était légalement le propriétaire du terrain où elle avait construit son ranch. Toute autre femme aurait éclaté en sanglots et se serait apitoyée sur son sort, mais Brandee regardait fixement et sans pleurer le certificat de naissance de Shane : c'était la dernière pièce du puzzle.

Adressant un hochement de tête bien plus solennel qu'à son arrivée à l'employée des lieux, elle sortit de la bibliothèque. À l'extérieur, le coucher de soleil saupoudrait la rue d'or. Ses recherches lui avaient pris toute la journée et elle était encore plus épuisée que si elle avait marqué une centaine d'animaux. Elle avait besoin d'un bon bain pour faire retomber la tension dans ses épaules et d'un grand verre de vin pour noyer ses émotions.

Mais, avant tout, elle devait cesser de penser à Shane Delgado et à ce titre concernant Hope Springs. Malheureusement, une fois dans son bain, alors que le vin commençait à l'étourdir un peu, cela s'avéra impossible. Songer à cet homme dans sa baignoire remplie de mousse était pourtant contre-productif, tout comme de ressasser leur conversation au Royal Diner. Sans cesse, elle repensait à la lueur qui s'était allumée dans ses yeux lorsqu'il avait parlé de son besoin d'être embrassée.

Agacée, elle soupira. Ce n'était pas en fantasmant sur les lèvres bien dessinées de Shane et ses mains vigoureuses qu'elle allait résoudre son problème actuel ! Elle ferma les paupières… pour revivre leur poignée de main, et des picotements lui parcoururent aussitôt la paume. La sensation avait été délicieuse, et Brandee était fort perturbée d'avoir tant apprécié le contact. D'autant qu'elle aurait bien aimé laisser ses doigts courir sur les larges épaules et les abdominaux bien fermes de Shane.

Dans un suprême effort, elle rouvrit les yeux et chassa ces rêveries sensuelles. Si Shane n'était pas directement responsable de son pire cauchemar, elle ne pouvait imaginer un instant s'engager de façon sérieuse avec lui…

Mais, au fond, avait-elle besoin d'une relation durable ? Après tout, il lui fallait peut-être juste écouter ses désirs et savourer sa féminité. Elle s'y était refusée jusque-là, mais il serait sans doute agréable de se reposer sur l'épaule de quelqu'un pendant quelque temps. Pourquoi pas Shane Delgado ? L'idée de tenter l'aventure avec lui était enivrante…

L'eau du bain avait considérablement refroidi quand elle eut passé en revue le corps impressionnant de Shane… Une heure s'était écoulée, et elle émergea enfin de l'eau.

Alors qu'elle s'essuyait, le téléphone sonna dans son bureau. Il était très rare qu'on l'appelle si tard au ranch, c'était même inédit. Après avoir enfilé à la hâte un caraco à œillets et un caleçon assorti, pyjama qu'elle avait elle-même conçu, elle regagna le vestibule pour aller écouter son message.

« J'ai entendu dire que tu recherchais deux chevaux pour ton camp d'été… »

La voix qui venait de s'élever dans la pièce était celle de Shane Delgado.

« Je t'en ai trouvé un qui pourrait convenir. Il appartient à Liam Wade. C'est un ancien champion bien dompté, qu'il ne peut plus présenter aux compétitions, car il a de mauvais jarrets. Liam souhaite le confier à une personne de confiance et, comme en plus il est intéressé par la cause que tu défends, il aimerait te le donner. »

C'était exactement ce qu'elle recherchait ! Sans hésiter, elle saisit le combiné pour appeler Shane et, genoux remontés sous le menton, attendit qu'il décroche, tout en se demandant ce qu'il espérait en retour…

Au bout de trois sonneries, il prit l'appel.

— J'imagine que le cheval t'intéresse, lança-t-il d'emblée.

Un frisson la parcourut au son de sa voix chaude et profonde.

— Beaucoup, reconnut-elle. Merci d'avoir contacté Liam Wade.

— Ce fut un plaisir.

— C'est très gentil à toi.

À cet instant, elle se rappela qu'il avait le pouvoir de détruire tout ce qu'elle avait et, pourtant, elle lui était reconnaissante.

— J'imagine que je te suis redevable…

— Non, tu ne me dois rien.

Sa réponse l'alarma immédiatement. Il ne réclamait aucun dîner ni aucune faveur sexuelle en échange ? Curieux… Quel nouveau jeu avait-il donc mis au point ? Elle repensa tout de suite à Maverick… Non, Shane ne pouvait être lié à ce chantage : s'il avait su qu'elle occupait illégalement ses terres, il aurait formulé clairement son intention de les récupérer.

— Eh bien, merci, marmonna-t-elle, gênée.

— Ravi de t'avoir aidée.

Après avoir raccroché, elle fixa pendant dix bonnes

minutes le téléphone. *Ravi*, vraiment ? Cela sonnait aussi faux que son « Tu ne me dois rien ». Que mijotait-il, au juste ? Perplexe, elle retourna dans sa chambre, où elle alluma la télévision, sans qu'aucun programme retienne son attention.

Désemparée, elle se prépara une infusion de camomille mais, après l'avoir bue, elle eut encore moins envie de dormir. Elle lança une machine, fit un peu de ménage pour se fatiguer, même si May, sa cuisinière et femme de ménage, venait deux fois par semaine.

Au beau milieu du salon, elle s'immobilisa soudain et le balaya du regard, au bord du désespoir… Puis elle maudit Maverick. Si elle trouvait qui se cachait derrière ce complot, elle ferait payer les maîtres chanteurs, mais en attendant elle devait décider quelle attitude adopter. S'écroulant sur son canapé, elle s'enveloppa dans le plaid…

Elle n'avait pas le choix : elle verserait les cinquante mille dollars et résilierait son adhésion au Texas Cattleman's Club, car même si elle enrageait de devoir céder elle ne pouvait risquer de perdre sa maison. En imaginant la satisfaction que ressentirait le trio infernal, elle serra les dents.

Et si le fameux Maverick n'était autre que ces trois pestes ? En outre, rien ne lui garantissait qu'une fois la première somme versée le chantage s'arrêterait : devrait-elle payer *ad vitam aeternam* ? Être sans cesse aux aguets, de peur d'être démasquée ?

De nouveau, ses pensées se tournèrent vers Shane. Et si elle le poussait à renoncer à ses droits sur Hope Springs ? Un élan de culpabilité la saisit à cette pensée. Son père, Buck Lawless, n'aurait pas apprécié qu'elle s'abaisse à ce genre de manœuvres, mais il n'avait pas su dans quel enfer sa mort l'avait plongée. Alors que tout le monde la protégeait au sein du ranch où il était contremaître, elle avait du jour au lendemain connu une existence bien plus chaotique. Notamment parce que les nombreux petits amis de sa mère avaient manqué de bienveillance à son égard.

Elle ne s'enorgueillissait pas de savoir manipuler les émotions et les désirs des autres, mais elle était heureuse d'avoir survécu à cette sombre période et de détenir aujourd'hui un ranch aussi prospère que celui que son père avait rêvé pour elle.

Shane ne serait pas affecté par toute cette affaire, dans la mesure où il ignorait avoir des droits sur Hope Springs Ranch. Elle devrait simplement s'assurer qu'on ne lui dessille pas les yeux avant qu'elle ne trouve une façon d'en rester propriétaire sans qu'aucune menace ne plane plus sur elle.

- 4 -

À Bullseye Ranch, Shane était assis sur son canapé, boots posées sur la table basse en bois, un verre de scotch à la main, auquel il n'avait pas touché. Près de vingt-quatre heures s'étaient écoulées depuis qu'il avait appelé Brandee pour l'informer qu'il lui avait trouvé un cheval ; depuis, il n'avait cessé de penser à elle. Elle semblait sur ses gardes au téléphone, comme si elle imaginait qu'il exigerait quelque chose en retour. Ce n'était pas vraiment la réaction qu'il avait espérée, mais c'était du Brandee tout craché.

Pourquoi ne pouvait-elle pas accepter simplement un geste de gentillesse ? Certes, il n'avait pas agi par pur altruisme. Il attendait bien une petite compensation mais, contrairement à ce qu'elle pensait, ses motivations étaient d'ordre privé, non professionnel. Seulement, pourrait-elle jamais le croire ?

Soudain, on sonna à la porte. Qui cela pouvait-il bien être ? Il n'attendait personne. Posant son verre, il alla ouvrir.

À sa grande stupeur, il découvrit Brandee sur le seuil. Vêtue de son jean habituel, elle portait à la main une bouteille enveloppée dans du papier de soie. Elle sourit, visiblement ravie de son effet de surprise.

— Je t'ai apporté un petit cadeau pour te remercier,

expliqua-t-elle en lui tendant la bouteille. Je sais que tu aimes le scotch et tu devrais apprécier celui-ci.

— Merci.

Il l'invita à entrer et fut un peu dérouté quand elle passa devant lui.

— Tu as une belle maison, dit-elle.

Mains fourrées dans ses poches arrière, elle avança jusqu'au salon.

— Je n'y suis pour rien, c'est ma mère qui s'est chargée de refaire la décoration de cette pièce.

— Elle aurait dû être décoratrice d'intérieur.

— C'est ce que je lui ai toujours dit, renchérit-il.

Puis il retira le papier qui entourait la bouteille et siffla en découvrant l'étiquette.

— Waouh ! C'est une marque de choix. Merci beaucoup.

— Je t'en prie. J'ai pris mes renseignements auprès du barman du TCC et suivi ses recommandations.

— Tu veux le goûter avec moi ?

— Juste un doigt, alors. Je dois reprendre le volant.

Shane sortit deux verres à whisky du placard et lui en tendit un.

— À quoi buvons-nous ? demanda-t-elle en croisant son regard.

Fasciné par la lumière changeante que reflétaient ses yeux gris-bleu, il répondit par la première absurdité qui lui traversa l'esprit.

— La paix dans le monde ?

— Bien, à la paix dans le monde, répéta-t-elle.

Et elle choqua son verre contre le sien.

Avant de goûter son scotch, Shane le fit tournoyer, le sentit… Un alcool de cette qualité méritait qu'on prenne son temps pour l'apprécier. Il en prit une gorgée qu'il fit rouler sur sa langue, savourant les saveurs de citron, de poire, de pomme et de prune que lui avait conférées le fût de cerisier dans lequel il avait vieilli. Puis venaient une note chocolatée et une pointe de réglisse.

— Fantastique ! s'exclama-t-il.

L'air intéressé, Brandee observait son verre.

— Je n'ai jamais été une grande amatrice de scotch mais, à la façon dont tu le bois, j'ai l'impression d'avoir manqué quelque chose. Tu m'initiés ?

Elle n'aurait pu prononcer de paroles plus douces à son oreille.

— Avec grand plaisir. Il faut d'abord le faire tournoyer dans le verre, puis le humer. Contrairement au vin, ce que tu sens correspond à ce que tu vas goûter.

Elle suivit ses instructions, prenant son temps.

— Et maintenant ?

— Tu bois une bonne gorgée… Voilà. Tu la gardes en bouche, et tu commences à en percevoir les nuances… Parfait. Prends une grande inspiration, avale et entrouvre les lèvres. Ensuite, attends.

Elle n'avait pas cligné des yeux, ce qui était bon signe : elle ne trouvait pas l'alcool trop fort. Alors, elle afficha un air songeur, puis une lueur s'alluma dans ses prunelles.

— J'y suis ! C'est de la mandarine et de la prune.

— Bravo ! La deuxième gorgée est meilleure encore.

Comme ils en avalaient une nouvelle tous les deux, le plaisir de Shane fut redoublé, car il partageait cette fois l'expérience avec Brandee. Elle ne grimaça pas comme beaucoup de ses connaissances féminines l'auraient fait à sa place. Non, elle s'en remettait à ses conseils pour explorer toutes les subtilités du whisky.

Un quart d'heure plus tard, ils avaient atteint un

niveau d'intimité inédit depuis leur rencontre, quatre ans auparavant. Il découvrait ce soir un nouvel aspect de sa personnalité, sociable et délicieux, de sorte qu'il se félicitait de l'avoir mise en contact avec Liam. La convaincre qu'ils pouvaient dîner ensemble serait sans doute plus facile qu'il ne l'avait cru.

— Je ne suis pas venue te rendre visite ce soir uniquement pour te remercier, déclara-t-elle quand elle eut terminé son scotch.

Il attendit en silence qu'elle continue, se demandant ce qui allait suivre. Pourvu qu'elle ne lâche pas une bombe !

— J'ai repensé à ce que tu m'as dit hier, au Royal Diner.

Elle s'était exprimée avec lenteur, comme si elle avait beaucoup réfléchi à ce qu'elle allait lui annoncer.

— Sur le fait que tu avais besoin d'être embrassée ? demanda-t-il.

Et un sourire lui vint aux lèvres comme elle fronçait les sourcils.

— Sur notre trêve de deux semaines, trancha-t-elle. Je sais qu'après cette parenthèse tu recommenceras à me harceler pour que je te vende mon ranch.

À cet instant précis, il se fichait pas mal de cette acquisition. Seulement, s'il cessait de la harceler à ce sujet, elle l'oublierait, tout simplement !

— Tu as une solution à me proposer ?

— Tout à fait. J'ai pensé à un pari.

Excellent ! Elle parlait à présent le même langage que lui.

— Quelle sorte de pari ?

— Si je l'emporte, tu acceptes de renoncer pour toujours à Hope Springs Ranch.

— Et si je gagne ?

— Je te vends mon ranch.

Un long silence s'installa alors entre eux. À moins qu'elle ne fût convaincue de triompher, c'était là une offre bien généreuse. Que mijotait-elle ?

— Donc, si je te suis bien, après avoir refusé pendant des années de me vendre ta propriété, tu es soudain prête à prendre le risque de la perdre ?

Il secoua la tête.

— Je ne te crois pas. Tu aimes trop ce ranch pour t'en séparer si facilement.

— D'abord, pourquoi penses-tu que tu vas gagner ce pari ? Tu n'en connais même pas les termes.

— Ensuite ? fit-il en haussant les sourcils.

— J'ai dit que je te le vendrais, mais je n'ai pas précisé le prix.

Il savoura le défi d'avoir pour adversaire une femme si intelligente.

— Je t'en offre dix millions, déclara-t-il aussitôt. C'est bien plus que ce qu'il vaut.

Elle plissa les yeux. Personne ne lui en proposerait une telle somme et tous deux le savaient.

— Parfait. Dix millions !

Vu la vitesse à laquelle elle accepta son offre, Shane se demanda dans quel guêpier il s'était mis.

— Et les conditions de ce pari ?

— Elles sont très simples, répondit-elle, sourire à l'appui. Tu t'installes pendant deux semaines chez moi et tu m'aides sur le ranch. Entre les vêlages et mes projets liés au camp d'ados, je suis complètement débordée.

Il en aurait presque ri de soulagement, car il ne s'était pas du tout attendu à une telle proposition. Pensait-elle vraiment que deux semaines de travail manuel allaient lui faire peur ? OK, il se salissait rarement les mains, mais cela ne signifiait pas pour autant qu'il était paresseux ou incompétent. Il savait par quel bout manier un marteau.

— Si tu as besoin de quelqu'un qui sait se servir d'un outil puissant, je suis ton homme, fit-il en lui décochant un sourire lascif.

— En l'occurrence, il s'agit de m'aider pour le stage de la semaine prochaine.

Maintenant, il saisissait sa logique. Elle avait l'intention de faire appel à son altruisme. Elle s'imaginait sans doute que, confronté à des adolescents en difficulté, il préférerait renoncer à l'achat de son ranch. Eh bien ! Elle allait perdre son pari, car il était tout à fait capable de s'occuper d'une poignée d'adolescents turbulents, qui avaient juste besoin que des adultes leur fixent des limites.

— C'est tout ?

Il devait manquer quelque chose, mais quoi ?

— Je m'installe chez toi et je t'aide ?

Vivre avec Brandee, c'était comme un rêve qui devenait réalité, et cela valait largement quelques jours de dur labeur, durant lesquels il tenterait en outre de la persuader qu'ils pourraient faire un petit bout de chemin ensemble.

— Je vois à quoi tu penses, reprit-elle alors, et en effet tu auras amplement le temps de me convaincre de coucher avec toi.

Ces mots firent aussitôt monter en lui un désir irrépressible. Tout son corps en fut ébranlé. Il s'efforça de garder une respiration régulière, en dépit des pensées qui l'assaillaient.

— Tu appelles cela un pari ? demanda-t-il sans savoir où il trouvait la force de plaisanter. Mais c'est un jeu d'enfant, Brandee !

— Il ne faut jamais vendre la peau de l'ours avant de l'avoir tué, répliqua-t-elle avec un sourire. Le challenge, ce n'est pas de me convaincre de coucher avec toi. Tu avais raison quand tu m'as dit que je manquais de compagnie masculine.

Shane s'éclaircit la voix.

— J'ai dit que tu avais besoin d'être embrassée.

Elle roula les yeux.

— Oui, c'est vrai que je n'ai pas eu de rendez-vous avec un homme depuis une éternité. Et j'admets que l'idée de sortir avec toi m'a traversé l'esprit une fois ou deux.

— Toi, on peut dire que tu sais flatter l'ego d'un homme ! renchérit-il sur le ton de la dérision.

— Allez, Shane, avoue que toi aussi tu adores jouer. Je pensais que tout cela irait dans le sens de ce à quoi tu aspires.

— C'est-à-dire ? Vas-tu enfin me dire comment je peux gagner ce pari ?

— Avant que je te vende ma propriété pour dix millions de dollars, il faudra d'abord que je te dise « je t'aime ».

Il savait bien qu'elle allait lâcher une bombe, mais il n'avait pas prévu l'ampleur de sa déflagration.

— Et toi, que dois-tu accomplir pour gagner ?

— C'est simple, répondit-elle avec un sourire diabolique. Il faut que j'arrive à te faire dire que tu m'aimes.

Debout sur sa galerie, le cœur battant bien plus vite que d'ordinaire, Brandee regardait Shane sortir ses affaires du coffre de son SUV. Il tenait son sac de voyage d'une main et son ordinateur de l'autre. C'était la fin de l'après-midi, le lendemain de ce pari ridicule qu'elle lui avait lancé. Et, voilà, il s'installait chez elle…

C'était incontestablement l'idée la plus stupide qu'elle ait jamais eue. Elle aurait été plus avisée de payer la somme exigée par Maverick et de résilier son adhésion au TCC. Mille fois plus avisée, oui ! Mais comment aurait-elle pu expliquer ce revirement à Shane ? Nul doute qu'il y aurait vu sa peur d'y perdre son cœur.

De toute façon, elle n'avait pas à s'inquiéter de ce qui allait se passer. Dans sa vie, il n'y avait de la place que pour son ranch et son programme pour ados en difficulté. Dans deux ans peut-être, quand tous ses projets auraient abouti, elle pourrait recommencer à sortir avec des hommes. Toutefois, elle avait découvert que, dès qu'elle se mettait à penser à la façon de séduire Shane, une vanne s'ouvrait en elle, y déversant une sensation aussi inconfortable que la solitude…

— Salut, ma coloc, lança-t-il d'un ton décontracté.

Et, alors qu'elle avait descendu quelques marches pour aller à sa rencontre, elle les remonta au fur et à mesure qu'il s'avançait, un sourire de vainqueur aux lèvres.

— Bienvenue à Hope Springs Ranch, dit-elle pour donner le change.

— Ravi d'y être.

— Je vais te montrer ta chambre, nous dînons à 19 heures, le petit déjeuner est servi à 6 heures. Je ne sais pas quelles sont tes habitudes mais, ici, nous nous levons de bonne heure.

— Ce qui suppose de se coucher tôt. Cette perspective ne me pose pas grand problème… En revanche, il faudra que j'apprenne à me lever à l'aube.

Brandee laissa échapper un soupir tranquille. Les insinuations bien peu subtiles de Shane allaient rapidement la lasser. Il serait sans doute préférable qu'elle couche avec lui tout de suite pour y mettre un terme.

— Je suis certaine que tu y arriveras, dit-elle en l'entraînant à l'intérieur.

Elle lui fit faire le tour du propriétaire, puis lui indiqua sa chambre.

— Je t'ai mis dans la suite réservée aux invités. Tu disposes de ta propre salle de bains et d'un accès direct au patio.

Il entra et inspecta les lieux d'un air satisfait.

— C'est mignon, chez toi, dit-il en posant son bagage sur le lit double.

La suite se déclinait dans les mêmes tons neutres que le reste de la maison ; elle n'était pas immense, mais elle l'avait meublée avec grand soin.

— J'espère que ce sera assez confortable pour toi, répliqua-t-elle.

Elle imaginait aisément la splendeur de sa chambre à Bullseye, après avoir vu son salon.

— Ne te fais aucun souci, j'y serai parfaitement bien. Et toi, où dors-tu ?

Il n'y avait aucune insinuation dans sa voix, et pourtant elle sentit son corps réagir comme s'il venait de la prendre dans ses bras. Pour masquer son émoi, elle glissa les mains dans ses poches. Elle n'arriverait à rien avec lui, s'il remarquait avec quelle facilité il parvenait à la provoquer.

— Je vais te montrer.

Bien que fort réticente à l'idée de l'introduire dans son espace privé, elle le conduisit cependant à l'autre bout de la maison, puisqu'elle avait expressément demandé à l'architecte d'isoler sa chambre de la suite réservée aux invités.

Une fois que Shane eut pénétré dans son sanctuaire et ouvert de grands yeux enthousiastes, elle mesura pleinement l'ampleur de son erreur. Car, contre toute attente, sa présence dans sa chambre lui plaisait. Pour un peu, elle lui aurait demandé de prendre place dans l'un des fauteuils placés devant la cheminée, et se serait assise à côté de lui. Là, elle aurait posé les pieds sur ses genoux, pour qu'il les lui masse de ses doigts vigoureux.

— C'est mignon, dit-il.

Apparemment, c'était son adjectif préféré pour qualifier tout ce qui était lié à la décoration, si bien qu'elle se mit à rire pour dissiper son malaise.

— J'ai manqué quelque chose ? demanda-t-il aussitôt.

— Tu dois rendre ta mère folle.

— Pourquoi ?

— Elle adore la déco, et j'imagine comme elle doit apprécier tes commentaires, quand elle te demande ton avis…

Elle marqua une pause pour l'imiter au mieux.

— … « C'est mignon. »

Alors qu'elle riait de nouveau, il la fixa un instant comme s'il ne la reconnaissait pas, puis un sourire éclaira son visage.

— Je tâcherai d'être plus précis, à l'avenir, promit-il.

— Je suis certain que ta mère appréciera, rétorqua-t-elle.

Jugeant qu'ils avaient passé assez de temps dans sa chambre, elle se dirigea vers la porte. Mais, soudain, il la saisit par le bras pour plaquer son corps contre le sien.

— Hé ! protesta-t-elle, tandis que tout son être se détendait, bien malgré elle.

— Hé quoi ? répéta-t-il.

Posant la bouche contre sa tempe, il ajouta :

— Cela fait des années que j'ai envie de t'embrasser. Tu ne crois pas qu'il est temps de mettre un terme à ce supplice ?

Elle ne s'était pas attendue à une attaque aussi rapide, ce qui la déstabilisa, sans compter qu'elle sentait monter en elle le désir irrépressible de lui céder. Elle tenta pourtant de résister.

— J'ai besoin d'un verre de vin ou deux pour me mettre dans l'ambiance, déclara-t-elle en caressant, du bout des doigts, ses épaules bien carrées.

— Pas besoin de vin, puisque je suis là.

Et il glissa la main au bas de ses reins, faisant courir des étincelles sur sa peau…

Elle retint un gémissement, mais elle brûlait d'envie de frotter son corps contre le sien. Que devait-elle faire ? Toute pensée cohérente l'avait désertée.

Cependant, rassemblant toute la force de sa volonté, elle posa la main sur son torse avant de le repousser.

— Non, il ne se passera rien, Delgado.

À cet instant, Shane passa la main dans ses cheveux courts, un sourire effronté aux lèvres.

— Cette nuit ou jamais ?

— Cette nuit.

Lui mentir n'aurait eu aucun sens. Eu égard à ce jeu de séduction entre eux, ils ne passeraient pas quinze jours ensemble sans finir par s'arracher frénétiquement leurs vêtements respectifs, mais elle refusait de lui céder dès son arrivée.

— Très bien, fit-il. Tu la joues à la loyale, ça me va !

Elle reprit sans tarder le chemin de la cuisine et il lui

emboîta le pas. Lorsqu'elle lui avait exposé les conditions du pari, elle n'avait pas pensé aux conséquences d'une cohabitation avec Shane. Or, elle n'avait vécu avec personne depuis qu'elle avait quitté la maison maternelle, douze ans plus tôt, et la présence d'un homme chez elle, dans son intimité, lui mettait soudain les nerfs à vif.

— Je vais ouvrir une bouteille de vin, décréta-t-elle. Tu veux m'accompagner ou tu préfères autre chose ? Bière, whisky ?

— Du vin, c'est parfait. La bière, ce sera après une journée de travail sur le ranch.

— On dirait que tu as hâte d'y être.

Ce dont elle doutait fort, puisqu'il ne donnait pas l'impression d'aimer le dur labeur.

— Certaines tâches sont plus intéressantes que d'autres, sur un ranch, louvoya-t-il.

Comme il restait une demi-heure avant le dîner, elle mit ce temps à profit pour allumer un feu dans la cheminée du patio couvert, où elle apporta le vin et les verres.

Il ne fallut pas attendre longtemps pour que de longues flammes dorées crépitent dans le foyer et éclairent l'espace salon.

S'asseyant sur un siège en face de Shane, elle glissa les pieds sous les jambes et se mit à siroter son vin.

— À Bullseye, tu diriges les choses de loin, n'est-ce pas ? lui demanda-t-elle.

Avec près de sept mille hectares de terre, Shane disposait d'une immense superficie pour faire paître tranquillement son cheptel, ce qui lui conférait une flexibilité dont elle ne jouissait pas : elle devait toujours finir par vendre du bétail pour libérer de l'espace.

— Il est vrai que j'apprécie la latitude que le ranch m'offre.

— Je vois ça.

— Je ne veux pas consacrer toute ma vie au ranch comme mon père, et finir prématurément dans une tombe.

À ces mots, son air de séducteur déserta son visage. Alors qu'il se renfrognait, une lueur de ressentiment brilla dans ses yeux. Son attitude arrogante cachait-elle quelque chose qu'il ne souhaitait pas montrer au monde ? se demanda-t-elle soudain, intriguée.

Quoi qu'il en soit, elle ne pouvait pas succomber au charme de Shane, son ranch était en jeu. Mais si c'était lui qui tombait amoureux ? Cette idée était aussi folle qu'irrationnelle !

Non, Shane Delgado ne lui volerait pas son cœur. Elle n'était pas en danger, seul son ranch l'était.

- 5 -

Shane n'avait pas l'habitude d'être obsédé par une femme, mais il ne s'était toujours pas remis du choc qu'il avait ressenti en prenant Brandee dans ses bras, la veille. Après une nuit sans sommeil, il se leva à 5 heures et l'odeur du café et du bacon frit lui chatouilla aussitôt les narines. Elle l'avait prévenu que le petit déjeuner était à 6 heures, ce qui lui laissait le temps de prendre une douche.

Une fois séché, il enfila son jean préféré, une chemise à manches longues et des boots confortables, bien résolu à prouver à Brandee que, même s'il préférait gérer son ranch depuis son bureau, il était tout à fait capable de supporter une dure journée de labeur.

Quand il entra dans la cuisine, Brandee était déjà aux fourneaux, une douce lumière auréolant sa chevelure dorée. Une spatule dans une main et une tasse de café dans l'autre, elle faisait des pancakes tout en dansant au rythme d'une chanson de country qu'elle fredonnait en même temps.

Comme si ce spectacle n'avait pas suffi à le rendre fou, il fallait qu'elle porte une tenue des plus sexy — une chemise de nuit en coton blanc très décolletée sous un minikimono en soie bleu roi.

Elle n'avait pas remarqué sa présence, aussi pouvait-il l'observer librement. Soit elle avait oublié qu'elle avait un invité, soit elle n'imaginait pas qu'il ferait son apparition avant l'heure dite. En effet, il était impensable qu'elle lui ait sciemment offert une image si peu contrôlée d'elle-même.

Le doux balancement de sa poitrine sous le fin coton l'hypnotisait littéralement. Et puis, jamais il ne l'avait vue aussi détendue… et joyeuse. Aïe ! Il était dans de beaux draps… Si c'était un aperçu de ce qu'elle était dans la vraie vie, alors il était en danger. Car il s'était fait une promesse : ne pas tomber éperdument amoureux d'elle. Il devait reprendre la main, même si à cet instant il ignorait comment.

— Tiens, tu aimes Florida Georgia Line ! lança-t-il en prenant place sur un tabouret devant l'îlot. J'aurais parié que tu étais plutôt fan de Faith Hill ou de Miranda Lambert.

Malgré sa surprise manifeste de le découvrir là, la repartie fusa.

— Pourquoi ? Parce que je suis blonde ou que je suis une femme ?

— Les deux, sans doute.

Inclinant la tête de côté, elle le regarda d'un air compatissant, avant d'émettre sa sentence :

— Étant donné ta façon de penser, je ne suis pas étonnée que tu n'arrives pas à garder une femme très longtemps.

— Tu as du café ? répondit-il en haussant les épaules.

— Bien sûr.

Alors qu'elle tendait le bras pour prendre un mug, son geste fit remonter sa chemise de nuit et son kimono pour dévoiler davantage encore ses cuisses. Il lui fallut une bonne poignée de secondes pour retrouver le fil de la conversation…

— Qui te dit que j'ai envie de garder une femme ?

— Tu n'en as pas marre d'être célibataire ?

— Je n'ai pas encore rencontré celle qui me donnera envie de changer de statut.

Se penchant pour faire glisser le mug vers lui, elle exposa cette fois son charmant décolleté à sa vue et Shane sentit immédiatement sa bouche s'assécher. Pourquoi le spectacle de Brandee dans sa cuisine le troublait-il tant ?

— Et quelles conditions cette perle devra-t-elle remplir ?

— Il lui faudra savoir cuisiner, annonça-t-il.

En fait, il s'en fichait, il avait juste envie de voir la colère briller dans les yeux de Brandee.

Sans répondre à sa provocation, elle sortit des œufs du réfrigérateur et les lui tendit.

— Désolée, je ne sais pas préparer les œufs coulants comme tu les aimes. Donc soit tu les manges brouillés, soit tu t'en occupes.

Elle le défiait, et il décida de relever le défi.

— Et elle devra savoir s'y prendre au lit, précisa-t-il encore.

— Naturellement.

Il fit le tour de l'îlot, tandis qu'elle sortait une autre poêle à son intention.

— Donc, dès l'instant où une femme te comble en dessous de la ceinture, tu es satisfait, c'est ça ?

Elle cassa deux œufs dans un bol et les fouetta.

— Exactement.

Il se mordit la langue en se rappelant leur pari. Il était censé faire en sorte qu'elle tombe amoureuse de lui !

— Il faut aussi qu'elle ait du cœur et veuille des enfants,

enchaîna-t-il. Qu'elle soit belle, bien sûr, passionnée par ce qu'elle fait, et qu'elle ait du tempérament.

— La liste est longue.

— Sans doute.

Mais cette description correspondait à Brandee, sauf pour la question des enfants. Il ignorait en effet si elle en voulait ou non.

— Tu veux des enfants ? demanda-t-elle alors.

— Oui, répondit-il avec assurance, même s'il n'avait jamais vraiment réfléchi à la question. J'étais enfant unique et je regrette de n'avoir pas eu quelques frères avec qui me disputer.

Son kimono avait un peu glissé sur son épaule ; elle avait par ailleurs calé une mèche blonde derrière son oreille, révélant une boucle en forme de fleur… Difficile de rester concentré sur les œufs qu'il était censé casser dans la poêle, alors qu'il aurait tant aimé plaquer ses lèvres contre sa nuque ! Aurait-elle frissonné, comme la veille au soir ?

— Tu prépares ce festin tous les matins ? reprit-il, brisant le silence.

— En général, oui. Le petit déjeuner est le repas le plus important et tu verras que, d'ici midi, tu auras brûlé toutes tes calories.

À l'éclat qui scintillait dans ses yeux, il n'en doutait pas. Quel plan avait-elle conçu aujourd'hui pour le tourmenter ? Sans doute devrait-il monter à cheval toute la matinée pour conduire vers les bâtiments adéquats les vaches prêtes à vêler.

Il avait vu juste. Brandee lui avait réservé une bête nerveuse et, comme il ne s'était pas livré à ce genre de travail depuis fort longtemps, Shane craignit un instant de ne pas être à la hauteur. Mais les gestes acquis autrefois lui revinrent rapidement et il prit même bientôt un certain plaisir à l'exercice.

— Pas mal, dit Brandee en refermant la barrière.

La dernière vache gravide venait de rentrer dans le corral.

— Merci, dit-il. J'avais oublié combien c'était plaisant.

— Un bon cheval fait toute la différence, souligna-t-elle.

Juchée sur un élégant alezan, Brandee semblait née pour être cow-boy, avec son chapeau qui avait vécu et sa chemise en coton bleu pâle.

— Y a-t-il encore beaucoup de bêtes sur le point de mettre bas ? s'enquit-il alors.

— Une trentaine la semaine prochaine, et quinze autres dans deux semaines, indiqua-t-elle.

— Et ce n'est pas encore la haute saison, pour les naissances. Combien y en aura-t-il, en mars ?

— Sans doute autant que de vaches, c'est-à-dire environ sept cents. Cela implique beaucoup de surveillance, mais j'emploie des journaliers.

— C'est tout de même un sacré travail.

Elle haussa les épaules.

— Il vaut mieux être vigilant pour éviter les accidents et les pertes. En général, les miennes sont de 4 %.

Et, au grand sourire qu'elle afficha, il comprit qu'elle était satisfaite de ses résultats.

— Je fais mon maximum, car c'est toujours un crève-cœur de voir des petits veaux mourir, précisa-t-elle.

Au fil des ans, Shane s'était accoutumé à la froideur de Brandee, de sorte qu'il la reconnaissait à peine sous les traits de cette femme passionnée par son travail. Visiblement, elle était une éleveuse-née. Chaque fois qu'il lui demandait de vendre, il ne menaçait pas seulement son gagne-pain, mais aussi son bonheur, comprit-il tout à coup.

— Mon père piquait une crise, quand un vêlage se passait mal, reprit-elle. Je n'aurais pas aimé être celui qui n'avait pas réussi, malgré ses efforts, à sauver la petite bête.

— Où vit ton père, à présent ?

Elle enfonça son chapeau sur son front, lui dissimulant son expression.

— Il est mort quand j'avais douze ans, dit-elle d'une voix altérée.

Tiens, ils avaient cette triste expérience en commun ! Encore qu'à en juger par le ton de sa voix cette disparition avait été plus pénible pour elle.

— Moi aussi, j'ai perdu mon père jeune, dit-il alors. Le tien possédait également un ranch ?

— Non, il était contremaître, répondit-elle en fixant l'horizon, mais il rêvait d'en posséder un que nous aurions géré ensemble.

À cet instant, il eut envie de déclarer forfait concernant le pari. Il ne le gagnerait pas, car jamais elle ne lui vendrait son ranch. Mais il se rappela à temps qu'il y avait tout de même de bonnes chances pour qu'il parvienne à coucher avec elle, au cours des deux semaines où il séjournerait à Hope Springs Ranch. Et n'était-ce pas pour cette raison qu'il avait relevé le défi ?

Vers 14 heures, Brandee décida de faire une petite sieste afin de pouvoir affronter les longues heures qui l'attendaient. Cette nuit, elle devrait surveiller ses bêtes : lors de la saison des naissances, qui durait quatre-vingt-dix jours, elle assurait une garde par semaine, et ne voyait pas pourquoi elle aurait modifié ses habitudes à cause de Shane.

Entrant par la porte arrière, elle enleva ses boots et se rendit pieds nus dans la cuisine pour prendre des crackers au fromage et une pomme. Tout en mangeant, elle savoura la tranquillité de sa maison. Partager son espace avec Shane n'était pas aussi perturbant qu'elle l'avait imaginé. Toutefois, elle était habituée à vivre seule depuis si longtemps qu'elle avait besoin de calme, et ce dernier la troublait bien trop pour sa tranquillité.

Le fait qu'il sente divinement bon et bâille de façon adorable n'arrangeait rien ! Oui, il avait beaucoup bâillé ces trois derniers jours, pensa-t-elle en souriant, mais elle devait reconnaître qu'elle ne l'avait pas ménagé. Le soir, il avait visiblement du mal à se concentrer sur ses mails et à gérer à distance les travaux du Bellamy.

Aujourd'hui, elle lui avait accordé sa journée pour qu'il se rende sur le site, et traite les problèmes pour lesquels sa présence était requise. Comme il ne rentrerait pas avant le dîner, elle décida de prendre un bon bain chaud avant de se mettre au lit pour deux petites heures de sieste bien méritées.

Depuis qu'elle avait reçu la menace de Maverick, elle dormait mal et, bien qu'elle fût épuisée, ses soucis la taraudaient. Heureusement, même si elle s'était interrogée au départ sur le bien-fondé de son pari, la présence de Shane au ranch apportait finalement un agréable changement à sa routine.

Quatre heures plus tard, elle se prépara une salade Caesar, Shane l'ayant appelée pour la prévenir qu'il dînerait en ville en raison d'un rendez-vous tardif. Il n'était chez elle que depuis trois jours, mais elle remarquait déjà son impact positif sur son camp pour ados.

Il s'était rendu sur place pour évaluer la situation et, la veille au soir, avait étudié les plans et le budget avec elle, lui promettant qu'il allait l'aider à retrouver un équilibre financier. Elle devait admettre qu'elle était heureuse d'avoir un coéquipier comme Shane Delgado, même s'il cherchait à la faire tomber amoureuse de lui pour gagner son pari.

Il n'avait pas retenté de l'embrasser, pourtant, tous les matins, elle préparait son petit déjeuner en kimono pour le provoquer. Son manque de réaction la vexait, mais il n'était pas question de lui avouer qu'elle souhaitait désespérément qu'il se montre plus entreprenant, après l'intransigeance dont elle avait fait preuve envers lui.

Shane rentra comme elle s'apprêtait à sortir pour veiller les bêtes. Elle ne prendrait la relève que dans une heure, mais elle voulait qu'on lui fasse un compte rendu de ce qui s'était passé dans l'après-midi. Il parut surpris de la voir dans ses vêtements de travail, qui plus est emmitouflée dans une veste épaisse.

— Tu rentres juste ?

— Non, je repars.

Prenant son chapeau accroché au mur, elle s'en coiffa.

— C'est mon tour de garde, cette nuit. Je dois surveiller les vaches qui vont mettre bas sous peu.

— Et tu fais ça toute seule ?

Elle se hérissa, avant de comprendre que ce n'était pas de la condescendance, mais de l'inquiétude qui résonnait dans sa voix.

— Oui, et depuis trois ans. Tout ira bien.

— Donne-moi une seconde pour me changer, et je t'accompagne.

Sa proposition l'étonna.

— Non, tu dois être épuisé.

— Et alors ?

— Ça va être long ; je vais rester de quatre à six heures en selle, en fonction de la façon dont la nuit va se dérouler.

— Et tu ne m'en crois pas capable ?

Dès qu'on égratignait son ego, il réagissait comme un taureau dans l'arène.

— Bien sûr que si, seulement tu as travaillé toute la journée et je ne pensais pas que tu aurais envie de monter la garde toute la nuit.

— Tu me prends pour un faible ?

— Certainement pas !

Elle savait qu'il pouvait travailler dur, elle était juste perplexe quant au fait qu'il ait envie de veiller avec elle.

— Alors qu'est-ce qu'il y a ?

— Je me suis dit que… enfin, que surveiller des vaches au clair de lune ce n'est pas un travail auquel tu es accoutumé.

— Donc, tu me prends pour un faible.

OK. Elle s'enfonçait. Elle aurait dû accepter sa proposition et rire quand il serait tombé de cheval parce qu'il ne pouvait plus garder les yeux ouverts.

— Écoute, on ne va pas en faire toute une histoire. J'ai juste cru que tu préférerais te reposer pour être en forme demain, voilà !

— Pendant que toi tu veilles toute la nuit ?

— J'ai fait la sieste cet après-midi.

Sa colère commençait à l'amuser.

— Très bien, viens avec moi si tu veux, conclut-elle. Je ne dirai plus rien.

Poussant un soupir de frustration, il regagna sa chambre pour se changer, tandis qu'elle allait remplir une deuxième thermos de café. Elle sourit en songeant à la nuit qui l'attendait en compagnie de Shane. Finalement, travailler avec lui était plus agréable qu'elle ne l'avait imaginé, d'autant qu'ils discutaient ensemble économie et stratégie.

Il se prépara en un temps record, comme s'il craignait qu'elle ne parte sans lui. Elle lui tendit alors un foulard et le regarda en silence enfiler ses boots.

— Prêt ? demanda-t-elle quand il se redressa.

— Prêt !

Ils prirent un véhicule pour se rendre aux bâtiments, où Jimmy, le contremaître, leur annonça que la vache H545 avait mis son veau au monde sans problème.

— Un mâle, précisa-t-il en buvant une gorgée du café que Brandee venait de faire.

— Nous avons donc cinquante-cinq mâles et cinquante-deux femelles pour l'instant, renchérit-elle. Il faut surveiller une bête en particulier, ce soir ?

— La H729 semble agitée, comme si le travail avait commencé. Son terme est dépassé d'une semaine et, l'année dernière, elle avait eu quelques problèmes ; il faudrait donc la garder à l'œil.

— Très bien, Jimmy, merci.

La lune s'était levée, déversant une lumière argentée sur la prairie qu'ils parcouraient à présent à cheval. Les vaches gestantes étaient debout ou allongées en groupe, et Brandee repéra facilement la H729, qui était énorme et s'était isolée. Elle la désigna du doigt à Shane.

— Elle agite la queue, ce qui signifie qu'elle a des contractions, dit-elle. Je ne crois pas qu'elle vêlera cette nuit, mais on ne sait jamais.

— Elles réservent souvent des surprises ?

— Plus souvent que je n'aimerais, hélas ! Car à chaque fois cela me rend folle de perdre les petits. Cela arrive quand ils se présentent par le siège ou que la mère est trop épuisée pour pousser jusqu'à la fin.

— Combien de fois devez-vous intervenir ?

— Par des nuits comme celle-ci, c'est rare. Mais, lorsqu'il tombe une pluie glaciale ou qu'il vente, nous sommes débordés.

Comme Shane bâillait et se frottait les yeux, elle l'observa à la dérobée. Il avait vraiment un visage intéressant qu'elle ne se lassait jamais de contempler. Il n'affichait pas une beauté classique, mais avait des traits affirmés qu'elle appréciait particulièrement.

— Quoi ? demanda-t-il d'un ton sec.

— Rien. Je pensais juste qu'il était agréable de ne pas être seule, cette nuit.

— Je suis content d'être là, moi aussi.

Bien sûr, il n'avouerait pas qu'il avait envie de dormir. Les hommes de la trempe de Shane n'aimaient pas afficher leurs faiblesses. Brandee préférait ne pas le contrarier, car elle préférait son sourire à sa mine renfrognée.

— Tu sais, je ne crois pas qu'il se passe grand-chose cette nuit, dit-elle, prudente. Tu peux vraiment rentrer, si tu veux.

— Je n'aime pas l'idée de te laisser seule.

— Je fais cela depuis que j'ai dix ans.

— Pas seule.

— C'est vrai. J'accompagnais mon père, parfois, le week-end.

— Et ta mère était d'accord ?

— Elle ne vivait pas avec nous.

— Oh… Tes parents étaient divorcés ?

— Non, ils ne se sont jamais mariés.

— Comment se fait-il que tu aies vécu avec ton père et pas ta mère ?

Son père lui vouait un amour si inconditionnel qu'elle ne s'était jamais posé la question avant qu'il ne disparaisse. Mais après elle avait compris…

— Elle ne voulait pas de moi.

Elle ne cherchait pas à éveiller sa sympathie, c'était juste un fait. D'ailleurs, elle ne supportait pas qu'on émette le moindre jugement sur la situation.

Il haussa les épaules.

— Il faut dire que tu es parfois insupportable.

Comme elle lui fut reconnaissante de cette repartie ! Elle détestait qu'on la prenne en pitié. Shane avait beau avoir la réputation d'un séducteur, à la façon dont il la regardait maintenant, il était évident qu'il était attentif aux autres.

— Exact, dit-elle d'une voix traînante. D'ailleurs, ma mère me l'a souvent répété après la mort de mon père, quand j'ai emménagé chez elle.

Les yeux plissés, il n'était visiblement pas dupe de son ton nonchalant.

— Apparemment, la maternité ne l'intéressait pas, constata-t-il.

Brandee poussa un lourd soupir, avant de lui faire un aveu.

— J'ai été la plus grosse erreur de sa vie.

- 6 -

Shane sentit sa fatigue s'envoler d'un coup lorsque Brandee évoqua sa relation difficile avec sa mère. Bien qu'il ait grandi avec ses deux parents, il comprenait parfaitement ce qu'elle avait pu ressentir enfant, étant donné la déception infinie qu'il avait lui-même représentée pour son père.

— Pourquoi dis-tu cela ? demanda-t-il.

— Parce que juste après ma naissance elle m'a tendue à mon père, puis est partie de l'hôpital sans se retourner. Quand l'assistante sociale l'a contactée après le décès de mon père, j'ai été vraiment surprise qu'elle me prenne chez elle, mais j'ai ensuite compris pourquoi. Elle voulait mettre la main sur mon héritage, en l'occurrence cinquante mille dollars qu'elle a dépensés en six mois.

— Et tu n'as rien eu ?

— Pas un centime.

— Donc ton père est mort quand tu avais douze ans et ta mère a dilapidé ton héritage ?

— Oui, c'est ça.

Elle avait confirmé d'un ton neutre, mais il doutait fort qu'elle n'ait pas été affectée. Quel enfant abandonné ne souffre pas d'avoir été rejeté ? Elle avait dû se forger une carapace pour protéger son cœur, de sorte qu'il se retrouvait aujourd'hui devant une tâche impossible. S'il comprenait mieux les conditions du pari, il n'était pas question qu'il la laisse tomber amoureuse de lui.

Après un ultime tour, Brandee déclara que tout était calme et qu'ils pouvaient faire une pause dans le bureau du ranch. Ils y prirent un café et, tandis qu'elle mettait à jour le nombre de naissances, il en profita pour effectuer quelques recherches sur elle, sur son smartphone.

— Tiens, tu as lancé une ligne de vêtements ? demanda-t-il en tournant vers elle l'écran de son téléphone.

Elle considéra la photo qu'il lui présentait. Vêtue d'une robe dos-nu faite au crochet, elle avait une écharpe autour du cou et un bandeau dans les cheveux.

— Une fille doit aussi payer ses factures.

— À dix-huit ans ?

— Dix-sept, en fait. J'avais triché sur mon âge, car il fallait être majeur pour ouvrir un compte professionnel et vendre en ligne.

— D'après les journaux, tu as très bien réussi.

— Il y avait un créneau à prendre dans le style bohémien, rétorqua-t-elle.

Et elle lui adressa un bref sourire, sans doute pour masquer sa fierté.

— Tu as revendu ta société pour une somme considérable, enchaîna-t-il.

— Afin d'acheter Hope Springs Ranch.

Il la scruta attentivement.

— Pourquoi n'as-tu pas gardé les deux ?

— Parce que je rêvais de posséder un ranch et que je ne pouvais pas mener les deux activités de front.

Sur ces mots, elle se leva et remit son chapeau.

— Nous devons reprendre notre ronde.

De nouveau juché sur sa monture, un vent glacé

soufflant à présent sur les pâturages, Shane considérait la femme qui chevauchait près de lui. Sur les photos illustrant son site, elle paraissait bien plus insouciante et heureuse qu'elle ne l'était aujourd'hui. Pourquoi avait-elle choisi de gérer un ranch, ce qui représentait un rude travail, au lieu de continuer son activité lucrative dans le domaine de la mode ?

Cherchait-elle à perpétuer le mode de vie de son père ? À la façon dont elle parlait de lui, c'était sans doute un bon vivant, avec un cœur aussi grand que le ciel du Texas.

Comme il l'enviait d'avoir eu un tel père !

— N'est-ce pas la vache que l'on a vue en début de nuit ? lui demanda-t-il soudain en désignant une bête qui venait de s'allonger.

— C'est possible, allons voir de plus près.

Ils s'approchèrent et comprirent qu'elle était en plein travail. Alors, Shane se rendit compte que, même s'il avait été élevé sur un ranch, il avait assisté à très peu de mises bas. Et encore, il s'agissait de juments, pas de vaches. Il attendit donc que Brandee lui donne ses ordres.

Mains sur les hanches, elle observait attentivement l'animal de derrière, sans paraître inquiète.

— Regarde, on voit le sac amniotique, observa-t-elle.

De fait, grâce à la lune haute dans le ciel, il distingua le sac opaque qui contenait le veau. Ça alors ! Il ne s'était pas attendu à un tel événement.

— Tu t'attendais à quoi, au juste ? demanda-t-elle, comme si elle lisait dans ses pensées.

— Je pensais que nous allions nous promener dans la prairie, pendant que tu me maintiendrais à distance en me racontant comment tu as brisé le cœur de tes anciens amants.

Bras croisés, elle pivota sur elle-même pour lui faire face.

— Pourquoi crois-tu que je suis une briseuse de cœurs ?

— Désolé, je suis fatigué, je ne sais plus ce que je dis.

Désireux de changer de sujet, il désigna la vache.

— Tu es sûre que tout va bien pour elle ?

Hélas, la bête semblait s'être liguée contre lui pour laisser la nature suivre tranquillement son cours ! Brandee continuait à le regarder comme un policier scrute un suspect qu'il soupçonne de mentir.

— Pourquoi me prends-tu pour une briseuse de cœurs ? répéta-t-elle.

— Mais non, enfin, pas vraiment…

En fait, il en savait très peu sur sa vie privée. À sa connaissance, elle n'était sortie avec personne depuis son arrivée à Royal et, en dépit de son corps très féminin, il l'avait toujours prise pour un garçon manqué. Sans qu'il sache vraiment pourquoi, il s'était mis en tête qu'il était le seul homme à être attiré par elle.

— Précise ta pensée, insista-t-elle.

— C'est son sabot que je vois ? questionna-t-il à brûle-pourpoint.

Sa deuxième tentative pour la divertir dura quelques secondes, le temps qu'elle vérifie.

— Oui, c'est bien ça, fit-elle avant de braquer à nouveau les yeux sur lui. Donc, selon toi, je suis le genre de femmes à jeter les hommes après usage ?

— Non !

— Dans ce cas, pourquoi crois-tu que j'aie l'habitude de rompre en brisant le cœur de mes partenaires ?

Visiblement, il avait mis le doigt sur un sujet sensible,

aussi afficha-t-il un grand sourire charmeur pour dissiper l'irritation de Brandee.

— Tu devrais être flattée que je voie en toi une femme si désirable qu'aucun homme ne souhaite se séparer d'elle.

— Parce que tu imagines que je suis sensible à la flatterie ? rétorqua-t-elle.

Décidément, il ne cessait de s'enfoncer… Qu'était-il arrivé au beau parleur désinvolte qu'elle l'accusait d'être ?

— La vache est censée se redresser ? demanda-t-il, cherchant encore une fois à se dérober.

— Parfois, elles ont besoin de se dégourdir les pattes, répondit-elle sans accorder la moindre attention à l'animal. Elle peut se lever et s'allonger plusieurs fois de suite.

— Je crois que notre dispute la perturbe, déclara-t-il, espérant éveiller chez elle un sursaut d'inquiétude envers la bête.

— Nous ne nous disputons pas, corrigea-t-elle, d'un ton décontracté. Nous parlons de l'opinion que tu as de ma personne. Et tu m'expliques que, selon toi, c'est moi qui mets toujours fin à une relation, et pas l'inverse.

Ce fut alors que, sous son regard intense, la réponse lui vint spontanément.

— Je crois que tu as du mal à trouver un homme qui soit à la hauteur de ton père.

De toute évidence, elle ne s'était pas attendue à cette déclaration brute. Elle détourna les yeux pour fixer le sol, silencieuse. Et à cet instant il redouta d'avoir visé un peu trop juste.

Toujours silencieuse, Brandee considérait la vache, le rebord de son chapeau jetant une ombre sur son visage. Si Shane ne parvenait pas à en lire l'expression, il ne la sentait pas en colère, plutôt pensive.

— Je n'ai jamais blessé personne de manière volontaire, dit-elle enfin d'une voix si basse qu'il dut tendre l'oreille. C'est juste que je ne suis pas douée, comme petite amie.

Le mettait-elle en garde ? Dans ce cas, elle devrait se montrer plus persuasive.

— Voilà qui nous fait un nouveau point commun. On m'a déjà dit que j'étais nul, comme petit ami.

Tous deux à présent fixaient la vache. Celle-ci fit encore quelques pas, puis s'arrêta, prise d'un spasme, mais rien ne se passa.

— Est-ce normal ? s'enquit-il. On dirait qu'elle n'arrive pas à expulser son petit.

— Nous devrions voir des progrès notables dans la demi-heure qui va suivre, expliqua-t-elle. Si, d'ici là, nous n'apercevons pas la tête du veau, c'est qu'il y a un problème.

À son grand étonnement, il sentit son estomac se nouer. Mais, devant le calme manifeste de Brandee, il se retint d'exprimer ses craintes.

— Comment fais-tu pour rester sereine ?

— J'ai vu environ sept cents vaches vêler durant deux saisons. Pourtant, je t'assure que je ne pense jamais que tout est joué.

— Ton métier est bien plus compliqué que le mien, constata-t-il.

Et peut donner lieu à de bien plus grands chagrins.

Shane ne se voyait pas passer ses nuits à surveiller la naissance de petits veaux. Il préférait largement acheter des animaux âgés de dix-huit mois pour les revendre une fois adultes, de sorte qu'il pensait rarement à son cheptel.

— Pas forcément, dit-elle. Il te faut suivre de près le marché et vendre au meilleur moment, afin d'optimiser le broutage de tes prés. Et tant de variables entrent en jeu, notamment la pluie et le prix de la nourriture, quand les prairies ne sont pas suffisamment fournies.

— Mais, toi, tu dois te préoccuper de tout cela et en plus des vêlages et de la croissance des veaux pour qu'ils soient aussi forts que possible. Sans compter les pertes à cause des accidents et des prédateurs.

La vache s'était de nouveau allongée, et on voyait le museau du veau. Bientôt, ce fut tout son visage qui apparut. Shane se figea quand la bête commença à pousser pour de bon.

— Elle a l'air de fournir de gros efforts. C'est toujours normal ?

— Mais oui ! C'est un sacré travail, tu sais. Elle s'en sort bien.

Comme il aurait aimé la prendre dans ses bras pour qu'elle lui communique un peu de son calme. D'ailleurs, le miracle qui s'accomplissait devant eux lui donnait envie de se rapprocher d'elle, mais il garda néanmoins ses distances afin de ne pas perturber la fragile camaraderie qui venait de naître entre eux.

Il crut que c'était terminé, mais la vache se releva et il poussa un grognement de frustration.

— Ce n'est rien, fit Brandee, l'air amusé. Il arrive qu'une bête ait envie de finir la mise bas en se levant.

Une fois l'animal debout, le bébé se mit à se balancer sous elle. Alors ce fut plus fort que lui : il saisit la main de Brandee, regrettant qu'elle porte des gants. Malgré tout, il sentit ses doigts se refermer sur les siens.

Après avoir repris plusieurs fois son souffle, la vache poussa une dernière fois et le petit veau tomba sur l'herbe avec un bruit sourd. Shane fit la grimace, tandis que Brandee se mettait à rire.

— Tu vois, je t'avais dit que tout se passerait bien, déclara-t-elle.

Déjà, la vache léchait son nouveau-né. Ce dernier se mit alors à respirer de façon régulière, et sa mère poursuivit sa besogne. À ce moment-là, Brandee s'appuya un peu plus fort contre lui et il constata qu'ils se tenaient toujours par la main.

— Incroyable, murmura-t-il.

Il ne savait plus très bien s'il parlait de la naissance du veau ou du simple plaisir de sentir la main de Brandee dans la sienne.

L'arrachant soudain à ses réflexions, Brandee se hissa sur la pointe des pieds et l'embrassa.

Alors qu'ils baignaient dans la lumière de la lune, entourés de bêtes endormies, le moment avait paru idéal à Brandee pour céder aux émotions indomptables qui la traversaient. Comme Shane se raidissait, elle manqua se raviser, mais il l'enlaça pour l'attirer vivement contre lui.

Soulagée, elle noua les bras autour de son cou, tandis qu'un flot de désir la submergeait. Shane l'embrassait avec un abandon surprenant pour un séducteur de sa trempe. Il paraissait aussi surpris qu'elle par leur étreinte.

Pourtant, tous deux savaient parfaitement ce qui allait se passer en acceptant ce pari. Ne voulaient-ils pas le gagner l'un comme l'autre ? Pour sa part, Brandee était prête à tout pour qu'il tombe amoureux d'elle, elle avait bien trop à perdre dans le cas contraire. Mais, de son côté, Shane la harcelait depuis des années pour qu'elle lui vende son ranch, et nul doute qu'il sortirait les armes les plus redoutables pour que ce soit elle qui s'éprenne de lui.

Cette pensée doucha son exaltation et elle s'écarta brusquement de lui. Son cœur battait à tout rompre, mais elle perçut néanmoins le bruit de sabots qui se rapprochaient. Il n'était pas rare qu'après un vêlage d'autres vaches viennent rendre visite au nouveau-né. En l'occurrence, elles étaient une demi-douzaine.

— Il regarde autour de lui, constata-t-elle en désignant le veau. Bientôt, il va tenter de se lever.

En général, cela se produisait dans l'heure suivant la naissance. Dans les douze heures d'après, il convenait ensuite de s'assurer qu'il n'avait pas de problème pour téter sa mère.

— Nous pouvons rentrer, conclut-elle en dévisageant Shane.

La chaleur de leurs corps mêlés lui manquait déjà.

— Je suis content de t'avoir accompagnée, dit-il alors qu'ils revenaient vers l'étable.

— Tu peux recommencer quand tu veux.

— Tu assures souvent la surveillance de nuit ?

— Une fois par semaine.

— Mais tu n'y es pas obligée. C'est par goût, n'est-ce pas ?

— Tout à fait.

Comment lui expliquer que, du haut de son cheval au beau milieu de la nuit, entourée de vaches gravides, elle avait l'impression que le monde était parfait ?

Sur une impulsion, elle ajouta :

— Quand je suis ici, il me semble que mon père me sourit de là où il se trouve et je sais qu'il est heureux.

— Parce que tu as réalisé son rêve ?

— Oui.

— Mais toi, quel est le tien ?

— Le même, répondit-elle sèchement.

Et sa bonne humeur s'envola comme une feuille morte entraînée par une bourrasque.

— J'ai toujours voulu m'occuper d'un ranch, précisa-t-elle encore.

— En être propriétaire, rectifia-t-il, sans quoi tu n'aurais pas fait un détour par la mode pour acheter ton propre ranch. Tu te serais plutôt fait engager par un éleveur.

— Je n'aurais pas trouvé de place, aucun rancher ne m'aurait prise au sérieux.

C'était un métier dominé par les hommes, l'ignorait-il ?

— Tu as sans doute raison, concéda-t-il.

Une fois à l'étable, elle insista pour que Shane rentre se coucher, désireuse de procéder à une ultime inspection des veaux nouvellement nés. Pourtant, quand les phares de sa voiture s'éloignèrent, un sentiment de solitude l'étreignit. C'était ridicule ! Cachant un bâillement derrière sa main, elle entra dans le bâtiment.

Cayenne avait une semaine, et un employé l'avait retrouvé tout seul dans la prairie, abandonné par sa mère ; aussi l'avait-il ramené afin qu'il soit nourri au biberon. Depuis, le petit veau dévorait. Elle l'observa un instant, en se demandant si sa mère le reprendrait quand ils se retrouveraient. Parfois, une vache ne prenait pas soin de ses petits, et il était donc inutile de la garder.

Elle repensa soudain à sa conversation avec Shane, au sujet de sa propre mère qui l'avait abandonnée. Elle s'était confiée naturellement à lui, alors qu'il était rare qu'elle s'en ouvre à autrui. De la même façon, elle n'avait jamais parlé à personne d'autre qu'à Chelsea, sa meilleure amie, du vol de son héritage par sa mère.

À présent, elle se sentait vulnérable aux yeux de Shane. C'était pour cette raison qu'elle s'était indignée lorsqu'il l'avait accusée de briser les cœurs. Elle avait voulu retrouver un terrain qu'elle connaissait bien avec lui, celui de la querelle, pour éviter qu'il ne voie dans son passé une arme à retourner contre elle.

Et puis, son commentaire avait touché une corde sensible en elle. Oui, elle s'était déjà servie des hommes et les avait rejetés ensuite. Et d'ailleurs elle comptait bien procéder de la même façon avec lui. Il lui faudrait le séduire, afin qu'il renonce à toute réclamation légale concernant Hope Springs Ranch. Franchement, n'était-elle pas affreuse ?

Bien sûr, lui aussi était résolu à lui prendre son ranch mais, le problème, c'était qu'il ignorait le réel motif du pari. Assurément, il n'était pas juste de lui cacher les informations relatives à ses droits légaux sur sa propriété, néanmoins, si elle les lui révélait, elle perdrait tout…

Elle agissait donc par nécessité absolue, afin de se protéger. Tel un chaton poursuivi par un gros chien, elle devait sortir les griffes pour l'emporter.

Quand elle rentra enfin chez elle, l'odeur du bacon lui chatouilla agréablement les narines et son estomac se mit à gronder de plaisir. Elle retira ses boots, sa veste et son chapeau au son de la musique country, puis s'arrêta sur le seuil de la cuisine sans que Shane remarque sa présence.

Son cœur fit un bond dans sa poitrine lorsqu'elle le découvrit dans un bas de pyjama lui tombant sur les hanches, un T-shirt bleu clair moulant son torse comme une seconde peau. Malgré elle, elle s'imaginait couler les mains sous le coton pour palper sa peau chaude et satinée…

— Salut, dit-elle d'une voix douce.

Il pivota sur les talons. Le sourire qui éclaira alors son visage lui valut un délicieux frisson. Elle en fut d'ailleurs si troublée qu'elle dut s'appuyer un instant contre le chambranle de la porte. Il était parfait dans son rôle de colocataire sexy et il était urgent qu'elle aussi renforce son jeu.

— Je prépare le petit déjeuner comme tu l'aimes.

Soulevant la poêle, il lui montra les œufs brouillés.

— Il y a aussi des toasts, du bacon et du café, ajouta-t-il.

Et c'était lui qui avait cuisiné… Consciente de ses cheveux emmêlés et de l'odeur de cheval attachée à ses vêtements, Brandee se demanda si elle ne devait pas avant toute chose aller prendre une douche.

— Ça a l'air délicieux, dit-elle.

Et son estomac gronda bruyamment.

— Je te prépare sans attendre une assiette, dit-il, un rire dans la voix. Tiens, voilà déjà le café. Assieds-toi avant de tomber à la renverse.

Elle se garda bien de lui dire que c'était lui qui la faisait vaciller, et non la fatigue. Acceptant son café, elle alla s'asseoir sur un tabouret autour de l'îlot et avala une longue gorgée du breuvage bien noir qu'il avait préparé.

— C'est du déca, précisa-t-il alors en posant une assiette devant elle. J'imagine que tu vas te reposer un peu avant d'y retourner.

— Merci pour l'attention, dit-elle en mordant dans son toast. Comme pour le petit déjeuner. Tu n'étais pas obligé.

Il haussa les épaules avec nonchalance.

— J'ai pensé que tu serais affamée. Comment va le petit veau ?

— Lors de ma dernière inspection, il semblait apprécier son repas.

— J'en suis ravi.

Il s'assit sur le tabouret à côté du sien et, quand il plaça les pieds nus sur les barreaux de son siège, elle eut la sensation qu'il envahissait son espace.

— Merci d'avoir accepté ma présence, cette nuit, dit-il en la regardant longuement, avant de saisir sa fourchette.

— Je t'en prie.

Alors qu'ils mangeaient en silence, Brandee sentit son malaise grandir. Après l'expérience qu'ils avaient partagée cette nuit et la gentillesse de Shane, ce matin, elle commençait à le voir sous un autre jour. Pendant des années, elle avait cru qu'il n'était qu'un égocentrique obsédé par l'argent, mais elle percevait maintenant une facette plus douce chez lui, et même une pointe de vulnérabilité, qui le rendait plus attirant à ses yeux.

Dangereusement attirant.

Il était impératif qu'elle se concentre sur ses objectifs et ne cède pas aux émotions qui la tourmentaient. Lui remettre les clés de son cœur aurait représenté une grossière erreur, car elle y aurait tout perdu : sa maison, son gagne-pain et, bien pis, le respect d'elle-même. Oui, il aurait été stupide de s'éprendre d'un homme qui ne lui donnerait aucun amour en retour. Or, stupide, elle ne l'était pas.

- 7 -

Il était presque 18 heures quand Shane revint de sa visite sur le site destiné au camp pour adolescents. De délectables odeurs l'assaillirent dès qu'il pénétra dans la maison. C'était du bœuf mijoté aux oignons, songea-t-il en retirant sa veste et ses bottes maculées. Puis il entra dans la cuisine, où la gouvernante de Brandee s'affairait derrière les fourneaux.

— Ça sent divinement bon. Qu'est-ce que c'est ? demanda-t-il.

— Le dîner, répondit May avec un petit sourire impertinent.

Cette sympathique quinquagénaire se comportait avec Brandee comme une tante affectueuse. Et le traitait comme ce que la vie avait apporté de meilleur à son employeuse.

— C'est-à-dire ?

— Du bœuf Wellington aux pommes de terre et aux asperges.

L'eau lui monta instantanément à la bouche.

— Et que fêtons-nous ?

— La Saint-Valentin, lui annonça May en désignant la table soigneusement dressée. Vous aviez oublié ?

Son cœur s'affola quand il porta les yeux sur la porcelaine, l'argenterie, le cristal, les chandeliers…

— J'ai été un peu pris, ces derniers temps, marmonna-t-il.

Entre Hope Springs, le Bellamy et Bullseye, il n'avait pas eu une minute à lui. Et maintenant il se maudissait d'avoir raté l'occasion que représentait cette journée la plus romantique de l'année pour séduire Brandee.

De toute évidence, celle-ci n'avait pas commis la même erreur.

May secoua la tête, comme si Shane venait de lui prouver pourquoi la gent masculine avait un sérieux problème.

— Eh bien, il est trop tard maintenant, dit-elle. Le dîner sera servi dans une demi-heure.

Et elle fronça les sourcils en inspectant son jean sale.

Comprenant ses insinuations, Shane fila sous la douche et, un quart d'heure plus tard, émergeait de sa suite vêtu d'un pull gris et d'un jean noir.

Comme il regagnait la cuisine, il y trouva Brandee, occupée à ouvrir sa cave réfrigérée.

— Comment s'est passée ta journée ? lui demanda-t-elle avec un grand sourire.

— Très bien. Productive. May est rentrée chez elle ?

— Tout à fait. Tim et elle vont passer une soirée en tête à tête.

— Oui, c'est la Saint-Valentin, j'avais oublié, dit-il d'un air contrit.

— Moi aussi, renchérit-elle en prenant une bouteille de vin. Mais pas May…

Avec ses longs cheveux dorés retombant en cascade sur ses épaules, son haut vaporeux et son short en coton à taille basse qui dévoilait ses cuisses bronzées, elle se trouvait à mi-chemin entre un ange sexy et une voisine sympathique.

— Tu peux ouvrir la bouteille pendant que je vais

chercher des verres ? fit-elle. Le tire-bouchon se trouve dans le tiroir, sur ta droite.

— J'imagine que, comme moi, tu te moques de cette fête romantico-commerciale, dit-il alors.

Il aurait dû être soulagé que cette table si soignée soit une idée de May, mais il sentait bien que le danger n'était pas écarté pour autant.

— Peut-être sommes-nous tous les deux cyniques vis-à-vis de l'amour, dit-elle en lui lançant un regard de derrière ses longs cils.

Il s'affaira à ouvrir la bouteille.

— T'es-tu jamais demandé si tu étais faite pour une relation à long terme avec un homme ? questionna-t-il d'un ton désinvolte.

Il était conscient de l'incongruité de sa question, mais il n'imaginait pas Brandee s'en offusquer pour autant.

— Je me pose cette question constamment, répondit-elle d'un ton tranquille.

Le minuteur du four bipa. Il était temps d'en retirer le bœuf Wellington.

— Ma vie privée n'est pas ma priorité, poursuivit-elle. Même si Chelsea me casse régulièrement les pieds avec ça.

— Ma mère aussi. Je crois qu'elle veut des petits-enfants.

Il arrivait à un âge où il devait se décider. À trente-cinq ans, il avait certes encore le temps, mais il n'avait pas envie de fonder une famille après la quarantaine.

— J'imagine qu'elle doit désespérer.

— Pourquoi ? Parce que je n'ai encore trouvé personne ?

Brandee secoua la tête.

— Non. Parce que je ne vois pas quelle femme pourrait être plus importante à tes yeux que ta chère liberté.

— Tu peux parler, mademoiselle l'indépendante ! Ne me dis pas que tu es impatiente de partager ta vie avec quelqu'un. Tu es mariée avec ce ranch et ton camp pour ados. De quoi as-tu peur, au fond ?

— Peur ? Qui a parlé de peur ?

Elle avait beau crâner, il avait bien vu des ombres danser dans ses yeux lorsqu'elle avait évoqué l'abandon de sa mère.

— Oublie ce que j'ai dit, cela ne me regarde pas.

Il était clair que, s'il poursuivait dans cette voie, il allait l'agacer et ce n'était certainement pas son but, ce soir.

— Et si tu nous servais le vin, pendant que je vais chercher la nourriture ? enchaîna-t-elle.

À son ton, elle était manifestement ravie qu'il n'insiste pas.

Dix minutes plus tard, ils dînaient tout en discutant de son camp pour ados, un sujet qui était cher à Brandee. Shane était certain qu'en l'aidant dans ses projets il gagnerait son affection. Bien sûr, c'était de la manipulation, mais ne voulait-il pas acheter sa propriété ? C'est l'objectif de ce pari, la raison pour laquelle il avait accepté d'emménager provisoirement chez elle.

Ignorant la voix de sa conscience, il se rappela qu'elle travaillait aussi dur que lui à le faire tomber amoureux d'elle. Il sourit en songeant qu'elle avait perdu avant même de commencer.

— Ce week-end, j'accueille des lycéens pour un stage avec des chiens de sauvetage. C'est Megan Maguire de Royal Safe Haven qui me les prête. Chelsea viendra aussi, et d'autres volontaires seraient les bienvenus…

Sur cette déclaration, elle lui adressa un regard entendu. Pitié ! Il n'avait aucune envie de passer une journée avec une bande de jeunes bourrés d'hormones. Cependant, il tenait aussi à gagner son pari et, comme il avait raté l'occasion de la Saint-Valentin, il devait impérativement se rattraper.

— Pourquoi pas, en effet ?

— Parfait. Et tu pourrais peut-être demander à Gabe de se joindre à nous ?

Si en retour elle se montrait tendre avec lui, il n'hésiterait pas à tordre le bras de son ami pour qu'il soit de la partie.

— Je suis sûr qu'il sera partant.

Après le dîner, elle lui proposa de prendre un verre de scotch dans le patio, et cette fois elle prit place juste à côté de lui, sur le canapé, ses pieds ramenés sous ses jambes.

Tandis que les flammes crépitaient dans la cheminée, Shane l'écoutait parler des retrouvailles du petit veau et de sa mère, tout en sirotant son scotch. L'alcool, le feu, le désir, tout contribuait à le chauffer à blanc… Il tenta de se persuader que tout cela n'était qu'une mise en scène, orchestrée par Brandee pour gagner son pari. Pourtant, il mourait d'envie de l'attirer sur ses genoux pour l'embrasser.

— Tu sais que c'est la Saint-Valentin, aujourd'hui, murmura-t-elle en inclinant la tête de façon adorable.

Comme elle fixait sa bouche, un violent désir l'étreignit. Elle jouait avec lui ! Il n'était pas dupe, et elle le savait bien. Mais quel homme aurait été capable de résister à cette ode à la féminité qu'elle incarnait, aussi douce que pimentée ?

— Tout à fait, répondit-il.

Il n'osait pas porter son verre à sa bouche, redoutant qu'elle ne voie le léger tremblement de sa main.

— Une journée dédiée aux amoureux, insista-t-elle.

— Et à la romance, rétorqua-t-il sur le même ton.

Il verrait bien où ce jeu de séduction les mènerait.

— Nous savons tous deux que c'est inévitable.

— Que toi et moi sortions ensemble ?

— Exactement.

Sur ces mots, elle se pencha vers lui comme pour l'embrasser, mais effleura en réalité sa joue de sa bouche. Elle sentait le chocolat et le scotch, un mélange de fragrances qui mettait tous ses sens en émoi.

— Je n'arrête pas de penser à toi, chuchota-t-elle alors d'une voix sensuelle, affolante…

Il serra plus étroitement son verre.

— Moi aussi, répliqua-t-il. Quand je suis au lit, je t'imagine près de moi, ta longue chevelure éparse sur l'oreiller…

Corps offert, peau rosie de plaisir…

— Tu me souris, poursuivit-il, excitée par toutes les choses incroyables que je te fais.

— Hum, pas mal, renchérit-elle d'une voix rauque en traçant des petits cercles sur sa nuque. Je me vois souvent sur toi, tes mains plaquées contre mes seins, pendant que je te chevauche.

Shane laissa échapper un râle. Son corps n'avait pas attendu longtemps pour répondre !

— Tu me rends fou, murmura-t-il. Tu le sais ?

Posant son verre, il enserra son visage entre ses paumes. Brandee ne lui opposa aucune résistance quand il l'attira à lui pour l'embrasser, mais elle ferma les paupières, un sourire rêveur aux lèvres.

Leurs souffles se mêlèrent et il savoura cette merveilleuse sensation. Ce n'était pas la première fois qu'ils s'embrassaient, mais cela n'en restait pas moins un moment capital. Par ce baiser, il devait évaluer ce qu'elle éprouvait pour lui. À moins que ce ne fût le contraire.

Car il ne pouvait s'empêcher de se demander ce qui le préoccupait le plus. L'état émotionnel de Brandee ou le sien ?

— Rentrons, suggéra-t-elle tout à coup d'une voix langoureuse. J'ai une superbe idée pour le reste de la soirée.

Dès qu'ils s'éloignèrent des flammes, l'air frais de février entra en contact avec sa peau, faisant frissonner Brandee. Elle avait mis des vêtements destinés à en dévoiler le plus possible dans les limites de la décence, et sa petite manœuvre avait visiblement réussi. Pourtant, même si Shane avait tout de suite accepté sa proposition, elle ne s'en sentait pas moins vulnérable.

Au cours de leur dîner romantique, le contrôle de la situation lui avait peu à peu échappé. Shane était bien sûr responsable de son trouble. Non seulement il était doté d'un charme irrésistible, mais il lui portait une attention touchante, tout en s'intéressant à son camp. Il avait paru réellement impressionné par l'envergure du programme que Megan et elle avaient mis au point pour responsabiliser les adolescents.

Il avait achevé de la séduire en lui révélant un aspect sensible de sa personnalité. Alors qu'elle évoquait un jeune garçon que son père avait obligé à s'inscrire au football tandis qu'il rêvait de jouer de la guitare et d'écrire des chansons, Shane avait changé de visage. À l'empathie qu'elle avait alors lue dans son regard, elle avait compris que, comme elle, il enfouissait les blessures du passé sous une apparente confiance en lui.

Une fois à l'intérieur de la maison, un petit malentendu s'ensuivit. Il avait cru qu'elle allait l'inviter dans sa chambre, mais elle ne commettrait pas deux fois la même erreur. Cette pièce, c'était son sanctuaire, l'endroit où elle pouvait baisser la garde. Or, elle ne pouvait pas montrer son véritable visage à Shane.

— Allons prendre une douche dans ta suite, suggéra-t-elle. J'ai eu un réel plaisir à concevoir cette salle de bains et je ne l'ai même pas encore utilisée.

— Le pommeau effet pluie est fantastique, renchérit-il immédiatement.

Elle n'avait pas lésiné sur les moyens avec les quatre jets encastrés et la chromothérapie intégrée, incluant des séquences de lumière colorée en fonction de l'humeur.

Il posa la main sur ses reins pour l'entraîner vers sa suite, et une onde de chaleur la submergea. Comment cet homme, qui avait le pouvoir de la destituer de tout ce qu'elle possédait, pouvait-il l'exciter aussi follement ? Ils s'étaient à peine embrassés et elle avait déjà envie qu'il la prenne ! C'était insensé, un peu effrayant même.

Tandis que Shane réglait la douche, elle inspira profondément, luttant contre la panique… Comment allait-elle prétendre qu'il s'agissait juste de sexe, alors que son cœur battait violemment dans sa poitrine et que tout son corps vibrait de désir ? Elle s'embraserait dès qu'il poserait la main sur elle…

À cet instant, Shane se retourna vers elle. Alors qu'elle plongeait son regard dans le sien, elle recula d'un pas, et se retrouva tout habillée dans la douche. Surprise, elle sentit soudain l'eau chaude ruisseler sur son visage. Shane n'hésita pas à la rejoindre.

Lorsqu'il l'enlaça par la taille pour la plaquer contre son torse, elle referma la porte sur ses émotions et s'abandonna au plaisir de ses caresses… Elle s'empressa de lui retirer son pull, afin de contempler son corps musclé.

Brandee frissonna au moment où, de ses pouces, il effleurait sa poitrine, puis elle trembla tout entière alors qu'il léchait l'eau qui lui coulait dans le cou. Excitée comme jamais, elle perçut soudain son érection contre son ventre… Qu'attendait-il pour passer aux choses sérieuses ?

Impatiente, elle finit par prendre la situation en main et retira son haut — non sans mal, car il était tout mouillé. Enfin, les paumes de Shane caressaient sa peau. Débarrassée de sa blouse, elle se retrouva en soutien-gorge et en short devant lui, et attendit.

La respiration aussi saccadée que la sienne, Shane fit glisser les bretelles de son soutien-gorge sur ses épaules, sans la lâcher du regard. Elle le dégrafa fébrilement, puis posa les mains de Shane sur ses seins…

Alors il la fit reculer jusqu'au mur et, coincée entre ce corps solide et le carrelage, elle laissa libre cours à la faim insensée qui explosait dans ses veines. Enroulant une jambe autour des hanches de Shane, elle noua les bras autour de son cou. Enfin, il s'empara de sa bouche et leurs langues se mêlèrent fiévreusement…

Ils échangèrent un long baiser torride, tandis que l'eau roulait sur eux. Il palpait sa poitrine, ses fesses et, bientôt, son short glissa le long de ses jambes. Il émit un grognement de plaisir en découvrant son string en satin, mais celui-ci rejoignit rapidement son short par terre.

Nue devant lui, Brandee ressentit un léger embarras, elle qui n'avait pourtant aucun problème avec son corps. N'avait-elle pas posé pour sa propre ligne de sous-vêtements ?

Se retenant de se couvrir les seins, elle se mordilla les lèvres. En réalité, ce n'était pas sa nudité qui la gênait, mais plutôt le désir ardent qu'elle lisait dans les prunelles de Shane.

— Ce que tu es belle, dit-il en essuyant l'eau sur son visage. Et tu es à moi…, ajouta-t-il avec un sourire de prédateur.

Elle n'avait pas prévu cette provocation, aussi dissimula-t-elle son plaisir en posant les mains sur ses hanches.

— Et si tu enlevais ton jean ?

Les yeux rivés aux siens, il obtempéra avec lenteur, et elle retint son souffle. Il était encore plus beau et vigoureux qu'elle ne l'avait imaginé avec ses cuisses musclées. À la vue de son érection, elle se réjouit de pouvoir s'adosser au mur, car cette virilité à l'état pur lui donnait juste le vertige.

— Viens, souffla-t-elle.

Et elle se demanda comment sa voix pouvait être aussi calme et sexy, alors qu'elle avait perdu tout contrôle.

Sans la moindre hésitation, il se colla contre elle, et plaqua ses mains sur les carreaux, de chaque côté du visage de Brandee. Puis, pressant son membre contre son ventre, il reprit sa bouche en un baiser possessif.

C'était précisément ce dont elle avait besoin : qu'il mène la danse — pour l'instant.

Bientôt, elle l'enlaça par le cou, afin de garder l'équilibre, tandis qu'il enfouissait la tête dans son cou tout en glissant la main entre leurs corps, pour s'assurer qu'elle était prête pour lui…

Elle laissa échapper un gémissement fiévreux sous la pression de ses doigts, puis se cambra contre sa main, brûlant de le sentir en elle, avide qu'il l'entraîne vers l'orgasme…

Il lui était réellement difficile de rester maîtresse de ses émotions, alors que Shane semblait si bien contrôler les siennes. Désireuse de rétablir un certain équilibre entre eux, elle recouvrit son érection de sa paume, et il se mit à trembler.

— Waouh ! parvint-il à marmonner.

— Il nous faut un préservatif. Tout de suite.

— Dans mon jean, indiqua-t-il d'un ton urgent.

— Tu avais donc des arrière-pensées !

Et cette petite plaisanterie lui permit de souffler un peu et de retarder l'orgasme qui s'annonçait déjà en elle…

— Depuis mon arrivée, avoua-t-il.

Elle se mordit les lèvres pour juguler la frustration qui s'emparait d'elle alors qu'il s'éloignait quelques secondes pour aller chercher le préservatif.

— Donne, dit-elle dès qu'il revint.

Il fit la grimace lorsqu'elle glissa le préservatif sur son membre et, si elle en avait été capable, elle se serait amusée à le torturer un peu. Mais en l'occurrence c'était impossible, tant pis pour les préliminaires !

Sans prévenir, il la souleva de terre et la plaqua contre le mur. Ce fut alors que dans le miroir au-dessus des doubles vasques elle aperçut le reflet de Shane, son dos, ses doigts dans sa chevelure… Elle se tendit.

— Regarde-moi, lui ordonna-t-il d'un ton rauque.

Elle n'obtempéra pas : elle le voulait en elle, sans qu'il

voie l'effet qu'il produisait sur ses sens. Elle n'avait pas prévu d'être aussi troublée, cette expérience était bien plus qu'un simple rapport sexuel entre adultes consentants.

Oui, tout comme elle avait aimé sa présence dans sa chambre, puis dans la prairie la nuit, elle fantasmait à présent sur une intimité bien plus puissante encore que celle de leurs corps.

— Brandee, je veux que tu voies l'effet que tu me fais, insista-t-il d'une voix râpeuse qui mit à mal sa volonté.

Incapable de résister, elle céda et leurs regards s'enchaînèrent…

Une seconde plus tard, il allait et venait en elle, et elle s'abandonna à lui avec volupté…

- 8 -

Sans doute Shane regretterait-il d'avoir demandé à Brandee de le regarder. Maintenant que ses grands yeux gris-bleu étaient arrimés aux siens, le désir qu'il éprouvait pour elle était presque douloureux. Pourtant, il tenait à prendre son temps pour graver dans sa mémoire chaque halètement, chaque frémissement du corps fiévreux de cette femme hors du commun.

Il la sentit soudain se tendre, les yeux écarquillés, les ongles enfoncés dans sa chair… Quand une première vague de plaisir la submergea, il se retint d'accélérer la cadence pour la rejoindre, mais ralentit au contraire le rythme afin d'assister au fabuleux spectacle de sa jouissance…

Lui qui croyait avoir tout vécu en matière de sexe eut la sensation grisante et folle de plonger d'une falaise dans un gouffre sans fond…

Quelques instants plus tard, appuyant la tête contre les carreaux, Brandee lui adressait un sourire rêveur, paupières closes.

— Tu as joui vite…, murmura-t-il avec une certaine fierté.

— Il y avait longtemps… Et il faut avouer que tu es doué.

— Tu n'as encore rien vu…

Elle fit glisser ses mains sur ses épaules, dans ses cheveux, puis pressa sa bouche contre la sienne.

— Eh bien, prouve-moi tes talents, fit-elle, provocante.

Grisé par ses paroles, il la bâillonna de ses lèvres. De toute évidence, ce premier orgasme n'avait pas apaisé le feu qui la dévorait, car elle lui rendit son baiser avec ardeur.

Il se remit à chalouper en elle, de nouveau résolu à prendre son temps. Il n'avait jamais tenu une femme aussi féline dans ses bras, aussi sensible et entière. Elle saluait chaque coup de reins par des chuchotements d'encouragement à lui faire perdre la tête… Mais il tint bon jusqu'à ce qu'il sente sourdre un nouvel orgasme en elle… Il céda à l'urgence du plaisir qui montait en lui au moment où elle se cambrait, aux prises avec la jouissance…

Quand il revint à lui, l'eau ruisselait toujours sur eux, leurs souffles étaient encore saccadés, et il jubilait… Il savait que lui faire l'amour s'apparenterait à une expérience extraordinaire, mais il avait sous-estimé l'effet que cette expérience aurait sur son psychisme.

— Repose-moi avant qu'il ne nous arrive quelque chose, dit-elle d'un ton neutre.

Trop tard, pensa-t-il. *Quelque chose* d'immense et d'inoubliable s'était déjà produit. Puissant et effrayant. Il était à la fois impatient de recommencer, et terrifié… Mais, avant tout, il devait impérativement reprendre des forces, et pas seulement physiques.

Il reposa Brandee, ferma les jets d'eau. Mais à peine l'eut-il quittée des yeux qu'elle se précipitait hors de la douche. Une fraction de seconde plus tard, elle lui lançait une serviette qu'il rattrapa de justesse. La réalité venait de reprendre ses droits, songea-t-il, un rien mélancolique.

Brandee avait déjà enfilé un peignoir, et les pointes de sa chevelure ruisselaient encore d'eau quand elle tournoya pour lui faire face. Prenant une autre serviette, elle l'enroula autour de sa tête puis, emmitouflée de coton blanc, le regarda nouer sa propre serviette autour de sa taille.

— Waouh ! dit-elle en éclatant de rire. Je savais que ce serait fantastique, entre nous, mais tu as dépassé mes espérances.

Sa gaieté nonchalante ne rencontra aucun écho en lui. Il fut au contraire dépité de constater que cette merveilleuse expérience ne l'avait pas affectée autant que lui.

— C'est tout moi, dit-il d'un ton un peu sec. Satisfaction garantie.

— Je te mettrai cinq étoiles en ligne, déclara-t-elle en bâillant. Eh bien, quelle journée ! Et dire que j'ai encore un peu de travail à faire. À demain, Delgado.

Il avait cru qu'il y aurait un deuxième round, mais elle avait déjà disparu, hélas ! Déstabilisé, il sortit à son tour de la salle de bains. S'il lui courait après, elle prendrait l'avantage ; or, il ne devait pas oublier le pari.

Peu de gens savaient qu'il était bien différent de l'image qu'il affichait, celle d'un homme plein d'humour autour duquel les autres gravitaient. S'il avait rattrapé Brandee, il n'aurait pas été capable de jouer le rôle qu'elle lui connaissait, cette version séduisante et effrontée de lui-même qui était aussi sa marque de fabrique.

Brandee lui avait fait tourner la tête, puis s'était dérobée, le laissant sur sa faim. Mais ce n'était pas tant son corps que ses émotions qui étaient en tumulte. Il avait cru qu'ils referaient l'amour, et passeraient ensuite la nuit ensemble.

Blottis l'un contre l'autre.

Poussant un juron, il ouvrit son portable, incrédule. Brandee avait indéniablement gagné cette partie — à lui de s'assurer que cela ne se reproduirait pas.

Le lendemain, il avait rendez-vous avec Gabe au TCC pour prendre un verre avant d'aller dîner. En attendant son ami, il passa un coup de fil professionnel qui se déroula moins bien que prévu.

— Je vous ai dit la semaine dernière que je voulais que ça change, hurla-t-il dans son portable. Qu'est-ce que vous attendez ?

Et il raccrocha.

— Ça chauffe, observa Gabe à voix basse en s'asseyant à côté de lui. Tu t'es levé du mauvais pied ?

Son ami n'était pas loin de la vérité. En fait, il n'avait pas dormi, car il n'était pas parvenu à trouver le sommeil. Après le brusque départ de Brandee, il avait travaillé jusqu'à 2 heures, puis s'était allongé sur son lit, se repassant en boucle leurs étreintes sous la douche…

Jamais une femme ne s'était enfuie aussi vite après l'amour. En général, si quelqu'un ramassait ses vêtements et filait, c'était lui.

— Désolé, marmonna-t-il. Les travaux prennent du retard au Bellamy, alors que nous ouvrons dans deux mois.

— La routine, en somme. Curieux ! D'habitude, tu ne t'en prends pas à tes entrepreneurs.

Il n'était pas question qu'il explique à Gabe la raison de son état, même s'il s'agissait de son meilleur ami.

— Je suis un peu tendu en ce moment, reconnut-il

avant d'avaler une gorgée de scotch. À force d'aider Brandee au ranch, j'en perds de vue certains détails, au Bellamy. En fait, je suis en colère contre moi-même.

— Oh !

Oui, c'était tout ce qu'il concéderait.

— Quoi, oh ? demanda-t-il malgré lui.

— C'est à cause de ce pari que tu as fait…

Gabe scruta le fond de son verre, comme s'il pouvait y déchiffrer le mystère de la vie.

— Eh bien quoi, ce pari ? marmonna Shane d'un ton sec.

Pourquoi diable insistait-il, alors qu'il ne souhaitait pas s'étendre sur le sujet ? Était-il en train de perdre la tête ? À moins qu'il ne cherchât inconsciemment à recueillir quelques conseils avisés de Gabe. Quoi qu'il en soit, ce qui s'était passé, ou plutôt ce qui ne s'était *pas* passé, entre Brandee et lui le rongeait.

— C'est juste que je te connais bien, Shane. Je t'ai déjà vu avec d'autres femmes, mais celle-ci te rend différent… Tu l'aimes bien. Vraiment bien…

Son premier instinct fut de nier.

— Et donc, où veux-tu en venir ? s'entendit-il pourtant répliquer.

— Eh bien, mettons que tu gagnes le pari et qu'elle tombe follement amoureuse de toi, que feras-tu ?

— On continuera à sortir ensemble, j'imagine.

— Tu imagines ?

Gabe secoua la tête avant de poursuivre :

— Tu crois vraiment qu'elle voudra encore fréquenter un homme qui lui aura tourné la tête afin de pouvoir lui ravir ce ranch qu'elle aime tant ?

— Rien ne m'oblige à l'acheter.

D'ailleurs, après avoir passé quelque temps sur sa propriété, il n'avait plus envie de l'acquérir pour y construire des résidences de luxe destinées aux touristes.

— Je lui dirai que j'ai changé d'avis, ajouta-t-il.

— C'est le cas ?

— C'est possible.

— T'arrive-t-il parfois de répondre clairement à une question ?

— Ça dépend.

— Et que se passera-t-il, si c'est Brandee qui gagne ?

— Impossible ! Il se peut que cette femme me plaise beaucoup, mais cela n'ira pas bien loin. Nous nous ressemblons trop ; ni elle ni moi ne sommes intéressés par une relation sérieuse. Nous en avons discuté et sommes d'accord là-dessus. Coucher ensemble, c'est génial, en revanche, l'amour, c'est…

Il s'apprêtait à dire *rasoir*, mais se ravisa en repensant aux nombreux dîners dans le patio et aux longues conversations près du feu. Il avait pris grand plaisir à tous ces moments en sa compagnie.

— L'amour, c'est… ? l'encouragea Gabe.

— Trop compliqué, trancha-t-il, et tu sais parfaitement que je préfère les relations occasionnelles et faciles.

Gabe hocha la tête en terminant son verre.

— Tant que tu sais ce que tu fais et que tu assumes les conséquences de tes actes, j'estime avoir rempli ma mission.

— Je t'absous de toute responsabilité concernant les faux pas que je pourrais éventuellement commettre avec Brandee.

Son ami acquiesça de nouveau du menton, sans paraître soulagé pour autant.

— Une dernière chose avant de clore le sujet, reprit Shane en se rappelant sa promesse. Brandee m'a demandé si tu voulais bien venir l'aider demain à gérer un stage qu'elle organise pour des ados en difficulté. Megan Maguire de Safe Haven amènera ses chiens de sauvetage, afin d'occuper les gosses.

— Pas de problème ! Dis-moi juste à quelle heure je dois être sur place.

Brandee inspectait le foyer du camp pour vérifier que tout était prêt. Il était près de 10 heures et un bus d'adolescents devait arriver d'un moment à l'autre. Megan était déjà là, avec ses quinze chiens, un pour chaque enfant ; ceux-ci couraient actuellement dans le paddock.

— Merci pour ta présence, dit Brandee à Gabe, qui avait lui aussi répondu à l'appel.

— Tout le plaisir est pour moi.

Chelsea et lui avaient installé et dressé les tables, tandis que Megan et elle s'étaient occupées des chiens et avaient disposé les obstacles pour la course prévue en fin d'après-midi.

Megan devait tout d'abord exposer les avantages liés au dressage d'un chien de sauvetage, tant pour l'animal que le propriétaire. Ensuite, ils passeraient aux travaux pratiques dans le paddock. Certains enfants en étaient à leur deuxième expérience.

— Shane n'est pas là ? s'étonna Gabe.

— Il a promis de passer, mais il avait des choses à régler au Bellamy, répondit-elle.

— Pourvu qu'il ne soit pas retenu toute la journée là-bas.

À cet instant, le bus apparut dans l'allée et elle s'abstint de répondre. Ils avaient pu effectuer les préparatifs sans Shane et il n'y aurait pas grand-chose à faire pendant l'exposé de Megan, mais elle espérait qu'il serait présent au déjeuner.

— C'est parti ! déclara Megan.

Les yeux verts de la belle rousse reflétaient un bel optimisme. Avec sa générosité et sa patience à toute épreuve, elle était la personne la plus adorable que Brandee ait jamais rencontrée.

— J'espère que ce groupe sera aussi intéressé que le dernier, ajouta-t-elle.

— Moi aussi ! renchérit Brandee. Nous nous étions vraiment bien amusés.

— Sur les dix chiens que j'avais amenés, trois ont été adoptés peu après. Cette journée de dressage avait vraiment été utile.

— J'en suis ravie. Les ados l'étaient eux aussi, puisque certains se sont réinscrits aujourd'hui.

Elle avait d'ailleurs été étonnée, car il s'agissait de jeunes filles qui n'avaient pas paru particulièrement enthousiastes. Peut-être leurs parents les avaient-ils forcées à revenir. Une chose était sûre, le visage que Nikki Strait et Samantha, sa meilleure amie, affichèrent en descendant du bus était aussi fermé que la dernière fois. Elles ne semblaient guère motivées, hélas…

— Bienvenue à Hope Springs Camp, déclara Brandee quand les adolescents furent réunis. Megan Maguire et moi vous remercions d'être venus aujourd'hui nous aider à dresser les chiens.

Quelques-uns sourirent, certains scrutèrent les environs, d'autres ricanèrent — bref, des comportements normaux pour cet âge.

Elle leur indiqua le programme de la journée, puis ils se rassemblèrent dans le foyer, où Megan commença son exposé sur le dressage. Brandee surveilla alors discrètement les enfants qui écoutaient d'une oreille attentive et ceux qui s'ennuyaient. À son grand étonnement, Nikki et Samantha entraient dans la première catégorie.

Tandis que Megan emmenait les enfants dans le paddock, Brandee s'occupa de réchauffer les plats cuisinés par May, en l'occurrence ses fameuses lasagnes, qu'elle servirait avec une salade, des brownies étant prévus en dessert. La dernière fois, le chili de May avait eu un grand succès.

Soudain, elle pensa au mois suivant... Avec la menace de Maverick qui planait au-dessus du ranch et eu égard au comportement ambigu de Shane, parfois distant, parfois séducteur, serait-elle seulement encore là dans quelques semaines ?

Un groupe d'adolescents bien plus animé qu'à l'arrivée revint du paddock : c'étaient les bienfaits des activités avec les chiens.

Shane n'était toujours pas là lorsque les tables furent débarrassées et que le dressage à l'aide de clickers commença. Brandee avait renvoyé Gabe et Chelsea des cuisines et enveloppait les derniers restes quand Shane fit son apparition, un peu avant 13 heures.

— Comment se déroule cette journée ? s'enquit-il.

Il prit un brownie et, s'appuyant contre le comptoir, mordit dedans.

— Mmm, c'est délicieux, ajouta-t-il.

— Tout se passe au mieux, répondit-elle.

Elle était un peu déçue qu'en dépit de sa promesse il n'ait pas pu se libérer pour l'aider avant.

— Je ne pensais pas que tu serais retenu toute la matinée, poursuivit-elle. As-tu déjeuné ?

— Oui, j'ai grignoté quelque chose en ville.

— Ah bon ? Je croyais que tu te rendais sur le site du Bellamy.

— Tout à fait, mais David et moi devions discuter, aussi sommes-nous allés déjeuner au Royal Diner.

Il jeta un coup d'œil aux adolescents, à l'extérieur.

— Je suis là à présent, enchaîna-t-il. En quoi puis-je t'être utile ?

— Tu peux récurer les plats qui sont dans l'évier, lança-t-elle. Je laisse toujours le pire pour la fin.

Et, sur ces mots, elle le quitta pour rejoindre les autres. Alors qu'elle lui jetait un coup d'œil par-dessus son épaule, elle le vit rouler les yeux et relever ses manches. Puis il s'approcha de l'évier, comme si un cobra allait en surgir. Elle doutait qu'il ait jamais fait la vaisselle, et devrait sans doute vérifier si ses poêles étaient impeccables.

Dans le paddock, elle fut surprise de constater que Megan avait cette fois confié un labrador à Nikki, et que cette dernière semblait ravie de s'en occuper. Le chiot, quant à lui, lui obéissait déjà quand elle lui ordonnait de se coucher ou de se lever. Son enthousiasme avait été bien moins évident la fois précédente.

— Comment as-tu réussi ce miracle ? demanda-t-elle en se glissant près de Megan.

Celle-ci lui sourit.

— Nikki et sa mère sont venues à plusieurs reprises au chenil pour m'aider et elle sait vraiment s'y prendre avec les chiens. Je crois que la dernière fois je ne lui avais juste pas donné le bon animal.

Subitement, elle avisa Justin Barnes. Isolé dans un

coin, l'adolescent passait plus de temps à caresser le chien qui lui avait été confié qu'à le dresser.

— Qui est cet enfant, là-bas ? fit la voix de Shane dans son dos.

— Justin. C'est le garçon dont je t'ai parlé. Celui que son père oblige à jouer au foot, alors qu'il voudrait apprendre la guitare.

— On dirait que lui et moi avons quelque chose en commun.

Elle sauta sur l'occasion.

— Tu pourrais peut-être aller lui parler ?

— Mon adolescence est loin derrière moi, mais pourquoi pas ?

— Merci, dit-elle.

L'agacement que lui avait valu son arrivée tardive s'évapora d'un coup.

— Je finirai la vaisselle, ajouta-t-elle dans la foulée.

— C'est fait.

— Déjà ?

— Oui, il suffisait d'un peu d'huile de coude. Pourquoi sembles-tu étonnée ? Ce n'est pas très flatteur pour mon ego.

— Oh ! je ne m'inquiète pas trop pour ton ego !

C'était un échange coutumier entre eux, mais cette fois-ci Brandee eut subitement envie d'une relation un peu plus substantielle… Allons ! Que lui prenait-il ? Était-elle donc intéressée par une liaison avec Shane Delgado ? À cette pensée troublante, elle sentit son estomac se nouer.

— Tu as raison, ça me fera du bien à moi aussi de parler avec ce garçon, concéda-t-il.

Elle le regarda rejoindre Justin tout en riant d'elle-même.

Tomber amoureuse de Shane, même sans ce pari, serait un désastre. Ils se ressemblaient tant par leurs mauvais côtés, et étaient si différents pour les bons… Mais, s'il valait mieux qu'ils en restent à des échanges superficiels, rien ne les empêchait de continuer à s'amuser au lit. C'était ce que tous deux recherchaient et l'arrangement lui convenait.

En saluant Gabe d'un signe de la main, Shane comprit que son ami était soulagé de ne plus être le seul homme du camp.

Prenant un siège pliant, il le porta jusqu'à la hauteur de l'enfant, et s'assit près de lui.

— Salut, dit-il en caressant le chien à la robe caramel. Comment ça va ?

— Bien, marmonna Justin.

— Il s'appelle comment ?

— *Elle* s'appelle Ruby.

— Eh, salut, Ruby ! dit-il.

Il continua à flatter un peu la chienne, puis s'adossa à sa chaise.

— Moi, c'est Shane.

— Justin.

Une fois les présentations faites, tous deux jaugèrent l'animal, qui semblait attendre quelque chose, son regard passant de l'un à l'autre.

— Qu'est-ce que tu es censé faire ?

— Du dressage avec ce clicker.

— Ça marche comment ?

— Ruby !

La chienne leva la tête vers lui, il émit un petit clic avec l'appareil et lui donna une friandise.

— Oh ! super !

Justin hocha la tête.

OK… Il n'y a rien d'évident à communiquer avec les ados, et il en conçut un plus grand respect pour Brandee. Se penchant en avant, il frotta ses mains l'une contre l'autre.

— Elle m'a fait faire la vaisselle, murmura-t-il. Tu le crois, toi ?

— Qui ?

— Brandee. Elle me confie toujours des tâches que je n'ai pas envie de faire.

— Pas de chance.

Il lui jeta un long regard en biais.

— Pourquoi tu l'écoutes ? ajouta Justin.

— Parce qu'elle est jolie et que je l'aime bien. Cela dit, je ne sais pas si c'est réciproque. Parfois, j'ai l'impression que, quoi que je fasse, ce ne sera jamais assez. Tu vois ce que je veux dire ?

— Mouais.

Un silence s'ensuivit.

— C'est comme avec mon père, reprit l'adolescent. Il me fait jouer au foot, alors que je déteste ça.

— Ah bon ? Le mien était pareil.

Et, après toutes ces années, il ne pouvait pas croire qu'il lui en veuille encore autant ! Aux yeux de Landon Delgado, rien n'était jamais assez bien.

— Il voulait que je reprenne le ranch familial, mais ça ne m'intéressait pas du tout, précisa-t-il.

— Et que voulais-tu faire, à la place ? demanda Justin, soudain intéressé.

— Tout sauf m'occuper d'un ranch !

— Et tu fais quoi, aujourd'hui ?

— J'ai encore le ranch, mais je me suis spécialisé dans l'immobilier. Par exemple, Heritage Estates, c'est moi. Et, en ce moment, je fais construire un hôtel de luxe hors de la ville, le Bellamy.

— Finalement, tu as écouté ton père, si tu as toujours le ranch.

— La propriété appartient à ma famille depuis un siècle, expliqua Shane. Je la gère de loin, et je mène ma vie comme je l'entends… tout en respectant le vœu de mon père, tu as raison, puisque je n'ai pas vendu le ranch après sa mort.

— Ce n'est pas aussi facile pour moi.

— Quelle activité te plairait, en dehors du foot ? demanda Shane, même s'il connaissait la réponse.

— Jouer de la guitare et composer.

— Cool ! Tu as une guitare ?

— Oui, c'est mon père qui me l'a offerte.

— Ah bon ? Et il ne veut pas que tu en joues ?

— Il préfère que je pratique le foot, déclara-t-il, sur la défensive.

— Tu sais pourquoi ?

— Parce qu'il jouait au foot au lycée, ce qui lui a permis d'obtenir une bourse pour aller à la fac. Mais, moi, je ne suis pas aussi bon que lui et aucune équipe à la fac ne voudra de moi.

— Ton père a peut-être peur de ne pas pouvoir te payer tes études ?

— J'imagine, dit Justin en haussant les épaules. Mais je ne suis pas certain de vouloir étudier ; je veux écrire des chansons et faire carrière dans la musique.

— Tu es déterminé, c'est bien. À ton âge, je ne savais

pas du tout ce qui m'intéressait. Finalement, j'ai suivi des études de commerce.

Et, après l'obtention de son diplôme, il avait fondé sa société immobilière grâce à l'argent hérité de sa grand-mère. Son père ne lui avait pas adressé la parole pendant un mois quand il l'avait découvert.

— La fac, ça coûte cher, et je ne sais pas si j'ai envie de m'y inscrire.

Shane voulut lui répondre qu'il était toujours préférable d'avoir un diplôme en poche, au cas où la musique ne marcherait pas, mais, devant la détermination qu'il lisait sur le visage du jeune garçon, il comprit que pour ce dernier c'était la musique ou rien. Il n'y avait plus qu'à espérer que l'adolescent avait un talent à la mesure de son ambition.

— Tu sais, si ton père s'obstine avec le foot, c'est qu'il s'inquiète pour ton avenir. Pourquoi n'accepterais-tu pas d'essayer le foot, et lui en retour pourrait t'aider à pratiquer la guitare ?

— C'est ce que tu as fait avec ton père ?

Pas vraiment, mais à quoi bon entrer dans les détails ?

— Nous avons trouvé un accord : je gardais le ranch et je trouvais une façon de le gérer tout en me livrant à mes activités immobilières.

— Est-il fier de toi ?

La question lui fit l'effet d'un coup de poing.

— Il est mort avant que mon entreprise ne décolle, mais je pense qu'il en avait perçu le potentiel et était impressionné.

Shane n'éprouvait pas la moindre culpabilité en mentant au jeune garçon. Certes, il n'avait pas su communiquer avec son père, mais cela ne signifiait pas pour autant que Justin aurait le même problème. Et, si, adolescent, on lui avait donné le conseil qu'il venait de prodiguer à Justin, il aurait sans doute eu une meilleure relation avec son père.

— J'essayerai alors, concéda Justin.

— Bravo ! Tiens, je te donne ma carte. N'hésite pas à m'appeler si tu souhaites en reparler avec moi, ou bien que je discute avec ton père.

— Merci.

L'air un peu moins sombre, Justin glissa la carte dans la poche arrière de son jean, et parut soudain plus intéressé par le dressage du chien.

Puis Shane alla d'enfant en enfant pour discuter, si bien qu'au bout de trente minutes, quand Megan annonça la fin de la séance, il connaissait l'histoire de chacun.

— Comment t'y es-tu pris ? lui demanda Brandee lorsqu'elle le rejoignit. Ils avaient tous le sourire en te regardant t'éloigner, même Justin.

— Donc, tu viens seulement de te rendre compte que je suis un type bien ?

Sur ces mots, il lui adressa un grand sourire tout en cognant gentiment son épaule contre la sienne.

— Je pensais pourtant qu'après avoir vécu une semaine avec moi tu avais attrapé le virus, ajouta-t-il.

— Quel virus ? répliqua-t-elle d'un ton dubitatif.

— Le virus Shane.

Dardant sur elle son regard le plus sensuel, il poursuivit :

— Il accélère les battements de ton cœur, rend les mains moites et crée en toi un désir fou pour les baisers torrides.

Elle fit la moue.

— Je suis certaine d'être immunisée contre ça.

Malgré tout, elle ne paraissait pas aussi confiante qu'auparavant.

— On dirait que tu me lances un nouveau défi, rétorqua-t-il.

— Pas du tout.

— Ce qui est étrange, c'est que tu présentes déjà les symptômes.

— Vraiment ?

Profitant que tout le monde avait les yeux rivés sur Megan, il se pencha vers elle pour effleurer son oreille de sa bouche, car elle était particulièrement sensible à cet endroit. Puis il l'attira vers lui, son assaut lui arrachant une petite exclamation.

Une seconde plus tard, il la relâchait.

— Dis-moi que ton cœur ne bat pas comme un fou, fit-il en la gratifiant d'un petit sourire.

— Tu n'es pas aussi séduisant que tu le crois, lui assura-t-elle.

Et elle fit mine de redoubler d'attention pour les activités qui se déroulaient sous leurs yeux, en l'occurrence des sauts d'obstacles pour les chiens.

Il la laissa avoir le dernier mot : la contrarier n'était pas le bon moyen pour gagner son cœur.

— Tu crois qu'il y a quelque chose entre Gabe et Chelsea ? demanda Brandee après que deux autres chiens eurent effectué leur parcours.

Shane suivit son regard, et nota que les deux se tenaient un peu en retrait.

— Quelque chose comme quoi ?

— Comme s'ils étaient attirés l'un par l'autre.

— Peut-être.

Il leur accorda une plus grande attention… Oui, elle

avait raison, même si Gabe et Chelsea n'en avaient pas encore conscience. L'espace d'une seconde, Shane envia l'esprit de camaraderie qui semblait régner entre eux.

Avec le pari qui planait au-dessus de leurs têtes, Brandee et lui ne pouvaient pas se permettre une telle décontraction, mais c'était tout aussi bien. Leurs joutes verbales étaient plutôt excitantes, tout comme leurs ébats. Il aimait la façon dont elle le défiait. Leurs querelles ne faisaient qu'exacerber la fièvre, entre eux.

De toute manière, il ne souhaitait pas nouer une relation à long terme, mais juste s'amuser et gagner son pari. Quand il quitterait Hole Springs Ranch, sa vie reprendrait son cours normal.

Et s'il avait envie de la revoir ? se demanda-t-il tout à coup. Il scruta son profil. Accepterait-elle de poursuivre leur relation pour voir où cela les mènerait ? Ou bien seul le pari comptait-il, pour elle ?

Le cours qu'avaient pris ses pensées lui déplaisait, tout comme ce petit élancement, du côté du cœur. En réalité, les paroles prononcées par Gabe quelques jours plus tôt ne cessaient de le hanter : « Tant que tu sais ce que tu fais et que tu assumes les conséquences de tes actes… »

Hélas, il avait l'impression que plus le temps passait, moins il savait ce qu'il faisait. Quant aux conséquences de ses actes, elles seraient certainement bien plus complexes que prévu.

- 9 -

Brandee invita Chelsea, Gabe et Shane à dîner au Texas Cattleman's Club pour les remercier de leur concours, grâce auquel la journée avec les adolescents avait été un succès.

Une fois de retour au ranch, Shane et elle s'installèrent dans le patio, près du feu. Une infusion à la main, elle plaça ses pieds sous ses jambes.

— Bien que tu sois arrivé en retard, ta présence a été salutaire, déclara-t-elle. Tout comme celle de Gabe. Les garçons ont été moins chahuteurs que d'habitude. Megan espère que certains enfants adopteront des chiens. Le courant passe particulièrement bien entre Seth Houser et le petit terrier à poils doux dont il s'occupe depuis trois mois, maintenant.

— Je dois avouer que j'ai été médusé par le duo que formaient Tinkerbell et Jenny, renchérit Shane.

— Megan est très douée pour assortir l'animal à son futur maître éventuel.

Le silence retomba, seul le crépitement des flammes animait l'obscurité. Elle sentit alors la tension monter entre eux. La dernière fois qu'ils avaient discuté dans le patio, cela avait fini sous la douche.

Le lendemain de leurs ébats, Brandee était rentrée très tard de sa journée de travail. N'avait-elle pas cherché à l'éviter ? s'interrogea-t-elle tout à coup. Ce qu'elle avait éprouvé quand il l'avait pénétrée, la première fois, l'avait bouleversée, elle y repensait souvent. Elle avait su que faire l'amour avec lui lui plairait, mais elle n'avait pas mesuré à quel point. Jamais elle n'avait connu des étreintes aussi passionnées avec un homme.

Et, depuis, elle ne cessait de les revivre, encore et encore… Elle préférait toutefois oublier la façon dont elle s'était enfuie pour se réfugier dans sa chambre, afin que Shane ne se rende pas compte de sa vulnérabilité totale. En fait, elle avait eu si peur que ce soit lui qui, une fois satisfait, s'éclipse sans crier gare qu'elle avait préféré prendre les devants.

Mais, à présent qu'elle était remise de ses émotions, elle était prête à réitérer l'expérience. Alors que le désir l'assaillait, elle sourit à Shane. Elle allait lui suggérer d'aller faire un tour dans sa suite, quand il déclara :

— Je comprends pourquoi tu trouves ça si gratifiant.

— Pardon ? demanda-t-elle, confuse.

— Ton travail avec les adolescents.

Se résignant à refréner sa libido, elle concéda :

— Ceux que tu as vus aujourd'hui ne sont pas forcément représentatifs des enfants que j'accueille. Il y en a avec qui ce n'est pas aussi facile.

— En tout cas, tu as un bon contact avec eux.

— Peut-être parce que je sais ce que c'est, les problèmes à la maison… Ce n'est pas facile de vivre avec une mère qui ne vous garde que pour vous voler votre argent.

— Je n'arrive pas à imaginer une chose pareille.

Et il rapprocha son épaule de la sienne, de sorte qu'elle se sentit soudain plus en sécurité.

— De mon côté, j'étais loin d'être la fille idéale, tu

sais… Comme elle me criait toujours dessus, j'ai fini par me rebeller.

— De quelle façon ?

— Rien de très original : je me suis mise à sortir, à boire, à fumer… Mes résultats scolaires en ont pâti et je me suis rendu compte qu'elle s'en fichait et que c'était avant tout à moi que je faisais du mal. Alors je me suis ressaisie, tout en évitant la maison le plus possible.

— Quand j'étais ado, je préférais moi aussi passer le plus de temps possible hors de chez moi. Ainsi, j'évitais les corvées, ce qui rendait mon père fou de rage. Il me répétait que je n'arriverais à rien dans la vie, mais je ne le croyais pas.

Sur ces mots, il fixa les flammes et elle garda le silence, ne sachant comment enchaîner. Il y avait tant d'amertume, dans sa voix ! Par ailleurs, elle ne comprenait pas qu'il puisse avoir en horreur le ranch paternel. Cela faisait un sujet de plus qui les éloignait l'un de l'autre, et une raison supplémentaire pour elle de ne pas s'attacher à lui.

— Qu'est-ce que tu détestais tant, dans le travail sur le ranch de ton père ? demanda-t-elle, curieuse.

— Honnêtement, je ne saurais dire… Mais je ne comprenais pas pourquoi il travaillait si dur, alors qu'il aurait pu obtenir des résultats plus efficaces en s'y prenant différemment. Seulement, il refusait de prendre en compte mes suggestions.

— Comment as-tu fini par devenir promoteur immobilier ? questionna-t-elle.

— Grâce à un ami que j'ai rencontré à l'université, répondit-il avec une grande satisfaction dans la voix. Et toi, comment en es-tu arrivée là ?

— J'ai commencé à travailler dès mes seize ans.

Le soir et le week-end, je m'occupais du stock dans une épicerie. Rapidement, j'ai pu acheter ma première voiture, elle était cabossée et pas vraiment aux normes, mais synonyme pour moi de liberté. J'ai fait en sorte que ma mère ne l'apprenne pas.

— Pourquoi ?

— Elle l'aurait donnée à l'un de ses petits amis au look et au surnom impossibles. Elle hébergeait toujours ces paumés, alors qu'elle habitait dans un minuscule deux-pièces… Elle était coiffeuse sans perspective d'évolution, et avait le chic pour attirer les losers, des gars assez inoffensifs malgré tout. Jusqu'à ce qu'elle s'amourache d'un type violent.

— Vraiment ?

— Oui, hélas ! Il trempait dans le trafic de drogue. Ce qui fait qu'il avait toujours de l'argent, mais qu'il était aussi vraiment dangereux. C'était le pire de tous.

— Et, avec toi, comment se comportait-il ?

— Au début, il me laissait tranquille, mais ses amis me mettaient mal à l'aise. J'avais dix-sept ans alors… Cela dit, j'avais déjà l'habitude des mains baladeuses et des réflexions déplacées.

Elle le vit se crisper.

— Ils t'ont fait du mal ? questionna-t-il tout à trac.

— Si la question est : t'ont-ils violée ? La réponse est non.

Il parut se détendre.

— Et donc, qu'est-ce qui s'est passé ?

— Un jour, je me croyais seule, et j'ai pris une douche, ce que je ne faisais jamais en présence de ces voyous, pour ne pas attirer leur attention. En général, je préférais me laver chez des amies.

Elle marqua une pause… Elle évoquait rarement cette affreuse période de sa vie, seule Chelsea était au courant.

— Bref, le petit ami de ma mère, ce crétin, était en fait à la maison et quand je suis sortie de la douche, enveloppée dans une serviette de toilette, et que j'ai vu cette lueur libidineuse dans ses yeux, je suis immédiatement rentrée dans la salle de bains, où je me suis enfermée à double tour. Il a cogné une demi-heure contre la porte jusqu'au retour de ma mère.

— Et tu lui as tout raconté, j'imagine ?

— Non, à quoi bon ? Elle m'aurait accusée de l'avoir provoqué. Alors j'ai décidé de prendre un garde du corps, dit-elle en s'efforçant de plaisanter.

— C'est-à-dire ?

— J'ai séduit le garçon le plus sportif et musclé du lycée, et je lui ai dit : « Oh ! Cal, toi qui es si fort, tu ne pourrais pas intimider l'affreux bonhomme qui vit avec ma mère et qui n'arrête pas de me peloter ? »

— Et ça a marché ?

— Parfaitement. Le copain de ma mère était costaud, mais mon petit ami était une armoire à glace.

— Et grâce à lui tu as pu finir tranquillement le lycée, c'est ça ?

Elle se mit à fixer l'obscurité, hésitant à lui mentir.

— En fait, j'ai arrêté avant…

— Pourquoi ?

— Deux mois avant le bac, ma mère a compris que son type avait des vues sur moi et, au lieu de le mettre dehors, elle s'est retournée contre moi. Alors je me suis enfuie pour de bon.

La première impulsion de Shane fut d'injurier cette mère indigne, mais il n'en fit rien. Brandee guettait sa réaction, aussi devait-il se montrer prudent pour éviter de la blesser.

— Waouh, c'est dur ! dit-il.

Elle paraissait si vulnérable, tout à coup, comme si elle était de nouveau cette enfant abandonnée, la plus grosse erreur de sa mère. D'instinct, il lui saisit la main et enchevêtra ses doigts aux siens pour lui apporter un peu de réconfort.

— Où es-tu allée ? demanda-t-il.

— J'aurais pu me rendre chez ma grand-mère dans le Montana, mais je lui en voulais de ne pas m'avoir recueillie juste après la mort de mon père.

Elle étreignait plus fort sa main.

— Qu'as-tu fait, à la place ?

Elle se détendit un peu, et répondit :

— J'ai demandé à une amie de m'héberger, et j'ai trouvé un emploi de serveuse. Mais j'avais bien sûr d'autres projets en tête. Comme j'étais douée pour le crochet et la couture, j'ai acheté une machine à coudre d'occasion, et j'ai commencé à créer des vêtements et à les vendre en ligne. Je travaillais non-stop…

— Et, ta mère, elle ne t'a pas recherchée ?

— Si… Ou plutôt elle a envoyé son petit ami à mes trousses, si bien que j'ai dû encore fuir en catastrophe. Je suis allée jusqu'à Waco, où j'ai vécu deux semaines dans ma voiture.

— À dix-sept ans ?

— Tu ne t'es jamais dit que j'étais plus forte que j'en avais l'air ? répliqua-t-elle en éclatant de rire. En fait, je venais d'avoir dix-huit ans.

— Et après ?

— À partir de là, mon histoire devient rasoir, car j'ai retrouvé une place de serveuse, une chambre où vivre et un deuxième emploi dans un atelier de couture. Le patron m'autorisait à me servir des machines à coudre, après la fermeture. Rapidement, la vente de vêtements et d'accessoires en ligne m'a rapporté suffisamment d'argent. Alors j'ai arrêté de faire la serveuse et je me suis acheté un studio… À l'époque, mes affaires me rapportaient dix mille dollars par mois.

Ce chiffre le stupéfia.

— C'est énorme pour une opération menée en solo !

— Je ne dormais plus, ne mangeais presque pas, et ne quittais ma machine à coudre que pour acheter des fournitures.

— Au bout de combien de temps l'affaire est-elle devenue trop énorme pour que tu puisses la gérer seule ?

— À l'âge de vingt ans, j'avais quatre salariées, mais je les payais en espèces, et j'avais peur que cela finisse par se retourner contre moi. J'ai donc demandé conseil à ma banque, et là les choses ont vraiment décollé pour moi…

— Quel parcours ! s'exclama-t-il d'un ton admiratif. Si peu conventionnel. Et maintenant tu t'occupes d'un ranch…

— Je préfère. Je me serais ennuyée, si j'étais restée chef d'entreprise ! Gérer des millions, c'est assommant. Je passais mon temps derrière un écran…

— Et donc, tu trouves plus drôle de parcourir les prairies la nuit pour surveiller tes vaches gravides ?

— Exactement ! J'ai revendu mon affaire à une Californienne… Tout ça me semble un peu surréaliste, notamment la vitesse à laquelle l'argent est rentré, alors qu'au début je vendais de simples bandeaux réalisés au crochet.

— Et tu n'as jamais regretté d'avoir vendu ta société ?

— Non, ce n'était pas mon rêve, mais Hope Springs Ranch, si. Je crée encore quelques modèles de vêtements, chaque année, cela me permet de rester dans le coup, mais pas plus. Et, maintenant, je compte consacrer davantage de temps à mon projet pour les adolescents.

Il laissa son regard tomber sur sa bouche entrouverte… et glissa, quelques instants plus tard, la main sous la masse de sa chevelure afin de l'attirer à lui. De ses lèvres, il frôla ensuite les siennes, puis tous deux se jetèrent l'un sur l'autre…

Langues mêlées, souffles courts, ils s'embrassèrent avec passion. Il la jucha prestement sur ses genoux et sentit avec délice ses seins s'écraser contre son T-shirt en coton. Sans attendre, elle enfouit les mains dans ses cheveux, et il caressa de sa bouche sa nuque toute douce, en marmonnant son prénom. Même s'il l'avait désirée ces derniers jours, il avait sous-estimé la force du désir qui le tenaillait.

— J'ai envie d'être en toi, dit-il, haletant, en déboutonnant son corsage. Tu ne ressembles à aucune femme que j'ai connue.

Elle enleva bien vite son chemisier et le jeta par terre.

— Tu es plutôt beau gosse toi aussi, Delgado, répondit-elle en enserrant son visage, les yeux rivés aux siens. Avec toi, je découvre des sensations inconnues.

Elle reprit sa bouche pour lui offrir un baiser à couper le souffle. Il plaqua les mains sur ses reins, savourant sa chaleur soyeuse, tout comme son dos délicat et les fossettes juste au-dessus de ses fesses.

Cette fois, il était bien résolu à prendre son temps pour découvrir ce qui l'excitait le plus chez elle. Il la fit doucement pivoter, puis pressa le torse contre son dos, avant de nicher son érection entre ses fesses, ce qui lui permit de caresser ses seins, son ventre, ses cuisses, tandis qu'elle chaloupait contre lui.

Il dégrafa son soutien-gorge et, au contact de l'air frais de la nuit, les pointes de ses seins durcirent immédiatement. Elle inclina la tête contre son épaule et murmura « oui », d'une voix infiniment douce.

— Recommence, dit-elle. J'aime la sensation de tes mains sur mon corps.

— Avec plaisir.

Et il prit ses seins en coupe, les palpa gentiment, attentif à ce qu'elle aimait, chaque gémissement qu'elle poussait aiguisant son propre désir. Elle se cambra quand il glissa les doigts sous ses leggings, puis frôla les rebords de sa culotte…

— Enlève ça, dit-il d'une voix rocailleuse.

— Tout de suite.

Et quelques secondes plus tard, quand il aperçut son string en dentelle blanc, il en oublia sa résolution de la faire attendre.

Il glissa promptement la main sous l'élastique, puis la posa sur son sexe. Elle écarta un peu plus les jambes, le souffle saccadé…

Tous deux soupirèrent de concert quand il se mit à titiller son clitoris. Il devina le rythme qu'elle aimait en fonction de ses déhanchements, du tremblement de ses jambes. À moitié nue contre lui, les yeux clos, elle s'abandonnait en toute liberté et en était d'autant plus troublante.

Lorsqu'il plongea les doigts au cœur de sa féminité, elle frissonna, les sourcils froncés, concentrée sur son plaisir. Et soudain un cri lui échappa… Elle plaqua alors la main sur la sienne, le guidant dans ses mouvements, tandis qu'un orgasme lent et puissant, à ce qu'il pouvait en juger, soulevait son être… Il la contempla jusqu'à ce qu'elle rouvre les paupières.

— Nous devons poursuivre à l'intérieur, chuchota-t-il, au supplice.

— Une seconde, je ne suis pas certaine de pouvoir marcher.

Ça, c'était un peu fort ! C'était tout de même lui qui agonisait de désir.

Sans mot dire, il la souleva dans ses bras…

— Dans ta chambre ! s'écria-t-elle avant qu'il ne fasse un pas. S'il te plaît… Je t'imagine tout seul dans ton grand lit depuis ton arrivée, et je pense à tout ce que j'aimerais te faire sur ce lit.

Comme il la comprenait ! Lui aussi s'était repu des mêmes fantasmes.

— Dans ce cas, nous allons nous raconter tour à tour les scénarios que nous avons écrits chacun de notre côté et les mettrons en scène, décréta-t-il en entrant dans sa chambre par la double-fenêtre qui donnait sur le patio.

— J'ai l'impression que la nuit va être longue.

— Je l'espère.

Et, cette fois, il allait faire en sorte qu'elle n'ait pas la force de le quitter avant qu'il ne soit prêt à la laisser partir.

- 10 -

À 9 heures le dimanche matin, le Royal Diner était généralement bondé, aussi Brandee était-elle arrivée une heure plus tôt pour être certaine d'avoir un box. Quand Chelsea se glissa en face d'elle sur la banquette, elle reposa le journal dans lequel elle était plongée.

— Merci d'avoir accepté ce petit déjeuner, lui dit-elle. J'avais vraiment besoin de sortir de chez moi, le pari avec Shane ne se passe pas comme je l'espérais.

— Je t'avais bien dit que c'était une mauvaise idée.

Brandee fit la grimace.

— Disons que je suis dans une situation désespérée, et que je n'arrive plus à réfléchir.

— Donc tu as finalement succombé au magnétisme animal qui émane de lui ?

— Je n'ai succombé à rien, rétorqua-t-elle. Mais nous nous amusons bien, tous les deux.

Très bien, même.

— À d'autres ! s'exclama Chelsea en éclatant de rire. Tu fais la fille décontractée, mais je t'ai bien observée, hier. Quand il parlait aux enfants, tu étais aux anges. Je t'assure, c'est pire que tu ne crois…

Elle n'était pas prête à l'admettre et encore moins devant sa meilleure amie, qui plus est dans un lieu public.

— Non, il s'agit juste de sexe, entre nous. J'étais restée

hors circuit depuis un peu trop longtemps et force est d'avouer que Shane est assez doué…

Chelsea secoua la tête, dubitative.

— C'est pour ça que tu as l'air si fatiguée, ce matin ?

— Pas du tout, j'ai bien dormi.

Ce qui était vrai. Après qu'ils avaient fait l'amour jusqu'à épuisement, elle avait sombré dans un profond sommeil, ce qui ne lui était plus arrivé depuis que Maverick lui avait envoyé cette affreuse menace. Blottie dans les bras de Shane, dont le souffle chaud lui caressait la tempe, elle avait soudain pris la mesure de tout le temps qu'elle avait passé seule. Elle qui pensait avoir judicieusement placé toute son énergie dans le ranch avait en réalité adopté un rythme frénétique pour oublier sa solitude.

— Merci pour ton aide, hier, reprit Brandee une fois qu'elles eurent passé commande. Sans toi et Gabe, j'aurais été dépassée. Shane m'a été bien utile aussi, bien sûr, quand il a daigné nous rejoindre. J'espère juste que ce n'était pas mon dernier stage…

— Des nouvelles de Maverick ?

— Non, mais je dois donner ma résiliation au TCC et verser l'argent dans deux jours. Et je ne sais pas si Shane va renoncer à toute demande sur Hope Springs Ranch d'ici là.

— Tu ne penses pas qu'il est en train de tomber amoureux de toi ?

À cette question, son cœur se serra douloureusement.

— Je ne sais pas… Tu crois que oui ? Un petit peu ? questionna-t-elle, très inquiète.

— Difficile à dire, avec Shane. Il sait aussi bien cacher ses sentiments que toi.

Chelsea la scruta intensément par-dessus le rebord de son mug et ajouta :

— Mais, à la façon dont il te regardait durant le dîner hier, il m'a paru plus qu'intéressé.

Ces paroles ne parvinrent pas à rassurer Brandee complètement.

— C'est déjà ça, j'imagine.

— Le problème, reprit Chelsea, c'est que ce pari va vous empêcher d'être sincères l'un envers l'autre.

Repensant à sa conversation de la veille avec Shane puis aux fiévreuses étreintes qui avaient suivi, Brandee n'en était pas aussi certaine. Jamais elle n'avait connu une telle intimité avec un homme. Peut-être les confidences échangées sur leurs parents avaient-elles fissuré leurs armures respectives.

— J'aimerais vraiment annuler le pari, admit-elle alors. Ce qui a commencé comme un jeu devient trop compliqué.

— Eh bien, annule-le !

— Et comment vais-je expliquer ce revirement à Shane ?

— Tu peux lui avouer qu'il te plaît et que tu voudrais faire table rase du passé.

— Impossible ! s'écria Brandee. Il pensera qu'il a gagné et je devrai lui vendre Hope Springs.

En outre, elle risquait gros à le laisser prendre l'avantage. Elle s'exposerait notamment au rejet, ce qui allait à l'encontre de l'instinct de protection qu'elle avait développé dès l'âge de douze ans. Certes, elle ne voulait plus être cette femme-là, dissimulée derrière une bravade de façade, mais elle était terrifiée de faire le grand saut dans la sincérité.

Chelsea poussa un soupir de frustration.

— C'est ce que j'essaye précisément de te dire. Baisse un peu ta garde et fie-toi à ton instinct. Je suis sûre que Shane partage tes sentiments.

— Et si ce n'est pas le cas et qu'il a juste mieux simulé que moi ?

— Et si lui aussi est vraiment amoureux de toi, mais qu'il ne veut pas le montrer parce que cela signifierait que tu aurais gagné le pari ? rétorqua Chelsea. Shane adore les défis. Tous les deux, vous vous méfiez l'un de l'autre depuis le début, mais vous êtes de la même étoffe. Franchement, cette menace de Maverick aura au moins eu le mérite de vous rapprocher.

Brandee regarda son amie, stupéfiée par ses propos. Pourtant, elle ne pouvait nier que sa vie était un peu plus belle depuis ce pari.

Des éclats de colère s'élevèrent soudain d'une table voisine et Chelsea, qui tournait le dos à la scène, jeta un coup d'œil par-dessus son épaule.

— De qui s'agit-il ? s'enquit Brandee.

— Adam Haskell et Dusty Walsh, qui d'autre ?

À cet instant, leur dispute recouvrit toutes les conversations.

— Tu es un ivrogne et un ignorant, criait Walsh.

— Il n'a pas tort, marmonna Chelsea.

— Ce Walsh ferait mieux d'apprendre à se mêler de ses affaires, marmonna Brandee.

Quand elle avait acheté le ranch, il était passé chez elle pour l'informer que les femmes n'y connaissaient rien à l'élevage.

— Assez, vous deux ! s'écria Amanda Battle en

sortant de derrière le comptoir. Je ne veux pas de bagarre chez moi. Sortez !

— Je n'ai pas fini mon repas, geignit alors Walsh. Et ce n'est pas moi qui ai commencé.

Difficile d'imaginer qu'un homme comme lui fût parent avec Gabe, pensa Brandee. Heureusement, Amanda n'était pas du genre à se laisser impressionner. Dotée d'un fort caractère et femme du shérif de surcroît, elle pouvait se prévaloir d'une certaine autorité.

— Je te conseille de venir à la caisse, Karen va te préparer l'addition.

Et l'affaire fut close.

Après quoi, on leur servit leur petit déjeuner : des œufs, des céréales et une gaufre, ainsi que du café et du jus d'orange. Elles se mirent à manger de bon appétit et Brandee reprit alors le fil de leur conversation.

— Tu sais, j'ai beaucoup réfléchi à ce que la menace de Maverick m'a fait découvrir…

— Et tu estimes qu'il n'est pas vraiment fair-play de ne pas informer Shane et sa famille qu'ils sont les héritiers légaux de tes terres ?

— Oui. En même temps, je ne peux pas cracher sur dix millions de dollars… Seulement, il faudra que je m'assure ensuite que la propriété leur revient.

Chelsea poussa un soupir.

— Quelle affaire !

— Tu l'as dit ! approuva Brandee.

— Tu crois toujours que le trio infernal se cache derrière ce mystérieux Maverick ?

— Je ne vois pas qui d'autre pourrait vouloir me faire chanter. Mais je t'avoue que ça me semble tout de même un peu extrême de leur part…

— Tu ne les as pas épargnées non plus ! Et puis, cinquante mille dollars, c'est une belle somme, bien sûr, mais ce n'est pas non plus une fortune.

— Donc, cette menace viserait uniquement à m'éjecter du TCC… Tu sais, je pense que je vais céder au chantage de Maverick.

— Et le pari ?

— Shane et moi savions depuis le début qu'il nous mènerait à une impasse.

— Donc aucun de vous ne va reconnaître qu'il est amoureux de l'autre ?

— Non.

— Et pourtant je suis certaine qu'il t'aime !

— Je ne peux pas prendre ce risque, Chels, dit-elle en poussant un soupir de frustration. L'enjeu est trop important.

— D'autant que tu es éprise de lui !

— Sans doute…

Malgré tout, elle devait garder le contrôle, sans quoi, tout lui échapperait pour de bon.

La pluie se mit à tomber vers 15 heures, cet après-midi-là. Et c'est au son rythmé des gouttes de pluie que Brandee s'endormit dans la suite d'amis, bercée par les battements du cœur de Shane sous son oreille… Il pleuvait toujours quand elle se réveilla quelques heures plus tard, encore lovée dans ses bras.

Ils n'avaient pas bougé pendant leur somme, collés l'un à l'autre, et elle en éprouvait un bonheur indicible. Alors qu'elle était d'ordinaire toujours en action, effectuant dix tâches à la fois, Shane avait le don de l'apaiser et de lui faire apprécier l'instant. Un baiser ou une caresse de sa part, et le reste du monde s'évanouissait…

— Encore dix minutes…, murmura-t-il en resserrant son étreinte.

— Je ne vais nulle part…

Il fit alors courir sa bouche sur sa joue, son cou.

— Je sens que tu es sur la brèche, en train de penser à tout ce que tu as à faire dans les douze heures qui viennent.

— Détrompe-toi, je pense juste aux douze minutes à venir…

Et elle se cambra quand, de sa langue, il se mit à titiller ses seins, avant de plaquer sa bouche dessus…

Au bout de vingt minutes, elle parvint à échapper à ses mains rusées et à ses baisers brûlants. Encore vacillante, elle entra dans la douche.

Ils dînèrent rapidement d'un chili concocté par May. Il leur fallait de l'énergie pour la longue et froide nuit qui les attendait. De nombreuses vaches étaient en effet sur le point de vêler, et la pluie tombait toujours sans relâche…

À 3 heures du matin, Hope Springs Ranch comptait deux génisses et trois bœufs supplémentaires ; par un temps plus clément, Brandee se serait abandonnée à la joie de ces mises bas réussies. Seulement, le vent glacé qui soufflait à présent, en plus de la pluie, les frigorifiait. Cependant, une vache n'avait pas encore vêlé, et elle s'inquiétait beaucoup pour cette jeune bête qui allait donner la vie pour la première fois.

— Il faudrait l'emmener à l'étable, cria-t-elle pour couvrir le bruit de la pluie.

L'animal avait perdu les eaux et en était au stade

des contractions, mais la mise bas ne connaissait pas d'avancée significative. Brandee décida donc d'emmener la vache à l'abri. Shane et elle encadrèrent la bête avec leurs chevaux, et le trajet jusqu'à l'étable lui parut durer une éternité !

Une fois la vache en sécurité dans la paille, Brandee enfila un gant et l'examina pour vérifier la position du petit veau, redoutant qu'il ne se présente par le siège. Hélas, c'était bien le cas !

— Bon sang !

— Que se passe-t-il ?

— C'est un siège… Tiens, donne-moi cette chaîne, là-bas.

— Ne vaudrait-il pas mieux appeler un vétérinaire ?

— Si les choses se compliquent, oui. Normalement, je devrais pouvoir retourner le petit, la manœuvre va juste prendre un peu de temps, mais elle en vaut la peine.

— Dis-moi ce que je peux faire pour t'aider.

Face au sérieux de sa question, elle sentit son cœur palpiter un peu plus vite. Elle scruta un instant ses épaules bien carrées.

— Tu vas me montrer toute ta virilité.

Il haussa un sourcil perplexe.

— C'est-à-dire ?

— Tu devras tirer de toutes tes forces quand je te le dirai.

Et, après s'être assurée qu'il était bien d'accord, elle se concentra sur sa tâche. Malheureusement, la boucle de la chaîne glissa sur le sabot qu'elle apercevait. Elle décida donc de l'attraper avec la main, et dut s'y reprendre à trois fois avant d'y parvenir.

Déglutissant avec difficulté, elle se tourna vers Shane.

— À toi, dit-elle. Il faut tirer fort mais lentement, d'un côté puis de l'autre.

Quand le veau fut enfin bien placé, ils étaient en sueur, mais pas au bout de leurs peines.

— On doit maintenant retourner la vache pour qu'elle accouche du côté droit, c'est ce qui est le plus confortable pour elle.

Ils s'y employèrent en douceur, avant d'accorder de nouveau toute leur attention au petit veau. Brandee fixa cette fois les chaînes à l'os du canon, et à chaque contraction s'efforça de tirer… Sans succès.

— Laisse-moi faire, dit Shane.

Et il s'assit à côté d'elle. Mais il ne réussit pas mieux.

Brandee sentit la frustration l'envahir.

— Et mince ! Je ne veux pas utiliser la vêleuse ! s'exclama-t-elle.

Pourtant, elle ne voyait pas comment le petit veau pourrait échapper aux forceps… Subitement, elle eut envie de pleurer, de se réfugier dans les bras de Shane et de sangloter tout son soûl. Mais elle serra les dents. Jamais elle n'avait été si affectée lors d'un vêlage, elle devait se ressaisir.

— Allez, on va y arriver, lui assura Shane en lui donnant gentiment un coup d'épaule.

Tous deux se concentrèrent, plus que jamais attentifs à tirer lors des contractions. Et soudain, tel un bouchon de champagne sur le point de sauter, la partie inférieure du veau apparut, et il finit par sortir tout entier.

— Est-il vivant ? demanda Shane d'un ton inquiet.

— Bien sûr que oui ! Sortons vite d'ici pour que la mère puisse le renifler et le laver avec sa langue.

Et de fait, après quelques secondes d'hésitation, celle-ci se mit à lécher son petit veau.

Shane fit alors un clin d'œil à Brandee.

— On dirait qu'on a fait du beau travail, toi et moi.

— Effectivement !

À cet instant, les autres employés les rejoignirent et félicitèrent Shane en lui tapant dans le dos, car c'était la première fois qu'il participait à un vêlage.

— On peut les laisser prendre la relève maintenant, déclara Brandee. J'ai vraiment envie de prendre une douche et un petit déjeuner copieux.

— Bon programme, approuva-t-il.

Vingt minutes plus tard, Brandee enfilait des leggings et un pull ample, puis enveloppait ses cheveux dans une serviette, avant de se rendre dans la cuisine, où Shane avait déjà préparé le café.

Elle l'observa quelques secondes, à son insu. Détestait-il autant s'occuper d'un ranch qu'à son arrivée ? Elle avait vu la joie empreindre ses traits, un peu plus tôt dans l'étable, quand le petit veau était sorti, et elle pensa soudain qu'il serait vraiment doux de l'avoir comme partenaire… Hélas, un gouffre de la taille de Hope Springs Ranch les séparait !

— Tu as faim ? lui demanda-t-il quand il l'aperçut.

Alors, elle comprit qu'il était l'incarnation de toutes ses envies, tous ses espoirs et fantasmes. Elle le rejoignit en un éclair pour enfouir les doigts dans ses cheveux.

— Oui, de toi, murmura-t-elle.

- 11 -

Shane enlaça Brandee, tandis que leurs bouches s'unissaient en un baiser brûlant et passionné. Elle était douce, délicieuse, sexy, et il aimait la façon dont elle remuait les hanches, comme si un désir incendiaire la consumait. D'autorité, il la plaqua contre le comptoir.

Le gémissement qu'elle laissa échapper lorsqu'il palpa ses seins éveilla une faim sauvage chez lui. Après tout, l'îlot de la cuisine était bien assez spacieux pour leurs ébats.

— Allons dans ma chambre, dit-elle avant qu'il ne la soulève.

Il se figea. La semaine dernière, elle lui avait bien fait comprendre que cette pièce lui était interdite, non ? Qu'est-ce qui avait donc changé, depuis ? Il enserra son beau visage entre ses mains tout en plongeant les yeux dans les siens. Loin de se dérober, elle soutint son regard avec confiance et sincérité. Alors, il sentit quelque chose céder en lui…

— Tu es la femme la plus merveilleuse que je connaisse, murmura-t-il en lui volant un baiser empreint de respect.

Et, pour éviter qu'elle ne change d'avis, il l'entraîna aussitôt dans la chambre.

Fébriles, ils se déshabillèrent et s'écroulèrent sur le lit. Bientôt, il se retrouva sur le dos, tandis que Brandee, un sourire triomphant aux lèvres, le chevauchait. Elle prit ses seins en coupe pour les lui offrir et il les mordilla avec plaisir…

Il voulait que cette nuit-là soit inoubliable. Enfouissant la main dans sa chevelure, il la fit rouler sous lui et, de nouveau, ils s'embrassèrent… La fièvre semblait à présent avoir cédé la place à une curieuse intimité, infiniment troublante. Il laissa glisser la bouche le long de son cou, en aspira la peau délicate. Brandee frissonna.

— Ça te plaît, hein ?

— Comme beaucoup de choses que tu me fais.

— Comme ça ?

Il glissa la main sur son ventre et elle écarta les jambes, déjà impatiente, mais il immobilisa son geste.

— Non, comme ça, dit-elle en lui saisissant la main pour la plaquer plus bas.

Puis elle se cambra contre sa paume. Il caressa alors son sexe offert, et sa langue se substitua bientôt à ses doigts…

Elle se tendit soudain. Dans ses gémissements, il entendait son plaisir. Il n'y avait pas son plus agréable et son propre désir augmenta encore. Au cours de la semaine passée, il avait appris ce qu'elle aimait…

Le corps encore secoué des spasmes de la jouissance, elle lui désigna la table de nuit, sur laquelle se trouvait une boîte de préservatifs. Shane sourit. Elle avait donc prévu de l'inviter dans sa chambre. La forteresse qu'elle avait érigée autour de son cœur commençait-elle à se fissurer ? Allait-il gagner le pari ?

Cette pensée le glaça. Si Brandee tombait amoureuse de lui et qu'il lui prenait ce ranch qu'elle aimait tant, lui pardonnerait-elle jamais ?

Enfilant le préservatif, il se plaça au-dessus d'elle et

elle s'offrit à lui, tandis qu'il prenait sa bouche... D'un coup de reins, il la pénétra et son cœur l'élança à la vue de la vulnérabilité qui empreignait soudain ses traits.

Il reprit son souffle, puis se mit à aller et venir lentement en elle, savourant pleinement le délice de leur étreinte.

— Plus vite, Delgado, ordonna-t-elle, impatiente, tout en enfonçant les ongles dans sa chair.

Et elle enroula une jambe possessive autour de sa taille pour l'inciter à s'enfouir plus profondément en elle.

— Tu es pressée ? Je pourrais continuer toute la nuit comme ça, tu sais.

Il mentait, car déjà les prémices du plaisir l'envahissaient... Accélérant la cadence, il la sentit bientôt se raidir sous lui, cependant qu'elle respirait de façon saccadée.

L'orgasme les saisit au même instant... Il avait découvert qu'avec un peu de concentration il pouvait synchroniser leur jouissance, mais ce soir il se retint encore un peu, pour l'admirer aux prises avec la volupté.

Le moment était parfait et, dans un éclair de lucidité, il se rendit compte qu'il avait été pris à son propre jeu. Il était tombé amoureux d'elle. Éperdument. Cette constatation le prit de court, et il se laissa happer par un orgasme fulgurant... Alors, dans la brume enivrante qui l'enveloppait, sa perception changea peu à peu...

Ce n'était plus une femme qui jouissait dans ses bras, mais la sienne. Il ne pouvait plus imaginer sa vie sans elle, il voulait partager son lit chaque nuit, chevaucher à ses côtés dans les prairies, rire, plaisanter, travailler avec elle. Oui, même travailler. Il voulait passer tout son temps avec Brandee...

Maintenant allongé sur le dos, Brandee pelotonnée contre lui, Shane était encore sous le coup de l'aveu qu'il venait de se faire à lui-même. Saturé de plaisir, il était incapable du moindre mouvement, mais son cerveau fonctionnait à plein régime.

À la respiration régulière de Brandee, il comprit qu'elle s'était finalement endormie. Aussi, rassemblant tout son courage, il quitta la chaleur du lit, résolu à mettre un point final à l'histoire inachevée qui se dressait en travers de la leur.

Il lui fallait agir vite tant qu'il avait les pensées claires, car ensuite le doute mettrait à mal sa motivation.

À son arrivée au ranch, Brandee lui avait montré les contrats établis par son avocat, concernant leur pari. Il les avait apportés au sien pour s'assurer que tout était en règle, et de fait il n'y avait rien à redire. S'il signait les documents, il acceptait de lui laisser le ranch. Si c'était elle qui le faisait, elle le lui vendrait pour dix millions de dollars.

Une fois dans le bureau de Brandee, il ouvrit le tiroir où ils se trouvaient, alluma la lampe, prit un stylo et apposa sa signature. Au moment où il ajoutait la date, il comprit qu'il venait aussi de lui déclarer son amour, ce qui était un acte complètement inédit pour lui. En général, il rompait dès que sa partenaire commençait à tirer des plans sur la comète.

Sauf que Brandee n'était pas une femme comme les autres. Elle représentait bien plus pour lui que toutes ses relations précédentes, infiniment plus. Avec son indépendance féroce, son implacable besoin de se protéger, cette passion qu'elle mettait dans tout ce qu'elle entreprenait, elle était unique.

Il éteignit la lumière mais, une seconde après, le

portable de Brandee s'éclairait, et le message qui s'afficha attira son attention.

Payez demain ou Delgado reprendra possession de vos terres.

Confus, il regarda fixement le texto. Ces mots n'avaient aucun sens... Ce ranch était à elle, à moins que... Aurait-il eu des droits dont il n'avait pas connaissance sur cette propriété ? Stupéfait, il s'écroula dans le fauteuil face au bureau, ralluma la lampe, puis ouvrit son tiroir à dossiers.

Ce fut son sens de l'organisation qui la perdit, car il trouva rapidement celui qui concernait ce curieux message et la propriété.

Il crut que son cœur allait cesser de battre quand il parcourut les photocopies des certificats de naissance, véritable arbre généalogique de sa famille, ainsi que l'attestation de Jasper Crowley par laquelle celui-ci remettait à sa fille ses terres, Hope Springs Ranch... Alors, il comprit : Brandee avait l'intention de lui cacher que la propriété appartenait à sa famille.

Laissant tout en plan, il se leva d'un bond, décidé à lui demander des comptes. Mais une fois dans la chambre il s'immobilisa devant sa silhouette endormie. Il l'aimait et c'était pour cette raison qu'il avait signé le document.

À cette pensée, il tressaillit. Aucune des humiliations proférées par son père ne l'avait atteint aussi profondément que de découvrir qu'il avait été instrumentalisé par la femme qu'il aimait.

Déchiré entre l'envie de la réveiller pour qu'elle s'explique et celle de fuir au plus vite avant de proférer des paroles qu'il regretterait, il ramassa bien vite ses vêtements et, tout en les enfilant, se dirigea vers la porte arrière. Il mit ses boots, sa veste, où se trouvaient les clés de son pick-up, et sortit dans le froid de la nuit.

Brandee se réveilla, le corps encore endolori. Elle se sentait délicieusement bien, enveloppée dans la couette comme dans un cocon. La chambre était plongée dans le noir et, en jetant un coup d'œil au réveil, elle lut qu'il était 5 h 43.

Soudain, le vide de la pièce la frappa. Aucune chaleur près d'elle, aucune respiration un peu forte… Inutile de tendre la main pour vérifier : Shane avait fui avant le lever du jour et elle ne pouvait l'en blâmer. Après la naissance difficile du veau, complètement galvanisés, ils avaient partagé une intimité inédite entre eux.

Elle eut alors envie de partir à sa recherche, car elle brûlait de revoir dans ses yeux la lumière si émouvante qui y dansait la veille. Mais cet éclat y serait-il encore ? De toute évidence, Shane éprouvait des sentiments pour elle, mais ceux-ci suscitaient chez lui un malaise égal au sien…

Elle était pour sa part d'autant plus terrifiée par les sensations qu'il lui inspirait que son ranch était en jeu. Cette passion valait-elle la peine qu'elle perde ses terres ?

Repoussant les couvertures, elle alla prendre une douche pour couper court à ces ruminations. Quinze minutes plus tard, vêtue d'un jean et d'un pull lâche, elle se dirigeait vers la cuisine, espérant que l'odeur du café ferait venir Shane.

Sa décision était prise : elle allait lui révéler toute la vérité au sujet de Maverick, Hope Srings Ranch et le chantage. Au cours d'un bon petit déjeuner, elle lui expliquerait la problématique, à savoir sa peur de perdre le ranch après tout le mal qu'elle s'était donné pour le faire fructifier. Elle verrait bien alors s'il accepterait de le lui laisser, sachant qu'en contrepartie elle s'engagerait à le léguer à sa mort à la famille de Shane.

Pendant que le café coulait, elle se rendit dans son bureau pour rassembler les documents liés à l'affaire, et ce fut alors qu'elle découvrit le dossier grand ouvert sur le bureau, ainsi que quelques feuilles éparses par terre…

Saisie d'horreur, elle se précipita dans la suite de Shane : elle était vide ! Elle se rua aussitôt vers la porte arrière pour découvrir que la veste de Shane et ses boots avaient disparu. Ainsi que son pick-up, constata-t-elle une fois dehors. Ses jambes tremblaient tant qu'elle s'écroula sur le banc, à l'extérieur, pour reprendre son souffle…

Il savait. Elle avait tout gâché. Elle n'avait pas pu sauver son ranch, et avait blessé l'homme qu'elle aimait.

Il lui fallut dix bonnes minutes pour se ressaisir, et revenir dans son bureau, où se trouvaient les maudits documents. Pourquoi avait-il fouillé dans ses dossiers ? Avait-il des soupçons ? Ses yeux tombèrent soudain sur son téléphone, qui lui fournit la réponse. Toutefois, qu'était-il venu faire dans son bureau ? continua-t-elle à se demander en rangeant ses papiers. Là encore, l'énigme se résolut rapidement. Elle vit en effet qu'il avait apposé sa signature au bas du document par lequel il renonçait à toute demande sur le ranch.

Elle avait gagné !

Légalement, cela importait peu que Shane sache, il ne pouvait plus lui prendre ses terres.

Mais, moralement, l'affaire était insupportable !

S'emparant du document, elle enfila son manteau et, quelques secondes plus tard, démarrait son pick-up.

Même si elle n'avait plus d'aveu à faire à Shane, la solution qu'elle entendait lui proposer tenait toujours. Ce serait sans doute plus compliqué, puisqu'il avait tout découvert par lui-même avant qu'elle ne puisse lui parler, mais Shane n'en restait pas moins un homme d'affaires. Il comprendrait la valeur du compromis qu'elle allait lui soumettre et soupèserait le pour et le contre avant de s'engager dans une coûteuse bataille judiciaire.

Elle sonna et attendit longtemps dans le petit matin glacé qu'il vienne lui ouvrir. Refusait-il même de la voir ? Lorsqu'il ouvrit enfin la porte, il était douché, vêtu d'un costume, et affichait un visage de marbre.

Dans un effort surhumain, elle brandit le document qu'il avait signé.

— Il faut que l'on parle.

— Il n'y a rien à dire. Tu as gagné. J'ai signé. Tu peux garder le ranch.

Son cœur manqua un battement. Focalisée sur la manière de le convaincre du bien-fondé de la proposition qu'elle comptait lui faire, elle en avait oublié qu'il pouvait se sentir floué et profondément blessé.

— Je n'ai pas gagné, Shane. Et il y a beaucoup à dire. Je sais ce que tu dois penser de moi…

— J'en doute fort.

— Tu crois que je t'ai trompé et tu as raison. Mais j'ai perdu le ranch, et en fait j'ai tout perdu.

Comme il restait silencieux, elle résolut de tout lui expliquer.

— Écoute, Shane, j'ai subi un chantage, tu comprends ? Un certain Maverick m'a envoyé le document de Jasper Crowley.

— Oh ! vraiment ? On t'a fait chanter ? répliqua-t-il.

Son ton prouvait clairement qu'il n'en croyait rien.

— Maverick exigeait cinquante mille dollars et que je résilie mon adhésion au Texas Cattleman's Club.

En prononçant à haute voix les termes du chantage, elle en saisit tout à coup le ridicule. Jamais elle ne pourrait convaincre Shane qu'elle proférait la stricte vérité.

— J'aurais dû faire ce qu'on exigeait de moi, mais j'ai vraiment pensé que c'était…

OK, accuser Cecelia, Simone et Naomi n'allait guère arranger les choses, d'autant que Shane semblait les apprécier. Et puis, rien ne prouvait que c'était bien elles qui se cachaient derrière l'odieux chantage.

— Bon, reprit-elle, j'aurais dû tout t'expliquer depuis le début. On aurait peut-être trouvé une solution ensemble.

Elle fit un pas dans sa direction.

— Quand je t'ai proposé ce pari, je ne te connaissais pas encore, je savais juste que tu rêvais depuis des années de mettre la main sur mon ranch. Je n'avais donc pas confiance en toi.

— Comptais-tu me dire la vérité, un jour ?

— La nuit dernière…

La peur de se ridiculiser, d'être rejetée, l'étreignit violemment et broya son cœur entre ses doigts impitoyables, la rendant muette.

— Quoi, la nuit dernière ?

— C'était formidable, dit-elle d'une voix à peine audible.

— Effectivement, puisque je t'ai ensuite concédé tous les droits sur des terres appartenant à *ma* famille.

Pourquoi avait-il laissé le papier derrière lui ? Il aurait tout à fait pu le déchirer après ce qu'il avait découvert. Mais il n'en avait rien fait. Pourquoi ?

— Non, ce n'est pas pour cela qu'elle était fantastique…

Alors, puisant dans tout son courage, elle ajouta :

— Je crois que je suis tombée amoureuse de toi, Shane.

Son visage demeura impassible. Seul un éclat furtif dans son regard traduisait son trouble.

— Est-ce le moment où je dois dire que je ne vais pas te poursuivre en justice ?

Sa gorge était nouée. Avait-il réellement l'intention de lui intenter un procès ?

— Non. Je te parle de ce que je ressens, pas du pari !

Et, sur ces mots, elle déchira avec autant de fébrilité que de méticulosité le document qu'il avait signé.

— C'est censé m'impressionner ? Tu crois que ce bout de papier m'aurait empêché d'aller en justice ?

Brandee secoua la tête.

— Je n'imaginais pas que tout cela prendrait de telles proportions.

— Évidemment ! Tu avais confiance en toi, tu croyais dur comme fer pouvoir me flouer, répliqua-t-il d'un ton si glacial qu'elle se sentit vaciller.

— Je ne croyais rien du tout, Shane ! Te tromper me déplaisait, mais le ranch représente toute ma vie. Ce n'est pas juste une question d'argent, c'est par rapport à mon père, au camp pour les ados… Je suis vraiment désolée pour la façon dont je m'y suis prise. Je ne voulais pas te blesser.

Il la fixa durement, le temps de quelques battements de cœur.

— Tu ne m'as pas blessé, Brandee, déclara-t-il d'un ton sec.

Et il lui claqua la porte au nez.

- 12 -

Cinq jours et quatre nuits solitaires plus tard, Shane se glissa sur un tabouret près de Gabe au Texas Cattleman's Club. Il avait besoin d'un café car, depuis la terrible scène qui l'avait opposé à Brandee, il n'était plus que l'ombre de lui-même.

Sans prêter attention au barman à qui il venait de passer commande, il déversa sa mauvaise humeur sur son ami.

— Bon, je suis là, tu es content ? dit-il d'un ton bourru. Qu'est-ce qu'il y avait de si important ?

Du menton, Gabe désigna une table dans l'angle. Une blonde qu'il ne connaissait que trop bien y était assise, seule, penchée au-dessus d'un verre vide. Ses longs cheveux lui cachaient une partie du visage, dissimulant son expression, mais le langage de son corps ne trompait personne : elle était complètement désespérée.

— Oui, et alors ? enchaîna-t-il d'un ton impatient.

Shane n'avait pas particulièrement l'âme charitable, aujourd'hui, pas plus qu'il n'avait de temps à perdre loin du Bellamy, perpétuelle source de nouveaux problèmes.

— Tu ne crois pas que quelque chose cloche ? renchérit Gabe en regardant de nouveau dans la direction de Brandee.

Si, évidemment, mais ce n'était pas son problème, pensa Shane.

— Ce n'est quand même pas pour cette raison que

tu m'as sommé de venir ici ? Car, si c'est le cas, tu viens de me faire perdre une heure.

Gabe ouvrit de grands yeux étonnés.

— Je crois que tu devrais lui parler, rétorqua-t-il.

— Comme je te l'ai dit hier et avant-hier, et avant avant-hier, j'en ai assez de ressasser ce qui s'est passé, déclara Shane d'un ton sec. Elle m'a dupé, point.

— Pour garder son ranch, renchérit tranquillement Gabe. Elle allait tout perdre. Comment te serais-tu comporté à sa place, si tu avais été sur le point d'être dépossédé de Bullseye ?

La comparaison n'était guère judicieuse…

— J'aurais dit *bon débarras*, trancha-t-il en avalant une gorgée de café. Je l'aurais vendu il y a des années, si ma mère n'y était pas autant attachée.

— Tu ne penses pas ce que tu dis.

— Si.

Il associait le ranch à son père et le souvenir de ce dernier lui était très pénible. Shane n'avait jamais été à la hauteur de ses espérances et, en un sens, sa mort l'avait soulagé. Cependant, en l'admettant, il se conformait à cette mauvaise image que son père avait de lui, celle du fils indigne. Il sentit la culpabilité l'envahir tout entier, et ses morsures étaient si cuisantes que la tête lui tournait.

— Je ne t'ai jamais vu dans cet état, déclara Gabe en s'adossant à son siège, comme pour mieux l'observer. Tu es vraiment bouleversé.

— Tu as raison, approuva-t-il. Je te rappelle qu'elle comptait me tromper sur ce qui revient à ma famille.

— Mais tu as dit que ces terres n'avaient pas été réclamées et que…

— Ce qui me sidère, c'est la façon dont elle s'y est prise !

Brandee avait fait en sorte qu'il tombe amoureux d'elle. Rien que ça ! Et elle avait réussi, car il s'était bel et bien épris d'une menteuse.

Il fit signe au serveur. Peut-être qu'un alcool fort l'aiderait.

— Donnez-moi un *shot* de Patrón Silver, ordonna-t-il.

À cause d'elle, il ne pouvait plus boire de scotch. Cette boisson était désormais liée au plaisir qu'il avait éprouvé en l'initiant à sa dégustation, et lui rappelait aussi la surprise qu'il avait eue lorsqu'elle avait déversé un *shot* sur son corps pour le lécher… Bref, le sotch le ramenait à leurs brûlantes étreintes et c'était insupportable !

Il avala d'un trait sa tequila et en commanda immédiatement une autre.

— Tu comptes rouler sous la table ? demanda Gabe d'un ton amer.

— Pourquoi pas ?

Toutefois, au lieu de vider son verre, il se contenta de le fixer.

— Et toi, que vas-tu faire ? poursuivit-il. Me regarder boire ou t'assurer qu'elle rentre sans problème chez elle ?

— J'ai déjà fait ce qu'il fallait pour Brandee.

Et il désigna l'entrée, où venait d'apparaître Chelsea.

— Si tu veux noyer ton chagrin, soit, ajouta Gabe, je resterai pour te ramener chez toi.

Shane fit tournoyer son verre, les yeux toujours rivés à sa tequila. Il avait passé les quatre dernières soirées à s'enivrer et, ce matin, en se réveillant avec une nouvelle gueule de bois, il avait estimé qu'il devait cesser de se morfondre.

— Pas la peine. Je m'en vais.

Mais, avant qu'il n'ait le temps de s'esquiver, Chelsea était parvenue à mettre Brandee debout, et les deux femmes se dirigeaient maintenant vers la porte. Il nota que cette dernière, en dépit de tout ce qu'elle avait dû consommer, ne vacillait pas sur ses pieds.

Fort peu désireux de la croiser, il tourna le dos aux deux femmes en attendant leur départ. Mieux valait éviter de la suivre du regard, comme il en mourait d'envie. Tous le remarqueraient, y compris Brandee.

Un coup d'œil dans sa direction lui apprit toutefois qu'elle avait troqué son jean contre une de ces tenues vaporeuses et romantiques qui affolaient ses sens. Celle-ci était d'un rose pâle et donnait l'impression qu'il aurait suffi d'une bourrasque pour l'emporter bien loin d'ici.

Frustré qu'elle ait encore tant de pouvoir sur lui, il se rappela que c'était une femme forte, indépendante, qui n'avait besoin de personne pour veiller sur elle.

— Regardez-vous, avec vos petits airs suffisants ! Eh bien, bravo, vous avez eu ce que vous vouliez !

La voix de Brandee venait de s'élever par-dessus toutes les autres et les conversations se turent.

Gabe jeta un coup d'œil interrogateur à Shane.

— Tu sais pourquoi elle s'en prend à Cecelia, Simone et Naomi ?

Secouant sèchement la tête, il se mit de nouveau à scruter son verre, même s'il l'intéressait bien moins que la scène qui se déroulait à côté de lui.

— Je ne vais plus m'opposer à vous, puisque je rends ma carte de membre. Voilà, vous avez les coudées franches.

Brandee ne semblait pas vraiment ivre, plutôt hystérique et à bout de nerfs.

— Nous ne savons pas de quoi tu…, commença Cecelia Morgan.

— Quel profit tirez-vous de vos manigances, si ce n'est celui de ruiner la vie des autres ? l'interrompit Brandee.

Ses mots résonnaient, pareils à des coups de tonnerre dans la salle. Et, comme aucune des trois femmes ne répondit, elle poursuivit :

— Vous avez dû penser que ce serait très drôle mais, le chantage, c'est vraiment lamentable. Un jour, vous regretterez d'avoir si mal agi.

En entendant le mot « chantage », Shane se retourna vivement. Brandee toisait les trois femmes qui, sous le choc, étaient restées bouche bée.

— Rappelez-vous ce que je viens de vous dire ! ajouta Brandee en levant vers elles un index menaçant.

Puis Chelsea l'entraîna vers la porte. Alors seulement, le trio laissa échapper un rire nerveux.

— Je ne vois pas du tout de quoi elle parle, déclara Simone d'une voix aiguë. Elle a perdu la tête, c'est évident.

— Ça devait arriver, approuva Naomi.

Seule Cecelia s'abstint de tout commentaire. Quelques instants plus tard, les trois femmes reprenaient leur conversation, tandis qu'autour d'elles les commentaires allaient bon train. Nul doute que, dès le lendemain, tout le club serait au courant du comportement et des accusations violentes de Brandee.

— Elle croit que ces trois-là l'ont fait chanter, c'est ça ? demanda Gabe. Tu savais que Brandee allait résilier son adhésion au TCC ?

— Je ne vois pas en quoi c'est nécessaire. Je lui ai signé ce fichu document par lequel je renonce à tous mes droits sur son ranch.

Cependant, quand Brandee était venue chez lui pour lui demander pardon, il avait refusé de l'écouter.

— Tu m'as bien dit qu'elle l'avait déchiré, non ? reprit Gabe.

— Oui, répondit-il, agacé.

Et un élan de culpabilité l'assaillit. Assez ! Il ne voulait pas se sentir responsable de l'état de Brandee.

— Cela n'a rien à voir avec moi, marmonna-t-il.

— Excuse-moi, mais cela a *tout* à voir avec toi, et tu aurais dû intervenir.

— Pardon ?

Gabe ne parut pas du tout perturbé par son ton belliqueux.

— Tout le monde te prend pour un chic type, ce que tu es quand il s'agit de faire la fête. Mais lorsqu'il faut aider les autres…

Shane entendit clairement les échos des critiques paternelles dans les paroles de Gabe.

— Vas-y, dis-le ! siffla-t-il. Dis qu'on ne peut pas compter sur moi dans les moments difficiles.

— Disons que tu es doué pour déléguer.

Shane se rappela l'expression de Megan Maguire quand elle avait remarqué sa présence au stage pour ados de Brandee — celle de la surprise.

Il retint un soupir. Certes, les stratégies de Brandee pour conserver ses terres n'étaient pas très différentes de la façon dont il menait ses affaires. Lui aussi dissimulait quelquefois une vérité ou deux. Quant au reproche de Gabe sur le fait qu'il cherchait toujours des volontaires pour effectuer son travail à sa place, il n'était pas non plus infondé…

En l'accusant de manquer de courage, son père n'avait

peut-être pas complètement tort. Seulement voilà, qu'était-il censé faire ? Changer en profondeur ? Il avait trente-cinq ans et était bien trop accroché à ses habitudes.

— Comment se fait-il que subitement je sois le méchant de l'histoire ? questionna Shane. Et qu'est-ce qui te prend de me juger ?

— Je veux juste souligner que, même si Brandee t'a manipulé, il t'est arrivé de faire la même erreur. Elle n'est pas parfaite, tu ne l'es pas, mais à deux vous pourriez l'être. C'est en tout cas l'impression que l'on a, en vous voyant ensemble.

Sur ces paroles, Gabe se leva pour se diriger vers la porte, l'abandonnant à son triste sort, c'est-à-dire l'esprit rempli de récriminations et une sensation de vide chevillée au cœur.

Ce ne fut qu'une fois dans la voiture de Chelsea que Brandee mesura la portée de ce qu'elle venait de faire. Enfouissant le visage dans ses mains, elle marmonna des jurons incohérents.

— Pourquoi ne m'as-tu pas arrêtée ? demanda-t-elle à sa meilleure amie, quand la voiture démarra.

— Tu plaisantes ? Tu leur as assené des vérités que la moitié des membres mouraient d'envie de leur dire. Tu as vu leurs têtes ?

— Non, je voyais rouge, c'est tout ! rétorqua-t-elle. Emmène-moi à l'aéroport, je vais prendre un avion pour m'installer là où personne n'a jamais entendu parler de moi.

Chelsea se mit à rire.

— Quelle idée ! Tu vas être une héroïne.

— Non, tu te trompes. Personne ne mérite qu'on lui parle sur ce ton. J'espérais…

Elle s'interrompit pour déglutir. Son programme pour ados n'était plus qu'une chimère, maintenant que Shane se savait le propriétaire de son ranch.

— J'espérais offrir un camp d'été à des adolescents, afin qu'ils parviennent à surmonter leurs problèmes par des méthodes positives, et qu'est-ce que je fais ? Je me donne en spectacle au Texas Cattleman's Club en vociférant contre ces trois-là comme une marchande de poisson ivre.

Et ce n'était pas les rires de son amie qui allaient améliorer son humeur.

— Arrête de rire !

— Désolée, mais elles le méritaient. Surtout si l'une d'entre elles est Maverick.

— Tu crois vraiment qu'elles sont derrière ce chantage ?

— Quelqu'un doit vérifier.

— En tout cas, ce ne sera pas moi, car je vais tranquillement aller m'allonger sur une plage et siroter des cocktails fruités et forts.

— Tu as un nouveau copain ? Tu pars avec lui ?

Malgré les circonstances, Brandee ne put retenir un petit rire. Chelsea faisait référence aux paroles d'une chanson de Dierks Bentley, *Somewhere on a beach*. Sur une impulsion, elle enchaîna avec les paroles suivantes et, quelques instants plus tard, les deux amies chantaient de concert, de toute la force de leurs poumons.

Elles s'arrêtèrent bientôt chez Chelsea, où Brandee accepta de passer la nuit. Elle ne pouvait plus supporter de se retrouver seule dans son beau ranch taillé sur mesure, d'où il lui faudrait bientôt déménager.

À présent, assise dans un coin du canapé, enveloppée dans une couverture et un chocolat chaud à la main, elle regardait un mini-marshmallow y fondre tout en réfléchissant à sa situation. Ce ne serait pas la première fois qu'elle perdrait tout, et elle était bien plus aguerrie et nantie qu'à dix-huit ans : elle n'aurait pas à dormir dans sa voiture !

— Je vais encore devoir repartir de zéro, déclara-t-elle d'un ton décidé qui lui avait fait défaut, ces derniers temps.

— Je crois que tu devrais te battre pour ton ranch, décréta alors Chelsea. Poursuis Shane en justice pour qu'il apporte la preuve que la propriété lui appartient.

Non, elle n'avait pas la force de l'entraîner dans une bataille juridique, et elle était encore bien trop traumatisée par la façon dont il lui avait claqué la porte au nez.

— Je vais y réfléchir.

Chelsea lui lança un regard inquiet.

— Cela ne te ressemble pas de laisser tomber.

— Je sais, mais en l'occurrence je ne suis pas sûre de moi.

— Brandee, tu ne peux pas renoncer à une propriété qui vaut dix millions de dollars.

— Cela paraît fou quand tu le formules ainsi, mais c'est pourtant mon intention. D'un point de vue légal, je pourrais le poursuivre en justice, et j'obtiendrais probablement gain de cause. Pourtant, cette terre appartient à la famille de Shane.

— Que vas-tu faire ?

— Vendre mon cheptel et recommencer ailleurs.

Cette perspective la peinait bien plus qu'elle ne voulait l'admettre mais, après cinq jours de réflexion, elle commençait à s'y faire.

— Je ne plaisantais qu'à moitié concernant la plage déserte…

— Non, tu ne peux pas envisager sérieusement de quitter Royal.

Au ton désespéré de Chelsea, Brandee fit la grimace.

— Je ne sais pas si j'ai très envie de rester ici, après ce qui s'est passé…

À la simple idée de croiser Shane et de se heurter à sa dureté, elle sentait son sang se figer dans ses veines.

— De toute façon, tout cela va prendre un peu de temps, il faudra que je trouve un acheteur pour le cheptel et que je règle les choses au ranch. En outre, le Bellamy requiert toute l'attention de Shane en ce moment, donc il n'aura pas le temps de s'occuper de Hope Springs tout de suite.

— Pourquoi ne pourriez-vous pas trouver un arrangement qui vous serait bénéfique à tous les deux ?

— Tu as bien vu qu'il m'ignore, non ?

Et elle secoua la tête comme pour chasser le chagrin qui était dernièrement son éternel compagnon.

— Désormais, il me déteste et cela ne risque pas de changer, conclut-elle.

— Nous vous avions mis en garde contre Brandee Lawless, non ?

Shane ne pipa mot.

— Vous avez entendu de quelle façon elle s'est adressée à nous ?

— Elle avait manifestement trop bu, alors que le *happy hour* a à peine commencé.

Il se rappela ce qui était arrivé à Wesley Jackson. Ce dernier avait soupçonné à l'époque que les rumeurs à son sujet venaient du TCC, et plus particulièrement de Cecelia. Un hacker anonyme avait en effet affirmé sur les réseaux sociaux que Wes était un pique-assiette, ce qui avait été fort préjudiciable à ses affaires. Or, ce qui arrivait à Brandee se situait dans la même veine.

— Dès l'instant où nous avons été admises comme membres, elle n'a eu de cesse de chercher à nous en éjecter.

— Ce n'est pas vrai, intervint alors Shane d'un ton menaçant. Elle n'était pas d'accord avec les transformations que vous vouliez apporter au club, comme beaucoup d'autres membres, d'ailleurs.

— Parce qu'elle a activement contribué à braquer les gens contre nos projets, observa Naomi.

— Cela n'en fait pas votre ennemi, répliqua Shane. Tout le monde ne cautionne pas les changements que vous voulez introduire.

— Bah ! Peu importe, puisqu'elle a remis sa carte de membre.

— Et maintenant qu'elle est partie, vous verrez, les autres nous suivront, prédit Cecelia.

— On dirait que tout se déroule selon vos plans, mesdames, déclara tout à coup Shane.

Puis il posa les mains sur la table, les regarda l'une après l'autre, comme Brandee avant lui.

— Si je découvre que l'une d'entre vous est derrière tout ce qui est arrivé à Brandee, c'est à moi que vous devrez en répondre.

Il les fixa encore d'un air sévère, avisant leur expression soudain effrayée. D'instinct, elles s'adossèrent à leur chaise comme pour mettre un peu de distance entre elles et lui. Satisfait qu'elles aient saisi le message, il se redressa en heurtant la table, afin de faire trembler légèrement la porcelaine qui s'y trouvait, et que ce qu'elle contenait se répande éventuellement sur la nappe.

— Mesdames, dit-il en hochant la tête.

Et il se dirigea vers la sortie.

Des bourrasques glacées l'accueillirent à l'extérieur, mais il repéra sans mal le véhicule de Brandee, garé un peu plus loin.

Elle allait prendre le volant dans son état ? Génial ! pensa-t-il avec dérision.

Il s'approcha vivement de son pick-up : il était vide… Brandee était partie depuis longtemps. Poussant un soupir, il se dirigea vers le sien.

Tout en parcourant les routes familières qui le menaient au Bellamy, il tenta d'écarter Brandee de ses pensées, sans y parvenir. Il ne parvenait pas à oublier la scène où elle s'en était prise à Cecelia, Simone et Naomi. L'éclat avait manifestement choqué de nombreuses personnes présentes au bar.

Le visage que Brandee affichait en public était fort différent de celui qu'elle montrait en privé. En effet, pas une fois durant les années où il l'avait harcelée pour qu'elle lui vende son ranch elle n'avait perdu le contrôle d'elle-même, et c'était précisément en raison de son attitude décontractée qu'il n'avait pas hésité à revenir à la charge. En la côtoyant de plus près pendant quinze jours, il avait compris qu'elle déployait beaucoup d'énergie à peaufiner son image professionnelle. Grâce à ses efforts, elle était respectée dans ce club dominé par les hommes.

Aujourd'hui, elle avait tout fait voler en éclats. Perplexe, il se souvint de ses paroles. Pourquoi avait-elle rendu sa carte de membre ? Croyait-elle vraiment qu'il avait l'intention de lui prendre le ranch ? Puis il la revit en train de déchirer le document qu'il avait signé, et par lequel il renonçait à toute réclamation sur ses terres. Elle était si entêtée qu'elle devait avoir pris la résolution de les lui rendre, qu'il le veuille ou non.

Qu'adviendrait-il d'elle, alors ? Où irait-elle ? Le ranch représentait toute sa vie, mais nul doute qu'elle envisageait malgré tout de brader son cheptel.

Après s'être assuré que tout avançait désormais selon ses vœux au Bellamy, Shane rentra chez lui. Surpris, il découvrit la voiture de sa mère garée dans l'allée, ainsi qu'une camionnette de traiteur. Il fronça les sourcils. Tout de même, s'il avait prévu une réception, il s'en serait souvenu !

Et tout à coup il poussa un juron. Oui, il se rappelait à présent de quoi il s'agissait. Il avait promis à sa mère de l'aider à choisir un traiteur pour la fête qui devait avoir lieu dans quatre semaines à Bullseye, en vue du centième anniversaire du ranch. Il avait juste oublié de noter ce rendez-vous chaque fois que sa mère l'avait mentionné, c'est-à-dire à quatre reprises, tout de même !

Il pénétra bien vite chez lui et constata que la table était dressée.

— Bonjour, maman, lança-t-il.

Sur ces mots, il contourna la table pour embrasser la joue qu'elle lui tendait.

— Tu es en retard, le réprimanda-t-elle sur un ton contrarié.

Étant donné la tête qu'elle faisait, il aurait besoin d'un bon verre.

— Je suis désolé.

— Puisque tu es là à présent, commençons.

Il avait nourri l'espoir que sa mère avait déjà goûté chaque plat sans lui et pris ses décisions, mais, non, elle l'avait attendu. Il contempla alors la vaste gamme de nourriture étalée devant lui et retint un soupir. Les mises en bouche allaient des côtelettes individuelles de porc glacées au miel jusqu'à des pâtisseries fort bien décorées. Trois flûtes de champagne avaient également été placées devant Elyse, et elle en tenait une quatrième à la main. D'un geste, elle l'invita à prendre place.

— Vincent, veuillez servir du champagne à mon fils pour qu'il puisse donner son opinion sur le deuxième que vous avez ouvert, car j'hésite.

— Je suis certain que tu feras le bon choix, maman, dit-il.

Il n'était pas du tout d'humeur à se livrer à cette dégustation.

— Je te prie de t'asseoir et de me donner ton avis sur ce que nous allons servir à ta réception.

Si son ton n'avait pas été impératif, il aurait sans doute souligné que cette fête ne relevait pas de son initiative et qu'il se fichait pas mal de ce qu'on y servirait. Mais, comme il s'était déjà aliéné Gabe, aujourd'hui, et avait ruiné tout espoir de bonheur quelques jours plus tôt auprès de la femme qu'il aimait, il jugea préférable d'avoir au moins encore une personne dans son camp.

Il leur fallut une demi-heure pour tout tester et quinze minutes pour réduire la sélection à dix plats. Parmi ceux-ci, certains n'avaient pas emporté l'entière approbation de sa mère, qui les jugeait peu élaborés, mais elle avait néanmoins accepté de les retenir, car lui les trouvait délicieux. Était-ce une façon pour sa mère de lui montrer qu'elle avait apprécié son aide, ou bien s'agissait-il d'une manigance destinée à le rendre plus docile encore, la prochaine fois qu'elle requerrait son aide ?

Que lui arrivait-il, bon sang ? À force de se prêter à ses petits jeux, voilà qu'il soupçonnait sa mère d'adopter le même comportement que lui.

Ces réflexions le ramenèrent à Brandee. Au fond, était-elle la seule à blâmer pour la façon dont elle avait cherché à le duper ? S'il avait été comme Gabe, plus juste et loyal, ne serait-elle pas venue directement le trouver pour négocier un arrangement qui aurait été bénéfique aux deux parties ? Au lieu de quoi, parce qu'il aimait tisser sa toile autour des autres, elle avait recouru aux mêmes armes contre lui.

— Je suis navré d'avoir oublié cette dégustation, dit-il à sa mère, tandis que Vincent débarrassait la table.

Elle avala une gorgée de champagne avant de pousser un soupir.

— Je suis habituée, depuis le temps.

Il grimaça et, la petite leçon de Gabe toujours en tête, demanda :

— Je suis si terrible que ça quand il s'agit de rendre service ?

— Tu es mon fils et je t'aime, lui assura sa mère en lui tapotant la main. Mais, lorsqu'on te demande de faire quelque chose dont tu n'as pas envie, tu n'es pas très fiable.

Ces paroles l'atteignirent bien plus qu'il ne l'aurait cru. Il venait de se rendre compte qu'il n'était pas un enfant modèle et en éprouva un sentiment de honte.

— Papa me criait toujours dessus mais, toi, tu ne me disais jamais rien, déclara-t-il alors comme pour lui-même.

— Il était trop dur avec toi, et cela ne servait qu'à tuer en toi toute envie de gérer le ranch. J'estimais donc inutile de joindre ma voix à la sienne.

De là où il se trouvait, Shane distinguait le portrait familial qui avait été fait quand il avait dix-sept ans. Affichant un air heureux, son père se tenait bien droit, un bras passé autour des épaules de sa femme rayonnante, tandis que lui arborait une expression où se lisait une certaine rancœur. Le week-end où la photo avait été programmée, il aurait dû participer à une expédition de chasse avec ses amis, aussi ce cliché lui semblait-il résumer à lui seul ce qu'il ressentait depuis ses dix ans…

Après le départ du traiteur, il discuta encore près d'une heure avec sa mère du prochain voyage de celle-ci à Boston, à l'occasion de l'anniversaire de son frère Gavin, qui fêtait ses soixante ans. Avec Jennifer, sa belle-sœur, elle lui avait organisé une fête surprise ayant pour thème les tropiques, dans la mesure où Gavin prenait aussi sa retraite à la fin du mois et où sa femme et lui s'envolaient pour Belize, où ils passeraient leurs vacances.

— Je dois m'en aller à présent, déclara sa mère. J'ai promis à Jennifer de l'appeler pour mettre au point les derniers détails.

Elle déposa un baiser sur sa joue.

— Merci de m'avoir aidée, ce soir, ajouta-t-elle.

— Ce fut un plaisir, maman.

De fait, après avoir surmonté ses premières réticences, il avait passé un agréable moment en compagnie de sa mère.

— Tes talents d'organisatrice sont insurpassables et ce centenaire sera fantastique, poursuivit-il. Si tu as encore besoin de mon concours, n'hésite pas.

Sa mère ne cacha pas sa surprise.

— Tu es sincère ?

— Tout à fait. Envoie-moi une liste.

— Merci, dit-elle en lui tendant la joue pour qu'il l'embrasse à son tour.

Une fois sa mère partie, Shane se rappela qu'il devait passer chez Brandee pour y reprendre ses affaires. Dans son impatience à fuir Hope Springs Ranch, il y avait tout laissé.

Comme il s'y attendait, son pick-up n'était pas garé dans l'allée. Il était 19 heures et le soleil était couché, mais une douce lumière éclairait sa demeure, comme si l'astre déclinant y avait trouvé refuge. Shane descendit de son véhicule et se dirigea vers la porte d'entrée, se remémorant la première fois où il avait franchi son seuil. Tant d'événements s'étaient produits, depuis…

Il appuya sur la sonnette, mais personne ne vint lui répondre. Il frappa, sans plus de succès. L'évitait-elle ? Ou bien avait-elle consommé trop d'alcool après que son amie l'eut déposée chez elle ? Subitement inquiet, il voulut vérifier par lui-même si elle allait bien et introduisit alors dans la serrure la clé qu'il ne lui avait pas encore rendue.

En franchissant le seuil, il redouta un instant qu'elle ne fonce sur lui en hurlant… Mais, non, ce n'était pas son style, exception faite de l'esclandre d'aujourd'hui au TCC.

Toutefois, il n'avait pas de souci à se faire, car il aurait juré que la maison était vide. Il se rendit dans la chambre d'amis et fut surpris de constater qu'elle était dans l'état où il l'avait laissée. En effet, personne n'avait touché à ses affaires. Il les rassembla rapidement, évitant de regarder l'immense douche et le lit imposant. La gorge nouée, il poussa un juron.

Que s'était-il imaginé, bon sang ? Qu'ils se marieraient et vivraient toujours heureux ? Pourtant, même avant qu'il ne découvre les mensonges de Brandee au sujet du ranch, la partie était loin d'être gagnée. Ne lui avait-elle pas répété maintes fois qu'elle s'en sortait très bien sans l'aide de personne, et qu'elle ne voulait ni partenaire ni relation amoureuse sérieuse ? Ils se seraient sans doute entendus pendant quelque temps, mais ils auraient fini par s'éloigner. Tous deux, en effet, étaient bien trop indépendants.

Désireux de s'en aller au plus vite, il se dirigeait vers le vestibule lorsqu'une sonnerie familière s'éleva dans la cuisine. Il s'immobilisa. Bien sûr, il n'aurait pas dû se préoccuper de ce téléphone qui sonnait, mais ce fut plus fort que lui, il voulait savoir qui appelait. Brandee ne mettait-elle pas un point d'honneur à être toujours disponible pour son personnel ?

Il trouva le smartphone sur l'îlot. Le portable oublié ici, aucun des employés de Brandee ne pourrait la joindre.

Il se pencha vers l'écran… Bonne intuition, c'était son contremaître ! Que devait-il faire ? Appeler Chelsea chez laquelle Brandee se trouvait sûrement ou décrocher pour savoir ce que Jimmy voulait, puis téléphoner à Chelsea ?

Il opta pour la deuxième solution.

— Allô, Jimmy, c'est Shane. Brandee n'est pas ici, et elle a laissé son téléphone à la maison. Vous avez besoin de quelque chose ?

— Est-ce qu'elle revient bientôt ?

— Je ne crois pas, dit-il en se rappelant son état. Elle est allée en ville et, selon toute vraisemblance, elle va passer la nuit chez Chelsea. Il y a un problème ?

— Non, mais une demi-douzaine de vaches doivent vêler cette nuit et elle nous avait dit d'appeler au cas où nous aurions besoin d'aide. Ce n'est pas grave, nous allons nous débrouiller.

Pendant cet échange, ses yeux tombèrent sur un tableau de photos qu'il n'avait pas encore vues, où figuraient tous les adolescents du camp et leurs chiens, avec un grand « merci » au milieu. Le tout formait un joyeux pêle-mêle, et il était certain que Brandee avait adoré ce cadeau.

Il ferma les paupières. Avec le ranch, elle avait déjà fort à faire et, pourtant, les moments qu'elle passait avec les adolescents comptaient énormément pour elle. En outre, elle avait bon espoir que le programme ramènerait ces enfants sur la bonne voie. Lui aussi, après avoir assisté au stage, partageait son optimisme envers ces jeunes gens difficiles.

— Vous voulez que je vous donne un coup de main ? demanda-t-il alors.

Il n'avait aucune envie de passer une nuit blanche dans les prairies glacées de Hope Springs Ranch, mais il savait aussi que cela rendrait un fier service aux employés de Brandee.

— Ce n'est pas de refus, dit Jimmy. Enfin, vous êtes sûr ? Ça ne sera pas vraiment une partie de plaisir entre le froid et le nombre de vaches prêtes à mettre bas.

— Pas de problème, je vous rejoins dans dix minutes, lui assura-t-il.

Là-dessus, il se dirigea vers la porte arrière et, à sa grande surprise, se sentit d'humeur bien plus légère en enfilant une veste épaisse et des bottes. Après tout, aider les autres en valait peut-être la peine.

- 13 -

Se réveillant en sursaut, Brandee tâtonna autour d'elle, en quête de son portable. Jimmy était censé l'appeler dans la nuit pour faire le point avec elle, et ils décideraient alors si son aide était requise ou non. N'avait-elle donc pas entendu la sonnerie ? Cela ne lui était encore jamais arrivé.

Et voilà, six jours après le règlement de comptes avec Shane, elle se désintéressait déjà du ranch. Avait-elle donc renoncé si facilement à son rêve ? Son père n'aurait pas été très fier d'elle… Mais n'avait-elle pas les poings liés ? Sans le ranch, à quoi lui servait son bétail ? Son capital dépendait de la propriété et, sans celle-ci, elle n'avait aucun endroit où faire paître ses vaches et ses veaux. Par conséquent, il ne lui restait plus qu'à les vendre…

Elle s'aperçut tout à coup que son téléphone n'était pas sur sa table de nuit et pour cause ! Elle n'était pas dans sa chambre : elle avait passé la nuit chez Chelsea, après avoir fait un scandale au Texas Cattleman's Club. Mortifiée, elle enfouit la tête dans l'oreiller.

Par chance, elle ne remettrait jamais les pieds là-bas et, pendant le mois qu'il lui faudrait pour vendre et régler ses affaires, elle n'aurait qu'à se faire très discrète pour ne pas croiser un de ses membres.

Devrait-elle vraiment déménager de Royal ? À cette

pensée, son cœur se serra. Elle y avait lié de si fortes amitiés…

Deux semaines plus tôt, elle s'estimait libre comme l'air mais, après avoir vécu deux semaines avec Shane, elle avait compris qu'elle était moins affranchie qu'elle ne le pensait, concernant ses relations amoureuses.

Elle alluma la lampe de chevet, et constata que son téléphone n'était pas par terre, ni entre les draps… Elle sentit poindre un élan de panique. Du calme ! s'ordonna-t-elle aussitôt. Son amie dormait encore, mais elle pouvait tout à fait appeler son contremaître de la ligne fixe.

Il répondit à la troisième sonnerie.

— Salut, patronne !

— Jimmy ! s'exclama-t-elle. J'ai égaré mon portable, désolée, je n'ai pas pu appeler plus tôt. Tout va bien ?

— C'était une nuit un peu délicate, mais les garçons et moi nous en sommes bien sortis.

— Ouf, je suis soulagée ! Et je regrette vivement de n'avoir pu être à vos côtés.

— Pas de problème. Shane nous a dit que vous étiez chez Chelsea.

— Comment se fait-il que vous ayez parlé à Shane ? demanda-t-elle, aussitôt contrariée.

Avait-il déjà pris possession du ranch ?

— C'est lui qui a répondu à mon appel.

— Savez-vous pourquoi il avait mon portable ?

L'avait-elle laissé au Texas Cattleman's Club ?

— Il m'a dit que vous l'aviez oublié à la maison, répondit Jimmy d'un ton soudain soucieux. Tout va bien, Brandee ?

La fureur l'empêcha d'abord de répondre. Que faisait Shane chez elle, nom d'un chien ?

— Oui, ça va aller, Jimmy, finit-elle par lâcher. Je serai à Hope Springs dans deux heures au plus tard.

Elle ne pouvait décemment pas réveiller Chelsea pour qu'elle la reconduise au club où l'attendait son pick-up, il était bien trop tôt. Elle devait donc ronger son frein.

À cet effet, elle fit du café, puis fouilla dans les placards de Chelsea pour préparer le petit déjeuner. Tout en s'affairant, elle se rendit compte qu'elle n'était pas tout à fait prête à renoncer au ranch…

À 7 heures tapantes, elle posa une tasse de café sur la table de nuit de Chelsea, avant de la réveiller gentiment.

— Quelle heure est-il ? marmonna son amie.

— 7 heures.

Chelsea poussa un grognement.

— J'ai préparé du café, s'empressa de préciser Brandee d'un ton contrit.

— Et tu en as avalé combien de tasses ?

— Je t'ai apporté la dernière.

— Quoi ? Tu as bu toute la cafetière ?

— Je n'avais rien d'autre à faire… J'ai laissé mon portable au ranch et je crois que les gars ont passé une rude nuit. Il faudrait que j'y sois le plus vite possible.

Se redressant dans le lit, Chelsea saisit la tasse de café.

— Donne-moi dix minutes et je te conduis jusqu'à ton pick-up.

— Merci.

Elle tut à son amie son échange avec Jimmy, tout comme ses craintes.

Une heure plus tard, alors qu'elle se dirigeait vers les étables en tenue de travail, Brandee avisa la présence d'un pick-up familier devant le bâtiment réservé aux animaux qui requéraient une attention spéciale.

Elle coupa son moteur, incrédule. Qu'est-ce que Shane faisait ici ?

Quand elle pénétra dans l'étable, elle le vit appuyé contre la rambarde de l'enclos où se trouvaient le veau qu'ils avaient aidé à naître, quelques jours auparavant, et sa mère.

— Salut ! dit-elle en se glissant à ses côtés. Que fais-tu ici ?

— Jimmy m'assure que ces deux-là peuvent déjà regagner les pâturages.

— Alors tu es venu leur dire au revoir ?

Son ton n'était pas aussi léger et insouciant qu'elle aurait aimé, il portait au contraire le poids de la peur et de la mélancolie.

— Quelque chose dans ce goût-là, marmonna-t-il.

Ne sachant plus trop sur quel pied danser, elle garda le silence, attendant qu'il reprenne la parole. Elle aurait pu légitimement le sommer de s'expliquer sur sa présence ici, mais sans doute s'estimait-il déjà en droit d'aller et venir sur le ranch comme bon lui semblait. Frustrée, elle aspira une grande bouffée d'air mais, avant qu'elle ne lui dise sa façon de penser, il se redressa.

— Bien, il est sans doute préférable que je parte, décréta-t-il.

Se tournant vers elle, il toucha le bord de son chapeau en guise de salut, et pivota sur ses talons.

Dépitée, elle le regarda s'éloigner, avec la sensation d'avoir manqué l'occasion de réparer les choses entre eux, ce qui était parfaitement ridicule. Shane la détestait. Elle l'avait dupé et il ne lui pardonnerait jamais.

Une boule se forma alors dans sa gorge, son souffle se fit plus court, et soudain une larme roula sur sa joue.

Elle se revit à douze ans, apprenant le décès de son père. À l'époque, face à l'avenir incertain qui l'attendait, elle avait enfourché son cheval et chevauché toute la journée, retraçant les chemins que son père et elle aimaient parcourir ensemble.

Qui allait s'occuper d'elle, désormais ? s'était-elle demandé. Pour la première fois de sa vie, l'abandon de sa mère l'avait frappée de plein fouet. Elle avait pleuré toutes les larmes de son corps, après quoi, elle s'était sentie bien vide, mais aussi toute neuve. Elle avait chassé la mélancolie pour faire preuve de détermination et d'opiniâtreté.

Elle était un peu dans le même état, aujourd'hui : vide, mais résolue à prendre son destin en main.

Laissant la vache et son veau, elle rejoignit son équipe. Tous accusaient des marques de fatigue, mais étaient souriants, de toute évidence satisfaits d'avoir mené leur tâche à bien. Elle se dirigea alors vers le bureau du ranch, où se trouvait Jimmy, son contremaître. Une tasse de café près de l'ordinateur, il mettait à jour les comptes des naissances.

— Rentrez dormir, je prends le relais, dit-elle.

— Merci, je suis plus épuisé que je ne le croyais.

— Désolée pour mon absence.

— Tout s'est déroulé sans problème. Shane nous a été d'un grand secours.

— Il est resté toute la nuit avec vous ? demanda-t-elle, sidérée.

Et son cœur fit un bond dans sa poitrine.

— Oui, il est venu après avoir répondu au téléphone, vers 19 heures.

Shane avait donc passé douze heures ici ! Pourquoi ne

lui en avait-il rien dit ? Attendait-il qu'elle le remercie ? Forcément, c'était la moindre des politesses, et elle comprenait mieux qu'il soit parti si vite. Une fois de plus, elle avait tout gâché…

Assez ! Elle s'était assez morfondue, elle pouvait encore le remercier, il n'était pas trop tard pour cela. Elle devait juste trouver une façon de lui prouver à quel point elle avait apprécié son intervention.

Shane ne regrettait pas réellement d'avoir promis à sa mère de l'aider pour le centenaire de Bullseye, mais il commençait à redouter ses textos. Dans son dernier message, elle lui précisait qu'elle l'attendait au ranch pour une requête un peu vague, selon lui.

Il gara son pick-up près de la Lexus de sa mère et gravit d'un bond la volée de marches. Dès qu'il entra chez lui, il la repéra dans le salon.

— Maman, commença-t-il, est-ce que cela ne pouvait pas attendre que…

Il s'interrompit en découvrant que sa mère n'était pas seule.

— Ah, te voilà ! dit celle-ci en se levant. Parfait.

Coi, Shane considéra Brandee et sentit son cœur se serrer, comme pris dans un étau de glace.

— Que fait-elle ici ? s'exclama-t-il brutalement.

— Shane, ne sois pas grossier, je te prie ! Ce n'est pas ainsi que je t'ai élevé.

Elyse plaqua les mains sur ses hanches et, fixant son fils, poursuivit :

— Brandee est venue me voir pour me raconter cette affaire troublante à propos de son ranch qui appartient en fait à notre famille.

— Éclaircissons tout de suite un point, déclara-t-il en rivant son regard à celui de Brandee. Es-tu venue voir ma mère dans l'espoir qu'elle intervienne en ta faveur ?

— Non, certainement pas ! s'écria Elyse.

— C'est une idée de Gabe, affirma Brandee, sur la défensive. Il m'a dit que tu écouterais ta mère.

Était-ce une conspiration ? D'un pas vif, il s'avança vers le bar et se servit un *shot* de scotch. Il le porta à ses lèvres et… reposa immédiatement le verre. Il en prit un autre, et y mit deux glaçons qu'il recouvrit de vodka.

— J'ai apporté une bouteille de scotch pour te remercier de ton aide, l'autre nuit, dit alors Brandee.

Sur ces mots, elle la posa sur le comptoir.

— Je ne veux pas de tes remerciements, déclara-t-il en fixant son présent. En outre, à cause de toi, je ne peux plus boire de scotch, tu m'as gâché mon plaisir.

Sur ces mots, il avala une gorgée de vodka et fit alors appel à toute la force de sa volonté pour ne pas grimacer.

Brandee esquissa un sourire, cherchant visiblement à le séduire.

— C'est un Glengoyne de trente-cinq ans d'âge, reprit-elle en désignant son cadeau. Seules cinq cents bouteilles ont été mises sur le marché.

— Tu ne peux pas me soudoyer pour que je t'aime.

Face à son ton agressif, toute la lumière de ses yeux s'éteignit, et elle redevint la pâle version d'elle-même qu'il avait découverte au bar du TCC. Cette femme à l'air abattu, affaissée devant un verre vide.

— Shane Robert Delgado, viens tout de suite avec moi !

Sans vérifier que son fils la suivait bien, Elyse se dirigea vers la porte-fenêtre qui donnait sur la terrasse de la piscine. Excédé, Shane obtempéra.

— Comment oses-tu parler ainsi à Brandee ? s'exclama sa mère dès que la porte se fut refermée derrière lui. Elle est amoureuse de toi.

— Elle a essayé de nous tromper au sujet de nos terres.

Il voulait paraître en colère, mais n'en avait plus l'énergie, de sorte que l'accusation perdit de son impact.

— Honnêtement, je m'en fiche ! répliqua Elyse. Nous sommes à la tête d'une fortune, et Bullseye est l'un des ranchs les plus grands des environs. En outre, cette propriété n'a pas été réclamée depuis plus de cent ans et Brandee l'a achetée en bonne et due forme. Si quelqu'un nous a trompés, c'est la personne qui a acheté ces terres sans prendre la peine de rechercher les éventuels héritiers.

— Donc que veux-tu que je fasse ? Que je redevienne son ami ?

— J'aimerais que tu cesses de t'apitoyer sur ton sort et que tu dises à cette jeune femme tout ce qu'elle représente pour toi.

— Qu'est-ce qui te fait croire qu'elle représente quoi que ce soit pour moi ?

— D'après ce que j'ai entendu dire, tu t'es comporté de façon détestable la semaine dernière. Et je pense que ton attitude s'explique uniquement par le fait que tu aimes cette femme et qu'elle t'a blessé.

Furieux, il soutint le regard de sa mère, tandis que la tempête grondait en lui. Oui, il aimait Brandee, mais il n'en éprouvait aucune joie, c'était plutôt un sentiment de terreur qui l'habitait actuellement.

— Maintenant, je vais rentrer chez moi, enchaîna Elyse d'un ton calme et pragmatique. Et toi, tu vas dire à cette jeune femme que tu l'aimes. Après quoi, vous vous assiérez tous les deux tranquillement autour d'une table et trouverez un arrangement au sujet de son ranch qui appartenait à notre famille. Parce que, si vous n'y parvenez pas, elle m'a prévenue qu'elle vendrait le tout et quitterait Royal. Alors tu ne la reverras plus jamais et je ne crois pas que ce soit ce que tu souhaites.

Après que sa mère l'eut laissé, Shane contempla longtemps la vue panoramique qui s'offrait à lui depuis la piscine. Quand il se décida enfin à rentrer, il trouva Brandee près du bar, là où il l'avait laissée.

— Tu es encore ici…

— Je suis venue avec ta mère et elle a refusé de me ramener chez elle où se trouve mon pick-up… Écoute, je suis sincèrement désolée de t'avoir caché la vérité, et je me conformerai à toutes tes exigences concernant les terres.

— Je me fiche pas mal de ces terres et je ne vais certainement pas t'en chasser ni te prendre tout ce que tu as si durement construit.

Il poussa un soupir. C'était le moment ou jamais de mettre de côté son amertume et d'être heureux. Il avait perdu son père avant de faire la paix avec lui et, depuis, leur discorde le hantait.

S'il perdait Brandee, sa vie serait un enfer.

— Ce que je souhaite plus que tout, c'est…

Il se couvrit les yeux des mains. Il devait lui dire ce qu'il avait sur le cœur. Maintenant, pour ne pas avoir de regrets. Laissant retomber ses bras, il plongea le regard dans le sien, conscient du désir qui devait s'y refléter.

— … c'est toi.

Aussitôt, il vit des larmes briller dans les yeux de Brandee, qui le scrutait avec la plus grande attention.

— Tu en es bien certain ? murmura-t-elle d'une voix vibrante d'espoir.

— Je n'ai jamais été aussi sûr de moi.

Alors, franchissant la distance qui les séparait, il la prit dans ses bras et, pour la première fois depuis une semaine, son univers lui sembla parfait.

— Je t'aime et je ne peux supporter de passer une autre seconde sans toi, poursuivit-il.

Sur ces mots, il captura sa bouche, et le petit sanglot qui s'en échappa se transforma en un soupir de bonheur.

Quand il la relâcha pour que tous deux puissent reprendre leur souffle, elle enserra son visage de ses mains.

— Donc tu n'es plus en colère contre moi ? demanda-t-elle, les yeux embués de larmes.

— Pourquoi le serais-je ? Parce que tu as voulu sauver ton ranch et tes rêves ?

Il secoua la tête.

— Je ne crois pas l'avoir jamais été, poursuivit-il. Je suis tombé amoureux de toi et, lorsque j'ai découvert ces documents, j'ai cru que tu t'étais jouée de moi depuis le début.

— J'aurais dû te parler du chantage après que nous avons fait l'amour pour la première fois, reconnut-elle. Je me rendais bien compte que j'étais en train de tomber amoureuse de toi, mais je ne savais pas si je pouvais vraiment me fier à mes sentiments. Et puis, il y avait ce stupide pari…

Elle soupira.

— Tu n'étais pas la seule aux prises avec tes

contradictions, renchérit-il. J'avais perdu toute envie d'acheter ton ranch après la tornade et je n'ai accepté ce pari que pour passer du temps avec toi. Dès le début, j'avais l'intention de perdre.

— Pardon ? dit-elle d'un ton incrédule. Dans ce cas, pourquoi t'es-tu tant battu pour l'emporter ?

— Tu es sérieuse ? fit-il en riant. Le véritable enjeu pour moi consistait à te faire tomber amoureuse.

— Je t'aime ! déclara Brandee en pressant sa joue contre son torse. Et je suis très heureuse que Maverick m'ait fait chanter, sans quoi je ne t'aurais jamais invité à emménager chez moi.

— Tu as raison, je lui offrirai un verre la prochaine fois que je le croiserai, avant de lui casser la figure, bien sûr.

— On ne sait pas qui c'est. D'ailleurs, il s'agit peut-être d'une femme.

— J'ai demandé à Gabe de mener l'enquête. Il trouvera.

Et, sur cette affirmation, il la souleva dans ses bras.

— Mais, en attendant, je voudrais voir si tu es la même dans mon lit que dans le tien.

En riant, Brandee s'accrocha à son cou.

— Je ne vois pas pourquoi je serais différente.

Elle se trompait car, une fois qu'il lui eut retiré son haut en dentelle et son jean, il constata que les ombres qu'il avait si souvent aperçues dans ses prunelles avaient disparu. Tout ce qu'il y voyait désormais, c'était la lumière de l'amour. Brandee n'avait plus besoin de cacher ses sentiments, tous deux venaient de franchir le premier pas vers une nouvelle relation, pleine d'amour et de vie. Et, avec sa fière chevelure blonde et ses yeux bleu-gris, c'était la femme la plus merveilleuse du monde.

— Tu es particulièrement belle, aujourd'hui, dit-il en caressant sa joue.

Elle l'attira à elle.

— Tu n'es pas mal non plus, Delgado, chuchota-t-elle.

Et, tout sourire, ils unirent leurs lèvres…

Retrouvez prochainement, dans votre collection

PASSIONS

Envoûtée par son rival, de Zuri Day - N°1073

Maeve Eddington assure la défense de l'entreprise familiale dans un retentissant procès qui pourrait faire basculer sa carrière. Si l'enjeu est de taille, l'avocat de la partie adverse lui donne du fil à retordre. Victor Cortez, son camarade à Harvard à la voix grave et profonde, la trouble depuis toujours. Mais pas question pour Maeve de laisser le désir obscurcir son jugement : quoi qu'il lui en coûte, elle restera professionnelle…

Fantasmes défendus, de LaQuette

Influenceuse mode et beauté, Lyric compte bien garder son indépendance professionnelle et sentimentale. Alors quand Josiah, séduisant producteur de télévision, lui propose d'animer une émission, elle hésite à accepter. Est-ce vraiment une bonne idée de travailler avec celui qui lui inspire des fantasmes si enivrants ?

Amoureux de sa meilleure amie, de Naima Simone - N°1074

SÉRIE : SÉDUISANTS HÉRITIERS 3/4

Héritier d'un froid milliardaire de Boston, Kenan doit plus que quiconque faire ses preuves en intégrant Farrell International, l'entreprise familiale. Afin de mettre toutes les chances de son côté, il conclut un pacte avec Eve, sa meilleure amie si talentueuse. Elle l'aidera à redynamiser la firme, en échange de quoi Kenan lui présentera son play-boy de frère. Seulement voilà, Kenan n'a aucune envie de remplir sa part du marché, compte tenu des sentiments qu'il éprouve pour Eve en secret…

Une proposition indécente, de Naima Simone

SÉRIE : SÉDUISANTS HÉRITIERS 4/4

Athena est ivre de colère. Nico, son ancien amant qu'elle n'a pas revu depuis trois ans, est entré dans sa boulangerie pour lui faire une proposition indécente. Il épongera ses dettes si elle joue le rôle de sa fiancée auprès de la haute société qu'il veut infiltrer. Désespérée, Athena finit par accepter cette offre si dangereuse pour son cœur…

Un ennemi si charmant, de Maisey Yates - N°1075

SÉRIE : IRRÉSISTIBLES RANCHERS 1/3

Jade voue une haine féroce à Chance Carson, dont la famille a usurpé les terres de la sienne. Il est arrogant, insupportable… et trop charmant. Aussi, quand elle le découvre blessé et amnésique après une chute de cheval, décide-t-elle, après l'avoir sauvé, de se venger de lui en lui faisant croire qu'il est son employé. Dans ce jeu de rôles, Jade découvre alors un homme si attentionné qu'elle sent naître pour lui un désir irrésistible. Un désir auquel elle s'abandonne, tout en redoutant le moment où le rancher découvrira la vérité…

Nouveau départ pour Taryn, de Rochelle Alers

Déçue par l'amour, Taryn a besoin d'un nouveau départ. Son déménagement à Wickham Falls et ce nouveau poste de préceptrice auprès de deux adorables fillettes sont la chance qu'elle attendait. À un détail près : le père des enfants, Aiden Gibson, lui fait perdre la raison avec ses beaux yeux turquoise. Pourtant, Taryn ne doit pas se bercer d'illusions : cet homme envoûtant et sa famille resteront à jamais pour elle un rêve inaccessible…

Une vengeance si douce, de Maureen Child - N°1076

L'océan turquoise, une plage de sable fin et une végétation luxuriante. C'est sur l'île de Tesoro que Rico King a bâti son palace. Alors, quand il apprend que Teresa Coretti et sa famille de voleurs de bijoux ont osé refaire surface chez lui, Rico est fou de rage. Il brisera celle qu'il a passionnément aimée, et qui, en plus d'un trésor inestimable, lui a ravi son cœur en prenant la fuite le lendemain de leurs noces…

Un Ballantyne pour père, de Joss Wood

Un véritable cauchemar. Afin d'obtenir de Linc Ballantyne qu'il l'aide à retrouver la mère de la petite Ellie dont elle a hérité la garde, Tate doit accepter de s'installer chez lui pour jouer la nourrice de son fils. Elle qui rêvait de se débarrasser du rôle de mère de substitution qui lui va si mal, va se retrouver avec deux enfants sur les bras ! Bien loin de la vie trépidante qu'elle aime tant, et qu'elle craint de ne pas retrouver de sitôt…

Retour à Sunset Ranch, de Charlene Sands - N°1077

SÉRIE : SECRETS ET RIVALITÉS 1/4

De retour à Sunset Ranch, après douze ans, Sophia est aussi émue qu'inquiète. C'est là que Logan Slade lui a offert son premier baiser – un instant de rêve qui s'est vite transformé en cauchemar quand il l'a rejetée aussitôt après... Hélas, revoir Logan est un nouveau choc pour Sophia. Non seulement sa beauté la trouble toujours autant, mais cet homme, furieux qu'elle ait hérité des terres de sa famille, semble résolu à lui mener la vie dure...

Une nuit à Sunset Ranch, de Charlene Sands

SÉRIE : SECRETS ET RIVALITÉS 2/4

C'est le cœur battant qu'Audrey parcourt la route qui doit la conduire à Sunset Ranch. Enfin, elle va pouvoir s'expliquer avec Luke. Lui dire combien elle regrette d'avoir quitté son lit après la nuit d'extase qu'ils ont partagée un mois plus tôt. Luke comprendra qu'elle ait paniqué. Hélas, lorsque Audrey retrouve Luke, la réaction de ce dernier la plonge dans une profonde détresse. L'homme qu'elle aime en secret depuis l'adolescence a tout oublié de leurs ébats...